巴塞罗那1888

〔西班牙〕乔迪·约伯雷加——著

陈皓——译

人民文学出版社
PEOPLE'S LITERATURE PUBLISHING HOUSE

著作权合同登记号 图字 01-2017-2963

图书在版编目(CIP)数据

巴塞罗那1888/(西)乔迪·约伯雷加著;陈皓译.
—北京:人民文学出版社,2017
ISBN 978-7-02-013455-7

Ⅰ.①巴… Ⅱ.①乔… ②陈… Ⅲ.①科学幻想小说-西班牙-现代 Ⅳ.①I551.45

中国版本图书馆CIP数据核字(2017)第253638号

责任编辑 卜艳冰 潘丽萍
封面设计 江佳诗

出版发行 人民文学出版社
社 址 北京市朝内大街166号
邮政编码 100705
网 址 http://www.rw-cn.com
印 刷 山东临沂新华印刷物流集团
经 销 全国新华书店等
字 数 335千字
开 本 890毫米×1240毫米 1/32
印 张 14.25
插 页 2
版 次 2018年1月北京第1版
印 次 2018年1月第1次印刷
书 号 978-7-02-013455-7
定 价 58.00元

献给我的母亲

推理之路简短慧黠，却不能指引方向；实验之路且阻且长，却通往真理的地方。

——盖伦　公元 216 年

觉今是而昨非，至明日又悟今日之非矣。

——摩西·迈蒙尼提斯　公元 1185 年

只有天才才能使人永生。[1]

——安德烈·维萨里　公元 1564 年

1　这句话并非出自维萨里本人之口。它最早出现在一首拉丁语的悼诗里，有考证说此诗作者是维吉尔。维萨里把这句诗画在了《人体构造》的一幅插图里，因为《人体构造》太有名，导致很多人误以为这句话是维萨里说的。原诗句译为“万物易逝，唯天才永生”。

序幕

1888年，巴塞罗那，旧港，拉扎雷托码头附近

1

老人第三次看了看昏暗的天色，咬牙切齿地骂着脏话。四周一片寂静，只听见拍打着船体的涛声。雨点夹着海风，时不时地落在船上，浸湿了艉楼甲板和堆在下面的烟草箱。黎明将至，此时此刻，旧港、码头、停泊的船只和船坞里的建筑，都如墨点般笼罩在海雾里。海岸线几乎模糊不见，虽然贴着码头航行万分危险，但老人已经干过上百次，还将继续这样干下去。他并不是因为这个才焦躁不安的。心口如压巨石，他有一种笃定的预感，今天一定会发生什么可怕的事情。

风起浪涌。老人睁着周围布满皱纹的眼睛，仔细审视着他的船。儿子在船头打瞌睡，桅杆上挂着收拢的帆。他像往常一样敏捷地从船尾把帆拉起来，直到船帆鼓满了风，才满意地把绳子系到木头缆桩上。他蜷了蜷戴着羊皮手套的双手，手指如同老旧的绳索在向他抗议。身上厚重的衣衫丝毫无法抵抗浸入骨髓的潮气。他叹了口气，这份活计做起来越

来越艰难了。过不了多久，他就开不动船了。他真切地预感到，自己恐怕活不到这个世纪末，也看不到全世界都在宣传的那些奇迹了。该死的机器，谁会去理睬它们！又有哪个疯子会相信轰鸣的机械比得过男人壮实的肩膀？老人吐了口痰，把方向舵调转了四分之一。

左舷的蒙惠克山已在身后，巴塞罗那在雾气中渐渐呈现出剪影。城堡上可能有人观望，蒸汽船也要在这个点起航。老人为了避开它们，向着拉扎雷托码头附近驶去，那里有人在等他卸货。

潮水把帆船推向岩石，老人抓住舵柄，努力稳住航向。就在这时，海面上有个漂浮物引起了他的注意。内港的海雾没有那么厚重，被泡沫打湿的防波堤清晰可见。几米之外，在木料和船帆之间，漂着一个轮廓模糊的大个物体。突然，这东西没入海中，再也看不见了。老人咂咂舌头，继续等待。商船上有时会有货物掉落海里，如能捡到可算撞了大运。

时间一点点过去，老人不情愿地寻思，自己刚才大概是看花了眼。他正要重新起航，却听见一阵水声。那个东西又出现了，比刚才近了几英寻，正随着浪涌起起伏伏。老人咧开嘴大笑起来，露出发黑的牙齿。他开始转动方向舵，等船靠近到一定的距离才看清楚，那玩意儿是个橡木箱子，足有橡木酒桶那么大，从木头上的印章来看，应该来自法国。箱子上还紧紧捆着麻绳，水没有漏进去，看来里面的货物完好无损，这一点很重要。那些加瓦乔人一般用船运送瓷器、上好的布料或者酒类，不管箱子里装的是哪种货，都是一大笔横财。老人稳住方向舵，回头看了看儿子。

“阿帕，把船钩伸出来！”

年轻人一脸茫然地望着父亲，直到看到箱子漂到身旁才恍然大悟。

他摇摇晃晃地站起身，在座位底下翻了翻，最后拨开渔网和绳索，抽出一根带铁质尖头和钩子的长杆，按照父亲的指示向海里伸去。钩子钩住了箱子上的绳索，老人抓住长杆的另一头往回拉。箱子被慢慢拉到船舷旁边，父子俩迫不及待地要把它弄上来。

“快，小心……我的上帝啊！”

从水里伸出一只瘦骨嶙峋的人手，抓住老人的胳膊就把他往深色的海水里拽。老人简直不敢相信自己的眼睛，瘫在那里无法动弹。还没等他反应过来，一个浪头袭来，这只鬼一样的手瞬间在眼前消失了，就好像从来没有存在过一样。

年轻人急忙跑过甲板，掀起盖住船灯的布。灯光照亮了黑暗，父子俩看到，有个人正死死抓着箱子一侧的绳索在水面上挣扎。他被挖去了双眼，眼眶处只剩下两个深黑的大洞。嘴里想说些什么却语不成声，只发出一声呻吟。变形的面孔扭曲成一张鬼脸，看样子在汹涌的波涛中撑不了多久了。

老人犹豫了片刻，命令儿子道：“稳住箱子！”

年轻人没有动弹。他面色苍白，死死盯住眼前这个怪物。正在此时，一个浪头打来，箱子又从船上翻了下去。

“小子，真他妈见鬼啦！”

“爸爸，你，你确定？”

箱子开始往下沉。

“快点！”

年轻人又一次抓起船钩，钩住箱子，把它拖到船边。水中人向老人伸出一只胳膊，老人在舵手椅上站定，伸出双手一把抓住他。水中人的皮肤滑溜溜的，散发着一股酸味。老人闭上眼睛，深吸一口气，铆足劲把人拉了上来。

那人滚了几圈，终于仰面躺倒在甲板上。老人本以为他下身长了条鱼尾而不是人腿。他全身赤裸，不见汗毛，皮肤白得几乎透明，肚子上有几道可怕的深色伤痕。年轻人看着他，想起了被刮去鳞片运到市场上叫卖的鱼。

老人小心地走过来，弯下腰摸了摸那人的身体，想探探他还有没有气息。当他看到那人前胸横七竖八的伤口时，不禁打了个哆嗦。他伸手轻轻按了按，手指像按在黄油上一样深陷进肉里。尸身内部散发出一股腐烂的味道。老人吓得不能自制，踉踉跄跄地后退几步，一屁股跌倒在成堆的烟草箱里。儿子赶紧把父亲拉出来，父子俩紧紧挨在一起，死死盯着横陈眼前的这具伤痕累累的尸体。

“爸爸，我们拖上来的到底是什么？”

“上帝，我怎么知道！”

突然，一束光亮闪过，照亮了尸身，在他的皮肤下勾勒出一幅树枝一样的画。一转眼的工夫，这束光又如来时一样毫无踪迹地消失了，父子俩不约而同地在胸前画起了十字。

回　归

距万国博览会开幕还有 24 天

2

“先生们，今天就讲到这儿。”

安静的教室里响起一片挪动椅子的声音。讲台上年轻的教师一边把作业收进公文包，一边目送着学生们排队出门，虽在故作深沉，却掩不住嘴角的微笑。他几个月前刚从这所大学毕业，现在却已教完第二周的课程了。

他走到教室里一扇窗户前。窗外的天空乌云密布，但阴沉的天气并不像往日那样影响他心中的喜悦。他历经了多少坎坷才得以走上这张讲台，现在已是稳操胜券。他的目光扫视着校园，刚要发出一声满意的轻叹，突然听到身后有人喊：“阿玛特教授！”

一个年轻的学生等在门口。

“什么事？”

“教授，爱德华爵士想见您。”

“我马上来。”

教授，这称呼多好听。教授，牛津大学最负盛名的莫德林学院中的一分子。虽说是因布朗博士患痛风离职，他才能补缺代课，但这无关紧要，他很快就会得到一个正式的教职职位。机不可失。他收拾东西离开这间他将在这里讲授三个月希腊语课程的教室。他注意到走廊上那些追逐着自己的目光，学生们至今对他充满好奇。

他走出教学楼，整了整身上的长袍，校园里一片凄风冷雨。眼下已是四月末，天气却依然寒冷。从阶梯教室里传来一阵声响，整个校园都听得见，课程正进行到高潮。他快步踏上泥土路。右首边的小教堂里正在排练合唱，他穿过门厅，直达一处被爬满常春藤的建筑环绕的院落，随后干脆地踏上斜穿花圃的卵石小道，雨打湿了全身却不以为意。他心头充满欢喜，几乎有雀跃的冲动。

沃特一见他走来就开了门。这老头可是整个学院的名人。学生们说，自从这所大学成立他就在这里看大门了。牛津大学建于四百年前，这说法显然不可信。但沃特葡萄干一样瑟缩的身体和脸上数不清的皱纹，却让人不禁疑惑这个传闻是不是真的。他以经营各种歪门邪道闻名遐迩，总能以低廉的价格搞到香烟、烈酒或者其他美味。这种买卖是被明令禁止的，所以沃特的生意才兴隆无比。

“阿玛特先生……哦，对不起！”来人脸上浅淡的微笑出卖了他，“阿玛特教授……”

达涅尔向他点头致意。他知道，虽说这老头一直把自己看作“该死的乡巴佬”（第一次见面他就是这么叫的），但还是很喜欢他的。

“沃特先生，今早过得如何？”

“恐怕没您好。天气冷得要死，我全身骨头都疼。”

“我看碘溶液很对您的症状。我也可以帮您找位好医生。”

老人的脸上显现出一副被冒犯的神气。

“您把我看成什么人了？我可早就不信江湖游医的话了。”

达涅尔笑了。

“爱德华爵士在等我。”

“当然了，教授。上去吧，上去吧。我这把老骨头随时随地就不在人世了，可别在我这儿耽误时间。”

达涅尔忍不住大笑起来。

“谢谢您，沃特先生。我可能会订一瓶您库存的佳酿。”

“那我看着办，”老人做了个妥协的鬼脸，“我可不向您保证什么。”说完便嘀嘀咕咕地转过身，消失在门房的阴影里。

达涅尔一边上楼一边想着那些大名鼎鼎的牛津教授，他们曾经和自己踏着同样的台阶呢。他很快来到二楼，短短的走廊尽头就是院长办公室，门半掩着。他彬彬有礼地敲门，里面有个声音让他进去。

老院长的办公室很是简朴。地毯铺满地面，在最醒目的写字台脚边如同海浪一般卷着，写字台后面是布满墙壁的胡桃木书架。再往里去，左侧两把扶手椅中间是燃烧着的壁炉，维多利亚风格的烟筒上带着班诺克本战役[1]的装饰画。达涅尔对这间办公室再熟悉不过了，他在这里度过了很多时日，其中不乏记忆中最美好的光景。在初来牛津那几年，校长就是他的导师，随着时间的流逝，两人情谊渐深，当初的师生已经亲如父子。

“亲爱的阿玛特，别在门口站着。”

1　1274 年苏格兰和英格兰之战，以苏军获胜而告终。

爱德华·瓦伦爵士已经年过五旬。眼袋和脑袋上稀疏的直发都掩盖不了他的慈眉善目。在顶尖文化精英组成的圈子里，他既是卓越的历史学家，也是优秀的演说家。他和达涅尔一样专攻古代语言学，并在前任去世后接任学院“主席”或者说“院长”一职（他更喜欢被称作后者），迄今已经十年了。

“今天过得怎么样？”

达涅尔脑中思绪纷飞，他努力组织着语言，心里既兴奋，又有点诚惶诚恐。

“嗯，好极了，爱德华爵士。”

“我真高兴。您知道，我对您寄予厚望啊！”

“谢谢您，爵士。我希望自己不辜负您的信任！”

院长做了一个笃定的手势，在椅子中晃了晃，让自己坐得更舒服些。

“您来牛津几年了？六年了吧？”

“快七年了。”

“七年！天哪，时间过得真快！”院长半闭着眼睛说道。“我还记得您当年刚从巴塞罗那到牛津、从那扇门后走进来的样子。”

达涅尔面色一沉，院长没觉察到他的反应，还在继续回忆着。

“是啊……那天晚上下着大雨，您浑身都湿透了，提着唯一的行李箱。您对我说的第一句话含含糊糊根本听不清楚，而您那副样子……上帝，真可怕，我当时差点报警，您知道吗？”他边说边大笑起来。

达涅尔摇摇头。

“我经常自问，您来这里究竟是为了什么？您对这问题一直讳莫如深。”

“您知道，牛津是全世界最好的大学。我只是想来学习罢了。”

“是的，是的，那当然，”爱德华爵士直了直身子，“您早就不是当年那个毛头小子了……现在的您，已经是个前程远大的男人了。”

“我希望如此，先生。”

“当然，阿玛特，”院长兴奋地说道，“这两个星期您给布朗先生代课，大家可是赞不绝口呢。我正是因为这个才叫您来的。”

爱德华爵士停了片刻，继续说下去。

“您的能力毋庸置疑，我们十分满意。昨天系里举行每月例会，大家一致同意授予您一个教职，在本学期剩下的时间内讲授古典语言。您觉得如何？”

达涅尔的心中涌动着热烈的激情。他从未想过这个位置来得如此之快。爱德华爵士看着自己的被保护人，脸上的微笑更深了。

“好吧，您怎么回答我？答应还是不答应？”

“当……当然，先生。当然。这真是……真是太好了！太感谢您了，这全亏您的帮助。”

“说什么傻话，这都是您自己努力的结果。您的专注敬业让所有人惊叹。我很少见到像您这样优秀的人才。”

院长起身走到小餐车前，慷慨地倒了两杯白兰地。

“我想我女儿听到这个消息也会很高兴的，您不觉得吗？”他有点狡猾地说道，“不久之后我就该叫您贤婿了。您知道，今晚我们要举行一场特别的晚会。我很高兴能宣布你们订婚的消息。亚历山德拉是我的一切。我相信您一定会让她幸福。”

“我爱您的女儿。”

院长满意地坐下，递给他一杯酒，小声说道：“为了避免您以后怪我，我先得给您提个醒。亚历山德拉和她妈妈一样是个好姑娘，漂亮聪明有教养，一定持家有方，但是……她也有威尔士人惯有的坏脾气，喜怒无常，忍无可忍。”院长向他挤挤眼睛：“威尔士毕竟是个龙的国度！”

两人都笑了。达涅尔对未来的岳父充满敬意。在人生最艰难的时候，是爱德华爵士收留了他，给了他知识和友谊，而不求他任何回报。当他失去全部的时候，爱德华爵士给了他崭新的机会。自己欠他的情也许永远都还不清了。

“阿玛特，为我未来的孙子们干杯！”

酒杯相碰，达涅尔为了表示对院长的尊重，只是沾了沾嘴唇。随后他站起身来，把几乎没碰过的酒放在桌子上。

“爱德华爵士，晚宴开始之前我有几个问题要回答。请允许我先告退一步。”

“快走吧！我也听说你的旧同事搞了个聚会。别担心，我不会说的。今晚别迟到，否则亚历山德拉非杀了我不可。”

爱德华爵士兴味盎然地笑着，把达涅尔送到门口。

“啊，”他停住了，“我差点忘了，请您等一下。”

他回到写字台，在桌子上的文件堆里翻了半天，终于带着胜利的表情抽出一个暗黄色的信封来。

“给您的，今早刚收到。”

“电报？给我的？”

“对，是从巴塞罗那来的。”

达涅尔从教授手中接过电报，紧张得差点没握住信封。老院长没察觉到他的慌乱，达涅尔不动声色，总算把电报塞进了大衣口袋。

“如果您不介意的话，我过会儿再看。我还有……有很多事情要做。”

“走吧，走吧。”

他出了门，双腿颤抖着，迈着最快的步伐离开了。

达涅尔一回到他的旧宿舍就倒在了椅子上。毕业，获得教职，与亚历山德拉订婚，这一切发生得太快，快得没有时间去搬家。他的箱子放在角落里，书籍和一些衣物还没有收拾。但此时这些都已不再重要。今晨的喜悦已经烟消云散，意想不到的教职和即将到来的婚礼，在他眼里都已成为另一个人的事情。他将目光转到那个放在写字台的小信封上。

时隔这么多年，怎么可能？

他用手抚摸着后颈。过去七年，他一直无意识地做着这个动作。指尖划过皮肤上一道道变硬的皱褶，那是大火在他身上永远留下的痕迹，颈上的死皮无时无刻不在提醒着他的过去。他几乎要放声大笑。他是多么幼稚啊，竟然以为自己把一切都忘了！如今一封简单的电报就足以把这个幻觉击成碎片。

他从椅子上站起来，走到桌旁，一把抓起那个信封，把它撕开。那是一张对折的粉色信纸。他的双眼在工整的字迹间游走，却不敢看其中的内容。直到他终于平静下来，才把眼光聚焦到信中的文字上。

七年光阴轰然化为泡影。

他垂下手，身体倚在窗框上。脚下的校园消失在昏沉延绵的雨雾中。过了这么多年，他们还是找到了他。他知道这一天迟早要来，却没想到是以这样的方式。他扪心自问，自己是不是应该感到悲伤。但内心深处却只剩下狂怒和深深的愧疚。他闭上眼睛，用额头抵住窗子，努力抑制着锥心的剧痛。紧咬牙关，绷紧身体，疼痛像鞭子一样抽打着身上的旧伤痕，他把电报揉成一团，扔得远远的，眼泪直到这时才夺眶而出，和窗上的雨水汇流在一起。

3

破旧的房间里鼾声如雷。钉在窗户上的床单挡不住透进屋里的光线。这是拉瓦尔区[1]典型的廉价出租屋，和其他穷鬼落脚的地方没什么不同：狭小，憋闷，漏雨。这种房子经常用于短期出租，眼下的租客已经待了五个月了。

“真该死！”

从毯子里钻出来一个长相滑稽的家伙，瞪着鼓眼泡左看右看，努力辨认着自己身在何处。一只脚刚踩上地板，整个人又仰面倒在褥子上。他用手抓着头发，嘴里骂着脏话，嗓子哑得如同塞满了沙子。

“来杯阿尔萨斯红酒，再加块羊角面包！”

他一边嘟囔一边东倒西歪地起床，矮小的身板挺得笔直，脚上却一个劲儿地发软。他好容易才挪到被当作写字台的桌子旁，一把掀起成堆的旧报纸和涂鸦的稿件，伴着一声胜利的尖叫，终于将沉甸甸的黄铜怀表握在手中。他打开表盖，一见指针已经接近正午，满脑子的糨糊顿时烟消云散。

“不可能！怎么会这么晚！”

他只穿着短裤在小屋里转了一圈，先往夜壶里撒满了尿，接着一边

---

1 巴塞罗那老城区。

含糊地骂骂咧咧，一边用冰凉的水狠狠擦了把脸。太阳穴还在疼，他咬咬牙，把整个脑袋塞到水里，颤颤巍巍地用毯子擦干，接着用一分钟的时间穿上裤子、衬衣和鞋子。他端起桌子上的咖啡，刚抿了一口就后悔了。咖啡冷得像冰，一股霉味。他这才想起来，同一把咖啡豆已经被泡了四回。他抓起衣架上的扁帽和格子外套走出门，边下楼梯边打着领结。

“弗雷萨先生！”

一个大腹便便的男人横在他面前，半闭着双眼怒气冲冲地盯着他。来人身上散发着一股蒜味，可这刺鼻的味道却没能驱散他脑袋里的混沌。

“冈萨雷斯先生！我刚刚还在想您。您那位好太太别来无恙？”

“您欠我三个月的房租。这屋子马上就要到期啦！”

“三个月？真的？好吧，我的朋友，您别担心，我马上就能收到几笔稿费，到时候立刻还您这笔小钱。您也知道，我这样的名记者总要承担点社会责任，所以有些意外支出，这可真是遗憾。”

“我了解您的社会责任。上个月您也是这么跟我说的。”

“您恐怕弄错了。您太太很慷慨地同意我赊账了。”

“你是说哈辛达？您什么时候跟她说的？”

“昨天中午。”

“可昨天中午十二点她去做弥撒了……”

“好吧，那就是晚些时候说的。别较真，您知道我有多么健忘。”

房东的脸上浮现出一副了然的表情。弗雷萨心想，也许不该扯上哈辛达，也不该提起昨天两人干柴烈火后的交易。左邻右舍都知道冈萨雷斯先生脑子不灵光，但他多少应该察觉到太太给他戴了多少顶绿帽子。

为了以防万一，还是早走为妙。他看到冈萨雷斯先生右侧有个空隙，便在他觉察之前从那里钻了过去。

“您等会儿！”

弗雷萨装作没听见，继续下楼。

“我保证月底交钱！”他的声音从楼下传来。

身后的冈萨雷斯先生破口大骂，弗雷萨昂首跨出了大门。

他脚步匆匆，裹紧外套。街上弥漫着腐臭的味道。几年前这里建起了新工厂，随着工作机会日益增多，拉瓦尔区的狭窄小巷吸引了全西班牙的外来人员前来定居，自然变得拥挤异常。但无论如何，弗雷萨还是喜欢住在这里，大量形形色色的居民让此地充满生活气息。水在地上的方石块上流淌，汇成一条小溪。下水道容纳不下连降几天的雨水，土路变成了烂泥塘。弗雷萨不停地一会儿看看天空，一会儿看看脚下。

“要是大雨继续这样下下去，总有一天我们得淹死在码头。春末的天气真他妈见鬼！”

他在路上碰到了一位提着桶跑到街上倒水的饭馆老板，还有一群赶车的烧炭工，后者正肆无忌惮地盯着一群姑娘看。记者像往常一样彬彬有礼地和女人们打招呼。天很冷，她们却衣衫单薄，正想找个门廊躲雨。其中一个头发散乱，抱着孩子的女人离开人群向他走来。

“坏小子，多萝丝昨天找了你一晚上！”

“你好啊！玛努艾拉！你今天看上去特别漂亮，到底是怎么打扮的？”

女人理了理头发，冲他一笑，露出稀松的牙齿。敞开的领口间，丰满的胸脯像成熟的水果，一跳一跳地蹭着熟睡孩子的脸蛋，身上散发着一股混合了烧酒、洋葱和干柴的味道。

“亲爱的，我不知道她给了你什么好处。可如果哪天你厌烦她了，就来找我吧。”

弗雷萨笑了。

“行啦！好好保重！给她带个话，今晚我去找她。”

她朝他哼了一声，算作回应，然后裙角一翻，又回到同伴中去了。

弗雷萨离开小巷踏上兰布拉大街。此时的街道上熙熙攘攘。满载着水果和蔬菜的马车正给波盖利亚市场[1]送货，出租马车来来往往，加泰罗尼亚广场的有轨电车一如既往地响着铃。带孩子的奶妈、卖火柴的姑娘、销售鲜花和报纸的小贩、散步的闲人接踵摩肩。弗雷萨无意盘桓，他穿过兰布拉大街来到皮诺街，步行几分钟就到了报社。

《巴塞罗那邮报》创建于十一年前，从巴塞罗那几家大报社那里抢占了一席之地。每天早晨，小贩们都把它的名字和保皇党的《巴塞罗那日报》、自由党的《先锋报》以及自诩独立派的新报纸《世界新闻》混在一起大声叫卖。挑剔的巴塞罗那读者对新闻如饥似渴，报纸是他们最好的消息来源。邮报总部位于一座古旧的哥特式楼房的四层，体面的石头大门颇得股东们的欢心。看门人一见弗雷萨就上前搭讪，除总编外，这家伙不管跟谁打招呼都是一副轻蔑的语气。

“弗雷萨先生，您迟到了。”

“塞拉菲，新闻可没有钟点。”

“这话您还是跟堂[2]桑奇斯说吧，我从这儿都能听见他喊您的名字。”

堂·帕斯卡·桑奇斯是《巴塞罗那邮报》的总编。没人记得住他最后一次笑是什么时候。也许是约瑟夫·雅内拉爆料了市议员鲁瑟尔的性

1 巴塞罗那最古老的菜市场，至今尚存。
2 “堂”（或“堂娜”）是西班牙语对人的尊称。

丑闻，导致报纸连印三次那天吧！总编先生酷爱哈瓦那雪茄，他的办公室总是烟雾弥漫，跟《泰晤士报》分社似的。他不但抽烟，还总将不离嘴的大号的基督山牌雪茄[1]放进口中嚼。他以铁腕闻名，这也是《巴塞罗那邮报》成功的关键。

弗雷萨忧心忡忡地上楼，桑奇斯在找他，还怒气冲冲的，这可不是什么好事。如果他知道自己还没能搞定那条承诺过的新闻，恐怕火气会更大。但是线人爽了约，这能怪他吗？他在赛博特酒馆整整等了三天，却被放了鸽子。最后一天更是糟糕，他为了消磨时间，喝了几杯酒，还赌了几把钱，结果输了个精光。他坚信自己不会一晚上倒两次霉，于是坐上电车直奔赛马场，可是又输了十五杜罗……除此之外，他还欠一个外号“黑女人”的高利贷者七十杜罗，这娘们臭名昭著，却是他唯一能借到钱的人。眼下他麻烦缠身。报社已经不准他预支工资了，他已经预支了太多，今年余下的几个月必须无偿工作才行。

他喘着粗气来到编辑室所在的楼层。门口碰到两个印刷部的小伙子向他打招呼，他没理会，径直走到和别人合用的办公室。桌子上堆满了报纸和这几个星期落下的灰尘。除此之外，还有一双长长的鞋子正在桌面上摇晃。鞋主人掩藏在今早报纸的后面。

“早上好。”弗雷萨一边落座，一边向来人问好。

报纸另一侧传来一个欢喜的声音。

“哎呀，堂·伯纳特·弗雷萨先生竟然现身了！您能亲临报社真是我等荣幸！”

“亚历山德罗，别开玩笑！”

1　最知名的古巴雪茄品牌。

亚历山德罗·比维斯是时政部主任，已经任职四年，人长得又瘦又高，像个路灯。小眼睛，高鼻子，据说他的鼻子能比他本人更早碰到新闻。他脾气极好，哪怕和弗雷萨说话时也不例外。总之，比维斯是报社唯一能容得下他的人。

“又是难熬的一夜？”

弗雷萨掂量着他这位同事的冷嘲热讽。亚历山德罗面不改色地继续说下去。

“出了点麻烦。”弗雷萨终于坦白了。“桑奇斯今天怎么样？”他边问边转换了话题。

“我看他刚才还在想你。”

“好，那就让他继续想吧。”

他翻着抽屉想找支烟抽，顺便瞟了一眼亚历山德罗手里刚出的邮报，突然呆若木鸡。报纸边角上有一则豆腐块简讯，他边读边睁大了眼睛。

“本周末黎明时分，两位渔夫在海港附近发现一名溺水男子。此人刚刚获救便气绝身亡。同一消息源宣称，逝者不幸在拉扎雷托码头一带落水，属意外死亡。警方已排除他杀可能并允许家属运回尸体。据悉，逝者生前是一位名医，身份不便透露。今天中午将在西南公墓[1]举行弥撒和葬礼。”

消息落款是菲利普·约皮斯。

“该死！我的专栏呢？”

弗雷萨离开办公室，穿过编辑部，径直向总编室走去。几位同事看

1 巴塞罗那最大的公墓，始建于 1883 年。因位于蒙惠克山南麓，又名“蒙惠克公墓”。

着他这副样子，强忍住幸灾乐祸的表情。很显然，所有人都知道自己的专栏被那则新闻替代了，想到这里，弗雷萨更加火冒三丈。他没有敲门，一把推开总编室的玻璃门，因为用力太猛，门框撞到墙上又弹了回来。

在堆满校样、电传和别家报纸的桌子后面，坐着一个男人。硕大肥胖的身体把屋子衬得越发狭小。他抬起头来，一见弗雷萨便眯着眼睛皱起了眉头。

弗雷萨气势汹汹地质问："你为什么把我的专栏换掉？"

"桑斯农场死了几百只鸡，这消息一定能上头条。"他身后响起了一个柔和的声音。

扶手椅上坐着一个衣冠楚楚的青年，正向他微笑。菲利普·约皮斯总是把金发用头油打理得柔顺整洁，把唇上的小胡子和下巴上的山羊胡修整得细致入微，这两副胡须在他的长脸上构成了一个三角形。他不但凭借优雅的外表征服了报社所有女打字员的芳心，也凭借个人魅力在业界赢得了名记者的美誉。没人知道他是从哪里抢到第一手新闻的。正因为这一点，《巴塞罗那邮报》一年前把他从《钟声报》那里挖了过来。不过在弗雷萨眼里，这家伙就是个十足的蠢货。

"我说约皮斯，我觉得这里的味道很难闻。"

"我的朋友弗雷萨，那是你身上的味道，或者是从你脏乎乎的外套上发出来的。"

"你听着……"

"闭嘴！"

桑奇斯一声大吼，把办公室的玻璃都震得哗哗作响。全编辑部的人都在假装工作，实则用心注意着办公室里的一举一动。总编对约皮斯说："菲利普，你先关门出去，我们以后再谈。"

年轻的记者优雅地从椅子上站起来，走过弗雷萨身边时还向他吐了吐舌头，又挤了挤眼睛。后者盯着他，双拳紧攥，指甲都陷进了掌心。桑奇斯指着椅子让他坐下。

“他妈的！帕斯卡，你凭什么抢我的专栏？”

“坐下！闭嘴！”

记者咬牙切齿地坐下来，却没理会他第二条命令。

“那个码字工的东西怎么会出现在我的实事专栏里？”

“首先，那是我的专栏，不是他的。这该死报纸的其他部分也都是我的。至于你说的那个‘码字工’，他能搞到新闻。可你又在干什么？”

“和你说的那件事，我很快就会得到消息。我已经离目标很近了，这会是个爆炸新闻。”

总编摇摇头，双下巴跟着一颤一颤，让弗雷萨想起丑陋无比的英国猎狗。

“我们什么时候认识的？”桑奇斯问道。

弗雷萨耸了耸肩。

“你看，你让我很为难。你不合时宜，工作上我行我素，几个星期过去了却只搞到些陈词滥调……”他的眼神近乎伤感。“我们相识多年，但我以前从没见过你这副模样。看看你的衣服、你的红眼睛，闻闻你这一身臭味。你又去赌博了是不是？欠了多少债？”

弗雷萨沉默了。

“咱们敞开天窗说亮话，我在考虑要不要开除你。”总编拿着雪茄烟指向编辑部。“约皮斯衣冠楚楚，一副少爷做派。这家伙确实自高自大，可他天天拼命。他去自己该去的地方，像条狗一样嗅来嗅去，然后带回来我想要的东西——新闻！不久之前，你也跟他一样。我们是一家报纸，我们必须发布消息才能活下去！看看巴塞罗那，还有几天万国博览会就开幕了，这个城市日新月异，这个世界日新月异，这是个崭新的时代，只有约皮斯这样的人才能在这个时代里站稳脚跟！”

弗雷萨咽了咽口水。

“给我一点时间。”

桑奇斯再次摇摇头，脸上的肉晃悠得更厉害了。随后他长叹一声，汗毛浓密的双手背在颈后。他沉默了许久，直到雪茄的烟雾完全散去才又开口。

“我知道我会后悔的……给你一星期时间，就七天，一天也不多给。七天后我会做最后决定。听明白了吗？”他伸手指向大门，“出去，另外看在上帝的分上，快去洗个澡！”

弗雷萨站起身，刚踏出门槛就听见总编小声骂个不停：“报纸，他妈的，这他妈是一份混蛋到家的报纸！”

随着他离开的脚步，打字声和说话声都回归正常。弗雷萨隐约看到约皮斯坐在写字台边，一群年轻的撰稿人围在他身旁。菲利普朝他抬起下巴，弗雷萨竖起中指还击，然后转身而去。就在这时，他的脑海中响起了一串警报：这警报和约皮斯无关。在过去的一个小时里，他忽略了一件事，那是一个自己至今没搞清楚的重要细节。可昨晚的醉酒和今天的争吵，却让他无法集中精力去思考这个问题。

“怎么样？”亚历山德罗见他走进门来，赶紧问道。

“比我想的好点。”

他的同事依旧坐在椅子上读报。直到这时，弗雷萨才回过神来。他冲到桌边开始翻阅笔记。

“现在几点？”他问道。

“什么？你的表呢？你又把它当掉了？”

“你这混蛋，快告诉我现在几点！”弗雷萨大吼起来。

“快一点了。你为什么……”

弗雷萨飞一样地冲出编辑室的大门，身后的纸片飘落一地。

4

在蒙惠克公墓可以欣赏到绝美的海景，但今天却没那么幸运。尽管巴布勒·塞克教堂的钟声刚敲过正午，天空却夜色般阴沉。雨雾中的大理石墓碑在闪电下反着光。圣徒、天使和圣女们在老天的怒火中哭泣，达涅尔看着这些雕塑，感觉他们好像有了生命。他闭上眼睛，伸手揉了揉山根。从牛津一路长途跋涉，他感到十分疲惫。

他挪了挪脚，想换个舒服点的站姿。脚下的碎石沙沙作响，就好像踩在塞满蟑螂的枕头上。弥撒很短，简单朴素，父亲一定喜欢这样。人们请达涅尔向在场的亲朋好友讲几句话，但他拒绝了。记忆中的父亲本是个温文尔雅的男人，却在母亲死后变成了另一副模样。对医学的执着填补了妻子留下的空虚，他开始异常严厉地管教孩子们。达涅尔的耳边至今还回响着父亲响彻四壁的咆哮声，他让儿子们闭嘴，因为他这个伟人需要工作。安静，总是安静。只有在教导孩子功课和指点他们前途的时候，父亲才有不安静的时候。他早就不容置疑地为儿子们规划好了未来：让他们子承父业，成为像自己一样，甚至比自己更优秀的医生。

可他没能做到。

达涅尔转过头去，在他身后几米之外是另一座墓碑，那里埋葬着他的弟弟。他下意识地摸了摸后颈上的疤痕，紧咬着唇，仔细体味着雨水带来的慰藉。但他清楚地知道，这场大雨远不能冲刷掉自己的噩梦。他看着眼前几个出席葬礼的人。墓穴四周围着四个打伞的男人，身穿黑色长大衣，头戴礼帽。他们是父亲昔日的同事，每个人脸上都是一副见识过无数死亡的漠然表情。

一位市政厅秘书代表当地政府前来致哀，父亲毕竟交游甚广，著名医生和教授堂·阿弗雷德·阿玛特·伊·洛雷斯的葬礼，绝非寻常人士可比。但雨实在太大，这位公务员刚来不久就找了个借口匆匆走掉了。

在右边不起眼的角落里，聚着四五个学生，在倾盆大雨中难受地动来动去。他们裹紧大衣，明显想找个借口赶紧离开。几个人轮流传递着一个酒瓶，他们的小动作没能逃过达涅尔的眼睛。

算上那两个负责将湿麻绳套到棺材底下的雇工，出席葬礼的也不过十二个人。父亲将毕生心血献给了医学，死后却只换得一抔黄土覆身，寥寥数人相送。棺材摇摇晃晃地放下去，丝毫没有庄严之感。一阵水声传来，棺材已经触到了墓穴的底部。浑身湿透的侍童撑着雨伞，伞下的神父郑重其事地吟诵着《传道书》，雇工正在收绳子，麻绳和木板摩擦的噪音盖过了最后几句赞美诗。达涅尔俯身抓起一把夯实的泥土洒进墓穴，泥土撞击在上了漆的橡木板上，整个墓地都听得到回响。他不由一惊，心里盼着父亲从棺材里跳出来，怒骂他方才的粗鲁。工人们开始铲土，所有人都急着离开。眼下的蒙惠克公墓大雨倾盆，海风刺骨，总有地方比这里更适合打发午后时光。

首先致哀的是那几个屈尊前来的同僚，他们一脸严肃地背着悼词，历数着他父亲的丰功伟绩。多么伟大的医生，多么卓越的科学卫士……

这些滔滔不绝、千篇一律的奉承话，达涅尔一个字也没听进去。他只是不停地点头，机械地握手，回避着来人的目光。最后走过来的是一位拄着拐杖的教授，他没打雨伞，只戴着顶大草帽，帽檐遮住了双眼。

“我劝您……节……节哀。我对……对您父亲的……去……去世……深感悲……悲痛。”

达涅尔低声道谢，和他握了握手，准备应付下一位哀悼者，但老教授却没有走。他清清嗓子，继续结结巴巴地小声说：“我……我叫胡安·嘉威特。我……我……从某种意义上说……我是……您父亲的……朋……朋友。”

达涅尔勉强地点点头。

“我……我希望……这么多……多年后……您回到……巴……巴塞罗那……至少……一路……一路顺利。”

“这倒没有，其实我刚下火车就出了场小事故。”

“您说……说什么？”

“没什么，”达涅尔有点后悔自己提起这么个话题，“几个贼把我的行李偷了，不过箱子里只有一些衣物和几件个人物品，到处都能买到。”

“哎！我真……真遗憾。”

“没关系。我本来也不打算长留。”

“哎！真的不吗？”来人一脸失望，“真……真遗憾。我希望……能有……有机会……和您多……多谈谈。认识您……很……很高兴。”

说完最后几句话，这位古怪的医生就瑟缩着冒雨离开了。

剩下的人也如猛听到猎枪声的乌鸦一样四散离去。达涅尔正打算离开，突然发现有个年轻人站在父亲的墓旁，脸上的表情是那样诚挚和悲伤，连他都不禁心生怜惜。毕竟还是有人真正尊敬父亲的。那个年轻人抬起头，用一双杏仁般的眼睛打量着达涅尔，突然脸色一变，好像在后悔刚才的冒失似的，随后就将脑袋缩进大衣里，快步踏上小路，匆匆忙忙地走了。

人群的低语消失了，墓地上只剩下铲土的沙沙声。达涅尔深深呼吸着潮湿的海风，最后看了一眼父亲的墓碑，戴上礼帽准备离开。正在这时，一阵茉莉花的香气温柔地包围了他。小路另一头的柏树边上，一个身穿黑衣的女子站在布满乌云的天空下。

达涅尔扪心自问，是不是见到了墓地里的幽灵。他慢慢地走近，生怕她消失在自己眼前。女子抬起垂在胸前的下巴，从麦斯林面纱后面望着达涅尔，双唇紧闭，一双眼睛紧紧地盯在他身上。这双绿色的眼睛和达涅尔记忆中的一模一样。她用戴手套的右手打着伞，左手紧了紧身上的羊皮大衣。满头墨玉般的秀发盘在脑后，一绺青丝从发髻上散落下来，在风中飘动着。达涅尔在离她几步远的地方站住，两人久久凝视着对方，感受着多年时光留下的裂痕。还是女子先开口了。

"阿玛特先生。"

达涅尔向她鞠了个躬，努力克制着自己颤抖的嗓音。

"伊蕾妮，您能过来，真是……真是太好了。"

"我很尊敬您父亲。参加葬礼只是尽一点微不足道的心意。"

达涅尔仔细打量着她，努力在她身上找寻着那个曾经相熟的姑娘的影子。除声音外，伊蕾妮的外表毫无变化。她的加勒比口音消失了，现在的语调更加庄重。她掀开面纱，从衣袋里掏出一块蕾丝手绢擦了擦眼泪。这个动作转瞬即逝，却显露出她穆拉托[1]人的皮肤。

1 美洲黑人与白人的混血儿。

“好多年过去了。”达涅尔终于开口了。

“太多年了。”

“您现在怎……”

“我很好，谢谢关心。”

她向左边看去，墓地大门下面站着个身穿马车夫披风的男人。她的脸上突然闪过一丝不安，不过很快就平静下来。只是攥着手帕的手稍稍颤抖了一下，出卖了她此刻的心绪。

“我该走了。”

达涅尔想留住她，却不知道该说些什么。她好像在等他做最后的告别，见他没开口，便转身踏上归路。达涅尔突然一阵冲动，追上去用胳膊拦住了她。此刻她离他那么近，近得可以感受到她身体的温热。往事一幕幕冲击着他的脑海，墓地的一切都已不复存在。正在这时，他发现面纱下她的眼睛正恼怒地盯着自己，一声问话让他猛然惊醒。

“您这是在干什么？”

“我当初应该联系您……”他不假思索地回答。

“可您没有，也许这样最好。”

“我想走之前再见您一面。”

“不，不行。”

她挣脱了他的手，一去不返。达涅尔出神地望着她，直到她远去的背影消失在道路尽头，消失在雨幕下的柏树林中。

只剩他一个人了。达涅尔最后看了一眼父亲的长眠之地，向着公墓的大门走去。与伊蕾妮的重逢让他深受刺激。他真是太蠢了！究竟为什么要回来？她激起了他自以为早已忘却的情感。为什么过了那么多年，他还是放不下？他现在有新的生活，有未婚妻，有前程远大的教职，这是多么令人艳羡的未来。而她只属于过去，永远不会重来的过去。

达涅尔就快走到街上的时候，突然从右边冲出一个人来，气喘吁吁地打断了他的沉思。

“阿，阿玛特先生？这天杀的大雨！”

这是个矮个子男人，穿了件格子外套，领结和帽子都在滴水。他在达涅尔身旁弯下腰来，缓了口气，水雾弥漫的眼镜从鼻梁上落下来，露出一双鼓眼泡。他眨眨眼睛，试图甩掉脸上的雨水，接着咧嘴一笑，唇上的小胡子歪向一侧，像一张滑稽的鬼脸。达涅尔不记得自己在葬礼上见过此人。

“请问，我们认识吗？”

来人向他伸出湿漉漉的手。

“我叫伯纳特·弗雷萨。这是我的名片。”

达涅尔谨慎地握了握他的手，看了一眼名片，然后抬起头来。

“您是记者？”

“是的，先生。在下供职于《巴塞罗那邮报》。”

“您找我有什么事？”

“如果您不介意的话，我想和您谈谈。”

达涅尔把名片还给他，转身就走。

“我跟您没什么好谈的。”

弗雷萨一路追到了墓地门口。

“好吧，更准确地说，是我有些事情要告诉您。您知道您和您父亲长得多像吗？您简直就是他的翻版，当然您比他年轻多了！”

“您认识我父亲？哦，您当然认识他。”达涅尔嘲讽地回答，并没有停下脚步。

“阿玛特医生和我有个约定。其实……”

“您看呐，弗雷萨先生，”达涅尔突然转过身来，“如果您当真认识我父亲，就会知道他向来看不起记者。他认为报纸是粗制滥造的宣传册，总是‘毁人不倦’，一个体面人连周刊都不应该看。他从来没和记者说过一句话。”

“可您父亲真的和我说过话，还是他亲自找我说的。”

达涅尔哼了一声。他这几天承受了太多情绪：长途旅行、葬礼、伊蕾妮……现在他只想睡一觉，睡上几个小时就乘火车回到真实的生活中去。

“请给我一分钟，”弗雷萨请求道，“让我把话说完。如果您听完后还不想见我，那我绝不打扰您。”

达涅尔加快了脚步，依旧不想理他。

“等一下！您没懂我的意思。您父亲和我本来有个会面，可他再也没能赴约。有人阻止了他……”记者环顾四周，压低了嗓音，“阿玛特先生，您父亲是被谋杀的。”

5

皇家广场的拱廊下咖啡馆林立，欧罗巴咖啡馆就是其中一家，近年来广受好评。但在午后这个钟点，也只有几张桌子前有人，一群老主顾一边吐着雪茄烟圈一边谈论着粮食的新税率。

达涅尔和弗雷萨选了个不起眼的位置，默默无言地坐着。等到侍应生上完酒水，达涅尔首先开口了。

“弗雷萨先生，第一，我为什么要相信您？”

“因为您父亲相信我。您听我说……”

“不，您听我说。我不想让您误会，跟您来这儿我纯属发疯。我想不出有谁想要害家父的性命，这实在不可理喻。我给您五分钟时间，您解释完我马上走，绝不会再让您打听到一点消息。”

“您很公平，”弗雷萨点头答应，一仰脖子干掉了侍应生端上来的苦艾酒，清了清嗓子说，“大约三个星期前，您父亲给报社递了个口信，要求我立刻去圣米盖尔·德·波特教堂见面。”

达涅尔点点头。这符合父亲的举动，他经常用命令的口气约请人。

“接着说。”

“我们第二天就见了面，他说话时不住地四下张望，很多次说到一半又停下来，语速很快，好像希望尽快结束谈话。他大概不怎么喜欢我，而我也觉得这样偷偷摸摸的见面很是不妥。他显然希望能谨慎行事，但即便这样，也可以把地点定在报社或者大学嘛！当时我们刚在教堂长椅上坐定，他就一言不发地塞给我一些文件。”

弗雷萨拿出一个系着皮绳的灰色文件袋，放在桌子上。

“这是什么？”

“这正是我要问的。”记者边说边解开绳子，摊开文卷。

“您父亲说，几年来他一直在研究巴塞罗那贫民区的卫生状况。几个月来他坚持收集了很多资料，并针对巴塞罗内塔[1]区的情况作了几十项分析。不知您是否熟悉这个区域。那里近年来变化巨大，除了海陆冶金

1 巴塞罗那的一个区，始建于18世纪。

公司[1]和加泰罗尼亚天然气公司[2]外，还兴建了多家建材和研磨工厂。那里人口众多，挤满了从西班牙各地前来找工作的家庭。您父亲说，他做这项研究是为了探索这些工人恶劣的生活和工作条件与他们所患疾病的关系。这些卷宗正是他的研究成果。”

达涅尔掩饰不住自己的惊讶。在他看来，父亲热衷于这种研究实在不可思议。他曾是这个城市高官显贵们的私人医生，与巴塞罗那的大资本家们交情甚笃，还喜欢夸耀自己的社会地位。他的研究成果可绝不会让那些人高兴。

“我父亲从来没……”

“是的，”弗雷萨知道他想说什么，“当然，公布这项研究对他没有任何好处，反倒会惹上麻烦。但您父亲非常坚持。我读完这些文件后也是这么看的。”他停下来，大叫着点了第二杯酒。“‘您想让我做什么？’我当时这么问您父亲。我认为报社不会感兴趣，我们不敢和巴塞罗那最显赫的资本家们对着干，他们中的某些人甚至是《邮报》的股东。但您父亲对我说，这些材料只是冰山一角。”

“在巴塞罗内塔区研究报告的前几页，”记者继续说，“正如我预想的一样，您父亲记录了多起死亡案例。死因最多的是工伤意外，另外还有污染、疥疮、肺病、结核……和饥饿。对这些可怜的工人来说，死亡是家常便饭，您父亲花了几个星期的时间记录了他们的死。随着时间的流逝，他在这项研究上投入的精力越来越多。他开始制定卫生条款，并敦促市政厅对饮用水和下水道采取措施。他还亲自治疗病人，甚至自掏腰包给他们买药。最终，他赢得了那个地方穷人们的感激和信任。”

---

1 西班牙著名冶金公司，总部位于巴塞罗那，始建于 1855 年。
2 西班牙著名天然气公司，总部位于巴塞罗那，始建于 1843 年。

弗雷萨干完第二杯酒，继续说下去。

“有天下午，您父亲曾经救治过的一个老木匠给他讲了个故事，故事的大意是，巴塞罗[1]来了恶魔。最近几个星期，天一黑就有收工回家或外出办事的女孩子神秘失踪，并在四五天后暴尸街头。她们的遗体惨不忍睹，全身的血都流干了，肢体被砍断，最可怕的是，每具尸体上都有大片撕咬的伤口，伤口四周的肉像是烤焦了一样。

“您父亲对我说，那个吓破胆的老木匠告诉他，当局对此事漠不关心，左邻右舍为了抓住凶手，自发成立了夜间巡逻队，但所有的努力都无济于事，还是不断有姑娘失踪。家家户户夜里都把女儿锁在屋里，祈祷着别让魔鬼把她们抓走。当然，您父亲根本不相信这故事，他觉得一切都是这个迷信老头的胡言乱语，并很快把这事忘了。但一个星期后的清晨，有人来找他。又发现了一具尸体，这次的情形非常诡异。”

达涅尔向记者探了探身子。

“为什么说‘非常诡异’？”

“您父亲不愿多说，但这对我的报道至关重要，所以我坚持让他说出来。他终于答应在下次见面时告诉我一切。可不幸的是，我再也没能见到他。”

弗雷萨又要了一杯苦艾酒。

“现在的问题是，”他回归正题，“那是一具年轻女孩的尸体，几乎还是个孩子。阿玛特先生，您父亲提起这场悲剧时几乎抑制不住心头的怒火。他命人报了警，尸体被运到停尸房做解剖，他想通过验尸获取证据，揪出那个罪大恶极的凶手，但尸检没做成。”

---

1 巴塞罗内塔区的简称。

“没做成？为什么？”

“尸体在当天晚上失踪了。”

“这不可能。”

“您父亲也不信。停尸房只有一个出口，整晚都有护理员值班。那晚的值班员自称从未离岗，也没有人来过。”

“那人在撒谎。我想政府部门应该会干预这件案子。”

“他们对您父亲只是敷衍客气罢了。有人怀疑尸体根本就没运进停尸房。您父亲在大学里的同僚也不是特别支持他。”

达涅尔可以体察到昔日一言九鼎的父亲心中的失落。在他离开的这些年，很多事情都不一样了。

“阿玛特医生当时对我坦白，他怀疑警方有问题。”

“警方？这太荒唐了。”

“也许吧，”弗雷萨耸耸肩，“他的研究已经让某些人士坐卧不宁了。您父亲认为他们一定会隐瞒此事。但他没有停止，反而又做了一份调查，这就是调查结果。”

弗雷萨从桌子上的文件中拣出一页纸来，从表面上看，这页纸和其他文件毫无二致。达涅尔认出了父亲工整的字迹。他拾起纸页，纸在指尖沙沙作响。他喘了口气，驱散脑海中涌起的回忆，开始读起来。纸上写满了名字，每个名字旁边都作了注解。在这些数据旁边还有一栏数字。

“这是一份……名单？”

“这份名单花了您父亲很多心血。从巴塞罗内塔区那些吓坏了的居民嘴里收集材料可不是件容易的事。而您父亲仅凭他在这些人心中的威望就做到了。”

“但是，这份名单意味着什么？”

“您父亲通过不同的证人，收集了那些失踪女孩的名字和年龄，尸体被发现的日期和当时的状况。”

达涅尔数了数，名单一共有十六行。他不敢相信地抬起眼睛。

“匪夷所思，是不是？”弗雷萨问道。

达涅尔又读了一遍手中的名单。一个叫格拉西亚·圣胡安的女孩被砍断了双腿。另一个名叫阿黛拉·雷格的姑娘被挖去了双眼。萨拉·福斯特整条胳膊被砍掉。第一个受害者的遗体出现在一月份，最后一个姑娘是在他来巴塞罗那前二十天被找到的。最小的死者年仅十五岁。达涅尔突然感到手中的纸异常沉重。他用颤抖的手举起杯子，喝了口水，企图压制住心里阵阵泛起的恶心。

“那么，旁边的数字是什么意思？”他再次问道。

“那是坐标。”

“坐标？”

“是的。这些数字标出了尸体的位置。其中大部分位于下水道附近，或者直接漂浮在旧港海域。”

弗雷萨又要了一杯酒。达涅尔沉默了。他终于明白记者为什么怀疑父亲死于谋杀。七年来他滴酒未沾，此时此刻却无比渴求酒精在身体里燃烧的快感。他抑制住自己的情绪，端起杯子一饮而尽，杯中的清水满是血腥的味道。

记者心满意足地坐在椅子上。五分钟早过了，而对方没有一丝要走的意思。

“经过那次谈话，我和您父亲约定，在他获得更多证据之前，我不会泄露一个字。”

“证据？什么证据？”达涅尔追问道。

“您父亲知道，这份名单作为证据并不充分。他相信自己能够揪出杀人真凶，并在我的帮助下把一切公诸于众。从那以后我再没得到您父亲的消息。直到上周一，他寄给我一封字迹潦草的信，说他得到了想要的东西，并将告诉我一切。”

“他跟您说了什么？”

“很不幸。我在接头地点等了三天，他从未赴约。”

达涅尔的脑中一片空白。

“那是一场意外，他们跟我说过了。”他坚持着。

“请告诉我，警方让您看过父亲的遗体吗？”

“没有，”达涅尔坦白，“他们说，海浪把尸体损坏得面目全非。”

“没错。正像令尊怀疑的，当局试图掩盖这些谋杀的真相，”弗雷萨解释道，“要达到这个目的，您父亲必须死。”他抬头看了看四周，压低了声调。“弗雷萨先生，您想象不到这件事牵动的利益有多大。被害人中很多是女工。如果把一切公诸于众，刚成立的工会就有了出风头的好机会，甚至还会组织罢工。这些天巴塞罗那空前紧张。工人们正在组织起来，为自己争取更好的工作条件。警察和治安队站在资本家一边，还成立了纠察队镇压抗议，有人甚至怀疑他们花钱雇了恶棍枪手，总之劳资冲突是免不了的。市长决心不惜一切代价镇压工人，并对市政厅施加了巨大压力。但后者正忙着筹备万国博览会，工作那么多，还不知道能不能在开幕前干完呢。在这样的紧急关头闹罢工无疑是灾难一场，更别提这件事造成的国际影响了。您明白这些后果吗？”

“您为什么跟我说这些？”

“我想要独家新闻。”

“独家新闻？”

“这是我和您父亲的约定。您看，”他朝弗雷萨弯下身，“我们可以互相帮助。”

“怎么帮？”

“您可以拿到您父亲的东西。我们可能会在那里找到他所发现的真相的蛛丝马迹。”

达涅尔犹豫着。整件事情太离奇了……其中多少是真多少是假？这个阴谋是不是父亲故意编造的？如果不是，他又意欲何为？……突然间他猛醒过来。自己多么傻，怎么会相信这么荒诞的故事！他抑制住一声苦笑，刚才真是被这番胡话给唬住了，完全忘了父亲的真面目。他就算死了也把自己耍得团团转！想到这里，他不禁恼羞成怒，差点拍桌子。

“弗雷萨先生，我要让您失望了。恐怕一切都是骗局。我父亲不是寻常人物，他为了个人利益，完全可能编织出一整套完美的谎言来。您要是像我那么了解他就不会感到奇怪了。您本人只不过是受骗者而已。”

“您父亲为什么要编造这一切？”

“我不知道，也不想知道。”达涅尔边说边起身。

“请您别走！”弗雷萨站起身来，“我知道，这个故事太过离奇，我自己也曾经怀疑过。但是我有证据证明您父亲所言不虚！”

达涅尔拿起大衣和礼帽，没有理他。

“明天晚上，我带您去一个地方，你会知道我刚才说的句句属实。”

达涅尔在门口站定，抬头看看天花板，深吸一口气又呼了出来，他真想马上离开这座该死的城市回牛津去。父亲的死是他彻底摆脱过往的最好机会。他的未婚妻，他心心念念的学院和讲堂都在英国。他喘了口气。这个记者说的不容置疑，也许应该给他一个机会，把整个事情彻查到底，这样也算尽了全力，可以安心踏上归程，否则总会免不了自问，所有事情可会有一点是真？心头的疑云若不驱散，是会折磨他一辈子的。

“好吧，我会晚几天回去。”

眼前的记者微笑了一下。

“太好了，您不会后悔的。握手！”

达涅尔握住了他的手。

“明晚十一点，我在财神码头对面的港口等您。您得穿身暗色衣服，不能太醒目，您明白的。对了，请带上您父亲的箱子，可以吗？”

“没问题。但是，您为什么……”

“请相信我！”

6

蒙面人步履坚定地在架子前的过道上踱着，手里的油灯是这座昏暗迷宫里唯一的光亮。火苗反射在架子上的玻璃器皿上，隐约映照出瓶中之物的形状。上百个瓶子细致有序地摆在那里，像沉默的军队一样占领了四面的墙壁。

最近的标本做得更好了。他正在取得进展，过了这么多年……

蒙面人径直走到一间六角形的屋子里。空气中回荡着阵阵蜂鸣，盖住了一切别的声响。这里是最湿冷的地方。在石板地面下几米深的地方有水在流，他用双脚感知着那熟悉的颤抖，一如既往地想象着自己从瀑布里钻出来的样子。他继续前进，绕过右边的水井。井水的波澜在屋顶的毛石上勾勒出一圈圆形的钴色波浪。他在一根直通穹顶的电镀柱子前站住，把油灯移近，灯光的倒影在柱子上跳动着。他伸出手抚摸着镀铜柱身，尽管戴着手套，还是能感觉到体温般的热度。蒙面人的喉间发出了一声低语，他扶着额头，嘴里嘟囔着几个字。

他痛苦地离开柱子，走到大厅中间，把油灯放在一张小桌上，把火焰调到最亮。灯光倾泻在眼前的大理石板上。这张解剖台是一百二十年前用整块石头雕成的，有一个成人的身高那么长。椭圆的轮廓带着柔软的质感，看上去像个平底盘子。三条盘根错节的桌腿支撑着沉甸甸的台面，桌腿顶端雕着龙头图样。圆润的曲线和单纯的直线在整张桌子上和谐交融，当年打造它的工匠为石头注入了生命。

蒙面人伸手抚摸着解剖台光滑的表面。那些被害人的体液曾经在石板上汇聚成一道道沟渠，一直流到中间的金属出水口。他用指尖感受着石头里散发出来的力量，内心充满了快感。突然，他触电一样地抽回了手，身体移到几厘米外，眼睛却紧紧地盯着桌面，随后开始慢慢地、慢慢地脱衣服。

他首先脱下皮手套，他脱得很随意，把手套并排着放到小边桌上，每个动作都井井有条。他又脱去了外衣和背心，把它们简单细致地叠好，放在手套旁边，随后解开蝴蝶领结和衬衣扣子，用同样的方式折叠整齐。紧接着，他一下子脱掉裤子和内衣，把它们和其他衣物放在一起。

他的身体因为寒冷而冒着白气，灯光下的躯干伤痕累累，如同枯树上的节疤。

他用双手撑住解剖台，爬上去躺下，后背抵着冰冷的石板，然后半闭双眼，感受着皮肤上伤疤的收缩。伤口松弛下来，疼痛减轻了。时间分分秒秒地流逝，他的呼吸越来越平静，心跳声越来越轻，直至完全听不见。就像以前一样，一切都开始了。

他感到曾经躺在石板上的死人又回到了这里。从坟墓里挖出来的尸体，为了科学研究舍弃了永久的安宁，现在一具一具涌现在回忆里。他感到他们濒死的力量和毫无生气的残骸正在缓解自己的痛苦。他呻吟一声，绷紧身体感受着其他身体的存在。这种全新的生命精华像瀑布一样倾泻在他每一寸赤裸的胴体上。今天的尸体和往常不同，它们近乎真实的存在散发出无穷力量，几乎让他神志崩溃。那些年轻姑娘正值豆蔻年华。她们躺在这块石板上的时候还有生命和意识，她们的心脏还在绝望地跳动，直到最后一刻，鲜血流向桌子中间，大理石板吸走了身上全部的热度。想到这里，他感到一阵眩晕，身体里涌出一股淫荡的欲望。身体痛苦地蜷成一团，他禁不住一声大叫，紧接着筋疲力尽地躺在桌上动弹不得。直到这个时候，也仅仅在这个时候，他才觉察到蔓延全身的痛楚。他的叫喊夹杂着喘息，压过了屋子里嗡嗡的蜂鸣。

“很快了，我们很快就能在一起了。”

笔记本

距万国博览会开幕还有 18 天

7

玛利亚·尤克看上去不到三十岁，既不年轻，也不像海外殖民地过来的女人那么有异国情调。但她凭着自己丰满的乳房和紧绷的肌肉，在拉瓦尔区混口热饭吃还是不成问题的。可这些都是她暴瘦之前的事了。这个春末，她甚至找不到一间陋室抵御夜晚的寒气，每天只靠着几个雷亚尔艰难度日。她和巴塞罗那成千上万的灵魂一样，沉默地忍受着生活的苦难。嘴上抱怨命运是没用的。

这个下午，玛利亚闭着眼睛躺在那里，神色安详，再也没有什么能打扰她了。阴影遮住了她身上的阳光，一个男人小心地迈着步子走到她身边。他的眼中闪过一丝怜悯，突然抬起手臂。随着寒光一闪，锋利的刀片插进了玛利亚的胸膛。紧接着，男人又从她身体中部下了两刀。伤口立刻泛起鲜血，形成一个巨大的血红色“Y”字。

玛利亚没有喊叫。周围无人报警，反倒泛起一阵钦佩的低语。男人握着滴血的刀刃，严肃的声音盖过了观众们的私语声。

“先生们，请安静。正如你们刚才所见，下刀时一定要干脆利落。切口要呈‘T’形，或者像我刚才做的，呈‘Y’形。这两种形状的切口有助于我们顺利打开胸腔。现在开始缝合。”

助手把工具递给他，所有人都屏息静气地看着。今天这堂解剖课的主讲马内·马托雷博士是加泰罗尼亚数一数二的外科医生。他身着严整的深色衣服，只围着一条皮质围裙。授课地点是昔日皇家外科学院的解剖室，也是医学院所在地。

解剖室屋顶上悬挂着一盏醒目的吊灯，灯光把这间优美的屋子里的每个角落都照得透亮。这处新古典主义风格的椭圆形教室是一个世纪前由建筑师本杜拉·罗德里格斯设计的，教室两侧分别开了一扇门，方便教师和学生们进出。四排带深红色坐垫的大理石凳子排列成宽敞的阶梯，此时座无虚席。最下方的地板上摆着高靠背的木头座椅，这是大学教授们的专座。其他座位是为最高年级的学生准备的，而最上排的座位，所有愿意旁听的人都可以坐，就算没选相关课程也不要紧。尸体解剖总是能吸引众人的眼球，这门课通常是公开的，甚至会对公众开放。

今天的课程很特别。要解剖的是一具女尸，这情况很少见。大门两侧和解剖桌旁摆着香炉，烟味和石碳酸的气味混在一起，却盖不住一股烂水果般的甜味，在场的人都知道，这是刺鼻的尸臭味。第一排的石凳上，几个学生在小声交谈着。

“你们看到了吗？老头下手可果断了。”一个学生说。

其他人偷偷笑着附和。在这群人中有一个皮肤黝黑的青年，梳着平整的头发，蓄着罗马式的山羊胡子，正面无表情地倚在木头扶手上，用深色的双眸注视着教授的一举一动。他对同学们的玩笑话向来置若罔闻，只要取笑的对象不是自己，别人说什么他都无所谓。

“怎么样，费诺约萨？待会儿过来喝几杯？”

青年还在聚精会神地望着站在妓女尸体旁边的教授，根本不屑于回答同伴的问题。女尸苍白的皮肤好像和大理石融为一体。尽管有引流管引流血液和其他体液，地上铺着的锯末依然滴上了不少凝固的红色液体，就像蜡油一样。

“非常好，先生们。现在谁能告诉我，这可怜的女人到底是怎么死的？”

没人愿意回答。马托雷博士的脸上闪过一丝不悦。

“我得提醒先生们一句。诸位都是想做外科医生的人，无一例外。”他顿了顿，专注地看着学生们。“表面上大家都希望成为本学院光荣医学传承的一分子，而做到这一点需要无可置疑的天才，但我怀疑，在座的很多人，甚至是所有人，都不具备这样的天才。不过，我倒希望自己的断言是错的，希望你们中至少能涌现出一两位天才人物。”

阶梯教室里传来几声低语。那个皮肤黝黑的青年站了起来。

“教授，如果您允许的话，我可以回答您的问题，”他的语气带着一丝掩盖不住的骄傲，“单从胃部看，胃黏膜上的皱褶显得很平滑，这可能是我们发现的大块局部溃疡导致的。虽然没有做病理学确诊，但我判断病人极有可能得了恶性肿瘤。这种恶疾，再加上这个女人不健康的生活习惯，导致了她的死亡。”

马托雷博士把双手放进助手递过来的水盆里，洗去手上沾染的血迹。

“很好，费诺约萨先生。您的诊断和教科书上写的一丝不差。”

青年周围爆发出一阵欢呼，在教室里回荡着。

“先生们，别吵，别吵。这里是课堂，不是斗牛场！”教授训斥着。看到大家安静下来，他继续说道：

"费诺约萨先生，我们必须在患者死后才能验证您说的话，这可真是个遗憾。"

人群中传出一声干咳。

"什么事？"

上面两层的阶梯座位上，一个没胡子的青年费力地推了推鼻梁上的眼镜，举起手来。

"您有什么要说的吗？"

"是的，先生。"

满教室的人都带着期望的眼神看着这个年轻人。他的嗓音像尖锐的铃声，显得很紧张，好像有点后悔站出来。

"很好，那就别让我们久等。这节课马上就要全部结束了，就像躺在这里的这位小姐一样。"

教室里爆发出一阵笑声，年轻的学生脸红了。费诺约萨坐在椅子上看着他。所有人都知道，他的话没人敢反驳。这个傻瓜在干什么？

年轻人站起来清清嗓子，教授开始不耐烦了。

"请说下去。"

"先生，我在想，能不能在不开刀的情况下大胆作出诊断呢？"

"请继续。"

"从死者颈部可以明显看出她患有左锁骨上淋巴结肿大，这表明她有腹内病变。她还可能患有淋巴结核，或是头部或咽喉肿瘤，但在这种情况下，颈部应该还有其他肿大的淋巴结。病人生前可能出现呕吐、胃痛和缺铁性贫血等症状。从病情看，她也许在几个星期内持续消瘦。"

马托雷教授饶有兴致地看着这个年轻人。他方才一番话中体现出的实践知识在学生中，哪怕是最高年级的学生中，都是极其罕见的。他带着掩饰不住的微笑瞥了费诺约萨一眼。

“很好。我看终于有人敢和您分庭抗礼了。我们得好好抓住这个机会。你们二位谁能说说，如何医治这位小姐才最有效呢？”

费诺约萨感到所有人的目光都聚集在自己身上。身为享有退休津贴的名医费诺约萨的儿子，他必须青出于蓝。老师和学生们都知道这一点，他每次的课堂发言也印证了这一点。最重要的是，父亲一次次地向他提起这一点，就好像这样说了，儿子就真能做到似的。

他慢慢站起身来，挑衅地看着对面那个无礼的家伙。身后响起一阵低语。

“揍这雏儿一顿！”

“让他看看这里谁是老大！”

费诺约萨戏剧性地停了一下。他整整外套，用手指摸了摸放在身边的帽子的边缘，面对大家，用毋庸置疑的语气说：“我认为最好的医治方法是进行胃切除手术，即切除肿瘤所在部分，并将剩余部分同十二指肠吻合。”

教授点点头，那群学生鼓起掌来。

“但是，先生……”那个陌生学生温柔的声音传来，打断了他们的欢呼。

“说下去。”马托雷博士请求道。

“毫无疑问，这位同学的疗法是正确的。但他可能忽视了一个问题，这个方法已经被提出它的那位教授本人更新了。比尔罗特[1]博士三年前就改进了疗法。”

---

1 奥地利外科医生，现代腹部外科奠基人。

“啊！”教授喊了出来。“您能向我们演示一下吗？”

“当然可以。比尔罗特提出，将残余胃部与空肠吻合，并将十二指肠残端缝合关闭。这种方法可对胃部进行更大面积的切除。我们还要注意，不到一年前，克罗雷因医生以端侧吻合和结肠前吻合的方式完成了整个空肠的横切手术。这种手术提高了治愈率。”

“很好，年轻人……”

“但是，”青年打断了教授的话，“这并不能准确回答您刚才提出的问题。”

“那么依您所见，最好的疗法是什么？”

教授觉得很有趣。这个年轻人说话时已经没有了先前的紧张，他的声音响彻教室，大家都在认真聆听。有些学生开始记笔记。

“最好的方式是不做手术。这女人颈部的魏尔啸淋巴结显示，癌细胞已经转移，她已是病入膏肓、无药可救了。在这种情况下，我们应该避免病人遭受不必要的手术之苦，并用药物缓解她的疼痛，同时对其进行精神上的安慰。”

马托雷博士用赞赏的目光看着这个年轻人。

“这无疑是个非常高明的诊断。”他再次带着戏剧般的姿势转向费诺约萨，快活地说道：“您有什么要反驳的吗？”

年轻人咬着嘴唇沉默了。身边的同伴们鼓励他反唇相讥，但他明白，对手的阐述毫无破绽。他攥紧了扶在栏杆的双拳，指关节都发了白。

“先生，没有。我没什么可补充的。”

周围响起了一阵失望的嘘声。教授看着已经落座的另一个学生问道：“年轻人，能告诉我们您的名字吗？”

小伙子紧张地站起来，脸上已经完全没了刚才的镇定。

“是的，先生。我叫……帕乌，帕乌·吉尔伯特。”

“很好，吉尔伯特先生。祝贺您！”接着，教授对全班同学说道：“先生们，这件事说明，诸位可以把事情干好，甚至干得很好。不要死读教科书。科学的边界是由我们划定的。一定要动脑子，如果你们还有脑子的话。”他边说边看着费诺约萨。

半圆形的大厅里再次笑声一片。下课了。

学生们一边陆陆续续离开半圆形大厅，一边谈论着刚才课堂上的一幕。费诺约萨和他的小团体聚集在大厅一角，他看到那个让自己下不来台的年轻学生胸前捧着一大捆书，匆匆忙忙地走出教室。

帕乌·吉尔伯特大步流星地走在路上，心里不停地自责。他始终低着头，不想给那些拦住他讨论刚才发言的同学们任何理由。“你太蠢了，简直不长脑了！你这是在用一切去冒险，就为了证明……证明什么？证明你的聪明？还是你比班里所有笨蛋都高深，甚至比这该死的医学院能教给你的都渊博的知识？”他再次喘了口气，摇了摇头。当然了，谦虚从来不是他的美德，可费诺约萨也太自大，太小肚鸡肠了。这家伙每一次狂妄的发言，还有那种总喜欢向全世界显摆自家老子是谁的态度，都深深激怒了自己。

帕乌的同学们为他在课堂上的表现欢呼，就像在里西奥大剧院[1]为瓦格纳欢呼一样。“他们这些富裕资产阶级家庭出身的公子哥，自然有权利游戏人生。”可帕乌的生活却远非这样轻松。他来这里是要获得外科医生头衔的，没有什么比这更重要，绝对没有！他一定要实现这个目

---

1 巴塞罗那的著名剧院，建于 1847 年。

标，但为了这个理想，绝不能犯这种小儿科的错误，也绝不能再用这样的方式来博众人眼球。不，如果要拿到医生头衔，从这里全身而退，就绝不能这样做！想到这里，他加快了脚步，以最快的速度消失在众人的视线里。

费诺约萨粗暴地打断了同伴们的谈话。

“谁知道这个吉尔伯特的底细？”

“我听说他是半途转学过来的，”一个高个子男生说，“从一所国外大学转过来的。”

“他好像没什么朋友，是个古怪的家伙。”另一个男生补充道。

“他是个毛头小子……”

“一个毛头小子却能指点赛古拉教授如何缝合股动脉！”

“赛古拉教授连怎么合上他老婆的双腿都不知道！”

一群人哈哈大笑，费诺约萨却没有笑。他一直盯着帕乌·吉尔伯特的背影，直到他消失在走廊尽头。

8

灰蒙蒙的海雾从港口升起，笼罩了财神码头，一寸寸吞噬了哥伦布大道，又在相邻街道上蔓延开去。达涅尔呼了口气，搓搓双手，双脚不停地跺着车底取暖。他第三次看了看表，五分钟前，车夫刚问过还要不要继续等。达涅尔正怀疑自己答应记者前来赴约是不是发疯了，却听到路上响起一阵脚步声。几秒钟后，伯纳特·弗雷萨干瘦的身影从浓雾中钻了出来。

“晚上好，阿玛特先生。”

记者上了车，带着赞许的目光在达涅尔身旁坐下。后者身着一件样式简单的灰色羊毛大衣，衣长过膝，遮住了上衣和深色裤子，脚上是一双运动靴。他没忘记记者的嘱托，带来了父亲的箱子。弗雷萨还是和平常一样不修边幅。他们向车夫小声说了地址，一声轮响，马车在寂静中开动了。马车驶离高楼林立的哥伦布大道，拐进宫廷广场，沿着法国火车站附近一条僻静的街道朝海边驶去，最终在日内瓦街停了下来。

“怎么回事？”

“很抱歉，先生们，我只能开到这儿了。”

“但是……”达涅尔开始争辩，弗雷萨伸手抓住他一只胳膊，拉他下了车。

两人沿着黑暗的街道前进，身后的马车掉头离开了。

“您为什么阻止我？”

“没用的，在这个深更半夜的当口，马车是不会开进巴塞罗内塔区的。我们得步行一阵子，但地方不远，走一会儿也好。”

眼前出现了几片长方形街区，像规整的军队一样面朝大海。空气中充满了咸湿的气息。这里不像哥伦布大道和兰布拉大街那样灯火通明，只有零星几盏煤油灯在街道上映出昏黄的圆圈。一座座楼房混乱地紧挨在一起，达涅尔不禁怀疑白天能有多少光线照进来。铺着方石板的斜坡上烂泥遍地，就好像踩在附近的海滩上一样。

“我们要去哪儿？”达涅尔问。

“我们要赴个约会。”弗雷萨脚步不停地回答他。

“别跟我打哑谜，我们到底要见谁？”

“去见您父亲的一个熟人，一个对他的工作很重要的人。按照江湖上的说法，他才是巴塞罗内塔一带的老大。”弗雷萨看着满脸犹疑的达涅尔这样解释。

“您认识他？”

“不认识。其实我也不知道他会不会见咱们。但愿咱们关系足够硬。”

“他要是不见呢？”

正在这时，从黑暗中浮现出两个人影，向着他们走了过来。

“我想我们很快就知道答案了。”

其中一位来者是个歪鼻子，高大魁梧，皮肤黝黑，饶有趣味地打量着他们两个。达涅尔一眼瞥见他手里拎了只死老鼠，不禁咽了咽口水。歪鼻子身边的同伴矮胖粗壮，左手肆无忌惮地拎着一根铁棍，正慢慢悠悠地围着他俩打转，达涅尔看着他那神游天外的表情，怀疑他是不是智力迟钝。这人见他盯着自己看，咧嘴一笑，露出一口烂牙。那两人身上都散发着一股阴沟的臭味，达涅尔觉得他们也许就是从阴沟里钻出来的。

“你们是谁？”拎老鼠的男人开口了。

弗雷萨平静地回答：“我们来找维达尔，他在等我们。”

男人装出一副思考的模样，身子摇来晃去，手里还在摆弄着老鼠。

“我不认识什么维达尔，你认识吗？芒克？”

他的伙伴一边摇头，一边盯着达涅尔看，手掌一开一合地把玩着铁棍。

“看，我们都不认识他，”他夸张地耸耸肩膀，“现在该轮到我们了，你说是吧，芒克？快点老实交代，你们到底是谁？来这儿干吗？”他抬手指了指周围，达涅尔觉得他手里的老鼠快要飞出去了。

没等记者开口，达涅尔抢先上前说："我想这与你们无关。"

那人一步跨到达涅尔面前，一张麻子脸凑近了他。

"是吗？无关？闯了我们的地界就要付出代价……等等，看你们这身衣服，你们是警察？闻着跟蠢猪似的。你怎么看，芒克？"

那个叫芒克的男人发出一声号叫，露出牲口一样的门牙。达涅尔只得后退一步。

"我的伙伴可不喜欢警察。他小时候被警察抓过，他们把他关在阿玛利亚监狱里，折磨了三天三夜，他受了点刺激……"

"别浪费时间了。维达尔可不等人。"弗雷萨打断了他的话。他的身材只到那人的下巴，却丝毫不露怯意，好像知道对方不可能拿他怎么样。达涅尔可没这么自信，他已经做好了干一架的准备，明知道可能会输得很惨。

弗雷萨突然贴近那人耳语了几句。那人站直了，上上下下打量着达涅尔。当他看到对方手里的箱子时，终于收起了戏谑的表情，抬起抓着老鼠的手，指着身后说："前方第三个路口右转。带绿窗帘的那间屋。芒克，让道。"

达涅尔直到走远了才敢回头。两个人朝墙后一堆篝火走去。高个子从地上捡起一根树枝当烤肉叉，把老鼠一点点叉上去。达涅尔不想再看了。

"您和他说了什么？"他小声问记者。

"我跟他说，您是医生，维达尔在等你。"

"可我不是医生！"

"我知道，但他们不知道。"

“光告诉他们这个就够了？”

“医生在这里是奢侈品。您不觉得这里的人非常需要医疗吗？很明显，这话奏效了。”

“难道您是因为这个才让我带上父亲的箱子的？”

“谁都认得出医生的箱子。”

“可如果他们打开箱子呢？”

弗雷萨没说话，只是耸了耸肩。

他们按照那两人指的路线，来到了那所房子前。附近的房门后面窜出几个渔夫打扮的大汉，把他们团团围住。达涅尔觉察到一双长满老茧的手正在自己身上毫无顾忌地乱摸。搜身者看他一身的不自在倒很是高兴。他直起身子笑了笑，一张脸离达涅尔不过几厘米，掺杂着汗味、鱼味和酒味的气息直冲达涅尔鼻腔。他们终于满意了，掀开被当作大门的窗帘，示意两人进门。

“您别说话，都由我来说。”弗雷萨叮嘱道。

两人来到一间低矮的大厅，厅里点着六盏煤油灯，摆着一张桌子、一把扶手椅和三把散了架的破椅子。石头壁炉里的柴火烧得太旺，让人喘不过气来。

门开了。一个身长刚刚一米的小矮人迈着小碎步向他们走来。

马努埃尔·维达尔很喜欢屋里的热度。他穿着一件被拙劣的手工量身改动过的白色燕尾服。下巴的赘肉满是褶子，遮住了脖子上围着的紫色手绢。薄得几乎看不见的双唇间叼着香烟，他吸一口烟，又像个孩子一样，鼓着腮帮子把烟圈吐出来。眼前架着一副蓝色玻璃镜片的眼镜。

“二位绅士，请坐。”他的声音如同水下传来的低语。

有人搬来一把扶手椅，小矮人坐上去，调整着身体。达涅尔发现这椅子很高，使得和维达尔说话的人看着总比他低一个头。一个围着黑色长方形披巾的老女人在桌上放了瓶掺水的酒、几个杯子、两块大面包和一点变了味的奶酪，接着就来时一样无声无息地消失了。没人动手吃东西。

维达尔交叉着小手等着来人开口。

“维达尔先生，我是……”

“伯纳特·弗雷萨。《巴塞罗那邮报》记者。别啰嗦了，我认识您。别人给我读过您的文章，您写的东西很有意思，有时称得上精彩，文笔很棒。当然您也有点咄咄逼人，不过可以原谅，您只是想引起争论嘛。不过您得注意，您形容词用得太多了，有时让我觉得有点烦。”

弗雷萨张大了嘴巴，不知是被这番话奉承到了还是冒犯到了。

“呃，请允许我……”

“您的朋友是……”维达尔吸了一口烟，打断了他的话。

“我叫达涅尔。达涅尔·阿玛特。”

维达尔在座位上挺直了身板，换了一副小心的语气问道：“您可是堂·阿弗雷德·阿玛特的亲人？”

“我是他儿子。”

“他从未说过他有儿子。”

达涅尔做了个苦脸。父亲究竟把他的存在抹得多干净？难道有他这个儿子就这么令他蒙羞？他烦躁地挪动了一下身体，屋里太热，他感到很不舒服。究竟为什么要待在这儿，而不是乘第一班火车去巴黎呢？可他惊讶地听到自己的声音在辩解：“我很早就去了国外，这些年我和父亲分开了。我刚赶回来参加了他的葬礼。”

维达尔沉默良久，吐出一口烟。

“父亲和儿子永远不该成为敌人。到底发生了什么？”

“那是很久以前的事了。”

沉默。此时连弗雷萨都用好奇的目光望着他。

“发生了一场……事故。死了几个人。父亲认为是我的错。”

维达尔咂咂舌头，奇怪地歪了歪脑袋。

“唉，您的包袱很重啊！为什么总是最爱的人伤我们最深！但父亲只有一个。您应该感到幸运，阿玛特先生。您至少有这幸运认识自己的父亲，甚至有这幸运憎恨他。我的父亲是个瞎眼渔夫，我刚出生就遭他憎恨，他从此弃我们娘俩而去。我从来没听说过他的事情，但我并不恨他。您也不要恨您父亲。”他在椅子上调整了一下姿势，“您两度失去了亲人，这可真不寻常。我对您深表同情。阿玛特医生是个好人。”

达涅尔点点头，不知道该说什么好。

“这正是我们来的原因，”弗雷萨插嘴了，“我们怀疑阿玛特先生的死没那么简单。也许您能帮我们一把。”

维达尔重新吸了口烟：“当然没那么简单。”

达涅尔把手撑在桌子上。

“所以……”弗雷萨还在坚持。

“阿玛特医生为自己的大胆付出了代价。他被‘黑魔鬼’索了命。”维达尔粗鲁地在手心吐了口唾沫，张开手掌在面前一挥，嘟哝了几句吉卜赛语。旁人在私底下小声嘀咕着。

“‘黑魔鬼’？”达涅尔和弗雷萨异口同声地问道。

“不要大声叫他的名字。如果不是被吓得说不出话来，巴塞罗内塔区里的每一个人都能把他的故事讲给您听。那是个古老的诅咒。‘黑魔鬼’是个半狗半幽灵的妖精，魔王派他镇守地狱的大门，每隔一百一十年就把他放出来一次。每逢月黑风高的夜晚，他就从海水里钻出来大快朵颐。他一现身就意味着死亡，没人能够阻止，没人能填补他的辘辘饥肠。他闪亮的眼睛和巨大的牙齿像火焰一样熊熊燃烧，总在寻找能够满足食欲的灵魂。”

“您是说，我父亲是被一只……魔鬼附身的狗杀了？”达涅尔听得火冒三丈，呼啦一声推开椅子站了起来。

两个阴影扑上来，把他压在桌子上，压得他无法动弹。就在恍惚的一刹那，达涅尔感到一把刀子正顶着他的喉咙。他绷紧身体等着刀刺下去，但维达尔示意两人住手。于是他们一言不发地放开了达涅尔，动作和先前一样果决。弗雷萨满头大汗，目瞪口呆地看着这一幕，达涅尔重新坐下来，缓了口气。

“阿玛特先生，我的手下人很重视我的安全，”维达尔带着一丝微笑说，“他们太激动了，请原谅。”

达涅尔痛苦地清清嗓子，用手揉着疼痛的肩膀。

“不，维达尔先生，应该是我求您原谅。我忘了自己只是您的普通客人。”

小矮人点点头，算是接受了道歉。

“希望您理解我刚才的失态，”达涅尔继续说，“我父亲去世了，我得知道真相。”

房间里一片寂静，只听见柴火在噼噼啪啪地燃烧。维达尔故意迟缓地摘下眼镜，露出像掺水牛奶一样半透明的双眸。这个可怕的黑社会头子，巴塞罗内塔区的走私犯和妓院老板，仅凭个人好恶就可以在这地界挑起或平息一场暴动的大人物，原来是个瞎子。

“真相总有几面，”他说，“您有这样的想法可得小心。把他带上来!”他吩咐下人。

不一会儿，一个男人挽着个七八岁的小孩儿进了屋。这孩子穿着一件及膝的女士羊毛罩衫，扎着腰，袖子长过瘦弱的双臂。帽子勉强压住了乱蓬蓬的脏头发，那里肯定长满了虱子。达涅尔惊讶地发现，尽管这孩子穿得破破烂烂，脚上的靴子却质地精良。那人一把摘下小孩的帽子扔到地上，孩子狠狠瞪了他一眼，捡起帽子，却没再往头上戴。他小心翼翼地挨个打量着屋里的人，见到达涅尔时挑了挑眉毛，随即又恢复了刚进来时那副粗鲁的表情。

“他叫吉耶，是个聪明孩子，就住在码头附近。”维达尔边说边咂着嘴巴，“他对那一片的下水道了如指掌，还给您父亲当过向导。吉耶是最后一个见过他的人。”

“你知道我父亲是谁吗?”达涅尔问道。

孩子看看他，抿紧了嘴唇。维达尔的手下拍了拍他的脑袋，鼓励他开口。

“是的。”孩子终于说话了。他一直沉默，就好像被割了舌头似的。

达涅尔朝他笑笑，试图赢得他的信任。

“你帮他做过事?”

小孩点点头。

“开始时我拒绝了他。我觉得他想做的……和其他人一样。”

“其他人?”

“其他看上去像医生的人。他们穿得好，又有钱，给你几个雷亚尔，让你上马车陪他们兜一圈，有时候还会送你块黄油面包。”

达涅尔颤抖了一下。

“但阿玛特医生和那些人不一样。他只想让我带路，这双鞋就是他送我的。”吉耶骄傲地指了指脚上。

“你都带他去哪儿了？”

“他对下水道感兴趣。我们去了三四回。”

“你最后一次见他是什么时候？”弗雷萨问道。

孩子掰着脏兮兮的小手算了算。

“是一个星期前。他很紧张，不愿多说话。我们去了和前几次相同的地方，但这次他想走远一点。我跟他说不行，那里很危险，不能去也没人去。但他不听，然后就再没回来。”

达涅尔刚想再问一句，维达尔摇了摇头。孩子被跌跌撞撞地带出了房间。

“您父亲是想帮我们，阿玛特先生。您也看到了我们这里的情形。这么长时间来，阿玛特医生一直在这里治疗病人，最近几个星期甚至带了个助手过来。他还为我们提供药品，并帮忙把一个小倒霉蛋接生到这个世界上来。我们早把他当作恩人和朋友了。当我们和他说起‘黑魔鬼’的诅咒时，他根本不信，哪怕亲眼看到那个女孩的尸体，他还是不相信这就是‘黑魔鬼’随心所欲夺人性命的证据。于是他开始努力寻找这件事的另一种答案。我们曾试图阻止他，但他没有放弃，并最终为此付出了性命……也许还付出了灵魂。”

最后一句话在空中久久回荡。

“您真的相信所有这些命案都是魔鬼干的？”弗雷萨插嘴道。

达涅尔听得出弗雷萨语调中的怀疑和恐惧。维达尔用空洞的眼眸盯着记者。

“弗雷萨先生，我怎么相信不重要。上帝早就把我们这个街区忘掉了。‘黑魔鬼’混进来，看到称心如意的猎物就咬一口，这一点都不奇怪。看看周围的一切吧，这里就是它的家。”

接着，他无神的眼睛又转向了达涅尔。

“孩子，我很敬佩您父亲，正因为这一点，我要像当初劝他一样劝您一句。”他停下来吐了口烟圈。“别去追究那些力所不能及的东西，那些事您永远都搞不明白。回到您自己的生活中去，把这鬼地方的一切都干干净净地忘了吧！”

9

月亮好像在云朵里飘，小巷寂静无声。达涅尔和弗雷萨走出屋子，一言不发地踏上归程。海风吹过，风里带着浓重的咸味和鱼腥。屋里热得喘不过气来，屋外却寒气扑面，如同玻璃扎在脸上。两人几乎冻僵，他们裹紧大衣，把帽子深深扣在头上。

到头来，一切都只不过是荒唐的迷信。达涅尔心想，父亲一定是被魔鬼的故事带偏了路，再加上年纪大了，脑子糊涂，结果失去了理智，开始寻找一个仅存在于想象中的凶手，并因沉迷过度导致意外死亡——就像警察说的一样。要不然就是在贫民窟里进行那么长时间的冒险，最后碰上了什么不好的东西。现在事情总算告一段落，自己也尽了全力，可以了无遗憾地回英国去了。然而，他怎么也无法摆脱心头的挫败感。弗雷萨低着头，好似和自己一样失望。他们穿过圣胡安街向喷泉广场方向走，准备去圣卡洛斯大道赶整点马车。当走到圣米盖尔教堂前的时候，猛听见身后一声响动。那声音是从一堆空鱼箱子的箱板后面发出来的。

“谁在那里？”

一个人影从围墙后面溜出来，随后消失了。

“是维达尔手下那个小破孩儿。”弗雷萨松了一口气。

“他可能想问我们要点钱。”

吉耶又在下一个路口出现了。他从几个空鱼箱子后面钻出来，一双大眼睛紧紧注视着达涅尔。后者招呼他过来，但孩子还是站在原地，一脸严肃地打量着他。

“这个时候你一个人出门不害怕吗？”

“不。”孩子说。“医生的魔法会保护我的。”他想了想说。

“你指的是什么魔法？”

孩子皱起了眉头。

“您真是医生的儿子吗？”

“我真是他儿子，绝不骗你。”

达涅尔摊开手，拿出一个雷亚尔给他看了看。吉耶从鱼箱子后面跳出来，接过钱，又躲了回去。

“如果您想去，我来指路。”孩子说，接着又指了指弗雷萨：“他也可以过来。”

他一言不发地沿着小路向下走。达涅尔耸了耸肩，好像在说：“为什么不去呢？”两人跟上了孩子的脚步。只一会儿工夫，他们就出了狭窄的小巷，走上了宽阔的大道，可以听到拍打在码头上的海浪声。吉耶一直把他们带到港口上的旧码头，此处停泊着巨大的商船和客轮，还有几十艘渔船。国家大道上的煤油灯照不到这里，一切都笼罩在黑暗中，随着海浪摇晃，等着太阳升起。

吉耶干脆利落地穿过空旷的大道，刚到港口边上就跳了下去。吓坏了的达涅尔和弗雷萨追过来，本以为孩子一定会扑通一声掉到水里，可探出头去才发现，原来脚下有一段石阶一直延伸到海中。

“您打算顺着这里下去？”弗雷萨问道。

“我看除此之外别无办法。您觉得呢？”

此时那孩子已经下了一半石阶，身影都快看不见了。布满青苔的台阶狭窄参差，踩上去很难保持平衡。越往下去越能闻到一股硝石的味道。达涅尔本以为这石阶会一直通到海水里去，但当他们下到最后一级台阶时，却惊奇地停住了脚步。吉耶早已不见踪影。

“这小屁孩儿究竟到哪里去了？”弗雷萨大叫起来。

身后突然响起了一声口哨，两人吓了一跳，这才发现石壁上有个一人大小的洞口，一条水流从洞口里淌出来。吉耶正坐在洞口，一脸不耐烦地等着他们。见两人看到了自己，他站起来，移开几块木头，从散落的砖头块里翻出一盏带着凹痕的黑色铁皮煤油灯。他点亮了灯，灯光照亮了隧道的墙壁。那里被人用某种尖利的东西刻下了一个词：Vivitur[1]。

“这就是你说的‘魔法’？”

“这是阿玛特医生写给我的。”吉耶一脸郑重地点头。

“还有更多……这样的魔法词吗？”

“有的。”

“你能带我们去看看吗？”

孩子犹豫了，他抿紧了嘴唇，最后还是点点头，一头扎进了黑暗的隧道。

1　拉丁语，意为“生存”。

“这是个玩笑。”弗雷萨说。

“您如果不想跟着，就留在这儿。”

达涅尔钻进隧道。煤油灯把吉耶的影子投射在墙上，达涅尔追随着那跳动的身影。隧道很矮，他们不得不弯腰前行。下水管一个接着一个，他们不停变换着方向。四下是哗哗的水声，大个的老鼠尖叫着在他们面前四下逃窜。油灯冒出的烟气散发着令人窒息的臭味。达涅尔才走了几分钟就迷失了方向。要不是吉耶这个小向导，他根本不知道怎么从这里出去。他忍住焦躁的情绪，整整大衣，徒劳地想抖掉沾在衣服上的湿气，记者在他身后低声地抱怨着。正在这时，眼前的路分了岔。孩子停住脚步，用灯照亮了一根石柱。石头上刻着另一个词：ingenio[1]。孩子毫不犹豫地钻进了通往这个方向的隧道，几分钟后，下水道消失了，眼前出现了一个宽阔的大房间，足有几个人那么高，在大房间的尽头是另一段隧道，道路从那里继续延伸。弗雷萨长出一口气，却在进屋时差点滑倒。达涅尔终于可以直起身子来喘口气了，他听到记者的咒骂声，不禁微笑起来。

“真倒霉，咱们到底在这里干什么？”

“我们得沿着父亲留下的记号继续向前。”

“看在上帝的分上！这鬼地方肮脏透顶！这些记号是什么意思？”

“是口信。但我现在还不知道它意味着什么，所以咱们要继续走到底。您别急，只剩最后三个词了。”

“您怎么知道的？”

“嘘……小声点！”吉耶嘀咕着，“这可是拾荒帮的地盘。”

---

1 拉丁语，意为“天才”。

“你小子别扯了。那只是个传说！”

吉耶看了记者一眼，就好像在看一个傻瓜。

“‘拾荒帮’是谁？”达涅尔饶有兴趣地问。

“都是些风言风语。您知道，我们这个城市就喜欢这些无稽之谈。”

达涅尔依然用探究的眼神望着他。记者只好妥协，咬牙切齿地向他解释起来：“有传言说，自从几十年前，就有人在巴塞罗那的地底下艰难度日。他们之中有乞丐，有流浪汉，还有宁可躲在下水道也不愿意上法庭的逃犯。随着时间的推移，这些人的数量越来越多，有人说这伙人已经组织起自己的社区，还制定了自己的法律。他们靠捡拾下水道里的还有点用处的垃圾度日。这也是‘拾荒帮’名字的由来。传说他们一到晚上就从下水道里钻出来，寻找某些‘莽撞鬼’。这些人撞上他们后就无声无息地消失了。还有人说他们私下买卖尸油。不过在我看来，这些都是老婆婆编出来吓唬人的谣言。您能想象有人住在这种鬼地方吗？”

孩子皱起了眉头。

“我没有说谎。”

“你为什么对这里这么熟？”达涅尔很想知道。

“我和弟弟以前住在街上，有一年冬天，雪下得很大，冷得要命。我们找不到吃的，就下了隧道，拾荒帮收留了我们。他们对下水道可熟悉了，没有灯光也能在里面走动，比老鼠还敏捷。这些下水道贯穿整个巴塞罗那，顺着这里能够走到全城任何一个地方，既没人看见也没人听见。我们这些小孩子负责找吃的，也是唯一能到地面上走动的人，所以我知道怎么从下水道里进进出出。帮里有些人整年也不上去一趟，最后发了疯。人在这里待久了，就见不得阳光了。后来弟弟发高烧死了，我就离开这里了。”孩子说到这里停下来，抬头看了看隐藏在黑暗里的屋顶。

“要下雨了，我们得快点。”

他不由分说地从坐着的石头上站起来，钻进了前面的下水道。

“他想说什么？”弗雷萨问达涅尔。

孩子的回答在屋子的墙壁上回响着：“要是下了雨，下水道会被淹的。”

两人警觉地对望一眼。

“咱们是不是该回去？”

但吉耶没有回答。没了煤油灯的光亮，房间里陷入一片黑暗。

“弗雷萨，我看咱们别无选择。唯一的灯在他手上。”

两人跟着孩子继续在隧道里穿行。越往里走，隧道就越陈旧，墙壁也从砖石变成了粗糙的泥土。小股水流时不时倾泻而下，他们有时还不得不紧靠着墙壁，免得跌进几米宽的水沟里。弗雷萨听到了预兆暴雨的雷声，几度要求大家往回走，但另两人却执意前行。就这样，他们在下一个隧道的分岔口发现了另两个潦草地刻在墙壁上的词：caetera[1]和mortis[2]。当再次进入隧道的时候，耳畔响起了一阵蜂鸣。达涅尔把手放在墙壁上，感到一阵轻微的颤动。他想问问这声音从何而来，但那蜂鸣声震耳欲聋，他根本没办法和同伴说话。过了一会儿，他们又顺着岔道进了另一条下水道，那声音慢慢减弱，最终终于消失了。

吉耶在前面几米处停住了，他举起油灯，照亮了一个新词：Erunt[3]。

“这是最后一个词。”达涅尔一边走上前，一边说。

---

1 拉丁语，意为“其他的”。
2 拉丁语，意为“死尸”。
3 拉丁语，意为“是”。

“你怎么知道没有别的词了？”

“因为这些词组成了一句话：Vivitur ingenio, caetera mortis erunt。”

“这……这是什么意思？”

“只有天才才能使人永生。”

“就算杀了我，我也不知道这是什么意思。”

达涅尔没有回答。他沉思着走向石壁。

“隧道前面是什么？”他问吉耶。

“更多的隧道。”

达涅尔望着那些粗糙的笔画，试着去破解其中的含义。那句话是写给他的，而他却猜不出谜底。父亲绝不是一个无的放矢的人，他为什么要把自己引到这里来？达涅尔一边沉思，一边用手指摸着石头。突然，一块砖向后退了一寸，一团砂岩掉到了地上。

“把灯拿来！”达涅尔吩咐吉耶，这发现让他骤然兴奋起来。

方砖四周灰浆的颜色和别处不同，一碰就碎了。达涅尔用弗雷萨的铅笔迅速清理了砖缝，从墙上抽出松动的砖块。他从孩子手中抢过油灯，照亮了墙上的空洞。洞的深处好像有个东西，但他并不确定。他脱下外套，卷起袖子，把胳膊伸进洞里却够不着。他使劲把胳膊向前伸，终于，指尖触碰到一个粗糙的物体。他吃力地抓住它，从洞口抽回胳膊。灯光照亮了他手中的东西——一个裹着布的小包。

“医生说，您一定找得到。”孩子肯定地说。

回程的路快多了。吉耶没多说话，只是看着隧道的顶部，做着手势催促两人快走。也不知道过了多久，他们终于从来时的下水口钻了出来。沿着码头的石阶爬上堤岸，贪婪地呼吸着港口新鲜的空气，弗雷萨看着巴塞罗那阴沉的天空，从来没像现在这么高兴过。几点雨滴打湿了大道，几秒钟后，更多的雨点密密麻麻地落下来。两人赶紧跑到柱子下避雨。等到他们回过神来，吉耶早如敏捷的小猫一样，消失在雨雾迷濛的街巷深处。

10

在喝了好几杯咖啡后，达涅尔和弗雷萨的眼睛还盯着桌上那个东西不放。它躺在光亮的大理石上，好像不属于这里。长方形，扁扁的，像个烟盒。包在外面的布上沾着残土。倾盆大雨席卷全城，两人躲进学院旁的咖啡馆避雨，花了好长时间才驱走下水道里的寒气。记者为了掩饰焦急的心境，不停地用手指敲着桌子边。达涅尔看了他一眼，终于缓了口气，扶了扶眼镜，准备打开父亲死前留给自己的最后遗产。

这不是简单的事。下水道环境恶劣，外层破旧的布包层层叠叠，黏在一起，硬得像纸壳一样。达涅尔刚开始动手，一股腐臭的味道就扑鼻而来。

“真难闻！”弗雷萨仰脖吞下一口烈酒。

几分钟后，达涅尔揭下了覆盖在那东西上的最后一层布。弗雷萨在一旁紧张万分。达涅尔移开手指，一个精致的银盒子出现在眼前。他咽了咽口水，手指在盒子的插销处游移不定，最终还是打开了它。随着盒盖被翻开，一阵古旧的香水味散发出来，犹如一声叹息。盒子里有好几个空空的隔间，中间是个母贝做的旋转舞女。

“这不可能！”弗雷萨差点喊起来。“我们沿着那该死的下水道走了那么久，难道是竹篮打水一场空？”

达涅尔对他的抱怨不予理睬。他的脸上涌现出惊讶的表情，好像出人意料地回想起一件往事。他双眼发亮，用手指握住舞女，向左转了三圈。旋转木马的音乐回荡在空气里，舞女旋转着跳起舞来。达涅尔脸上的笑容越来越深，弗雷萨的眉头却越皱越紧。

音乐停了，舞女也不动了，达涅尔再次把它握在指间。这次他只向右转了一圈，接着向左转了两圈。音乐没有响起，盒子后部啪嗒一响，一个内置的底盘弹起来，露出一处隐蔽的隔断。

“我母亲很喜欢这个首饰盒。”达涅尔只解释了一句。

他小心地抽出底盘，放在桌子一边。接着从嵌在天鹅绒衬里的盒子深处掏出一个黑色封皮的笔记本来。他和弗雷萨交换了一下眼色，解开上面的牛皮绳结，翻开了本子。笔记本的纸页质地很好，尽管带着些许受潮的污迹，却完好无损。本子上写满了工整的字迹。两人发现封面背面写着一个名字：弗雷德里克·奥姆斯医生。

“看上去只是个普通的笔记本。”弗雷萨有点失望。

“我以前见过类似的本子，”达涅尔说，“我父亲经常用这种笔记本记录他的研究，就像记日记一样。但我不明白，他为什么用这么离奇的办法保存另一位医生的笔记本。我们先看看里面写了些什么，也许能找出答案。”

他们开始读下去。

关于我的妻子路易莎·奥姆斯的治疗记录。

日期：1885 年 12 月 19 日

笔记Ⅱ-a：病人在初步诊断时显现出以下症状。不发烧。大便多且发白，带有小颗粒。每两小时测一次脉搏，已用全部药物但依然虚弱。经血压计测量，血压明显增高，这是由脱水导致的。已治疗。

“是他的妻子！”弗雷萨叫起来，“看来她病得很重。是什么病？”

“霍乱。”

弗雷萨惊奇地看着达涅尔。后者一边目不转睛地翻着小册子，一边解释道：“多年以来，父亲每天早晨都要向我和弟弟描述一种疾病的症状。如果我们还想吃早饭，就必须准确说出这种病的名字和最佳疗法。如果我们答不出来或者答错了，就必须饿着肚子去学校。他这招很管用，我保证。”

日期：1885年12月22日

笔记Ⅱ-b：病人去年在瓦伦西亚亲戚家住过一段时间（一直住到九月）。六七月间，当地霍乱肆虐。从表面上看，名医海梅·费兰努力控制了疫情。这是人类第一次用接种疫苗的方法来控制细菌传染病，也是科学的巨大进步。遗憾的是，有些医生对此种疗法产生了怀疑。具体到我们的情况，病人因接种了疫苗而被延迟感染。脱水和肌肉痉挛症状加剧，并伴有精神不振和间歇性神志不清。治疗还在继续。别忘咨询费兰医生。

接下去的几页记录了弗雷德里克·奥姆斯医生为拯救妻子而进行的种种努力。有些笔记中还记录了他做复杂实验时的化学方程式。随着阅读的深入明显可以看出，寻常疗法没起作用，而医生坚韧不拔地一次次从头再来，却一次次离成功更为遥远。慢慢地，他笔下的语言不那么正规了，从字里行间可以感觉到，他渐渐地陷进了失败的绝望中。

日期：1886年1月10日

笔记XVⅡ-d：亲爱的路易莎，我应该求你原谅。自从你住进医院，我就被痛苦和忧愁带进了最可怕的混乱之中。最近这几个星期是我一生中最难熬的日子。只要一想到厄运可能会让我们分离，我就要发疯了。我发誓决不放弃，一定要想办法治好你。亲爱的，相信我。

日期：1886年1月13日

笔记XXⅡ-a：我有个好消息。尊敬的阿玛特正在帮我。其他人都已放弃，他们要么打算幸灾乐祸地劝我节哀，要么对我投以拒绝的眼神。只有我们的朋友阿玛特还怀着和我一样的热忱努力工作着。我重新看到了希望。

日期：1886年1月16日

笔记XXXV-e：我尊敬的路易莎，为了更好地工作，我已经搬到图书馆里了。有时我想，也许现在我最应该陪在你身旁，守在你床边，而不是在书籍和实验中浪费那么多时间。但我知道你是理解我的，我这么做是为了你，就算我失去灵魂，也要找到医你的药。你要坚强！

从这里开始，笔记变成了医生写给妻子的信。随着奥姆斯的研究取得了进展，他的情绪从面对又一次失败的极度低沉，转为了取得进展后的极度狂喜。

日期：1886年1月21日

笔记LX-b：今天我有一个重大的发现。如果我筋疲力尽的脑袋没有骗人，我发现了比最美好的梦想还要伟大的东西。我不知道你是否相信，但我也不想给你错觉。

日期：1886年1月23日

笔记LXⅣ-c：研究越深入，我就越相信，维萨里的《第八本书》(*Liber Octavus*)是我们获救的唯一选择。

日期：1886 年 1 月 29 日

笔记 LXⅦ-f：亲爱的，今天是可怕的一天。我和我们尊敬的朋友进行了讨论。和他分享了这个发现，他和我一样激动。我们不但能找到治你病的办法，亲爱的，如果我们的预测是正确的话，这将是本世纪末最伟大的科学成果。但是夜里我们有了一次激烈的争吵，阿玛特不同意继续下去。他的话很可怕。他说起上帝，还说我们不能扰乱万物神圣的规律。我承认我一度失去了理智，狠狠骂了他。也许我毁掉了这份友谊。但我不在乎，这件事让我看清了，我必须一人独行。只要有机会，我会毫不迟疑地踏上那条路，哪怕是魔鬼的路也在所不惜。

达涅尔和弗雷萨在接下来的笔记里努力寻找着奥姆斯文中所说的那项导致他与父亲交恶的伟大发现。但医生对此只字未提，就好像对自己也保守着秘密似的。接下去的笔记证实，奥姆斯遭受了多次挫败，笔下的文字也越来越凌乱。

日期：1886 年 2 月 3 日或 4 日

笔记？：今天我没有吃饭，也不记得最后一次睡觉是什么时候。我不知道今天究竟是几号，也完全辨不出白天黑夜。因为忘了熄火，几个蒸馏瓶爆炸了，我身上被烧出了一道深深的伤口。我在分解尸体的时候出了麻烦，做实验需要的化合物也不顺利。而最可怕的是，我确信这一切都不是偶然，是阿玛特动了手脚。亲爱的，你没看错。我们最亲密的朋友，这个混蛋！他阻止我找到治好你的方法。你能想象这有多邪恶吗？他和医院高层谈了话，完全站在了我的对立面！校长来看我，一副忧心忡忡的表情，就好像我不知道他其实是想偷窥我的发现和进展似的。他们是小偷，被贪婪蒙蔽了双眼。但他们不会得逞，因为我不会让他们得逞。我迟早要把这些人都杀了。哪怕像阿玛特所说，我现在做的一切连上帝都反对，如果需要的话，我连上帝也可以杀掉。

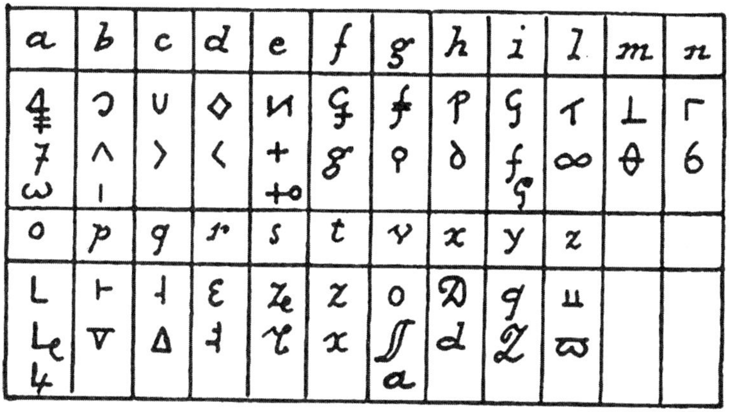

“这张表格是什么意思？”弗雷萨问。

“我不知道。也许是记录实验的表格？”

他们翻过了几张空白页，眼前出现了最后几章笔记。

日期：未知

笔记?：亲爱的，我筋疲力尽，额头在发烧。有时候还会产生幻觉，我好像看到你站在我面前，满眼忧愁地看着我这副可怜样。我知道这不可能，你几天前就陷入昏迷了。但你的影子一直在实验室陪着我。一想到你在身边，我就感到安慰。

日期：未知

笔记?：我瘦了好多。如果仔细看，甚至能看到肋骨。我的手已经瘦成了爪子。我知道自己这副模样更像一个乞丐而不是医生，其他教授和同事看着一定很不舒服。但这于我何有哉！所有人都下地狱去吧！亲爱的，请原谅我的用词，但痛苦侵蚀了我的精神，让我嘴里迸出这样可怕的话来。我无法解开这项伟大发现的最终秘密，这让我发了疯。我知道应该沿着这条路走，我感觉得到。它就在那里，在我触手可及的地方。我沿着书上所指的道路一步步走下去，遵照书上的指示一条条做下去。但是，我肯定在某个地方做错了！

日期：未知

笔记？：最近四天我只睡了几个小时，也许我需要稍稍休息一会儿，但我不能停止。不是现在，已经很接近了。

日记到此结束。

"这就完了，再没有了？"

达涅尔翻了翻后面的空白页，摇了摇头。

"您父亲为什么要保存这本笔记本？"

"老实说，我猜不出来。"

"也许，"记者挖空心思地思索着，"这本笔记与他的研究有关系。"

达涅尔合上笔记本，叹了口气。

"好吧，"记者重新恢复了兴致，"接下去，我们得找到弗雷德里克·奥姆斯医生。我们得和他谈谈。您说是不是？"

"很抱歉，弗雷萨先生。但我不想继续下去了。"

"您说什么？"

达涅尔避开记者惊讶的目光。无论好坏，他已下定了决心。

"我父亲的调查证明，他和那些女孩子的被杀有关联，也证明了他并非死于意外。我感谢您的帮助，但明天我会把一切报告给警方。"

"您疯了吗？您凭什么觉得警察对您会比对您父亲更重视？"

"我理解您的愤怒。但这件事情应由警方解决。我们没能力独立调查谋杀案并将凶手绳之以法。”

“但是……”

“我很抱歉。”达涅尔从桌边站起来，打断了他的话。他伸出手去，记者茫然地握住。“弗雷萨先生，我们的冒险到此结束吧。我周四就乘火车去巴黎，从那里返回伦敦。认识您很高兴。再次感谢您的帮助。”

11

帕乌脚步匆匆地向医院走去。期末考试的日子近了，所有人都焦头烂额。教授们变得严格异常，总用各种各样的理由给学生们布置额外工作。每天要上这么多课，还要实习，他挤不出多少时间来复习功课，更别说干别的了。但是他也知道，所有这些都不是理由。

他悄然无声地浏览着本校那些杰出医生的画像，沿着小道来到大街上，和一个同学匆匆打了招呼就进了医院。他穿过种着橘树的院子，两步两步地跨上石阶，两个克拉雷会修女正从台阶上下来，她们向他投来谴责的目光，可帕乌全然不顾。病人有了明显好转，他心中满是希望，但转念又忧愁满怀。如果事情进展得不顺利，那可要有大麻烦了。快走到女病号部的时候，他沿着分岔的走廊来到一处带门廊的院落，在拱门下停了停，确信没人跟踪自己。现在是中午，医院没有那么多人，这时候偷偷溜过来最容易，但他还是放心不下。

为了避人耳目，他低着头，沿着最隐蔽的路径穿过庭院，再次走到另一侧的廊柱下，从这里他没法看到，有人正躲在二楼一扇窗户后面，监视着自己的一举一动。在确认安全后，他在墙角边上的大门前停下来，从口袋里掏出一串钥匙开了门，刚进去就把门反锁上，小心翼翼地不让沉重的铁锁发出声音，然后背靠着门板长出一口气。他走过一段小小的走廊来到前厅，那里散发着熟悉的消毒水味道。午后的阳光透过临街的窗子照进来，墙角堆着几个生锈的钢丝床架和十个装满换洗睡衣的大篮子。大厅深处的阴影里还有另一扇门，门边的小桌子上放着带罩子的提篮和一些干净床单。他小心地拿起提篮和床单，轻轻用指头敲了敲门，走了进去。

四十五分钟后，帕乌出了屋子。他把一堆脏衣服放进大篮子，又把方才的那个空了的提篮放回原处。他沿着过道走出来，确认四周无人，便掉头转向那个有门廊的院子，再从那里穿过医院的花园，朝学校走去。几个病人在花园里散步，享受着夕阳最后的余晖。他迈上医学院门口的楼梯，禁不住微笑起来。“治疗见效了！”他一遍遍地自言自语着，心中充满了激动和安慰。

12

“您父亲死于一场令人悲伤的事故。就这样。”

桑切斯警长肥胖的身躯懒洋洋地靠在写字台后面，对自己清晰的阐述心满意足。接着嘴巴一张，往脚下的痰盂里吐了块透明的果皮。他说话的时候，那两只婴儿般的胖手，要么在装满羽扇豆的锥形纸筒里乱翻，要么在空中挥动。他的鼻子下塌，小眼睛长在过于宽大的脸盘上，看上去极不协调。他不愿再多回答什么，为了缓解气氛，勉强微笑了一下，可笑得太不自然，五官都蜷成了一团。对他这副纡尊降贵的表情，达涅尔丝毫没有在意。

“这些文件阐明了陆续发生的一连串案件，这至少可以让我们怀疑他真实的死因。”

“好吧，好吧。我们需要做很多调查才敢下结论。我能看看吗？”

达涅尔把装有父亲所有资料的文件夹递了过去。但他没有交出奥姆斯的笔记本。他至今没有理清所有头绪。

“您是说，您父亲是通过自己的独立调查得到这些信息的？”

“是的，我已经向您解释过了。”

“这些笔记很有意思，但改变不了什么。正相反，它们倒是印证了我们的猜测。”

“您指什么？”

“这张凶杀名单显然是您父亲在极度焦虑中写成的，只不过是过于沉迷而导致的臆想而已，”警长言之凿凿地说，“显而易见，令尊当时正处于精神崩溃的边缘。”

“您知道吗？在遭遇不幸的几个星期前，阿玛特教授曾经来过这里。他向我出示过相同的文件，并像您现在一样，试图向我说明这一连串凶杀案是彼此关联的。可他没能提供任何证据，因为根本就没有证据。在这个城市里从来就不存在什么到处杀人的神秘凶手。上帝保佑我们，他脑子里究竟在想什么？”

“但是……”

“请恕我冒犯，”警长抬抬手，摆出一副和解的表情，“我知道你们父子多年没有联系了。到底是几年？六年？七年？您是通过电报得知噩耗的……我理解这对您而言是个沉痛的打击，毕竟他是您父亲。”

尽管办公室里很冷，达涅尔却怒火中烧，满脸涨红。他努力平静下来，提醒自己究竟是为什么来到这里的。他能清楚地觉察到警长不喜欢自己的造访，却不知原因何在。看得出来，警长想把他打发走，他的态度也确实让人愤怒地想要一走了之。可是，达涅尔不想让他轻易如愿。

“您是想说，这些尸体不存在？”

“不，它们当然存在。”

达涅尔震惊得说不出话来。警长又往嘴里丢了一颗羽扇豆，这才准备继续往下说。正在此时，一阵敲门声打断了他的话。一个警官带着卷宗走进来，请警长在上面签字。后者立刻着手于这项新工作，全然不管达涅尔等得多么焦急。直到那个警官走了，他才继续说下去。

“阿玛特先生，在这样一座城市里，总会不断发生诸如此类的案件。巴塞罗那有五十万居民，打斗冲突甚至暴力死亡都是家常便饭。只要您想做，大可把这名单上的一切死亡事件关联起来。令尊这份名单上的被害人恰恰都是生活不怎么规矩的女性。流氓的棍子、脑子发热的顾客、街头地盘之争……都是致死的原因。接下去就是风言风语胡编乱造了。”

达涅尔努力不去想死亡名单上那个卖火柴的十五岁女孩，还有那个开小店的二十岁姑娘。他不禁挺直了脊梁，颈上的伤疤引来一阵疼痛。

“那您又怎么解释尸体当时的状态？”

“阿玛特先生，海水和鸟兽都可以使尸体受到严重损害。只要您看看一群老鼠能把一块好肉啃成什么模样就明白了。”

警长大笑起来，笑声响彻四壁，可一看达涅尔脸上丝毫笑纹也没有，他只好闭嘴叹息一声，再次掏了掏装羽扇豆的纸筒。

“巴塞罗那这座城市，充斥着杀人犯、妓女和暴乱分子。我有很多事情需要操心。比如有些工人打算成立一个组织，叫什么‘总工会’，您能想象吗？但您别担心，我们警察就是挡在暴民前面的卫士，就是阻止骚动、混乱和偷窃的铜墙铁壁。我们会坚守职责，守卫市民的安全。”

“不，我可不这样想，”达涅尔义愤难平地抗议着，“我明明看到，你们根本没打算对正在发生的罪行做任何调查，倒是忙着把让这么多女孩子丧命的凶杀案匆匆了结，并且毫无说服力地把死因推到她们的社会背景上。你们把我父亲的死归于事故，是因为任何更接近真相的可能性都会给你们增添麻烦。”

“阿玛特先生！……”警长一脸愤怒地抿了抿嘴唇，“您说这话可得小心舌头，做人应该知道感恩。您父亲的名声还是多亏几个大人物说情我们才保全了的。”

达涅尔对他这番话根本不信。他思索着：警长到底想说什么？

“我是看在您刚刚丧父的分上才答应见您的。我时间宝贵，不想浪费在无稽之谈上。但我不会怪罪您方才的无礼。我知道令尊的去世让您神经紧张。为了表示善意，我会保留这些材料。”他从达涅尔手里拿过文件夹。“我向您保证，我们会调查的。”

他停了停，又吐出一片羽扇豆皮，紧紧注视着沾满口水的果皮下落的轨迹，一直看到它擦着痰盂的边缘落到地板上，这才带着满脸厌倦重新看了看达涅尔。

“阿玛特先生，您还留在巴塞罗那做什么呢？您现在最好回家去。”

达涅尔告别了警长，叫了一辆马车返回学院。万国博览会召开在即，全城旅馆早已爆满。院长没有答应他借住学校宿舍的要求，允许他住在父亲生前的房间里。

他不顾马车颠簸，一路出神地思索着方才那番谈话。难道所有事情都是父亲听信迷信而产生的疯狂幻觉？难道他真像警长暗示的那样死于自杀？达涅尔不相信父亲会这样做。他那样骄傲的人是不会选择这种懦夫行径的。但多年不见，他也不知道父亲变成了什么样子。这几天，他对父亲的情况了解得越多，就越觉得他对于自己而言就如同一个陌生人。

马车终于到达学校门口。这座楼和医学院比邻，达涅尔付了车费，转身走进大门，和传达室里的门卫打了个招呼，就径直朝自己的房间走去。终于可以休息片刻了，他心里一阵轻松。自从回到巴塞罗那，他就没睡过好觉。连日的疲劳和激动让大脑无法清晰地思考问题。他决定先恢复体力，明天再做打算。

天色已晚，通往房间的走廊上空无一人。他走到门口，正打算掏钥匙，一只手却突然停下了。房门虚掩着，而他清楚地记得自己离开时上了锁。他冲进门去，差点惊叫起来。衣柜里所有的抽屉都被倒空在地板上，衬衣和外套乱七八糟地堆在枕头上。箱子被掏了个底朝天，里面的隔层被用刀撬开。就连床垫都被划破并翻转过来，垫子里的棉花挂在那里。

达涅尔朝桌子望去，桌上的首饰盒早已不翼而飞，他翻遍整个屋子也不见踪影，有人偷走了它。他摸了摸口袋，确定笔记本还在那里，不禁松了口气。就在出发去见警长的最后一刻，他决定把这本本子带在身上。一种感觉告诉他，不管小偷是谁，这就是他们要找的东西。看来弗雷萨是对的：这本笔记本很重要，尽管目前他还不清楚为什么。

13

弗雷萨躺在床上，享受着多萝丝身上的热度。铁炉子里的炭火已经燃尽许久，屋里冷得像冰。街上的灯光从窗帘透进来，夜色已深，但他睡意全无。和维达尔的会面，下水道里的冒险，奥姆斯医生的笔记本，这一幕幕在他的脑海里来回翻腾。他一次次自问，难道阿玛特医生真的骗了他？难道整个故事真的只是他错乱的头脑编造的谎言？他不相信。他在这件事上下了太大赌注，如果事情果真是编造的，那将是他记者生涯中的又一次滑铁卢，而约皮斯也会毫无疑问地借着这件事情把他从报社挤走。

他闭上眼睛，脑海中又浮现出那一连串的谋杀案。达涅尔·阿玛特这个人明显不是看上去那么简单。跟维达尔的会面在他心里画了好些问号：七年前到底发生了什么？达涅尔为什么离开巴塞罗那去英国，从此再也没有和父亲联系过？他身上藏着什么秘密？弗雷萨很喜欢探究这种无解的问题，直觉告诉他，这后面一定是个精彩的故事。可尽管自己竭力坚持，达涅尔还是决定把他们的发现报告警方，给一切画上句号。想到这里，他不由失望地咂了咂舌头。也许他还能针对这些凶杀案写点豆腐块文章，或者写个专栏，可再写也只不过是些推理想象而已。他得编个更好的理由，才能向报社解释自己为什么浪费了这么长时间。这是他目前面临的头号难题。

拉维尔区几天前就在风传，有人在找他算账。他在坎杜尼斯[1]那几条街上输了一大笔钱，借的高利贷在几个星期前就到期了。众所周知，“黑女人”对欠钱不还的客户一向没什么耐心。更有甚者，他还欠着房东几个月的租金，房东太太看来已经不信任他了。他没有办法，只好跑到多萝丝这里，求她收留几天。这姑娘刚刚拳打脚踢地摆脱了一个主顾的纠缠，她答应让他留宿几夜。他翻了个身，看着多萝丝熟睡的脸庞。她还不满三十岁，但睡觉的样子却像个孩子。

他们是三年前认识的。那时他刚刚写了一篇关于巴塞罗那城轨公司收费处失窃案的报道，涉案人员包括几个工人、公司经理和一位市议员。这桩丑闻掀起了轩然大波，全城人都沸沸扬扬地议论着他的文章。几个星期后的一个晚上，他刚离开报社就遭到了几个蒙面恶棍的袭击。正当他被揍得半死不活之际，多萝丝出现了。那些人担心事情败露，撒腿就跑。他肚子上挨了一刀，几乎失去知觉，是她把他救回了家。想到这件往事，他不由打了个寒战，背着光看着自己的双手，确信它们还算结实。多萝丝为他处理了伤口。第二天他发起了高烧，浑身抖得像只雏鸟。她煮了几升家传草药喂他喝下去，又给他换了绷带，把冷水浸过的毛巾敷在他额头上退烧。整整一个星期，弗雷萨都靠她照顾。当他问她为什么这么做的时候，她只是耸耸肩，对他笑笑。从那时起，他们就不时见面，她要是不接客，偶尔也会和他共度良宵。两人一直保持着这种关系，看上去很完美。毕竟，多萝丝干着那种营生，而他也不愿有什么牵绊。一阵响声打断了他的思索。妓女打着呵欠，睁着睡意蒙眬的眼睛看着他。

---

1 巴塞罗那街区，位于巴塞罗那港和蒙惠克公墓之间，居民多是吉卜赛人。

“你没睡着?”

“没有。”弗雷萨一边沉思，一边回答她。

她的身体在毯子下动了动。昏暗中，他隐约看到她扬起嘴角在微笑。一缕深红色的鬈发凌乱地散在枕头上。他碰到了她的手，不禁尖叫一声。她把头靠在他的肩膀上。

“想太多了不好。有什么事明天再说吧。屋里太冷，你靠我近点。”

弗雷萨照办了。

14

达涅尔一早就醒了。昨晚还是没能睡好。经历了与警长的会面和随即而来的失窃，现在他心中的疑问远远多于答案。警方显然不准备对父亲的死亡做任何调查，为了首饰盒被偷而报警也于事无补。达涅尔一边穿衣服一边做了决定：他要去见见医学院院长。

圣十字医院大楼是一座庄严的哥特式建筑，始建于四百年前，初衷是把全城医院整合起来。四百年来，这里经过了多次改造，如今走廊、大厅和楼梯一应俱全。医院紧挨着古老的皇家外科学院，这无疑是个高明的规划。一百多年来，医学院的学生们可以近水楼台先得月，接受最具实践性的专业教育。巴塞罗那这个城市也因此涌现出一大批优秀的医生。

达涅尔从一个端着绷带盒子的实习生那里得知，苏涅先生正在病人休息区。他向那人道过谢，走进带门廊的庭院，上了二楼。路易斯·苏涅·伊·莫里斯特医生正蹲在一个小孩子面前。他的头发向后梳着，从外表看不出已是人到中年，笑起来嘴唇上两片整齐对称的小胡子很醒目。孩子和其他人一样，穿着灰色的病号服，小脸蛋上挂着两行泪珠。医生一边说话，一边用手拍着他的肩膀。达涅尔走过去，正好听清他最后几句话："伊内斯修女会陪着你的，你只要好好吃饭，每天多晒太阳，多散步，再过几天就能回家了。"

达涅尔难过地注视着孩子腿上显眼的绷带，他已被截去了左脚。虽然眼睛里还闪着泪花，孩子还是向医生笑了笑，然后拄着拐杖，在一个克拉雷修女的陪伴下沿着走廊向前走。苏涅医生望着他远去的背影叹了口气，然后双手撑着膝盖，吃力地站起来。直到这时他才看到达涅尔。

"阿玛特先生，"他的神情从开始的惊讶转为严肃，"我一早就听说您的住处昨晚遭遇了袭击。请接受我的道歉，我不知道事情会是这样，以前从未发生过这种事。我听说他们立刻给您换了新房间，您还满意吗？"

"是的，非常感谢。承蒙您的关照，我还想再待几天。父亲还有不少未尽之事需要了结。"

"没问题。您在我们这里住到什么时候都行。"

"我还想和您谈谈。"

苏涅医生奇怪地看了他一眼。他叫了个克拉雷修女过来，吩咐她整理几个病房。

"我时间实在有限，"他转身对着达涅尔说，"但如果您愿意，我们可以边走边谈。"

两人沿着走廊向前，不停有人上前向苏涅医生提问或报告，他也总是停下来给予来人准确的指导，或者针对他们的问题提出解决办法。

“这里要安静些，”当他们走到一个僻静的区域，苏涅医生对达涅尔说，“您请讲。”

“您知道，”达涅尔发话了，“我和父亲多年未见，回到巴塞罗那后，我发现了他的一些情况……怎么说呢？就好像我从来都不认识他一样。”

“我非常尊敬您的父亲，”苏涅说，“他是我的老师，所有人都钦佩他作为医生和研究者的卓越天才。但自从七年前那件可怕的事情后，他再也不是从前那样了。”

达涅尔示意他继续说下去。

“在您离家后不久，您父亲也离开了这里。他去国外待了一段时间，应该是去了维也纳和柏林。这段时光很少听他提起过。两年后他重返巴塞罗那，一开始好像完全恢复了，甚至可以说是重返青春。他又回到了讲坛和实验室，甚至重新开起了诊所。那段时间一切都顺风顺水，直到他开始从事卫生方面的研究。您父亲最初只不过把这项研究当作消遣，最后却欲罢不能，殚精竭虑。我们试图阻止他，但没有成功。他很快就垮了。所有想帮他一把的人都遭到了粗暴的拒绝。您也知道他的为人。”

达涅尔确实知道。父亲有时候相当不讨人喜欢。

“随着时间的推移，他好像有所恢复，却染上了一些奇怪的习惯，比如不打招呼就消失好几天，深夜在学校散步，或者在房间里做极其复杂的化学实验。他越来越专注于那些奇怪的问题，头脑和现实好像脱了节。同事和朋友也慢慢疏远了他。

“他的精神出了好几次问题。为了治疗他的失眠症，我甚至不得不用上了鸦片。可就算这样，他还是噩梦连连，他在梦里经常叫着您和您弟弟的名字。”

达涅尔沉重地点了点头。“我弟弟死于那场火灾。”

“我知道。那晚的回忆时时折磨着您父亲。”苏涅深吸一口气，好像下了很大决心才说出了下面的话。“那场事故一次一次浮现在他的脑海里。而那些离奇的谋杀案彻底摧毁了他的神经。最后，他想去寻找一头怪兽——怎么说呢，一头实际上附体在他自己身上的怪兽。不，您父亲不是死于一系列偶然导致的意外。”他用手拍了拍达涅尔的肩膀。“我很抱歉，但我相信他是死于自杀。”

“这不可能。我父亲……”

“他是一个杰出的医生，一个卓越的人物，”苏涅打断了他，“您和他之间发生的一切已经成为过往。我尊敬他，他的确死于意外。就让我们珍惜对他的回忆，用配得上他的方式去纪念他吧。”

真的吗？父亲真的失去了理智？但如果是这样……他为什么要把奥姆斯的笔记本留给自己？这难道是他发疯的另一个明证？达涅尔不停地自问。

两人走过休息区的厢房，来到医院的另一个区域。这里要喧闹得多。几个医生和他们的助手正在走廊上讨论问题，穿白大褂的克拉雷修女们来回穿梭着。一位教授带着学生们从角落里出来，正好和他们打了个照面。达涅尔从学生中认出了那个葬礼上在父亲墓碑前致哀的小伙子。

“您能告诉我这个学生是谁吗？”他问医生。

“哪一个？”

“走在最后的那个，他胳膊下面夹着个文件夹。”

“哦，那是帕乌·吉尔伯特，是个聪明学生，但不怎么合群。他是您父亲的最后一个助手。”

达涅尔的目光追随着那个小伙子，直到他和同学们消失在走廊尽头。最后，他随着苏涅来到狭长的病房。十二道尖形拱门间隔着玻璃窗，保证有足够的阳光透进来。屋顶是木质的。大厅四周摆着五十张弹簧床，中间是一条过道，便于医生在各床病人间走动。为了保护病人的隐私，有几张床上挂着白色的帘子。

“这里医院北楼的圣玛利亚厅，”医生解释着，“我们现在所在的是男病号区。女病号区在圣约瑟厅。您父亲曾在这里工作了很久。”

达涅尔看到，所有床上都躺着病人，连地板上都是铺盖。医生好像猜到了他心中所想。

“我们这里人满为患。”他点头承认。“眼下情况很不好，比三年前霍乱流行的时候更糟糕。感谢上帝，我们不久就能搬到新医院去了。政府已经在贝腊达山脚下为我们找好了地皮，希望……”他停下来，用手指着前方：“看，那是嘉威特医生，我们院最优秀的医生之一，我来为你们介绍一下。”

达涅尔认出了那位葬礼上向他致哀的口吃医生。他正站在一位病人的床边，那人头上缠着绷带，正大呼小叫地向他说着什么，他努力平息着患者的情绪。桌上的灯光照亮了他的脸。也不知为什么，达涅尔突然觉得他有点眼熟。

“嘉威特医生干得非常出色，”苏涅打断了他的沉思，“他天不亮就开始工作，直到夜深才离开。不夸张地说，他对很多病人都有救命之恩。他正在治疗的这个工人是昨晚送过来的。博览会工地上出了起事故，一共伤了三个，他的两个工友因为伤势过重，今天早晨去世了。”

伤员疼得浑身抽搐，嘉威特一边安慰他，一边叫来修女给他注射了镇静剂，这才抬头看到了院长。他和病人说了几句话，怒气冲冲地走了过来。

“真是遭……造孽！苏涅，这太……难以置信了。这些人连续不断地工……工作了那么多小时。真的不……不能这样！这是发……发电站这周的第三……第三起事故了。”

“请冷静点。您也知道，我们除了本职工作外对这种事情无能为力。您认识阿玛特先生吗？”

“我们在墓地见过……”达涅尔开口了。

嘉威特轻轻点了点头，再也没说什么，小声抱怨着走了。

“我得为嘉威特医生的冲动向您道歉。他很有才华，而且我承认，他说得有道理。最近几个星期我们收治了很多在世博会工地上受伤的病号，”苏涅解释道，“大部分企业家没有采取哪怕一点点措施来保证工人们的安全，他们觉得这纯属浪费时间。世博会就要开幕了，工期紧急，又不缺人手。所以——”他满脸疲惫地结束了这番谈话：“阿玛特先生，您看，我事情很多，我得去忙了。希望我能对您有所帮助。”

“是的，先生，我非常感谢您能百忙之中抽出时间来。如果可以，我还想问最后一个问题。”

“说吧。您想知道什么？”

“您能跟我谈谈弗雷德里克·奥姆斯医生吗？”

院长皱起眉头，抬眼看了看他。

“我在父亲的遗物中找到几本他的书，”达涅尔编着谎言，“他们好像关系不错。”

“这倒是，他们是多年的好友。但后来出了点问题，”苏涅看着达涅尔探究神情，继续说，“是这样，奥姆斯是化学教授，也是杰出的解剖学家。他的解剖标本很受学生们欢迎。他曾经在图书馆任职一年，工作十分出色。但就在他声名鹊起之际，夫人却病倒了。我不清楚具体情况，可就在那个时候，您父亲和他疏远了。”

“您知道他现在在哪儿吗？”

“阿玛特先生，您要做什么？”

“没什么。只是我和父亲多年未见，很想找个这些年和他关系密切的人好好谈谈。”

“很抱歉，奥姆斯教授恐怕不行。”

“为什么？”

苏涅有点不耐烦地看了看他。

“这事说来话长。奥姆斯在他夫人病重后就放弃了教学和医院里的工作。整整几个星期，他夜以继日地努力，希望能治好她。”

“后来呢？”

“他失败了。他夫人还是去世了。”

达涅尔对奥姆斯的遭遇深感同情。他读过笔记本上的文字，知道他对夫人的爱有多深。那种失去挚爱的无力和伤痛一定是撕心裂肺的。

“奥姆斯教授还在医学院工作吗？”

“没有，”苏涅摇了摇头，“他独自和强大的死神搏斗，耗尽了心神。最后无法承受夫人的死讯，精神失常了。有天晚上，我们医院的很多医生，包括您父亲在内，大家一起拼命阻止他对一个男孩实行解剖。”

“有什么特别的理由吗？”

“因为那孩子还活着。”

达涅尔沉默了。

“一年半前，奥姆斯就被送进了新贝伦疯人院。”

15

卡梅塔脚步匆匆地走在空无一人的街道上，靴子踩着路面的方石块，听上去如同更夫的拐杖敲着地面。今天真是太晚了！她今年十三岁，是彭斯家的缝纫学徒，那家人住在感恩大道一所宽敞的大别墅里。快收工的时候，艾米妮亚太太让她给大女儿莱昂诺尔把舞会上穿的礼服做完。这本是阿黛拉的活计，可她三天前就因为感冒卧床不起。这件礼服很难做，她的手艺又不精熟，提心吊胆加了好几个小时班才收工，好在主人很满意。

她抵达加泰罗尼亚广场时已是九点多了。一位店老板告诉她，末班公车已经开走，她只能步行回家。一想到要走那么长的路才能享受到家中温暖的炉火，她简直要发疯了。这不是她第一次长途步行，有那么几个星期，她很喜欢省下两角车钱走回去。她特别喜欢兰布拉大街，喜欢看着那些优雅庄重的淑女和绅士坐在带篷子的马车里驶向里瑟尔剧院或者首席剧院。她还很喜欢波盖利亚市场，还有热闹的商店和明亮喧嚣的咖啡馆。那些地方总是充满了各种味道和色彩，行人川流不息。她以前从来没离开过自家所在的街道，来彭斯家干活也不过几个月时间。在她的眼睛里，巴塞罗那是个神奇的世界，处处充满亟待发现的惊喜。

但今天晚上并不是散步的好时候。夜已经深了，天看上去要下雨。商铺和货亭已经放下帘子收了摊，只有几家咖啡馆还亮着灯。她伸出手整了整肩上的披巾，天太冷了，她必须干活养家，哪怕生一天病都不行。她每天能挣二十雷亚尔，有了这笔钱，在桑斯附近的纺织厂里夜以继日劳作的父母就能生活得轻松点了。

她走到菲古拉面食店前。她很喜欢装饰在墙角的版画，人们说这叫“现代主义”，可她不懂。她听到有人在和店里的老板娘说，这种风格的画在巴塞罗那铺天盖地，有多少人喜欢就有多少人嘲笑。她听不懂这些争论，却很想拥有和画中农妇一样的仪态和目光。

她走下人行道，穿过兰布拉大街上的圣约瑟夫市场。疏落的雨滴落在地面上和小摊位的帐篷上，天色昏暗，大雨将至。她避开第一阵雨点，躲进本斯街的小巷里。守夜人一路点亮了街上的煤气灯，昏黄的光线照亮了街道。卡梅塔自从记事起就知道保护自己，一路都走得小心翼翼。巴塞罗那是个神奇的城市，但也会出其不意露出最残忍的一面，特别是当“黑魔鬼”在她家附近出没的时候。想到这里，她假装微笑了一下，拼命想要打消掉这个故事在心中激起的恐惧。

“黑魔鬼”是人们在厨房里干活时最喜欢谈论的话题，版本众多，经常自相矛盾。有人说它化身为一只身形巨大的黝黑猎狗，在深夜里现身。也有人说它浑身乌黑发亮，两眼像燃烧的木炭一样闪着光，咽喉里喷射着地狱之火。有个马厩活计说，“黑魔鬼”的足迹一路印在石头上。听说它已经杀死了十二个女孩并把她们的尸体破坏得惨不忍睹。可卡梅塔不相信这些，她觉得那都是男孩子们为了跟他们中意的女佣套近乎而编出来的谎话。

她走到空无一人的堂卡洛斯街，左侧的斗牛场只剩一个灰蒙蒙的影子，勉强辨得出轮廓。雨越下越大，她想在拱廊下躲到雨停，可更想赶紧回家喝口热汤。她累极了，浑身打着哆嗦。湿漉漉的衣服贴在身上，冰冷冰冷的，要是再躲下去一定会冻病了的。再说家也不远了。于是，她用力裹了裹衣服，在狭窄逼仄的楼房间穿行起来。

大海离街道很近，空气里带着硝石的味道。雾气深重，只能看清前方几米的距离。两个男人推着小独轮车走过她身边，转眼又消失在街角，根本没发现她的存在。一走进康科迪亚街，煤气街灯就熄灭了。这里经常煤气短缺，天一冷，或者一下雨，守夜人就不见踪影。紧接着，其他地方的街灯也步调一致地熄灭了。卡梅塔没太在意，继续前行，停电在这里太普遍了，就像里瑟尔剧院里的绯闻那么司空见惯。

她停下身来系了系鞋带，身后突然响起一阵脚步声，几秒钟后，那声音又消失了。在此之前，她只听得见自己断断续续的呼吸，可刚才分明听见有人在行走。她平静下来等了等，耳畔却只有拍打在沙滩上的海浪声和呼啸在窗户上的风声。她继续上路，胃里一阵紧张不适。在这样荒凉黑暗的街道上，“黑魔鬼”的故事也显得不那么愚蠢了。她经过一家打烊的小酒馆，又一次听到了脚步声和一声沉重的呼吸，这次她确定无疑。她蜷缩着身子裹紧衣服，迈开最快的步子匆匆向前，边走边偷看着身后的每一个街角，满脑子都是一只正在追逐自己的猎狗的形象。正在此时，耳边响起一声号叫，卡梅塔什么也没想，撒腿狂奔起来。她跑过好几条街，一直跑到关了门的海鲜店门口，这才停下脚步，嘴里呼出一丝白气。她的披巾跑掉了，发带跑散了，头发凌乱地披下来。身后没有任何声响，不管跟在她身后的是谁，看来都已经被甩掉了。正在这时，一个阴影笼罩了她。

她用双臂护住身体，倒在地上。全身缩成一团，一面大喊救命，一面不停蹬着双腿。过了一会儿，她发现没有人袭击她，这才停止呼喊，睁开眼睛。身旁是一堆空箱子，街道深处，一只受惊的猫正在逃命。

她好想笑，可天气实在太冷了。要是明天她跟一起干活的艾尔薇拉和安格尔谈起刚才的恐惧，她俩该觉得多有趣啊！自己竟然相信“黑魔鬼”来抓她！真是太蠢了。她恢复了平静，拐进下一条街。尽管黑灯瞎火，可她一点也不担心了。她家就在这条街上，就算摸着黑也能找到家门。她想着，妈妈得知她丢了披肩一定很生气，她得找个理由解释一下。她脸上带着微笑，从口袋里摸出长长的钥匙，喘了口气。她已经闻得见炉火上浓汤的香味，甚至听得见两个兄弟吵架的声音了。她把钥匙插进门锁，一只脚已经迈进了昏暗烛光下的门槛，心想，也不知道最心爱的小弟弟约瑟夫睡下没有？

有人抓住了她的衣服，猛地把她拽了出去，她甚至没有时间尖叫。她试图抓住门把手，可指尖却滑了下去。头上挨了一击，昏沉沉的，随后便是一阵剧痛，灼热的感觉遍布全身。她软绵绵地倒在了大门虚掩的院子里，头顶就是家里亮着灯的窗户，窗上映照出妈妈的剪影。她好像看到妈妈正在向外张望，全家人都在等她回来。她想呼救却张不开嘴巴，甚至不能思考。那个袭击她的人开始拖着她走，她的双脚在满地的泥土上划出两道沟，眼睛虽然已经闭上，心里却明白自己已经离家越来越远。泪水打湿了她的双颊，但她并没有感觉到。

新贝伦疯人院

距万国博览会开幕还有 15 天

16

达涅尔离开了由辛塔提亚侯爵旧宅改建的电报局。向牛津拍电报解释自己还要耽搁几天并不是容易的事情。他冥思苦想了一个小时，试图找出个有说服力的借口，但最后还是决定不做任何解释。他在华丽的楼门口戴好礼帽，步履坚定地穿过乌济瑙那广场[1]，上了停在广场另一侧的出租马车。马车在圣彼得大道上穿行，一路上人潮涌动，四轮马车，轿式马车和拥挤的电车川流不息。眼下的巴塞罗那人山人海，不同社会阶层的男男女女分别向着工厂、集市和专属咖啡馆汇聚。可达涅尔对这一切都置若罔闻，他脑海中只想着即将到来的会面。

马车沿着感恩大道一路上坡，穿过塔拉贡纳火车道和马约卡街，街道两边的建筑变得宽阔起来，古老的宅院和新建的楼宇交错在一起。几分钟后，目的地到了。达涅尔在一座白墙石顶、优雅别致的宫殿式别墅

1　巴塞罗那市中心的主要广场之一。

前下了车。随着城市的日益发展，巴塞罗那的有钱人开始离开肮脏的市中心，改在远郊兴建宅第。一种新潮的建筑美学在茁壮成长的资产阶级中备受推崇，声名卓著的建筑师们创造了前无古人的作品。尽管如此，伊蕾妮的丈夫却不觉得这所谓的“现代主义”有什么前途可言，他按照另一套标准打造了自家府邸，与当下流行的风格大相径庭。达涅尔敲了敲门，一个鼓着眼泡、橄榄色皮肤的女孩开了门。她矮得像个孩子，先把达涅尔上下打量了一番，才操着滑稽的咬舌音问道：“下午好，请问您有何贵干？”

“下午好，”达涅尔边回答边脱下礼帽，递上名片，“在下达涅尔·阿玛特，想见见您家夫人。”

他一进门就被满屋的奢华震惊了。门厅很宽敞，华贵铺张的装饰就算对这种地位的家庭来说也有点过分了。用进口料子缝制的长款窗帘遮住了窗户，墙上挂满了画作。处处可见的花瓶和古典雕塑衬托着富丽堂皇的路易十六风格的家具。这大厅里随便一件摆设都抵得上他在牛津一年的薪水。是苏涅医生告诉了他这里的地址，他还告诉他，伊蕾妮七年前和巴塞罗那一位成功的企业家结了婚。光阴荏苒，伊蕾妮当然会嫁为人妇，他自己难道不也有了新生活和未婚妻吗？可为什么听到这个消息心里还是那么难过？他还没有逛完整个大厅，刚才的女佣又出现了。

“请您原谅，夫人身体不舒服，不能见您。”

达涅尔打量着女佣，她这套敷衍话说得丝毫不加掩饰，显然明白女主人只不过想把他打发走罢了。

“请您把这个给她，并转告她，如果她不见我，我是不会走的。”

女佣被他的语气吓到了，她接过他递过来的盒子去传话，不一会儿就悄无声息地回来，带着他穿过走廊来到一间专门用来会客的书房。一个小女孩在保姆的陪伴下待在书房里，两人一见他进来就消失在门后，达涅尔还没来得及思考她们是谁，就被一个身影吸引了视线。伊蕾妮倚在摇椅上，裙子上放着那个打开的盒子，手指抚摸着装在盒子里的浮雕，双眼出神地望着窗外。夕阳穿过玻璃，温柔地抚摸着她的肌肤，光线一寸寸退却，就好像要把她带走一样。达涅尔假装轻咳一声，伊蕾妮转身看向他，时间消融在落日最后一线余晖里。她一身闪亮的绿色高领裙装，袖长及腕，胸前别着一枚圣乔治徽章。达涅尔从她的眼角和唇边觉察到以前不曾留意过的岁月痕迹。他不禁好奇，她眼中的自己会是什么样子？伊蕾妮站起来，手腕处露出一块紫色伤痕，达涅尔一眼瞥见，她赶紧用袖子掩住了。

“您这样鲁莽，真让我惊讶。”伊蕾妮一边说，一边冷冰冰地看了他一眼。达涅尔并不吃惊，她有充分的理由憎恨他，但这丝毫不能让他此刻的痛楚减轻半分。

“请接受我的歉意。我马上就要离开巴塞罗那了，走之前必须来见您一趟。”

“我不明白您为何要多此一举。”

“我必须亲自把这个交给您。我知道它对您来讲有多重要。”

伊蕾妮的脸上露出一副同意的表情，算作回答。一时间，达涅尔的思绪飞回到当年她亲手把这只雕在琥珀上的小鸟交到自己手中的那一刻，那是七年前的事情，却好像已经过了一生。“这个给你[1]。”当时的她微笑着，努力掩饰着唇间的颤抖。“你知道吗？这种鸟叫咬鹃。它们只要被关进笼子，就会痛苦地死去。”这是两人之间最后的谈话，随后降临

1 伊蕾妮与达涅尔曾关系密切，用“你”相称，后来疏远后改用“您”，下文两人情绪激动而换回“你”，暗示了彼此的感情。

的一场意外把他们永远分开了……耳边响起了伊蕾妮的声音，达涅尔从回忆中猛醒了过来。

“谢谢，”她双手合上盒子，又恢复了冷若冰霜的表情，“您想让我用什么回报您？也许……用我的原谅？”

达涅尔清清嗓子。

“不，我不奢望您能原谅我。”

“你走了！”伊蕾妮提高了嗓门，“你就这么一言不发地走了，你还想要什么？”

“我不知道。我什么也不想要。实际上，我从未想过还能再见到你。”

“这么多年了，你一点消息都没有……”她的手指紧紧攥着盒子，一直攥到发白。

“我那时候想，这样做对你最好。”

“对我最好？”伊蕾妮迸发出一声冷笑。

两人你一言我一语，却在不知不觉间越走越近。达涅尔能闻到她身上的茉莉花香，也能感受到她胸膛下剧烈的心跳，或者，那是他自己的心跳？望着伊蕾妮的满面怒容，他想移开目光却无能为力，他沉溺在她的美貌里，心里虽想停下，身体却上前一步，向她伸出手去。伊蕾妮觉察到他的亲昵，一时间浑身颤抖。她猛地躲开他，转过身去。红晕顿时布满了双颊。

“你为什么而来？”

达涅尔知道，他的回答会让目前的情况更加糟糕。

“我想问你几个的问题。是关于我父亲的。”

伊蕾妮转过身，掩饰不住惊讶的表情。达涅尔继续说下去。哪怕这番话会让两人间仅存的温情都不复存在，他也必须说下去。

“当我收到你拍的报丧电报……”

“我从没拍过什么电报。怎么会是我拍的电报呢？我根本不知道你在哪里。”

达涅尔茫然了。那封电报的落款是伊蕾妮，如果不是她拍的，那又会是谁呢？那个陌生人一定知道他和伊蕾妮过去的关系，并假借她的名字拍了电报。可他是如何知道他身在何处，又为什么要把他叫回巴塞罗那呢？这一切究竟是为什么？

“你想知道你父亲的什么事？”伊蕾妮打断了他的思索。

“医院里的人说，你这一年经常去看他。”

“是的。当他从欧洲回来后，我觉得有义务去看望他。你父亲一直对我很好……但这有什么关系……”

“我在调查他的死因，”达涅尔决定实话实说，“那不是意外，我想他是被谋杀的。”

伊蕾妮用手捂住了嘴。但片刻间，她的眼中闪过一丝奇怪的神情，好像对这个消息并不感到吃惊。

“在你去看他的时候，我父亲可对你说过什么反常的事情吗？”

“这倒没有。最后几个星期，他看上去特别心事重重，我以为是工作原因导致的，他一心扑在研究上，你也知道，他经常会忘了吃饭。当我们见面的时候……他很快就和以前一样了。但是，”她皱起眉头，“在他失踪前五天，出了一件事情。我发现他倒在房间的地板上，浑身湿透。我去喊了人，来了个年轻人，自称是他的助手，你父亲的助手。”

“那个年轻人是不是瘦瘦的，五官很清秀？”

“对，就是他。我们两个把他抬到床上，过了几分钟，他开始含含糊糊地说话，在床上辗转反侧，好像在大声说梦话，但全是胡言乱语。”

“他说什么了？”

“他说得七零八落，我几乎听不明白。他好像提到了一项违背上帝意志的研究，还有一条邪恶的狗。过了几个小时，他醒过来了，还向我们要水喝，人也平静多了。他不想让我担心，对我说都是因为工作太累他才这样的。他的助手有事出去了一会儿，他趁机用力抓住我的胳膊，要求我把所有听到的东西都忘了。接着，他念叨着你的名字，又沉沉地睡了过去。我看他睡得还好就离开了。这是我们最后一次见面。”

达涅尔努力思考着，想从这件事里寻出一丝线索。正在这时，耳边响起了一声震动四壁的敲门声，大厅的门开了，一个男人走了进来。伊蕾妮亲昵地走上前去，挽住了他的胳膊。

“亲爱的，下午好。我想你应该认识阿玛特先生吧。”

“我尊敬的朋友，见到您真是惊喜！”

达涅尔大吃一惊，甚至没听清他的话。七年来，柏特梅·阿戴勒，这个来自恩波达的富家独生子，变化实在太大了。他早早就谢了顶，脑袋上泛着青黄色，还留起了小胡子。可那副自高自大的做派还和当年一模一样。他如今全身都是富贵打扮：量身定做的燕尾服、马甲上的金链子、油光锃亮的意大利靴子，还有像剑一样的象牙手杖。他的目光在屋里逡巡着。当希内姐妹来到巴塞罗那的时候，阿戴勒是他们那个热衷舞会和剧院首演的小团体中的一员。他通过达涅尔认识了伊蕾妮和安赫拉这对姐妹花。那时候他总对妹妹伊蕾妮献殷勤，后来终于抱得美人归。

达涅尔伸出胳膊准备和阿戴勒握手，可这位老朋友却视若无睹。他搂住妻子的腰身，把她拉到自己身边。伊蕾妮一碰到他的身体就瑟缩起来。

“您看上去很不错啊！”

“呃，是的，谢谢。”达涅尔轻轻点了点头。“见到您很高兴，看来我不便打扰二位，告辞。”

“别，别！”企业家松开伊蕾妮，拉住了他的胳膊肘。“您无论如何不能现在就走。您能光临寒舍，真是个意外之喜。”

达涅尔实在找不到借口离开，只得由着他把自己拉到扶手椅上坐下，阿戴勒把手杖扔到一边，坐到了他对面的另一把椅子上。

“伊蕾妮，给我们倒两杯白兰地。”

伊蕾妮从旁边的小桌子上取下一个小银铃铛。

“我去叫胡安娜。”

“不必了。”阿戴勒干涩的嗓音与他脸上的笑容形成了鲜明对比。“我说让你给我们倒酒。”他翻了个白眼，转向达涅尔：“您结婚了吗？”

达涅尔摇摇头。

“啊，我的朋友，您可太幸运了。女人最令人头疼。您必须迎合她们的怪脾气和喜怒无常……她们就像小女孩，头脑和精神都那么脆弱，没有男人的保护根本无法生存下去。要是没有我们，她们该怎么办？”

伊蕾妮躲避着达涅尔的目光，她走到一个带轮子的小餐车旁，餐车上摆着翡翠玻璃托盘，托盘上放着几个酒瓶和酒杯。她的手抖了一下，玻璃发出一阵碰撞的声音。这一切都没有逃过达涅尔的眼睛。

“亲爱的，可别把酒弄洒了。”

“我更喜欢……”达涅尔说话了。

“您想喝点别的？啊，当然，威士忌！伊蕾妮，给我们的达涅尔倒一杯最好的威士忌！”他对妻子下令道，“英伦三岛上都喝这个，是吗？没问题。我从苏格兰一家酒厂买了好几箱威士忌。那酒厂是刚刚建的，叫 Glindich，要不就是 Glenfiddich[1]……反正都差不多。我想您肯定没听说过，那名字根本没法念。我正在考虑投资这家酒厂，但还没拿定主意。"

"非常感谢，我还是不喝为好。我从不喝烈酒。"

阿戴勒目瞪口呆地望着达涅尔。

"您不喝烈酒？"

他突然爆发出一阵心肝乱颤的大笑，一边笑一边用手不停拍着椅子扶手，简直要从椅子上蹦起来了，看得达涅尔满脸惊讶。慢慢地，阿戴勒终于安静下来，从口袋里掏出一块手帕，擦了擦笑出泪的眼角，接着轻叹一声，从边桌上拿起伊蕾妮放着的酒杯，仰脖喝了一口。

"让我们单独待一会儿。"

伊蕾妮一声不吭地走向门口。当她经过丈夫身后的时候，达涅尔从她的目光里读到了一丝恳求，但他不明白这意味着什么。

"很多年过去了，是吧？"

"是的，很多年了。"

"您现在在做什么？"

"教书。我刚在牛津拿到硕士学位。"

"好吧，不是每个人都注定要当医生的，"他懒洋洋地坐在椅子上，一遍遍摇晃着威士忌酒杯，接着说，"至于我，学医都是父母逼的。他们觉得当个外科医生很体面，我不想辜负他们的期望。开始时我兴趣全无，可没想到后来竟然深深迷上了这一行……啊！"他眯着眼睛喃喃自语道：" 把同类的生命掌握在自己手里，太令人陶醉了。您肯定记得以

1　最著名的威士忌品牌之一，始创于 1886 年。

前我有多么顽冥不化，可我也不知道怎么回事，就成了一名优秀的医学生。尊敬的朋友，我可是今非昔比呢。”

“所以，您学了医学？”

“哦，没有。我本可以成为一名优秀的医生，这一点毫无疑问。但父亲不幸去世，我必须继承这份家业，所以就在最后一个学期退了学。”

“真遗憾。”

“别这么说。这其实是老天的眷顾。”他紧紧盯住达涅尔，“您坦白告诉我，为什么要来拜访我们？”

“您夫人曾经对我父亲照顾有加，我希望向她表达谢意。”

“当然，当然。我妻子最喜欢做善事。她非常……菩萨心肠，舍得在这方面花时间。我觉得她仁慈过分了。身为人妻，待在家里相夫教子才是正道，”他又呷了一口威士忌，“您父亲在码头溺水身亡，真是一场可怕的意外。我的上帝。我听说过一些不好的传言……如何才能说得更委婉些？您父亲当时好像正处于艰难时期，他用这么悲剧的方式了结一切，太遗憾了。”

“您想说什么？”达涅尔从座位上挺身而起。

“只是谣传，都是些风言风语。您也知道巴塞罗那是座多么庸俗的城市。”

达涅尔怒火中烧，他感到自己颈上的伤疤绷紧了。伊蕾妮到底是怎么嫁给这家伙的？在他的记忆中，她是那么勇敢而独立的姑娘。在他们相爱之前，她拒绝了无数人的追求。他从未想过她竟然能和这样一个男人共度一生。在他离开之后，发生了很多他无法理解的事情。可他有什么资格去评判？想到这里他一阵心酸，阿戴勒饶有兴趣地望着他。

“这次回来，您觉得巴塞罗那怎么样？”

“变了好多。”

“和英国的变化比起来，根本不值一提。我这么说可是认真的，”阿戴勒继续道，“政府太软弱，政客们就知道唇枪舌剑，浪费时间。国家真正需要的是铁腕人物，像萨卡斯塔[1]这样的自由派有什么可期待的？骚乱三天两头地爆发，您没听到消息吗？工人们游手好闲，为非作歹。现在只剩下该死的工会，根本没法进步。那些混蛋，我们给他们面包和住处，可是……他们是怎样报答我们的？您说，他们怎样报答的？”

达涅尔觉得自己的回答是不会让对方满意的，只好耸了耸肩。阿戴勒提高了嗓门，继续他的高论：“感谢上帝，这个国家还剩最后一线生机：那就是我们，我们这些企业家。我们用自己的资本和声望来维持着这个魔障的国度，如果没有我们，巴塞罗那将一无是处。”

“我认为每个人都在为国家的进步贡献自己的一分力量。”

阿戴勒没理会他的回答，站了起来。

“达涅尔，您该睁开眼睛亲自看看，如果您能参观一下我在世博会上的工程，我将不胜荣幸。”

“恐怕我没法……”

“说什么傻话！在这个时候，您一定能抽出时间来走一趟的。我保证您会大吃一惊。”

“好吧，我……”

“别说了，”阿戴勒结束了谈话，“很抱歉，我现在还有很多事情要处理，我很忙，非常忙。”

告别来得如此突兀。达涅尔起身握了握他伸过来的手。这番造访总

1 普拉赫德斯·马泰奥·萨卡斯塔（1823—1903），西班牙政治家、工程师，自由党人。曾数次担任首相。

算结束了，他感到一阵轻松，虽然内心翻江倒海，却还是装出一副平静的模样向门口走去。女佣在那里等他，将他领到大门口。伊蕾妮没有出来向他告别。当他来到大厅的时候，正好与另一位客人不期而遇。

“嘉威特先生，您怎么来了？”

医生显得有点慌乱，用听不清楚的低语问候了他。

“阿玛特先生，下……下午好。”

“您来这里是要看病人吗？”达涅尔关切地问。

“哦，不不，只是……例行检查。我是阿，阿戴勒医生的私……私人医生。我来晚了，得……得向他道……道歉。”

达涅尔闪到一边让他过去，随即踏出门槛来到大街上。露天的空气舒缓了内心的苦闷。见过伊蕾妮后，他觉得好受了些。他终于澄清了一些事情，而且，从某种程度上获得了……什么？他想要的究竟是什么？连他自己都不知道。对他来说，此时此刻有一种再次把她丢弃给命运的愤懑。这次造访是个错误。他正想叫辆马车，身后忽然响起一阵急促的脚步声，一转身，险些和伊蕾妮的女佣撞了个满怀。姑娘一边上气不接下气地喘着粗气，一边递给他一张对折的纸片，然后朝他点点头，便像来时一样匆匆忙忙地跑回去了。达涅尔向前走了几米，这才打开纸片读起来。

“如果你对我还有一点点珍惜之情的话，就把这里的一切都忘了，回到英格兰去。”

达涅尔打消了叫马车的念头，沿着上坡一路步行。他突然觉得自己需要走走。自从回到巴塞罗那，所有人都坚持让他回去，现在连伊蕾妮也是这样。但是，别人越是催他离开，他越是感觉到自己必须留下。事情远没有调查清楚。如今他开始笃定地相信，父亲的确死于谋杀，同时也惊讶地看清了自己的决心——不揪出真凶，他绝不罢休。

17

弗雷萨兴致高昂地向报社的办公室走去。昨天和桑奇斯谈了话，后者咬牙切齿地又给了他几天宽限。约皮斯近来像只无头苍蝇，最新的报道完全是在炒冷饭，把经验丰富的主编气得吹胡子瞪眼。可是弗雷萨自己的情况也好不到哪里去。

明天早晨，他会和阿玛特一起拜访新贝伦疯人院。这个年轻人决定推迟归期，看来是做好了充分准备（至少是抽出几天时间）去调查隐藏在整桩事情后面的所有真相。弗雷萨仿佛从他身上看到了当年的自己，不禁微笑起来。多萝丝又要取笑他多愁善感了，她说得没错。可一想起与维达尔的那场会面，他又笑不出来了。多年前的那场事故，以及小阿玛特在此后漫长岁月中与父亲的隔膜，总令他困惑不已。在火灾中失去至亲诚然可怕，但直觉告诉他，这其中肯定另有隐情。阿玛特曾经圆滑地回避了他的提问，他身为记者，却不想让事情就这么过去，现在离下班还有几个小时，他决定利用这段时间做个调查。

他走进巴塞罗那邮报社的大门，照例与塞拉菲抱怨了几句，没有去楼上的编辑室，却踏上了通往地下室的螺旋楼梯，那楼梯转了两圈，最终通到一处憋闷的走廊。弗雷萨沿着走廊径直向前，穿过印刷室，在一扇酒红色的大门前停下脚步。门中央挂着一张小小的金属牌，上书三个字：档案室，还有人在牌子下面用画笔加了一句——“闲人免进”。

巴塞罗那邮报的档案室堪称传奇，让很多同行眼红不已。在大楼深处这个不起眼的角落里，仔细地收藏着所有的报纸和杂志，或者说，收藏着近五十年来在巴塞罗那和西班牙其他地方出版过的一切东西。同时，这里还藏有未发表过的文章、内部报告以及供报纸使用的档案。此外还有一处拥有几千卷藏书的专业图书馆，所有人都觉得它堪称巴塞罗那现代的“亚历山大图书馆”。报社里的新人第一天报到时总要来这里待上一会儿，与档案室负责人恩里克·古鲁米亚进行一次不怎么愉快的会面。弗雷萨用手指用力地敲敲门，又转了转把手。大门擦着地砖，吱吱呀呀地开了，一阵闷热的空气扑面而来。弗雷萨心想，哪怕干尸木乃伊也不会喜欢这个地方的。

“谁？”有人在问话。

“是我，伯纳特·弗雷萨。”

“进来，朝亮的地方走。”

弗雷萨应声穿过一段摆满了柜子的黑暗过道，来到一张放着煤油灯的桌子边。在成堆的文件夹和档案夹后面坐着一个男人，矮瘦，秃头，活像个大头针。此时，他正盯着自己，连眼镜都遮不住那恼怒的目光。他戴着黑亮的套袖，手上青筋暴起，如同埃布罗河三角洲[1]，手里拿着一本翻开的书正要归档。山羊胡上，轮廓清晰的双唇间叼着一支熄灭的香烟。虽然他是个烟鬼，但从来不会在档案室里抽。

“什么风把您给吹来了？我可正忙着。”

“我说古鲁米亚，我在您这儿还是很受欢迎的嘛！”弗雷萨边说边从外套口袋里掏出包烟丢在桌子上，“我给您带了点好烟，味道可重了。”

---

1 埃布罗河通往地中海的入海口。

老头小声嘟囔了几句，还是伸出手来接过烟，装进口袋里，随后一脸寡淡地看着弗雷萨。煤油灯投下两人的影子，每个动作都历历可见。

“您还好吗？来我这儿干什么？”

“我需要关于阿玛特家那场火灾的所有报道。那是差不多……七年前的事情，大约发生在一八八一年五月，或者六月。”

“是五月二十日。”

弗雷萨惊讶地望着古鲁米亚。

“别吃惊，”老头有点不屑地说，“最近有人向我要过同样的资料。”

“啊？有这事？”弗雷萨问，“谁要的？”

“您和我一样，都清楚报社的规矩，我们必须保护查档案的人员的隐私。您可别想用那点香烟套出我的话来。”

“您知道吗，古鲁米亚？有一次，我在神的引导下，去了趟土耳其烟馆……”

老头大吃一惊，他强掩惶恐，疑心重重地眯起眼睛。弗雷萨假装什么都没看见，继续说：“那些大烟鬼太可怕了，他们蜷缩在脏兮兮的床上，身旁放着个小火炉，屋子里烟雾缭绕，什么都看不清楚……‘她平静的脸上装饰着罂粟花，带来了黑夜，也带来了黑色的梦。’——这好像是奥维德的名句？”

说到这里，他停顿许久，饶有兴味地打量着老头惨白的面庞。

“当然，那地方烟熏火燎，黑咕隆咚，跟我开了个大玩笑。大家绝对想不到，我眼前那个叼着烟斗、像条蛇一样蜷缩在床上的人是谁……”

“弗雷萨，您真是个混蛋。”

“我承认我是，我妈妈也经常这么说。如果您不想让我把这事儿抖搂出去的话，现在就告诉我，那个来查资料的人是谁。”

老头转身走向写字台。

“让我看看……”

他打开写字台的大抽屉，取出一本厚皮笔记本，打开绿色带子做成的标记，迅速翻了几页。弗雷萨看到那本子上详细记录着资料被查阅的日期、类别和查阅人名单。古鲁米亚沾了墨水的手指一行行向下滑，最后终于在一个名字前停了下来。

“找到了，在这儿！就是几天前的事。”

记者伸长脖子想去看看那是谁，可老头抢先说了出来。

“菲利普·约皮斯。”

弗雷萨一个激灵。真见鬼，这家伙好像总比他先走一步。

“我记得那个年轻人，”老管理员从本子上抬起头来，满脸厌恶地说，“他还真把自己当成大记者了，一进门来看到我这些文件，就把手放在鼻子前面挥来挥去，抱怨这里灰尘多，环境脏，您能想象吗？”

还没等弗雷萨回答，他又继续说下去：“他把我当成印刷室的小伙计，对我颐指气使，吩咐我‘越早越好’地给他找出资料，然后拔腿就走，连声谢谢都不说。他走得可干脆了，就好像闻到大粪一样。”

“那您找到了吗？”

“什么？”

“您找到他要的东西了吗？”

“您以为我是谁？”

弗雷萨又笑了。他喜欢这个老头。尽管恩里克·古鲁米亚脾气暴躁，还有些令人生疑的癖好，却是巴塞罗那最近一百年的活年鉴。他是自愿“活埋”在这针鼻大的地下室的，就像他自己说的，与报纸和书籍为伍是莫大的快乐。想到这里，弗雷萨几乎为刚才骗了他而感到内疚了。

“您看，约皮斯和我正在合作同一条新闻，我们需要这些资料。这个年轻人刚来邮报不久，不懂规矩，他都忘了跟我说一声已经向您索要过这些信息了。我会向他传达您的不满，他一定会向您道歉的。无论如何，既然我已经来了，如果您愿意，就给我看看您已经找到的东西吧。”

古鲁米亚透过布满灰尘的镜片仔细打量着他，最后终于叹着气从扶手椅上站起来，拿起桌上的油灯，对他示意道：“跟我来。”

老人弓着腰向前走，弗雷萨紧紧跟在他身后。过道左右摆放着几十个木质书架，色泽暗沉，刷了清漆的表面布满灰尘。每个书架上都挂着块木板，上面标着一长串复杂的字母和数字，那是只有古鲁米亚才能看懂的密码。

“这几条走廊是按照年月日的顺序布置的，各种资料——书籍、报纸、期刊、杂志、海报或者其他任何出版物，都根据日期和类别存放在不同的盒子和柜子里。”

老人对自己这套庞大的档案管理系统满怀骄傲，总是要对每位访客详细阐述一遍，就算在邮报供职多年、对档案室了如指掌的熟人也不例外。

他们拐进其中一条走廊，因为空间狭小，两人几乎贴在了一起，古鲁米亚虽然弯着腰，走得却很快。记者不得不加快脚步才能跟上他的步伐。

“就在这儿。”

弗雷萨四下张望，不知道如何才能确定自己的位置。古鲁米亚没有注意到他的惶惑，他把手里的灯递给记者，搬来一架梯子，让弗雷萨在下面等着，自己费劲地爬上去，在最上层的架子上仔细翻阅起来。

“接着！”

一个硬纸壳做的档案盒落到了他的胳膊上，轻得几乎没有重量。

“就这些？”

老人从梯子上下来，言语里满是不耐烦。

“1881年5月20日，阿玛特家宅火灾。这里是当时发表的全部资料：报纸新闻、警方和救火队员的报告，甚至还有死者讣告。关于这件事的报道比一般情形下要少，看来某些人想刻意淡化它，您也知道，当问题比较棘手的时候，金钱和权势就会派上用场，然后整个世界都沉默了。”

古鲁米亚一边说，一边拿起放在书架上的油灯。

“您可以去我办公室查。”

两人掉转方向，走出了逼仄的走廊。老管理员指着一张桌子让他坐下，随后就消失不见了。弗雷萨在椅子上坐好，把油灯调亮了一些，打开了档案盒。

盒子里有六个文件夹。他把它们摊到桌子上，随便拿起一个看起来。这个夹子里是一些剪报，都是《巴塞罗那邮报》当年的报道，消息发布在本地新闻版。

阿玛特宅邸毁于可怕火灾

巴塞罗那，1881年5月20日

今天黎明，一场悲剧在本城历史上书写了黑暗的一页。一场大火将阿玛特家宅烧毁殆尽。这场可怕的事故已造成两人死亡，多人严重受伤。火灾起因尚未查明。

著名医生堂·阿玛特·伊·洛雷斯之子堂阿莱克·阿玛特·姆利亚，以及当时正在家中做客的安赫拉·希内·罗瑟尔小姐不幸葬身火海。现已证实，两人均死于火灾引发的浓烟窒息。阿莱克的哥哥，同时也是希内小姐的未婚夫堂·达涅尔·阿玛特·姆利亚全身多处烧伤，轻度窒息，已被送往圣十字医院医治，医院方面透露他伤情严重，但目前尚无具体消息。

据事发时路过此地的书记员堂·罗姆阿多·瓜塔描述，“整条街道都如同炉火在熊熊燃烧”。

大火直到将近中午才熄灭。救火员虽竭力扑救，依然于事无补。

更不幸的是，死者安赫拉·希内小姐与达涅尔·阿玛特先生不日即将举行婚礼。这场巨大的悲剧震撼了整个巴塞罗那。两个正值人生花季的年轻人梦想尽毁，更是令人唏嘘不已。所有人都对阿玛特一家的悲剧深表哀悼。

弗雷萨虽不知道这则报道的作者是谁，却对这行文风格很是眼熟。他决定查完资料后再好好想想。他把邮报的消息放在一边，又拾起另一个文件夹，里面的剪报汇集了其他报纸对这场火灾的报道。

《巴塞罗那日报》着重强调了阿玛特医生在加泰罗尼亚社区的重要地位，并对其遭此致命打击深表遗憾。《王朝报》坚持了一贯的批判立场，借此事件敦促政府增强救火力量，并配了一幅插画，画上是几个正在灭火的消防队员，艺术家把火焰画得特别夸张。画上还有两个人物，看着像是阿玛特医生抱着倒地不起的小达涅尔，或是他的另一个儿子阿莱克。插画下面写着：“无能的消防队员什么事也干不了。”《西班牙和美洲画报》的文章最为简单和本末倒置，他们对阿玛特医生的不幸深感悲痛，还提到医生的妻子几年前死于另一起事故。其他几家报纸仅刊发了短消息，没有报道任何详情。弗雷萨将剪报放在一旁，又拾起一个新文件夹。这里保存着警察和救火员的报告。他一字一句仔细看下去，却找不到任何澄清火灾起因的信息，倒是很多文章认为那很可能是疏忽大意导致的意外。

一个小时过后，弗雷萨失望地合上了最后一个文件夹，他原想找到一直让阿玛特饱受折磨的线索，却像以前一样毫无头绪。也许一切只是他的幻觉，那个年轻人只是在承受失去兄弟和未婚妻的悲剧罢了。他满怀挫败地打算离开，正当他将所有文件放回盒子的时候，发现档案盒底层的一角嵌着张皱巴巴的纸。他把纸从盒子里取出来，在桌上展开。这是《巴塞罗那邮报》负责撰写火灾相关新闻的记者的笔记，应该是从收集剪报的文件夹里掉出来的，从表面上看毫无价值可言。弗雷萨一边这样想着，一边走马观花地读下去。当他读到最后几行的时候，胃部突然因为兴奋而一阵痉挛。那位记者在结尾列举了所有可能导致火灾的原因，随后又把这些原因用叉号划掉了。而在这张纸的最后，他画了几个巨大的问号，问号中间写了一个词："纵火"。也就在这一瞬间，弗雷萨终于从笔迹上认出了撰写这篇报道的记者究竟是谁。他为什么会列举火灾原因？又为什么会对这件事情存疑？他再次兴奋起来，这一趟总算有所收获。他把那张纸塞到上衣口袋里，拿起旁边书架的档案盒，把里面的文件和手中盒子里的调了个包，再把调包的档案盒放回原处。绝不能让约皮斯轻易找到这些资料。他经过古鲁米亚空空的办公桌，放下档案盒出了门。可走到半路突然想起一件事情，于是又折回来。老档案员的登记册还放在屋里。他翻到最后，看到自己的名字写在新一页的开头，本想用橡皮擦去，可一看登记册并没有页码，便干脆把整页纸撕下来装进了口袋。一切终于恢复到了原来的样子，他转身打算离开。

"您要走了？弗雷萨先生？"

古鲁米亚捧着几本杂志，从书架后面探出身来。

“是的，这就走了。看来这些资料对我们没什么太大帮助。我把所有东西都放在您的办公室，您可以把它们重新放回架子上了。多谢。”

“弗雷萨。”

“什么事？”记者一边问，一边转着门把手。

老档案员用瘦骨嶙峋的手在他胳膊上拍了两下，然后一瘸一拐地走向他的办公桌。

“等您收拾掉约皮斯那个家伙，可别忘了下楼跟我好好说道说道。”

弗雷萨仰天大笑，走出门去。他在走廊上听到老人得意地哼起了小曲儿。

18

一群白大褂寂静无声地穿梭在圣十字医院的走廊上。例行巡诊是清晨要做的第一件事。在医学院的最后一年，实习课是没人逃得掉的。在取得外科医生头衔之前，医学生们还要继续增进知识。

“都过来看看，年轻人，”塞古拉医生不耐烦地训着一个学生，“这种湿疹在任何情况下都不能敷用金盏花药膏，难道你在我上课的时候睡着了吗？”

学生哼了一声，好像突然觉得昨天的晚饭没吃好似的，引来几声嘲笑。

“这可怜女人的伤口出现这样的药物反应，可真没什么好笑的。如果这症状出现在诸位身上，你们恐怕要叫上一天。”

“她只不过是个女佣。”

一个学生傲慢地嘟哝了一句，还好教授没有听见。帕乌打量着他。医学院的学生们大多家境优裕，对于他们中的某些人来说，给工人、仆人和拉瓦尔区的妓女们看病纯属自降身价。他们最大的愿望是开家诊所，为上流人士效劳。但帕乌对自己的专业却有着另一番认识：医生的本领是一种美德，是一种服务他人的方式，医生应该对病人一视同仁。在疾病和死亡面前，一切都是平等的。这是父亲对他的教导，也是他发奋苦读的动力。

“好。现在哪位先生能抬起头来告诉我，应该怎样治疗这个病人？”

帕乌无视同学们的目光，上前一步说：“患者有白血病，经常发烧，考虑到这一点，我认为可以用福勒溶液治疗。三年前，布雷斯劳的海因里希·理萨尔医生采用过这种疗法，效果显著。”

“回答正确，年轻人，非常好，”教授点点头，“那我们该如何配出这种神奇的溶液呢？请您在这里向同学们介绍一下。”

帕乌犹豫了。他并非忘了答案，可如果回答提问，自己又会出风头，这是他发誓不会再犯的。最后看到教授已经明显不耐烦了，他只得硬着头皮说：“用一德拉克马又十八古令[1]亚砷酸细粉末，加以同样计量的纯净亚碳酸钾……当然我们也可以用酒石做原料，但我个人觉得前者更好。将两种试剂放入长颈瓶，加入四百五十毫升蒸馏水，搅拌并加热沸腾，直到粉末完全溶解。称取一个稀释瓶，将溶解后的液体倒入瓶内，再重新加水，注意把水量严格控制在四百五十毫升。把瓶盖盖紧，

1 古代西班牙的重量单位。

放置几天。虽然此药疗效显著但有剧毒。所以用药时必须十分小心。”

“总算有人听我讲课了，祝贺你！”教授赞赏地看着帕乌，小伙子脸红了。接着，他转身对先前那个学生说：“年轻人，你负责准备溶液，下周亲自给这个病人治疗。我不想看到任何差错。先生们，现在让我们继续巡诊。”

学生们围到他身边，准备继续向前走。可费诺约萨上前拦住了教授的脚步。

“对不起，先生。”

帕乌叹了口气，等着他嘲笑自己刚才的发言，或是说些枯燥无味的教条，最近几个星期他总是这样一遍又一遍地对付他。

“说下去，费诺约萨。”

“我是代表所有同学说的，先生。我们希望在继续巡诊前先去看看另一个病人。”

“我不明白。您指的是什么？另一个病人？您很清楚，所有的病人都在住院区。”

“不是所有的，先生。”

费诺约萨与帕乌对视了一下，目光里闪过一丝戏谑。

“请您把话说清楚，”塞古拉医生气呼呼地警告道，“别耍花招。”

恐惧在帕乌心中升腾起来。

“有流言说，”费诺约萨解释道，“在医院的一间私密病房里住着个病人，任何人都不能接触。此人是需要实验性治疗还是得了什么怪病？或者某个德高望重的病人刻意隐姓埋名？这自然让人浮想联翩，大家很希望能有机会看看这个病人，并对其进行诊治。”

这番话引起了一片赞同声。帕乌感到自己的双手在颤抖。教授努力克制着自己心头的疑惑。

“这不可能，本院收治的病人都由我负责。”

帕乌强作镇静地插了一句：“先生，时候不早了，我们最好继续例行会诊。”

“等一下，吉尔伯特。如果真有人未经我同意入院治疗的话，我需要立即查明情况。费诺约萨，请为我们带路。”

一群人在费诺约萨的带领下上了路。帕乌不知道如何是好。从他这位同学的表情中可以看出，一切都是计划好的。他不知道自己这么谨慎，究竟是哪里出了纰漏。他看了看费诺约萨，后者正满脸喜悦地说着笑话，把所有人都逗乐了。帕乌一时间怒火中烧，可很快就把心思转到了一个更重要的问题上——到底该如何从眼下的困境中全身而退？

他们沿着帕乌平时走的那条路穿过大楼，进入储藏区，来到医院里存放换洗衣物篮的地方，费诺约萨停住了脚步。

“在这里。”他带着胜利的表情，指着一扇门说。

帕乌试图阻止大家上前，但被一个同学挡住了去路，又被另外两个人拽住了胳膊。走在前面的塞古拉教授对身后发生的事情全无察觉，他毫不迟疑地推开门走了进去。

房间不大，朝街的窗户半敞着，光线充足，屋里随处可见实验室里的卵形瓶和从医院花园里搬来的花盆，里面插着各种香草。这里的空气清新芬芳，床上有个小女孩，倚着几个靠垫，用小手抓着毯子，一点点地想把自己藏进去。她苍白的脸望着来人，参差不齐的栗色头发垂在耳后，活像一只被关在笼子里的小动物。看着她消瘦的身体、额头的汗珠和用来遮住嘴巴的手绢，教授猛然转身，把费诺约萨和其他学生往门口推去。

“离开，所有人都离开，快！”

学生们在走廊上和一个克拉雷修女撞了个满怀。修女端着一个托盘，目不转睛地盯着他们。教授一脸铁青地关上门，一个箭步冲到修女面前。

“您，请告诉我，屋里那个女孩是怎么回事？”

修女被他的一脸怒气吓得哆哆嗦嗦。

“我……我什么也不知道，只负责每天两次给这里送干净床单、饭和水。”

“谁让您这么干的？”

“一个医生，但我不知道他叫什么。”

教授气得满脸通红。修女胆怯地移开目光，想弄明白自己究竟做错了什么。突然，她变了脸色。

“是他，就是这个年轻人让我这么做的。”

所有人的目光都投向了帕乌。

教授难以置信地看着他。

“是您？吉尔伯特先生？这是您干的？”

眼下已无路可退。帕乌偷偷看了一眼众人簇拥下的费诺约萨，他满脸的幸灾乐祸，绝不会让自己逃过这一劫的。

“是的，先生。是我干的。”

塞古拉医生怒发冲冠，咬牙切齿地问道：“请告诉我，一个结核病人在未经我允许的情况下，是怎么住进医院来的？”

学生中爆发出一声惊呼。帕乌听得出这吓得发抖的嗓音是谁的。至少费诺约萨惨白的面孔让他感到一点小小的得意。他想不出他是如何发现自己的秘密的，但他显然不了解女孩的病情。

“太可恶了！你让我们所有人身处险境。你这么做应该被开除！”费诺约萨向他举起了拳头，几个同学随着他一起大叫起来。

帕乌一动不动地迎上了他的目光，转身对着教授说：“她叫埃莱娜。”

“她叫什么对我来说无所谓，吉尔伯特先生，”教授脸上失望的神情比同学们的愤怒更让帕乌感到痛苦，“您把她带进来多久了？”

“一个星期。”

“一个星期？我的上帝！您究竟在想什么？随便一个大街上的顽童都知道肺结核是致命的传染病，她可能传染整个医院！”

“上周四早晨，我正在值班，有人把她丢在了医院大门口的楼梯上。她当时咳嗽，高烧不退，不停地打寒战。我还能怎么办？能把她丢在大街上不管吗？我采取了所有能采取的预防措施。大楼里这个地方是空的，除我之外没人进过这间屋子，我亲自给她换床单、喂食和治疗。”

“您怎么治疗的？”

教授对这个问题的兴趣缓和了刚才的火药味，也给了他解释的机会。但这又会引出另一桩麻烦事。帕乌咽了咽口水。

“我给她服用了止咳剂，规定了合适的饮食，保持房间干净，经常通风。经过一段时间的卧床休息，她已经好多了。”

“就这样？您没有每天给病人放血，或者服用泻药？”

“没有，先生。这些疗法的效果让人怀疑。”

“您是说，只用止咳药和一点食物，就能控制病人的肺结核？”

帕乌试图避开教授质询的目光，但眼下除了把一切和盘托出，已经别无选择。

“在这之前，我……我给她的胸腔注射了一针氮气，”他赶在教授警觉之前加快了语速，“杜桑做过研究，自发性气胸可以缓解肺部损伤。而弗拉尼尼也用这样的方法治愈了好几名严重肺结核患者。病变部位萎陷有助于结痂。”

“您一个人实施了肺萎陷疗法？我的上帝！”

帕乌沉默了，教授一个劲地摇头。

“您不仅私自把一个最危险的传染病人带进医院，还运用最不成熟的手段为她治疗。吉尔伯特先生，您的所作所为极不负责任。”

“但我的治疗起作用了，”帕乌反驳道，“埃莱娜已经不咳嗽了，痰液也变清了，烧也退了。治疗用的膏药没被污染，呼吸和胃口都在好转。”

“吉尔伯特，您是我见过的最聪明的学生，但您这是聪明反被聪明误。这一次的治疗可能有效，但我们必须遵守规定，明天就把这个女孩送到结核病院去。”

教授转身向走廊走去，帕乌跟在他后面。

“不行，请不要这样。这样等于要了她的命。和一众结核病人接触会加重她的病情。她已经在康复了，只需要隔离几天时间。”

“难道您宁愿陷整个医院于危险之中吗？”

“我知道我做得不对，但她不应该为我的错误负责。求求您让她留下，她现在已经没有任何威胁了。”

教授再一次摇摇头，继续向前走，学生们跟在他身后。他们离帕乌远远的，就好像他和那个女孩得了同样的病一样。

几个小时后，帕乌捧着书和笔记，步履匆匆地来到大街上。这次还算走运，医学院召开了紧急会议研究此事，决定对他处以二十杜罗的罚款，外加值班时间翻倍的处罚。从今天起，他要是再次违纪，将被立刻开除。他稍稍松了口气，虽然不知道该怎么交这笔罚款，但当下最担心的还是女孩的安危。如果她在结核病院丢了性命，那都是他的过错。如果不是他爱出风头，费诺约萨就不会惦记着报他在解剖课上的一箭之仇，所有这一切也都不会发生了。那个女孩需要他的帮助，他也知道这件事情自己没有错，父亲如果还在，一定会支持他的。不管赛古拉博士如何不情愿，他的治疗方案是有效的。现在他不能丢下女孩不管。他决定明天去找赛古拉教授谈谈，努力说服他让女孩留在这里。如果需要，他可以日日夜夜照顾她。

他思索得深切，没注意墙角有人转身给了他一拳。他一个趔趄，手里的书和笔记散落一地。那人愤怒地朝他大喊大叫，警告他小心点。他再次道歉，此人随即消失在人群中。他这才注意到人行道上的状况，暗暗祈祷自己的书不要受损，现在这是他唯一的奢望。

“你也不看看自己要去哪儿？”

费诺约萨和他的跟班们把他围了起来。

“你自以为聪明，”费诺约萨一边小声在他耳边嘀咕，一边弯腰假装拾起一本书，“但你错了。”

他直起身子，装作不留神，怀里的书又掉在地上。他假装没看见一样在书上踩了一脚，随后冲帕乌一笑，带着他的人走了。帕乌听着他的笑声一路消失在道路尽头，强忍着怒火弯下腰拾起书，封面已经脱落，挂在那里。他该如何向图书管理员交代？他正想仔细检查一番，却发现书里夹着一张纸。他本以为那是脱落的书页，一边在心里咒骂着，一边把那张纸展开，却发现那是一张下届全球通灵大会的宣传单，他读着纸上的内容，突然发出一声尖叫。

我知道你是谁。明天日落时我在多米尼加修道院门口等你。

他又读了一遍这行炭笔写下的潦草字迹，一股寒战直冲脊背。看着两侧的街道，他突然感到来来往往的行人都成了自己的威胁。多日来极度压抑的郁闷像激流一样爆发了。他赶紧拾起剩下的书朝自己的宿舍跑去，努力控制着全身越来越剧烈的颤抖。

19

“达涅尔·阿玛特不像看上去那么简单。”维达尔的话一遍遍地在脑子里回响着，现在这个人愈发深不可测起来。档案室里新发现的笔记虽然只是蛛丝马迹，却至关重要。此人的某些情况和在火灾中扮演的角色并不相符，他得把来龙去脉调查清楚。

弗雷萨加快了脚步。整个城市笼罩在夜幕中，湿漉漉的人行道上只亮着几盏油灯。他整整帽子，紧紧外套，稍稍松了口气，还好，天没下雨。

正在此时，他的脸上突然狠狠挨了一拳。

弗雷萨整个身体飞上了天，又落到了几个装马粪的篮子上，马粪撒得遍地都是。一双胳膊把他拎起来，重新摔到街道那边。他的后背撞到了小酒馆的卷帘上，在巨大的冲击下，那卷帘活像金属做的浪花，来来回回地晃悠着。

从门后走出了一个魁梧的大汉，模样仿佛岩石雕出来的，身形足有街道那么宽。尽管天气寒冷，可他只穿了件紧绷的背心，一身肌肉几乎要把衣服撑破了。他戴着帽子，透着凶光的眼睛很像中国人，正饶有兴趣地打量着弗雷萨。

如果这是抢劫，记者并不想抵抗，如果不是，他至少希望别被打的更惨。

“弗雷萨，弗雷萨，弗雷萨。”

他认出了这个伪装的假声，不禁打了个哆嗦。一个高大得出奇的身影出现在小巷深处。那是个女人，迈着猫步，裹着几块毛皮，一身石榴色的长裙随着步伐窸窣作响。染成金色的刘海在浓妆艳抹的双眸间飘动，猩红的嘴唇上漫不经心地叼着香烟。要不是名声不佳，劈腿无数，“黑女人”完全可以在任何社交沙龙里扮演贵妇人。

“哎呀，原来是阿曼多。”弗雷萨终于开了口。

有人打了个响指。那大汉伸出粗壮的大手一把抓住记者的睾丸紧紧捏住。一阵剧痛从腹股沟直冲后颈，弗雷萨禁不住呻吟起来。

“我的孩子，你很清楚我不叫这个名儿。”

“当然，当然，请原谅，”弗雷萨一边说，一边试图缓口气，“你……你来这儿干什么？”

“我就是来找你的，亲爱的。”

她伸出涂着指甲油的手，优雅地扶住大汉壮硕的肩膀。

“小佩德罗，别攥得太紧。我们可不希望尊敬的记者大人过早受伤，至少得让他先把这身债还了。”她接着向弗雷萨说：“我手下这个小伙子以前在‘神奇兄弟’马戏团当演员，把钢梁掰成两半是他的拿手好戏。像你这种轻得跟羽毛似的家伙，他不用两秒钟就能结果了，你最好乖乖别动。”

弗雷萨点点头。就算他想挣扎也动弹不得。“黑女人”的微笑并不令人心安，但他庆幸大汉的手劲儿放松了一点。总算能喘口气了。

“亲爱的，我对你可真是失望啊。你好像忘了件事吧。”

“我发誓一定会还钱的，只是还需要一点时间。”

“黑女人”空洞的笑声在小巷中回荡。

“哎呀，你真会开玩笑。你是说，时间？”

“我马上就要时来运转了。我正在追踪一条重大新闻，会挣到一大笔钱。”

“弗雷萨，你听着，”“黑女人”一边说一边用长长的指甲划着他的脸，“你我一直相处得不错。哎，我也不知道为什么，看到你悲伤的眼睛心就软了。”她轻叹一声。“但生意就是生意，生意就是遵守约定。你向我借钱，我借了，事情就这么简单。你要是欠钱不还，那就糟了。而你欠钱不还，我又没把你教训一顿，那就更糟了。大家都会议论的，你懂吗？消息会像流感一样四处传扬，我的生意就完了。所以我不能答应你，哪怕你看我的眼神把我的心都融化了也没门，亲爱的。我很抱歉，但我必须得让你知道什么叫言出必行。”

大汉的铁拳飞过来，打中了弗雷萨的左眼。满眼的金星还没散去，腹部又被膝盖狠狠撞了一下，他感到一阵窒息，倒在地上大口喘息起来。

“真是天生一对儿！”哪怕已经倒地不起，弗雷萨还是躲不过冷嘲热讽，“我敢说你们肯定互相搓背。”

天突然下起了大雨，他只顾得上用双臂护住脑袋，大汉朝着他的下巴飞起一脚，他仰面向后躲避，头猛地撞上了金属卷帘，顿时满嘴都是鲜血的味道。在失去意识之前，他听到“黑女人”在耳边用丝绸般柔润的声音说：“小子，赶紧跟你那个婊子借钱去，我可不想拖。你要是不还，咱们就下次再见。”

20

一大早，达涅尔和弗雷萨就坐上了去往萨里亚的火车。记者前额上贴着膏药，左眼有一块丑陋的淤青。达涅尔对他的伤势很是好奇，可看到弗雷萨顾左右而言他，便把话题转到了自己和院长的会面上。两人还讨论了奥姆斯的笔记本，但没得出任何结论。显而易见的是，达涅尔的父亲藏起了笔记本，希望别人能够发现它。尽管他们至今也没想通此举究竟意在何处，但还是希望和奥姆斯谈谈。也许他可以解释这本笔记本和那些凶杀案之间的关系。

后来，两人的谈话渐渐减少，记者进入了梦乡。正当这位乘客肆无忌惮地打鼾之际，火车驶过城市边缘的普罗旺斯街火车站，将巴塞罗那的大街小巷抛在身后。随着城市渐渐远去，迎面而来的是一座座工厂里吞云吐雾的高大烟囱。这些工厂建在昔日的良田之上，象征着时代的变迁。达涅尔透过车窗望着成群的工人，男人们穿着常见的打结衬衫和轻便凉鞋，女人们穿着灰色羊毛外衣，用布料和手帕包住头发，走在上工的路上。达涅尔注意到，人人都神色凝重，少言寡语。大多数人都带着熏沙丁鱼和菜豆，外加一片火腿做干粮，就靠这点东西撑过一天十二小时的辛苦劳作。达涅尔觉得，留在他童年记忆中的一切都在飞快地改变着。

两人在圣杰瓦西站下了车，没有等疯人院的通勤车，而是上了一辆出租马车。二十分钟后，马车在一座庄园的大门前停了下来。

坐落在提比达波山南麓的新贝伦疯人院修建于二十一年前。在晴朗无云的时候，从这里可以俯瞰地中海畔的巴塞罗那城。

两人付了车钱，沿着一条蜿蜒的泥土小道穿过果园，来到一座大楼前。

“知道吗？阿玛特，”弗雷萨一边说，一边小心翼翼地避免脚下的短靴沾上泥土同，“您到现在还没告诉我，为什么决定留下来继续调查。”

达涅尔沉思了一会儿才开口。

“因为我开始相信父亲确实不是死于意外。太多人坚持让我离开，可我希望揭开真相。如果不去试试，我恐怕永远都不会原谅自己。负罪感。我很清楚我在说什么。”他没等到弗雷萨问第二个问题，就走到了他的前面。“快点，请抓紧时间。”

这座疯人院占地五公顷，其中很大一片是花园。他们在园中穿行，部分土地上种着蔬菜豆类，另一片宽广的区域种着柠檬树和苹果树。这种布局使得疯人院的四周花木环绕，虽然病人们需要日夜监视，但从表面看上去并没有监狱般的氛围。

“您觉得他们会见我们吗？”弗雷萨问。

“这里的院长是我父亲的好友。”

“好吧，我会对他以礼相待的，别担心。”

“我现在倒真是有点担心。”

弗雷萨正要抗议，却看到阿玛特脸上掠过一丝笑容，他也咧嘴笑起来，没想到下颌一阵刺痛，忍不住哼了一声。

他们拉了拉门铃。一个圣文森特·德·保罗会修女开了门。弗雷萨脸上的淤青把她吓了一跳，达涅尔赶紧搭话，她才镇定下来。

“下午好，嬷嬷。我们是来见院长的。”

修女点点头，把他们带到一处带门廊的院子就离开了。院子里有一间祷告堂，景致优美。过了几分钟，有人在两人背后大声说："我希望您二位有充分理由来打扰此处。"

一个男人站在虚掩的门口，身穿白袍，手拿罐子，打量着两人。尽管已经年过半百，安东尼·希内[1]的身材依然壮实，脑袋如同雕刻的大理石一样安放在宽厚的肩膀上。他的目光在两人身上来回逡巡，弗雷萨觉得自己好像在被自动量身定价。希内留着一头油画般厚重的鬈发，还骄傲地蓄着一副长及下巴的浓密络腮胡。

"谢谢您能见我们。"达涅尔上前致意。

医生认出了来人，不禁脸庞涨红，双拳紧攥，向前迈了两步，恨不得扑到他身上去。达涅尔紧张地站在原处，弗雷萨看着两人这般情形，一时摸不清头脑，突然间，他恍然大悟了——眼前这个男人正是伊蕾妮·希内和安赫拉·希内的父亲。

"当护士报上您的名字，我以为她搞错了。先生，我以为您已经死了，我宁愿您真的死了，"他咬牙切齿地低语道，"我只给你们几秒钟时间，你们从哪儿来的请回哪儿去。不然我会命人把您二位从这里扔出去。"

"如果不是事出有因，我不敢到您这里来，希内先生，"达涅尔回答，"我需要您的帮助，这和我父亲的死有关。"

院长的脸上闪过一丝疑惑，但最终还是拿定了主意，当他再次开口的时候，好像苍老了许多。

"您父亲的死真是个意外打击。我们是挚友。看在他的面子上，我

---

1 新贝伦疯人院的创始人安东尼·希内医生在历史上确有其人。

会听你们说下去。”

达涅尔长出一口气。在来这里之前，他甚至觉得自己的话院长一个字都不会听。

“他不是死于意外。”

医生难以置信地看了他们一眼，如同看着医院里的精神病人。

“我知道您很难相信，”达涅尔坚持说下去，“但我们有证据证明，他是被谋杀的。”

“谋杀？我的上帝！我又能帮你们什么？”

“现在看来，您院里的一位病人在发疯之前……”弗雷萨开口了。

希内皱起了眉头。

“对不起，您想说什么？”

“我的朋友想说，”达涅尔插嘴道，“您院里有一位病人可以帮我们澄清关于父亲死亡的某些疑点。我们想和他谈谈。”

“我们院里有些病人患有严重的狂躁症，不能见客。您说的这位病人是谁？”

“奥姆斯医生。”

“您不可能见他。”

“我们必须和他谈谈，希内先生。”达涅尔还在坚持。

院长深吸了一口气。

“请别误会，先生们。我说不可能，不是想阻止你们。奥姆斯医生九个月前就离开这里了。”

达涅尔和弗雷萨犹豫不决地对视了一眼。

“请跟我去办公室，我们可以在那里谈。”

他穿过大门，走进疯人院的大楼。达涅尔和弗雷萨跟在后面。

“为什么叫这个名字？”记者为了打破三人间令人尴尬的沉默，开口问道。

希内医生一头雾水地看看他。

“我是说，为什么叫新贝伦疯人院？”

“哦，您是说这所医院的名字？那是为了纪念伦敦贝伦疯人院[1]而取的，只是个名字而已。”

“这里病人多吗？”

“先生……该怎么称呼您？”

“在下弗雷萨。”

“弗雷萨先生，您对精神病学感兴趣？”

“精……什么学？”

“就是有关大脑疾病的学问。”达涅尔在一旁提醒道。

希内瞥了他一眼。

“看来您还没把父亲教的东西忘干净。”

达涅尔没有回答。医生的口气缓和了一点，他继续解释道：“这所医院的水平全国领先，我们研究精神疾病已有三十多年了。”他的语调里带着掩饰不住的骄傲。“从三年前开始，我们甚至有了自己的科研杂志。”

“但是，精神疾病是怎么研究的呢？”

“这么说吧，疯子只不过是普通病人。最近几十年来，社会常识有了相当大的改变，这种理念才开始被人慢慢接受。但遗憾的是，现在还有很多人不理解我们。”

1 欧洲首家专门治疗精神疾病的医院。

希内好像忘了自己身在何处，如同站在大学讲坛上一样，为两人上起课来。

“盖伦总结了前人对于发疯的研究成果。他大力推崇‘体液’学说。根据这种学说，抑郁是肝脏分泌的胆汁所致，疯癫是动物性灵气缺乏所致，痴呆是动物性灵气衰竭所致，狂躁是动物性灵气混乱所致[1]。实际上，这些理念是与他本人具备的神经系统解剖学和生理学知识自相矛盾的。幸好后世涌现出一些更加以事实为依据的观点，指导着我们对人类大脑的研究。”

弗雷萨无聊地打了个哈欠，达涅尔默默瞪了他一眼。院长丝毫没有注意到记者的表情，继续他的学术演讲：“不管怎样，过了很长时间，精神病人才得以接受应有的治疗，或者说，他们过了很久才被当作需要医治的病人对待。新贝伦疯人院在这方面声名卓著。我们建立了一套适用于精神病患者的自由活动和扩展活动的制度，还有不间断的监控和严格的卫生环境。特别值得一提的是，我们会根据每个病人的实际情况为他们量身制定治疗方案。”

他们在走廊上转了个弯，来到大楼另一端。过道两侧都是门，刚踏进门槛，呻吟和叫喊就不绝于耳。达涅尔和弗雷萨警觉地对视一眼，但医生却毫不在意，径直进了屋子。

记者在一扇金属门前停下来，门上齐眉的地方开了一扇小窗，他把脑袋从窗口伸进去。在狭窄的房间里，一个秃顶男人坐在单人床上暴怒地自言自语。墙上挂着一条皮带，皮带上拴着一对金属环，环上系着一副腕部加了衬垫的无指手套，这男人的双手正套在那副手套上。

1　参见盖伦“灵气论”，他认为肝脏对应自然灵气，心脏对应活力灵气，脑髓对应动物性灵气。

院长察觉到了弗雷萨的好奇。

“这个病人不但完全丧失了智力，还有暴躁症状。为了防止他发病时做出进攻性举动，我们一天内大部分时间都把他拴在这个精巧的器械上。这样他就不会用胳膊自残，也不会因穿约束衣致使胸部受挤压了。”

“但是……这很可怕。”

“可你想想，如果采取别的办法，结果会更可怕。”

院长说完，在原地转了个圈，继续向前走去。达涅尔和弗雷萨跟在他身后。

“现在我们院里共有将近一百名病人。大楼右边是男病号区，左边是女病号区。男女病人又按症状分为三个区：安静病人区、暴躁病人区——我们刚去过那里，还有狂躁病人区。这里的病人都来自上流社会，他们除了支付相应的病房住宿费，还要花十四杜罗雇仆人。这里的高级病房费高达三十六杜罗。当然还有更加便宜的二等病房和三等病房。”

三人终于来到院长办公室。房间布置得很舒适，两扇大窗户朝花园开着。达涅尔注意到，较之他上次造访的时候，这间屋子几乎丝毫未变。墙边带玻璃窗的柜子还是原来的样子，里面照旧摆放着院长的医学教科书，体视镜和他收藏的一套大小不一的骷髅头骨，墙上悬挂着各种学位证书和学术奖状，桌子上堆满了书籍和报告，看得出主人日理万机。

达涅尔四处打量着这间屋子，当他的目光落在桌子后面一幅泛黄的画像上时，不禁打了个寒战。画中人看上去比实际年轻，但他在任何地方都能一眼认出她们：院长坐在椅子上，安赫拉和伊蕾妮围在他身边，灿烂地微笑着，满脸都是对光明未来的憧憬。这是一幅全家福。当达涅尔注意到画家的落款时，面色瞬间变得煞白。那正是火灾前一周的时候。

希内请两人在桌前坐下来，他注意到达涅尔的目光，顿时满面凄容。

“阿玛特，说实话，我真没想到还会再见到您。”

“先生，我对此无话可说。”他犹豫片刻。“我去见了您的女儿。”

院长苦涩地点点头。

“同时失去姐姐和您，对她是个沉重的打击。”院长看到达涅尔一脸惶惑，继续说道：“我当然知道她和您的关系。您走后，伊蕾妮只能接受柏特梅·阿戴勒的求婚。可怜的孩子。”

院长的目光在达涅尔的脸上停了几秒，然后带着一脸难以置信的表情开了口：“您还不知道，是吗？”

他望着达涅尔茫然的表情，在椅子上舒展了一下身体，把目光投向窗外。

“从……那件事发生之后，我们再也没有说过话，所以也轮不到我来向您解释一切。如果您有什么疑惑，就去问她吧。”

达涅尔满腹的疑问如同在嗓子里燃烧，他本想坚持问下去，但看到院长没有表情的脸，最终还是忍住了。他咽了咽口水，努力把精神集中到此行的目的上来，并简短地向院长说明了情况。

“我父亲认为他找到了杀害这些女孩的凶手，并因此丧生，”他总结道，“他为我留下了奥姆斯医生的这本笔记本。我肯定奥姆斯医生和此事有牵连，所以我们想和他谈谈。”

“我明白了。”希内双手交叉，顶住了下巴。

“奥姆斯先生入院的原因属于隐私，不能泄露，望您二位理解。但我可以告诉你们的是，他在这里的治疗很有成效。也正因为如此，后来发生的事情，以及再往后发生的一切，都完全出乎任何人的意料。但我觉得，那些事情无疑与您父亲的死有关系。”

院长闭上眼睛，开始了他的叙述。

“奥姆斯因为妻子死亡而精神错乱。我们虽没能完全治好他，却稳定了他的病情。他一度丧失了全部希望，几乎没救了。正当我们打算放弃的时候，一切开始有了转机。奥姆斯与我们这里的另一名患者建立了友情，这名患者好像也具备医学知识。他看上去焕发了新生，也让我们第一次看到了战胜病魔、完全康复的希望。随着病情的迅速好转，我们甚至给这两名患者准备了一小间实验室。奥姆斯的情况已经成了值得研究的经典病例，大家真是欢欣鼓舞。”

“但后来事情变糟了，是吗？”弗雷萨问。

“是的，”院长叹了口气，“有天早晨，我们发现值夜班的看守被人用铁棍袭击，昏迷不醒。经确认，所有患者都待在自己的屋里。一小时后，我们在那间实验室里发现了奥姆斯朋友的尸体。可能是因为自卫的缘故，他的脸上和手上伤痕累累，面目无法辨认。我们通过衣服和证件才确认了他的身份。”

“奥姆斯为什么要这么做？”达涅尔和弗雷萨异口同声地问。

“这是个谜。人类大脑有很多我们尚未揭开的秘密。”院长的声音降了一个八度。达涅尔能感觉到他为此深受打击。“这件事已经过去九个月了，至今没能查明原因。你们也知道，从职业角度讲，这真是一场惨痛的失败。”

“这当然不是您的过错。”达涅尔坦陈己见。

对于他的一番好意，院长只是报以苦笑。

“这么说，奥姆斯医生的康复只是个假象？”弗雷萨问。

“看上去是这样。我们所有人都被他骗了，甚至您的父亲，达涅尔。在这事发生的前一天，您父亲还来看过他。他经常过来。那天我和他还谈到，奥姆斯恢复得非常好，我们都由衷为他高兴。可这根本不是真的，”院长悲伤地摇了摇头，“院方向当局通报了这件事情，但他们正在为海陆冶金公司发生的几起骚乱操心，才不会理会疯人院逃了个病人这种事。可无论如何，奥姆斯到现在还是自由身，这很危险，非常危险。他患有心理变态，再次杀人真是毫不奇怪……”

院长已经无需多言了。如果没有算错的话，奥姆斯潜逃没几个月，巴塞罗内塔区就出现了第一具尸体。所有证据都证明，奥姆斯医生极有可能就是父亲追查的那个杀人凶手。

“还有一件事，一个让奥姆斯的行径更加扑朔迷离的细节。”

达涅尔和弗雷萨催促院长快说下去。

“就在出逃的几个星期前，奥姆斯说他肋部疼得厉害。在一次例行检查中，他被查出患有肝部肿瘤。病情已到晚期，他剩下的时间不会超过一年。”

院长还没来得及添加更多细节，一个修女匆匆闯进门来，打断了他们的对话。

“院长，我们需要您。那个叫费雷的病人又发作了。”

“我马上就来，”院长边说边起身，“请原谅我这样告别，阿玛特。我希望您二位能找到奥姆斯，并证明他就是杀害您父亲的凶手。请恕我不能奉陪，我会派人把你们送到医院门口的。”

刚走到门边，他又朝达涅尔转过身来。

“我一度很难接受女儿的死，并因此怪罪了您很久。但实际上，那是一场意外，一场上天注定的悲剧。我到现在也想不明白安赫拉那天晚上去您家究竟是为了什么？”他望着达涅尔的眼睛，“您还年轻，太年轻，承受不起这么沉重的过错。去找伊蕾妮谈谈吧。”

他和护士匆匆离开，再也没说什么，把两人单独留在办公室里。弗雷萨猛地从沙发上跳起来，开始在院长的写字台上大肆翻查。

“您要干什么？”

“我可不信这江湖医生的话。我们需要更多信息，帮帮我！”

“您脑子没犯病吧？”

“您不觉得在这种地方问这个问题很奇怪吗？”弗雷萨微笑着回答，还在不停翻阅着各种文件，“您到底愿不愿意查清父亲的死因？那边那个档案柜就靠您啦！”他边说边朝身后一指。

达涅尔犹豫片刻，最终还是朝那只带着三个抽屉的柜子走了过去。他想拉开第一个抽屉却被卡住了，只得使劲向外拉，只听“咔吧”一声，抽屉掉到了地上，发出很大的响动。十份病历掉落在地毯上。

两人朝门口看去，等着全院人员听到刚才的动静，一股脑地跑来看热闹。可是一个人都没出现。

“帮帮我，快点！”弗雷萨请求道。

两人手忙脚乱地将病历放回原处。达涅尔突然在一份卷宗前住了手。有那么一瞬间，他以为自己看花了眼。他足足看了三遍卷宗上的患者姓名才确信，那上面写的是：柏特梅·阿戴勒。

他忘了目前情况紧急，打开了这份病历。

一年前，阿戴勒因出现多种暴躁和攻击性冲动症状而入院治疗。根据这份简短的病历，阿戴勒的家人认为他必须入院，因为有个仆人上早点时惹恼了这位少爷，差点被他活活打死。他的父亲家财万贯，权高位重，暗自压下了这桩丑事，使儿子免于牢狱之灾。但他们必须把他送进疯人院隔离。一个月后，父亲去世，阿戴勒也在几天后出了院。卷宗里还留有一份院长劝阻他出院的记录。

弗雷萨打断了达涅尔。

“您在干什么？”

“没干什么。”

“好吧，您在这里优哉游哉的时候，我已经找到了。”他带着胜利的姿势，晃了晃手中的几页纸。咱们得走了，快点走。他们就要来了。

达涅尔把阿戴勒的病历放回去，又在记者的帮助下安好了档案柜的抽屉。两人确认屋里的一切都已恢复原样，正要离开，恰与一位上年纪的修女在走廊上撞了个满怀，不禁吓得一哆嗦。

“他们让我来送送二位。请随我来。”

两人装出一副轻松的神色，跟着修女一路来到了疯人院的正门口。达涅尔转身请修女关上大门，后者和气地答应了。

“请转告院长，我们非常感谢他的帮助，还有……关于那件事，我会做点什么的。他懂。”

修女点点头，与他们告了别。达涅尔和弗雷萨匆匆忙忙地穿过花园，登上了返回圣杰瓦西车站的马车。

21

两人进了火车包间，都长出一口气。能及时赶上回巴塞罗那的第一趟夜车真是幸运。他们给了检票员一点好处费，搞到一间没有外人的包厢，一进去就拉上帘子，示意外人切勿打扰。

弗雷萨顶着同伴好奇的目光，拿出了那份偷出来的病历。

“您知道吗？这个奥姆斯比想象中还要疯狂。”

记者没理会达涅尔的话。后者正聚精会神地翻阅着厚厚的病历，病历的页码是以日期为序排列的，他忽略最前面那几页用于登记管理的表格，径直跳到记录奥姆斯医生入院和随后治疗的那一部分内容。

> 弗雷德里克·奥姆斯，45岁，职业医生，丧偶，无子女。于三个星期前（据患者身边人所称）精神失常。最初症状表现为间歇性神志不清，并伴有攻击性冲动。多次出现幻觉和幻听，认不出朋友和家人，经常失眠。该患者需要紧急治疗，以避免完全精神失常。
>
> 经初步检查，确定治疗方案如下：早晨用热水沐浴，并用冷水冲头部。持续刺激病人。下午进行两次苏格兰淋浴[1]，依惯例，冷热水交替进行，再辅以电疗。另外，用福勒溶液治疗病人皮肤上的湿疹。开始治疗时，为了防止病人神经紧张，可令其服用两剂水合氯醛。

接下去的病历显示，奥姆斯的最初疗程过后，医生们又进行了全面彻底的后续治疗：

> 患者已入院一个月零两天，未见好转。建议增加治疗强度，并在颈部施行灸疗，引出病变体液。灸疗时应使患者皮肤保持干燥，灸柱应采用烧过的棉或麻。患者经常出现对亡妻的幻觉，不但不承认她已死亡，还坚持给她写信并要求院方帮他寄信。针对上述情况，建议把曼陀罗和鸦片作为辅助治疗药物。

1　即冷热水交替的淋浴方式，有助于促进血液循环，强身健体。

接下来那些简短的病历记录了奥姆斯病情的发展过程：

两个星期过去了，患者情况有了轻微改变，但未见明显好转。灸疗导致患者皮肤大面积化脓，病症未能减轻。在结痂脱落后，会采用另一种具有强烈刺激性的灸法继续治疗。电疗强度加大。

就这样，奥姆斯接受了几个星期的治疗，病历上的记录显示，他的病情时好时坏，反复不定，虽然看上去在向好的方面发展，但恢复得依然缓慢。院里有些医生认为，他已经不可能完全康复了。

就在这个时候，奥姆斯和另一个患者成了好朋友。

这成了他病情真正的转折点，正如病历上所写的那样。在接下去的几个月里，奥姆斯迅速好转，医生甚至建议他出院。在这个卷宗的最后部分，还有一页希内在奥姆斯的朋友遇害的前两天写下的笔记。

阿方索·马蒂，26岁，男性，具有明显的创伤性精神病症状。1884年2月15日入院，主治医生是堂·阿弗雷德·阿玛特·伊·洛雷斯。在隔离期过后，他成了奥姆斯医生的知心好友。两名患者之间的互动对该病人的治疗起到了奇迹般的作用，值得好好研究。

“我父亲？”达涅尔又读了一遍院长的笔记，“我父亲是奥姆斯医生杀死的那个同伴的主治医生？”

“真是巧啊！是不？”

达涅尔思索了几秒，笃定地回答记者：“在我父亲收治的病人中，不少人身体上的病痛其实是潜在的大脑疾病的反应。他本人一贯坚持医生要了解病人的心理，才能了解他们的痛苦。他认为很多疾病其实是精神紊乱导致的。有些人因此攻击父亲是自然神论者，但希内作为好友，一直支持他的论调。也因为如此，父亲会毫无保留地把自己的一些病人送到希内这里来。”他的面色阴沉了下来，“这真是一个可怕的巧合。现在我终于明白父亲为什么对此事如此执着。奥姆斯杀了人，逃出了疯人院，他作为凶手的朋友和死者的医生，身上背负了双重愧疚。所以就把抓住奥姆斯当成了自己义不容辞的责任。”

两人沉浸在自己的思绪中，一路上再没说话。列车在加泰罗尼亚广场停下，夜幕降临了。

22

帕乌筋疲力尽地穿过卡门街的铁栏杆，已经记不起来有多长时间没能睡个好觉了。他从来没有连续工作过这么多小时，双眼熬得生疼，脑子里一直讨厌地嗡嗡作响。

作为肺结核女孩事件的惩罚，他必须长时间待在医院值班，同时还要上课和学习。不过埃莱娜没被赶出医院，这对他是个极大的安慰。院方根据最近的一次检查，确认女孩已经没有传染他人的危险，这才允许她一直住到出院。塞古拉医生虽然生气，却承认帕乌的治疗收到了良好效果，不过并没有因为这个而减轻对他的处分。事情发展成这样，他总算松了口气。可没想到又惹上了另一桩麻烦。

他从上衣口袋里掏出那张字条读了起来。他已经读了无数遍，可每一次都禁不住发抖。有人发现了他的秘密。他尽了最大努力，小心隐藏着这个秘密，最终却无济于事。这个人是谁？他是怎么发现的？现在只有一个办法可以知道。他收好纸条，向着约好的地点走去。

一开始，他并没认出来人是谁，但从此人的状况可以明显看出，他的生活不如意。这个男人站在伊丽莎白大街的背光处，在安赫尔修道院门口等着帕乌。虽然还不到四十岁，但外貌却比实际年龄老了十多岁。他一边东张西望，一边不停地跺脚取暖。身上的衣服虽然剪裁得体，却又脏又旧。大衣显得很肥大，好像身材瘦小了很多。帕乌走近了才发现，他的双眼深陷在菜色的脸上，像两颗发红的珠子。他如同一只唯恐天下不乱的老鼠在到处乱嗅。

"下午好，吉尔伯特先生。"那人挤出一丝微笑，笨拙地行了个礼。"现在应该这么称呼您吧？"

"阿尔伯特。"帕乌回应道。

这人装出一副生气的表情。

"咱们这么长时间没见，您就这么跟我说话？阿尔伯特？您难道就不能说句什么'您还好吗？''见到您很高兴'，或者，'这该死的几年您过得怎样？'"

帕乌没有作声。他偷偷注视着街上的动静，生怕学校里的人看到后对他和此人的关系生疑。

"您别紧张，这个时候街上没人，连修道院里的嬷嬷都待在屋里避寒。不过如果您愿意，我们可以换个地方。"

虽然帕乌装出一副无所谓的表情，那人还是往旁边的廊柱走去。他走到柱子下面，一把揪住帕乌，带着满身的酒味和汗味低声说："正相反，我倒真是为您担心呢。看来您过得很不错，非常不错。"他瞥了帕乌一眼。"是的，先生，您现在就像个真正的绅士。"

"你想要怎么样？"

"打开天窗说亮话，嗯？很好，随您的意。您看，吉尔伯特先生，"

他又一次阴阳怪气地称呼他，“要是令尊看到您现在这副模样，肯定不会高兴的。”

帕乌挥手给了他一个耳光，他的声音因为愤怒而发抖：“别提我父亲。”

男人变了脸色。他摸了摸脏兮兮的脸颊，朝地上吐了口唾沫。

“啊，是的……真可怜，他死了，是吧？死于一场马车事故。那段路可真难走。”

帕乌紧咬着牙关，甚至感到嘴里渗出血来。

“你有什么话就都说了吧。”

“您知道吗？吉尔伯特先生，我可是怀着最深的好意来的。但您和您父亲一样看不起人。”

“他对你够好的了。”

“这话我可担不起。”

“你这混蛋。她还是个小女孩。”

“她是个婊子！事实就是如此！是她勾引了我，然后又四处宣扬。”

“是你强奸了她，还让她怀了孕。她和孩子都死于难产。你难道一点都不受良心谴责吗？”

男人的双眼变得迷茫了，随后，他把一根手指竖在唇边，压低了声音：“您不能这么粗鲁地对待我，您这么做可不合适。”

“你想说什么？”

帕乌努力压抑着对眼前这个家伙的鄙视之情。

多年前，阿尔贝托是帕乌家里的男仆，起初还算尽职尽责，后来却迷上了一个叫弗朗西斯卡的女佣，追了她几个星期却一次次被拒绝，闹得尽人皆知。终于有一天下午，人们在柴火堆里发现了那可怜的姑娘。

她浑身是伤，衣服被撕成了碎片。因为害怕，弗朗西斯卡没有告发这个混蛋，让他逃脱了牢狱之灾。但帕乌的父亲没有坐视不管。他把阿尔贝托赶出了家门，并竭尽全力使他得不到任何人的雇佣。后来大家发现弗朗西斯卡怀孕了。

“想必您正在纳闷我怎么发现您的吧？”阿尔贝托笑了，“那我就满足您的好奇心。一个星期前，我正走在这条街上。当时下着倾盆大雨，我只好溜到医院对面的小巷里躲雨。我正要脱下衣服拧干时，看到一个学生出了大楼朝我走过来。他走得很匆忙，没顾得上看我一眼，但我却看到了他，并觉得他很面熟。我不禁自问，像我这样身份的人，怎么会认识这种绅士呢？于是从那天下午起，为了找出真相，我几次来到老地方，整整花了好几天来观察您。有天晚上，正当我打算放弃的时候，脑子里突然冒出了一个惊人的形象。起初我以为自己喝多了，您的变化可真大，当我终于通过您的新发型和新装束确定您是谁的时候，天知道我有多高兴！您总是独来独往，直到天快黑了才离开医院，这招可真是高明，这样您伪装起来就更容易了。”

帕乌没有回答。

“您明白，我能这么幸运地认出您，真要感谢上帝。我现在不太走运，当然是暂时的，但我需要钱。朋友就是这么交的，不是吗？咱们可以互相帮助。我对您的事情以及您为什么要演这出戏不感兴趣，但我可管不住嘴。不过如果您能伸手帮我渡过眼下的难关，我是不会把您这个小秘密宣扬出去的。”

帕乌深吸一口气，这才问道：“你想要多少钱？”

“您是不会拒绝老朋友的。”

“多少？”

"一百五十比塞塔。"

帕乌差点叫起来。这笔钱比他在医学院的全部学费还要多。

"我没那么多钱。"

阿尔伯特一边哼哼，一边粗暴地把他朝廊柱推去。他惊叫一声，接着腹部又挨了一拳，疼得喘不过气来。昔日的仆人抓住他的外衣领子，把身体的重量紧紧压在他身上。

"如果您以为我会顾及旧情而放了您，那就错了。我要钱，那是您父亲欠我的。自从他把我赶出去，我就受尽了苦楚。听见没有？如果您不想这套把戏露馅，这个周末必须把钱给我。不过如果您愿意的话，"他的表情兴奋起来，"也可以用另外的方式偿还。"

帕乌拼命挣扎，但阿尔贝托力气太大，自己完全动弹不得。男人浸满酒气的涎水舔在他脸上，一只手向他两腿间滑过去。帕乌用力挣脱，终于伸出胳膊肘，狠狠撞向阿尔伯特的双颊，把他打得东倒西歪，向后退去。

阿尔伯特用尽全力扇了帕乌一个耳光，后者的头重重地撞在墙上，失重的感觉传遍全身，他顿时瘫倒在地。男人挤出一丝狞笑，用袖子擦了擦嘴角的鲜血。

"这才是我想要的。"

他又一次抬起拳头朝帕乌砸下去，突然听到街上响起马车的声音。阿尔伯特往右边瞥了一眼，骂了句脏话，又俯下身在帕乌耳边低声说："星期四八点钟，圣胡斯托见。别让我久等。"

帕乌几乎听不到他的话，也听不到他远去的脚步。只觉得身边有人粗暴地走动、说话和喊叫。一双有力的胳膊扶着他站了起来。

"您还好吗？受伤了吗？"

帕乌吃力地定住目光。那个声音他认得。随着视线渐渐清晰，他惊讶地认出了眼前这位救星的面庞。

屋里生着炉火，温度刚刚好，但帕乌还是觉得街上的寒冷浸入骨髓，就算手上捧着热咖啡也止不住浑身的颤抖。达涅尔·阿玛特坐在他左边，深邃的目光透过镜片注视着自己。这双灰色的眼睛充满生气，像极了他的父亲……帕乌清了清嗓子，掩饰着自己的胡思乱想。

“您总算逃过一劫。”

帕乌点点头，啜了一口黑咖啡。

阿玛特的同伴把手上的文件放到一边。

“真丢人。竟然在医院门口公然抢劫。那人身手敏捷，我没能追上。”

阿玛特被记者的一番话逗笑了。帕乌终于松了口气。看来他们只是把阿尔伯特当成小偷而已，这样事情就好办了。

弗雷萨却全然不顾同伴戏谑的表情，走上前来向帕乌伸出手：“我叫伯纳特·弗雷萨。您也许听说过我，我是《巴塞罗那邮报》的记者。”

帕乌一边摇头，一边握了握他的手，虽然满脸歉意，却无法消除对方的失望。

“很抱歉，弗雷萨先生。我不认识您。”

记者靠在旁边的写字桌上，装出无动于衷的样子，掩饰着心中的不快。达涅尔明显兴致盎然，他回头看了看帕乌，目光中闪过一丝好奇的光亮。

“究竟发生了什么？”

“我刚出医院，那个家伙就闯过来抢劫。我连续工作了好几个小时，筋疲力尽，所以打不过他，否则早就全身而退了。他就是个突然冲过来打劫的，就这样。”

“那他成功了吗？”

“什么？”

“如果他抢了你什么值钱的东西，你应该去告他。”

“没，没，没有。”帕乌慌忙否认。

大家一阵沉默。帕乌趁机把咖啡杯放回茶几，站起身来。他脑子还是晕乎乎的，身体虚弱不堪，但走得越早对方就问得越少。

“先生们，我非常感激你们的帮助，这次真是欠了你们很大的人情。现在我感觉好多了，该回宿舍了。天色已晚，明天我还得去医院工作呢。”

说完这话，他向两人点点头，离开了屋子。刚关上门，弗雷萨就皱着眉头对达涅尔说：“您不觉得这个年轻人很奇怪吗？”

街上又下起雨来，阿尔伯特·马拉维尔躲在医学院对面的廊柱下，凝望着大楼里亮着灯的窗户。他不知道帕乌住在那一间，但这并不重要，只要想象一下就足够了。他舔着嘴唇上痛楚的伤口，伸手摸了摸口袋里藏着的小刀。

23

顶棚四轮马车节奏平稳地沿坡而下，穿过人声鼎沸的兰布拉大街，朝港口方向驶去。大街尽头是哥伦布纪念碑的施工现场，马车必须绕道而行。

敞开的车厢顶棚上传来了马车夫的声音。

“我敢用一年的薪水打赌，在那根该死的柱子落成之前，这个笨重的家伙一定会先塌掉。”

达涅尔无心回应。他聚精会神地注视着由建筑师胡安·多拉斯设计的这座结构复杂的钢铁巨人——一副高达六十多米的脚手架，这也是巴塞罗那有史以来最高的建筑。四根造型别致的方形钢柱中间夹着三层走廊，每层走廊正好构成一个完美的正方形。顶部最高处是一圈横梁。从地面斜拉出多条用于固定的钢索，抵御着猛烈的海风。脚手架的中央耸立着一根高大的柱子，柱子顶端是高达七米的哥伦布雕像。整个建筑都用绳索固定，就如同利慕伊勒·格列佛在他著名的游记中记载的那样。

这座纪念碑是为了庆祝万国博览会而建的，足足花了六年时间。在漫长的建筑过程中，如何巧妙地把沉重的铸件竖立起来，一直都是街头巷议的焦点。到处都能听到脚手架会酿成灾难的风言风语，连巴塞罗那市长都亲自造访建筑师的工作室，请他保证这个不可思议的庞然大物不会倒下来砸到自己的脑袋。作为对市长的回应，等到六吨重的哥伦布雕像起吊的那一天，多拉斯自己站到了起重机下，亲身粉碎了种种不利的流言。从此之后，这位建筑师的名声就如谷物的价钱一样日益飙升。

马车驶离纪念碑，进入哥伦布大道。这里的地面新铺了石块。大道左边的国际饭店也是为万国博览会兴建的，在很短的时间内就拔地而起了。

达涅尔感觉到，巴塞罗那的这个区域处处人声鼎沸，热火朝天。各路帆船、商船正和渔船争夺地盘。旅客和货物源源不断地从大船上下来。渔夫们忙着卸下清晨捕获的海鲜，渔船边上早已围满了各路买家。

海边咸腥的味道绵延许久，最终被法兰西车站的烟尘味取代。有着三角屋顶和拱形窗的车站门口挤满了旅客和搬运箱子包裹的小工。出租马车车夫大声嚷嚷着招揽顾客，货车司机赶在下一列开往马德里的火车出发前飞快地卸货。

达涅尔的马车沿着一条夹在铁轨和城堡公园[1]之间的道路一路前行至比耶纳街，从那里拐进公园侧门。警卫们认识这辆马车，并在他们通过大门时敬礼致意。马车驶进一片橘树林，在几间堆着木头房梁和大块砖头的平房前停下来。马车夫怕麻烦，没下车，只给达涅尔指了条小路，小路两侧是两座覆盖脚手架的建筑。

“那是一座红砖楼，您一定找得到。”

达涅尔一边深呼吸，一边踏上了这条几乎一尘不染的小路。尽管清晨天气寒冷，他还是很享受这段步行。公园和大海间的空气没有被长久盘桓在城市上空的工厂黑烟污染。达涅尔行走其间，一时忘掉了那些久久困扰在心头的疑虑。

他走出建筑物的阴影，来到路的另一边。突然停下脚步，激动地差点尖叫起来。万国博览会的会场就这样在他的眼前延伸开去。

几天前，达涅尔在街上的广告牌上看到过会场介绍，所以能认出这里形形色色的建筑。他的左手边就是宏伟的工商宫，占地七万平方米，总体布局像一把巨大的扇子，这里囊括了本世纪末最先进的科技，向全世界展示着人类不可思议的智慧。工商宫正对着草木葱茏的花园，园内瀑布潺潺，绿树成荫，古城堡的遗址也坐落在这里。树丛两旁，大议会

1　坐落在巴塞罗那城南，曾是这座城市唯一的公园，也是 1888 年万国博览会的会场之一。公园内有一座古城堡的遗址，“古堡公园”也是因此得名。

厅和马托雷博物馆比肩而立，万国博览会的开幕式将在这座会议厅里举行，太后[1]、国王、西班牙全国以及加泰罗尼亚省所有高官显贵都将莅临现场。更远处那座优雅的建筑是美术宫，那是建筑师奥古斯特·方特的杰作，与它比邻的是西班牙海外殖民地展馆。再远一点，透过树梢隐约可见阿马格斯设计的温室[2]，还有路易斯·多米尼克·伊·蒙塔内设计的那座华美无双的餐厅的垛口[3]。前方正对着的本应是恩里克·萨格涅设计的莱昂十三教皇馆，这座建筑起初是为接待梵蒂冈教廷代表而建立的，但因时间有限未能完成。花园后面星罗棋布地排列着形形色色的展厅，比如堪波侯爵厅、美国苏打水厅或菲律宾烟草厅等。一条可以并排六辆马车的宽敞大道贯穿会场，一直通到宏伟庄严的凯旋门——那是本届万国博览会的正门入口。

"谁能想到，塞拉诺[4]当年荒唐的幻想竟然成了现实，可不是？"达涅尔后面响起一个声音。

柏特梅·阿戴勒向自己走来。他手里拿着一个小鼻烟盒，边走边深吸两口，又揉揉鼻梁，满脸陶醉之色。

"快十年了，全世界都在吸那该死的香烟，但在我看来，没有任何东西比得过上好的鼻烟。真遗憾呐！"他不满地咂咂舌头。"现在弄点劣质鼻烟都越来越难了。"

他走到达涅尔身边，抬头望着眼前的建筑和花园，好像自己才是这里的主人。

1 指西班牙王太后玛利亚。当时的国王阿方索十三世只有两岁，故由母亲玛利亚摄政。
2 该温室由西班牙建筑设计师约瑟夫·阿马格斯·伊·萨马兰奇为世博会设计，至今尚存。
3 这座餐厅又名"三龙城堡"，现为巴塞罗那动物博物馆。这座地标性建筑被认为是现代主义时代的开山之作。
4 指欧亨尼奥·塞拉诺·德·卡萨诺瓦，加利西亚企业家，是他最先提出了举办巴塞罗那万国博览会的构想。

“很高兴您接受了我的邀请，阿玛特。”

话音一落，他抬腿向前走去，再没说什么。两人进了花园，经过大会议厅，又经过另一个展厅。眼前出现了一座红砖建筑。

这座小楼的占地面积没有其他建筑那么大，却骄傲地挺立着，直冲巴塞罗那的天空。四面墙上装饰着上釉的瓷片，整个基调都是红色的，砖墙在高大的拱形窗户的衬托下，并不显得沉重。一座六角形的高大烟囱吐着白烟，像个附加物一样伫立在建筑中央。

达涅尔不由自问，这所房子是干什么用的呢？

“看在我们多年友情的分上”，阿戴勒在大门前停了下来，“亲爱的朋友，我可以把这个秘密告诉您：我在这个工程上投了一大笔财产。如果事情的进展不像预想的那样顺利，也就是说……如果发生了意外，阿玛特，”他指了指达涅尔，“您必须向我保证，这里永远都不会发生意外。”

“您在说什么？”

阿戴勒朝他神秘一笑，算作回答。随后就进了门。

屋内是一间宽敞的大厅。地上铺着亚麻油毡，四壁镶着半墙高的木板。自然风格的墙面装饰即将完工，空气里弥漫着浓重的油漆味。

企业家没有理会手下的员工们，径直走到一扇双面玻璃门前。他开了门，朝房子的另一边走去。达涅尔跟在他身后，正想好好问问他刚才那番话究竟是什么意思。突然一阵眩晕袭来，他赶紧向后退了一步。

阿戴勒微笑着看了他一眼，对这番效果很是满意。他靠在离地二十米的铸铁高台上，空中充满了震耳欲聋的轰鸣。

达涅尔从震惊中清醒过来，他从高空俯瞰着屋内的全景。这间房子的内部结构很像教堂，巨大的室内空间被柱子分成两个平行的车间。地上铺满了数十条线路，如同一只巨大的金属章鱼，张牙舞爪地伸出触角，想要把整个房子都包进去。在第一个车间里，达涅尔数着，一个工作台上足足摆放着六台巨大的蒸汽机。在他眼中，这些机器好像钢铁铸成的大象一样躺在隔板上。在他脚下，一队光着脊梁、汗流浃背的工人正准确无误地操作着三个锅炉，长长的火舌舔着敞开的闸门，贪婪地吞噬着一铲又一铲的煤炭。达涅尔虽然居高临下，却依然能感觉到锅炉的热度。

旁边的车间摆着五台机器，不知道什么用途。从体积上看，这些机器比蒸汽机还大，占据了相当的空间。工人们利用梯子和工作台在这些庞然大物之间穿梭作业，一边记录一边测量。达涅尔注意到，屋里回响的轰鸣声正是从那里发出来的。

“您眼前是巴塞罗那第一座发电站，”阿戴勒说，“这五台直流发电机是从英国舒克特公司进口的，发电量接近三千千瓦。我们不但为兰布拉大街、哥伦布大道和圣若梅广场供电，也为整个万国博览会园区供电，而这仅仅是个开始。我们现在拥有几十位投资人，今后这个数字将会增加到上百位。”

达涅尔惊讶万分。这里的厂房和设施可是一大笔钱。把这样庞大的工程运作起来需要付出非同寻常的努力。但他怀疑，阿戴勒把自己叫到这儿来，绝不是参观厂房那么简单。他究竟想干什么？他刚才请求自己保证公司的成功，又是什么意思？

一个工人进了门，他先向达涅尔点头致意，随后走向阿戴勒。

“对不起，先生。有点急事，我需要和您谈谈。”

阿戴勒带着一脸不耐烦的表情叹了口气。

“这位是卡萨维亚先生，电站负责人。他总有急事需要解决。请容我暂离片刻。”

两人避开达涅尔谈起话来，但依然离他很近。虽然发电机轰鸣阵阵，达涅尔还是听到了只言片语。电站负责人的声音中带着明显的焦灼。

“……这星期已经三次了……”

“……你必须解决这个问题。”

“是的，先生……我知道，先生……但星期二……最高发电量的极限……压力……不，不，我们不能……我不知道……先生……起伏不定……”

“你别胡说八道，不……”

“……爆炸。”

正在此时，换班的汽笛声传来，响亮的声音盖住了两人的谈话。达涅尔尽管听不见他们在说什么，却看到阿戴勒一脸怒色，粗暴地终止了这场谈话。卡萨维亚先生也没有再坚持，点了几次头就离开了。经过达涅尔身边时，他用手扶了扶帽檐，算作告别。

阿戴勒扶着铁栏杆出神，好像完全忘了达涅尔的存在。他就这么整整呆了一分钟才回过神来。

“亲爱的朋友，我听说您正在做一些调查？”

达涅尔愣住了。阿戴勒走近几步，语调变得相当柔和：“我希望您就此罢手。”

“对不起，您说什么？”

“如果您需要钱，那我来解决。”

“我不明白。”

阿戴勒不耐烦地喘了口粗气。

“您看，蒸汽机要发电，水是关键。也是出于这个原因，我们在厂房的地底下修建了一套复杂的设施，与您刚才看到的锅炉旁边的水槽相连。这样一来，发电剩下的水就可以流回到下水道系统里去。而您感兴趣的那些尸体，有几具恰巧出现在我们这条水道的出口。这本来是件鸡毛蒜皮的小事，可您和您那位记者朋友非要淌这趟浑水不可，害我成了众矢之的。您现在明白了吗？”

达涅尔思索着，如果阿戴勒说的是真话，那就可以解释，为什么从未有人见过尸体被扔进海里。而企业家的担忧也并非没有道理，此事不但把他和那些凶杀案直接扯上了关系（虽然理由很荒唐），更有甚者，这个事实一旦吸引了公众注意，必将酿成重大丑闻，使阿戴勒名声受损。这样一来，维系着电站运营并承载着巴塞罗那电力未来的那些投资，就都危险了。

“我想我能理解。”达涅尔回答。

阿戴勒会心地笑了，但当他听到达涅尔下面这一番话时，脸上的笑容立刻烟消云散。

“您甚至可能被指控为杀人凶手。”

“阿玛特，请别这样。我记得您是最聪明的。让我们从头说起，谁说那是凶杀案的？那只是意外，纯粹的意外。这事儿虽然和我毫无关系，但我承认，如果您把它公之于众，确实会给我带来麻烦。您知道博览会还有不到两个星期就开幕了吗？我们正在完成发电机组最重要的那部分工作，眼下正值关键时刻。我们必须解决电压紊乱的问题，还有其他一些您根本不知道也不会懂的问题……”

“我正在做的调查，也是我父亲曾经做过的吗？”达涅尔打断了他。

“那是当然，”阿戴勒漠然地回答，“我和您父亲谈过，但他不愿理智地接受我的建议。我相信，看在多年友谊的分上，我们是可以互相理解的。在未来几年，电网会扩大到整个城市，这需要大量投资。您明白吗？电力才是未来的趋势。我们不能为发展设置障碍，阿玛特。”

“出现了那么多尸体。那些受害的少女几乎还是孩子。”

阿戴勒摆了摆手，就好像在驱赶一只苍蝇。

“这和我有什么关系？上帝会保佑她们，死亡只不过是缩短了受苦的时间而已。实际上，如果不是那些该死的报纸——您那个叫伯纳特·弗雷萨的朋友就供职于其中一家——对我而言，死一个人和死一条狗没有区别。可那些该死的报纸会将我用毕生心血换来的电站置于险境，我不能允许这种事发生。”

“我为什么一定要听从您的……建议？”

“我非常理解您，我的朋友。”阿戴勒的声调没有丝毫改变。“令尊死于意外。有些不负责任的家伙一直在您耳边煽风点火，张口闭口都是谋杀、阴谋、诡计……也由不得您自问，他们说的到底有没有一点实话。您在外那么多年，不知道该怎样思考这件事。如果换成我，也会和您一样做的。但一切都是谎言。您听到的那些风言风语都不是真的。简单说，您现在头脑混乱，完全意识不到您正在进行的调查毫无意义，而您在这上面倾尽心血，却不能给自己带来丝毫好处。”

达涅尔正要反驳，却被阿戴勒抬手打断了。

“您这副样子真让我难过。看在我们过去的情谊，也看在伊蕾妮的分上，我觉得自己有责任帮您一把。”

“她和此事无关。”

“我知道她在您心中有多重要，”企业家的脸上掠过一丝阴云，“您当然对她难舍难分，有时候，一些人输掉的，恰恰是另一些人赢到手的，不是吗？实际上，在这方面我确实对您有所亏欠。”他从口袋里摸出一个信封。“这里是回英国去的头等车票，还有一点微薄的旅行费用。权当我的补偿。”

“我无意……”

“哦，我并没想过您会马上接受。我会为您保留三天。希望届时您能答应我，并忘掉这件不愉快的事情。否则——”他停了一下，方才的客气消失得干干净净，“我会用其他办法让您答应的，我亲爱的朋友。”

此时，马车司机好像事先约好的一般出现在两人的面前。但阿戴勒的话并没有说完。

“还有，如果您再去见伊蕾妮，一定会后悔的。”

“这是另一个威胁吗？”

“当然，但不是您想的那样。在这件事上，阿玛特，我不会给您造成任何伤害。”

“那您指的是什么？”达涅尔努力抑制着心中升腾的怒火，继续追问。

“如果我知道您再背着我和她见面，我将行使自己作为丈夫的权利。如果我妻子再次背叛我，她将付出沉重代价。不知道您听明白了没有，”接下来的这些话，几乎是一字一句地从他的嘴里蹦出来的，“伊蕾妮现在是我的人，我想让她怎么样，她就得怎么样。我能相信您不会忘记这些话吗？您看看，这事让我们陷入一个多么讽刺的境地，我妻子和我全家的幸福，竟然都寄托在您的身上。”

说完这些话，阿戴勒登上旋梯转身离去，好像达涅尔根本不存在一样。

24

孩子从地上捡起一块石头掂了掂。石头很锋利，不重不轻正合适。他高兴极了，笑嘻嘻地把石头装进口袋，那里面已经有五块了。

他像刚才一样躺回地上，左看右看，随即弹簧一样地跳起来，向一堆旧枕木冲去。枕木旁边是个小土堆，那是他选好的隐蔽处。他绕开灌木丛，一个鱼跃跳上去，打了好几个滚，扬起一团黄沙。赤裸的膝盖受了伤，他却毫不顾忌，反倒倍感自豪，伤口可是今后大肆宣扬的荣耀。

看来这番动作并没有引来多少注意。他小心翼翼地抬起头来，在墙后面观察着。这里地势真好，四周一览无余。

哈维·森托就藏在左边的矿车后面，从这里能看到他的帽子，还有巴掌小脸上灯笼似的大眼睛。更远处的煤堆边上，查多正扭着肥屁股，发出很大的响动，真想把这家伙教训一顿。向右看去，塞塞藏在草丛里，虽然不见人，但他知道他就在那里。所有人都各就各位，各司其职。计划进展得很顺利，因为都是他一手策划，心下倒也没觉出什么惊喜来。

这个计划从三天前就开始准备了。桑斯的几个孩子向他们挑战，双方约定找个中立的地方决一死战，并把维亚诺瓦车站旁边的铁轨定为战场。此处离码头卸煤的入口只有几步之遥，到处可以藏身，还很容易找到“弹药”。而在这个时辰，看守们都蜷在警卫室围着火炉取暖，才不会出来巡逻呢。

只听“嗖”的一声，空中飞过一块石子，打断了孩子的思索。紧接着另一块石头扔到了查多方才藏身的车厢上，发出铃铛般的响声。他叹了口气，这个胖家伙在贴身肉搏中是一把好手，可打起游击战来，一个营的士兵都比他藏得好。不过这两块石头至少暴露了对方某个人的藏身处，孩子做了个手势，示意大家不要还击。

他竖起耳朵，前方几米处又响起一阵石块的声音。几个影子在车厢那里晃动着，他们靠近了，非常近。慢慢地，这几个人被他们一步步引着往海边排水沟的方向去了，那里是他们设下的埋伏圈。

孩子又一次爬起来，撒腿狂奔，就好像身后跟着一队叛军。塞塞纵身跃起，两个人像流星一样穿过铁轨。三四块石头落在他们身旁，但没有击中目标。身后响起一阵喊声和嘲笑声，看来确实有人在追他们。排水沟已经很近，甚至可以听到拍打在沟底礁石上的海浪声。在那里隐蔽着全副武装的耐恩、弗朗和威莱斯。查多和森托两人跟在后面包抄，堵上了这个严丝合缝的包围圈。

孩子终于跑到伸向海中的堤坝上。他沿着石头斜坡像滑滑梯一样溜了下去，最后扑通一声掉进了水里，双脚踩上了一个软绵绵的东西。他抬头观察着身后敌人的动静，突然身边炸起一个响亮的水花。他纳闷地回过头去，塞塞跳下来的时候怎么弄出这么大的动静？

此时，他的小伙伴塞塞正脸色铁青，抖如筛糠。哆哆嗦嗦地指了指他的脚下。

孩子低下头去。一开始，他没认出那是个什么东西，直到一个浪涌把它推了上来。

在他的双腿间半沉半浮着一个女孩。全身赤裸，皮肤白得透明。她闭着双眼，好像睡着了一样，然而身上散发的味道却表明她并不是在睡觉。就在那一瞬间，孩子突然想到了父亲带他去桑斯屠宰场看到的情形。

又一个浪头打来，女孩的头耷拉下来，脖子夸张地拧成了麻花，发黑的肌肉间露出累累白骨，骨头上的肉好像被一口咬掉了。

孩子感觉双腿间涌出一股热流，他愣了几秒钟，爆发出一声歇斯底里的惨叫。

25

停尸房位于城防营的地下室内，大门修在不起眼的小巷深处。几扇带栅栏的小窗开在贴近地面的高度，窗口散发着消毒水的酸味和烂水果一样的腐尸味，一闻就知道这里是什么地方。

弗雷萨上前几步，伸手敲敲门。看门的是个退休老头，记者往他口袋里塞了两个雷亚尔，他答应在这一行人停留期间坐视不管。弗雷萨做了个手势，达涅尔和帕乌·吉尔伯特从阴影里钻出来，三人一起溜进门去。刚踏上第一级石阶他们就意识到，外面小窗散发出来的那点味道，比起停尸房里面来简直微不足道。

达涅尔走在最后，他仔细观察着身前这位正在小心下台阶的名叫吉尔伯特的青年，回想着弗雷萨告知他又发现一具尸体后那几个小时的情形。

这是确定受害人尸体究竟异常与否的唯一机会，也许还能从中发现一些揭示下一步调查方向的线索。但问题是，他们需要一个具备足够医学知识的人来验尸，而眼下唯一能够帮他们一把的，就只有父亲昔日的助手——帕乌·吉尔伯特。

当他们向帕乌提起此事的时候，年轻人斩钉截铁地拒绝了。这可不是什么光彩的事情。尽管达涅尔一再请求，他还是不为所动。直到弗雷萨提起了那件抢劫案，并提醒他欠了他们一个人情，帕乌这才不情愿地答应了。

在乘马车来这里的路上，吉尔伯特始终沉默着，一句话也没说。而现在，当一步步下着楼梯的时候，这位年轻的学生恐怕要悔不当初了。

停尸房是一座狭长的石室，屋顶拴着一道绳子，上面挂着三盏煤油灯，需要时可以拉动。此时只有一盏灯开着，整个房间绝大部分都笼罩在阴影中。六张粗木质地的桌子靠墙一字排开，彼此之间用屏风隔断。其中四张桌子上停着尸体。

“看门老头说，咱们那具尸体应该在那儿。”记者指了指屋子深处。

他们来到摆在最里面的那张停尸桌前，尸体上蒙着一块粗麻布，好像在等待着他们。

弗雷萨清了清嗓子。他靠着墙，和桌面保持着相当距离。屋子里弥漫着腐肉的味道，他听着自己的肠子蠕动的声音，真后悔来之前吃了晚饭。

帕乌拽了拽麻绳，拉过一盏屋顶上吊着的煤油灯，拧开了油嘴。灯光照在三个人身上。

“二位确定我们能这么干吗？”

“只要您别碰尸体，怎么干都行。我们不能留下来过这里的痕迹。您只要告诉我们尸体的样子就行。”达涅尔回答他。弗雷萨远远地做了个手势，附和了他的话。

帕乌脱下外衣，从旁边的衣架上取下一件皮围裙穿在身上。在不解剖尸体的情况下确定死因可不是件容易的事。他怀着连自己都没觉察到的自信，从柜子里选了两个金属托盘、一把柳叶刀、一把剪子、几把镊子、一把解剖刀和一把加固的软骨刀。虽然这次不能开膛剖腹，工具还是应该准备齐全。他抬眼看了看身边两位同伴。

“可以开始了吗？”

两人点点头。帕乌深吸一口气，揭开了麻布。

三个人都差点惊叫起来。弗雷萨一边画着十字，一边在心里暗暗咒骂。达涅尔面色铁青地后退一步。帕乌是第一个镇静下来的。

“胸口这处缝合说明，尸体已经被解剖过了。在咱们之前不是没人来过吗？”

“看门老头向我保证，没有一个人碰过尸体。她被发现的时候就已经是这个样子了。”弗雷萨回答。他目光躲闪，不敢往桌子上看。

“吉尔伯特先生，我们没有答案，只有问题。这正是我们请您帮忙的原因。”达涅尔说。他的目光动也不动地停在这具尸体上，心中一遍遍地问自己，父亲是不是也死得一样惨烈？“很抱歉把您带到这里。如果您现在想离开，我们深表理解。”

“请给我一分钟。”帕乌咽了咽口水，“我从来没见过这种状况的尸体。”

“您不必勉强自己，如果您无法……”

“我说过我会干的。”帕乌只抱怨了这么一句，心中却后悔不已。自己的麻烦已经够多了，现在又身陷一场明显非法的尸体解剖。就算记者搬出抢劫的事来，也不该答应他的。当时他生怕弗雷萨会将那桩丑事报告校长，从而危及另一件更重要的事情，这才应承下来。现在他扪心自问，当初是不是想错了。

可他还是妥协了，把全副精力都集中到眼前的尸体上，心中又兴奋又怀疑。看一眼就知道，这个女孩一定经历过非人的折磨。帕乌像父亲教导过的那样，努力控制着自己的情绪，抛开心头的恐惧。主宰过这个身体的人已经消失不见了，剩下的只是一副既没有名字也没有面容的躯壳，一个解剖学难题，一个需要解开的谜团。他一鼓作气，从头到脚地把尸体仔仔细细地查看了一遍。

此时此刻，弗雷萨一言不发，也不敢看尸体。当初阿玛特医生告诉他尸体“情况异常”的时候，他从未想过会是这个样子。腐尸散发的臭味比屋里任何味道都可怕，他拼命控制着自己不要吐出来，这副样子很是滑稽。当他发现眼前这个学生正用一副沉醉的表情盯着尸体看的时候，简直不敢相信自己的眼睛。

“请大声说出您的看法吧。”达涅尔低声说。

帕乌答应了。他喘了口气，给出了自己的判断：“死者是一位年龄在十四到十六岁之间的女性。身高大约一米六，体重大约四十五公斤。尸体全裸，毛发被完全剃去，连头发和阴毛也不例外，故而无法判断头发的颜色。尸体未见尸斑，相反，除了伤口的黑色边缘外，整个尸体都呈现极度的白色，好像全身的血都流干了。”

“据我父亲描述，被奥姆斯杀害的其他女孩也是这个状况。”

话音刚落，帕乌猛地抬起头来：“难道这样的尸体不止一具？奥姆斯？您说的奥姆斯是谁？您事后必须把所有事情解释清楚。”他接着问：“你们说，她被发现时是漂在水上的？”

“是的。”

“昨天下午发现的？”

对方再次点头。

“尸体摸起来很冷。浸泡在水里的尸身会在两天到四天内变僵硬，随后慢慢变软。这说明她已经死去一个多星期了。而尸体并没有浮肿，说明她没有在水中泡过太长时间，这可真是奇怪。但最奇怪的是，她的肌肉非常松弛，已经成了胶状。你们注意看，特别注意看她的四肢、骨头和软骨都有不可思议的缺钙现象。”

达涅尔示意他继续说下去。弗雷萨已经从最初的震惊中缓过神来，掏出笔记本开始记录。

“尸体上可见两处开裂的伤口，伤口边缘都已碳化。一处伤口位于右大腿内部，另一处更大的伤口位于颈根部旁边。死者的斜方肌和前、中斜角肌都裸露可见，并伴有大面积撕裂。锁骨部分骨折，至少折成三段。从伤口形状看，患者像是被巨大的动物咬伤，被咬掉的肌肉面积很大，从这一点分析，这种动物应该有着庞大的体型。”

他再次沿着桌子转了一圈，一边检查死者的双脚一边说：“同样，死者脚趾上也有严重的烧伤，部分趾骨看上去已经炭化……太奇怪了！你们看，这里出现了很多幅‘李庭博图’……”

“李……李什么？”弗雷萨远远地问。

“李庭博图，又叫电花图，就是遍布尸体胳膊和腿上的这些类似于蕨类植物的图案。这是皮肤下毛细血管破裂而造成的。”

帕乌仔细观察着尸体上那道缝合的刀口。刀口一直延伸到腹部，将躯干分为两半。随后又检查了女孩的头颅。肿胀的双颊引起了他的注意。他用专业的双手检查着死者闭上的眼睛，然后转过身来，把灯光调亮了一些，随后拿起托盘上的剪刀，赶在同伴们阻止之前，在眼睑上划开了一道口子。

“您这是在干什么？”

“请等一会儿，你们会感兴趣的。”

他用镊子夹住眼睑，从女孩的眼珠边缘抽出一条细细的缝合线。接着用手按住死者的前额，拨开眼皮，把镊子伸进眼眶里。整串动作伴随着糨糊一样的声音。他把镊子抽出来，镊子尖端夹着一团血淋淋的纱布。

“死者被挖去了双眼。”帕乌满意地微笑了。

弗雷萨跌跌撞撞后退了几步，弯下身子，在排水道的篦子上翻肠倒肚地呕吐起来。

“甚至有可能，”帕乌全然不顾记者的反应，“当受害人的眼珠被挖出的时候，她还有意识。你们看这里，眼珠缝合处旁边有个几乎看不见的伤口。只有手术刀才能划出这样的伤口。在凶手挖眼球的时候，这姑娘可能还在动弹。”

“您确定？”

“我不能完全确定。但确实可以说，这手术做得棒极了。”

“棒极了？您把这种屠夫行径叫作‘棒极了’？”弗雷萨一边用手绢擦嘴，一边质问帕乌。

“看看这处缝合，”帕乌用手指着另一侧眼睑处一圈深色的线，“如果不是知道该去哪里找它，我根本不会发现这处缝合。凶手挖去了死者的眼球，为了避免大量出血，必须用烧灼法结扎血管。这种手术需要高超的技术和渊博的知识。我敢说，凶手是个外科医生，而且还不是一般的外科医生。”他把镊子扔到托盘里，抄起双手：“我看这些信息已经足够。现在你们能告诉我这到底是怎么回事吗？”

还没等其他两人回答，看门老头脸色大变地闯了进来。

“快点！警长带着几个警卫就要过来了。你们必须马上离开。”

达涅尔帮助帕乌盖上尸体，收好器具。弗雷萨关了灯，三人迅速溜出了停尸房。刚跑到楼梯口就听见有人说话。一道光束从楼上投下来，离这里越来越近。已经没办法上楼了。

三人退回到走廊。这个地下室朝左边有个转弯，过去几米是一扇坚固的橡木门，弗雷萨试着开门，但门上了锁。已经能清楚地听见来人的声音了。

帕乌指了指墙边放着的大个木桶，三人躲到了桶后。过道上漆黑一片，他们希望能借着昏暗躲过一劫。

一群人从台阶上走下来。他们手中的油灯渐渐驱散了地下室的黑暗。那道光慢慢朝他们这里靠近，达涅尔无可奈何地看着自己的鞋尖渐渐暴露在灯光下。

桑切斯警长带着三个警察出现了。此时只要一回头，藏在桶后的人就会暴露无遗。可他们却径直向前走过去，进了停尸房。三人的藏身处再次陷入了一片黑暗。

他们从木桶后出来，飞快地跑上楼梯。看门老头刚把他们放出去就死死关上了大门。在经历了充满恶臭的停尸房里那可怕的一幕后，室外的寒冷倒让大家的心情放松下来。

在回学校的出租马车上，达涅尔转身对帕乌说："您说得对，我们确实需要解释一下。"

弗雷萨翻了个白眼，向他摇摇头。达涅尔没有理会，继续说："我得提醒您，如果我们把整个故事和盘托出，您将和我们一起深陷其中。"

"您别这么说。难道我现在陷得还不够深吗？"

26

"真是难以置信！"

夜色已深，苏黎世咖啡馆却依然顾客盈门。弗雷萨想方设法才弄到一张桌子。在烟雾弥漫、人声鼎沸的环境下，三个人慎重而平静地交谈着。

弗雷萨靠在座位上，无精打采地把兜里的怀表开开关关，达涅尔向帕乌简单说明了这几天发生的事情以及奥姆斯医生笔记本上的内容。这本笔记本就放在他们眼前。年轻学生的目光在笔记本的内页和这两位同伴的脸上来回游走着。

“您是说，您认为我们刚才看到的那个女孩，还有其他和她死因相似的女孩，都是被这位奥姆斯医生杀害的？”

“正是。”

“为什么人们对此一无所知？”

“知情人都吓坏了，对此事绝口不提。至于那些被害的女孩，除去家里人，谁都不会关心她们的死活。”

“真是完美的受害者。”弗雷萨插了一句，继续盯着自己晃动的怀表。

记者一点都不想把吉尔伯特拉进来，他的直觉从来都不会骗人，这个年轻人一定有什么地方不对头。当他面对尸体的时候，平时温文尔雅的举止、柔和腼腆的语调瞬间不见踪影。甚至有一刻，他显得那么激动，明显是在享受整个过程，这绝不正常。上帝啊，他现在想起那股味道，都恶心得像嗓子里直冒胆汁。不，此人不能轻信，但此刻也别无他法。阿玛特已经下定决心拉他入伙，弗雷萨也只有接受的分，但这并不能阻挡他近距离监视这个年轻人的一举一动。

“您自己也说，”达涅尔丝毫没有顾忌弗雷萨的想法，“只有优秀的医生才能以这样的方式缝合眼睑。而奥姆斯恰好就是这样的医生。”

“可他为什么要用这么恐怖的手段杀人呢？”

“我们不知道，”达涅尔承认，“根据笔记本上的内容和最近几个星期疯人院发生的情况，我们断定奥姆斯一直在寻找能治好他夫人的方法，他坚信她还活着。”

“这些疯狂的事情和您父亲的死有什么关系？”

“我父亲和奥姆斯是好友，起初也很支持他的研究，可后来发现他已经丧失了理智。奥姆斯被抓起来并送进新贝伦疯人院，父亲都出力不少。奥姆斯出逃后几个月就发现了第一批尸体。父亲认为这位旧同事就是真凶，并最终验证了自己的担心。看到奥姆斯沦为杀人犯，父亲难辞其咎。他企图阻止他，可惜出师未捷身先死。”

“你们为什么不去报警？”

“有人想掩盖真相，”弗雷萨收起怀表，灌下第三杯烈酒，坐在椅子上回答道，“他们担心这些命案一旦传开，会在全城引起骚动。”

“您是报社记者，大可把一切公之于众。”

“我也想啊！可我需要掌握更多的证据。到现在为止我们什么都证明不了。”

“尽管如此，您把消息发布出去，还是有助于大家多加防范。”

“您不明白。我可不打算只写一篇专栏。我要的是封面头条。”

帕乌带着一副不可思议的表情站了起来。

“您的……事业，难道比多救一条人命更重要吗？您可真卑鄙。”

“卑鄙？我说年轻人……”

“冷静点！”达涅尔发话了，“现在有了那具尸体，我们就可以证明，这些死亡事件不是单纯的意外。”

“不，我们没法证明。”弗雷萨垂头丧气地摇摇头。同伴们的目光落在他身上，期待他的解释。“我们离开前，那个看门老头向我交了底，警长和他的手下人正是为了那个女孩来的。我们碰上他们并不是巧合。现在他们已经把尸体埋进公墓了。”

“所以我们还是一无所有。”

三人围着桌子，长久地沉默了。

“这些魔鬼！”

“也许我们并不是一无所获。”达涅尔提醒大家。

“您指什么？”

“你们看，”他解释道，“弗雷萨，还记得吗？前几天有人偷袭了我的住处。我一直在想这件事情。校方认为那只是学生们的恶作剧，但他们这么做毫无意义。我确信那个翻我东西的人是有目的的。奥姆斯在医学院任教多年，他对那里的布局了如指掌。”

“奥姆斯？可他冒这么大风险去搜你的屋子，到底为了什么？”

“这正是问题所在。他究竟为了什么？这么做无疑需要冒很大风险，所以我们可以推测出，他要找的东西一定很重要。我想我知道他要找的是什么——”他指了指眼前翻开的小本子，那上面写满了字迹。“他是想拿回这本笔记本。”

“他要一本旧笔记本干什么？”

“我不知道。”达涅尔收敛了笑容。“我花了几天时间，几乎把这些笔记翻烂了，可最后不得不承认自己完全看不出头绪。也许我们没法通过简单的阅读来找到答案，或者这里面记录了一些只有奥姆斯本人才懂的东西。如果是后面这种情况，不管我们如何努力，也没法发现真相了。”

“我能看看吗？”

帕乌拿起桌上的笔记本，从第一页开始读起来，达涅尔和弗雷萨满怀期待地看着他。几分钟后，他抬起眼睛摇了摇头。

“对不起，我也没找到任何有价值的东西。”

他正要把笔记本还给达涅尔，突然，手在空中停住了。

“等一下。”

他向后翻了几页，终于找到了那个地方。

“这里很奇怪。”他说。

“奇怪在哪儿？”

“奥姆斯身为名医，却能犯这么低级的错误，匪夷所思。”

“我们没听明白。您能解释一下吗？”达涅尔请求道。

“您看，奥姆斯在一月二十三日的笔记中这样写道：‘维萨里的《第八本书》(*Liber Octavus*) 是我们获救的唯一选择。’”

“这有什么特别之处吗？”

“这里提到的《第八本书》，也就是《第八卷》，随你们怎么叫，其实并不存在。”

“维萨里？他是谁？”弗雷萨微醺地问。

“医学院里任何一名一年级新生都可以回答这个问题，”帕乌说，“安德烈·维萨里是十六世纪杰出的解剖学家，他对盖伦提出了质疑，这在那个年代是非常了不起的事情。一千多年来，希腊医生盖伦一直被认为是医学界的最伟大的权威。”

“是吗？”弗雷萨大声问道。

帕乌丝毫没有理会记者言语中的冷嘲热讽。

“盖伦的解剖学著作主要建立在动物解剖的基础上，有很多错误。维萨里起初和其他同时代的医生一样，对他崇拜有加，但后来他革命性地通过人体解剖来直接做研究。”

“也就是说……”

“他在巴黎期间解剖了上百具男人、女人和孩子的尸体。在那个时代，要搞到一具做研究用的尸体，在绝大多数情况下是非常困难的。所以维萨里与掘尸人做了交易，”面对同伴们费解的表情，他继续说，“掘尸人从坟墓里挖出刚死去的人的遗体，去和维萨里换钱财。后来他回到意大利，被获准用死刑犯的遗体做研究。这些遗体会被运到医院和学校去。”

“哎哟，和这种人混在一起，可真是其乐融融啊。”弗雷萨一边嘀咕，一边又灌下一杯酒去。

帕乌拍案而起。

“别理他！”达涅尔拦住帕乌，“请继续说下去。也许我们会发现点什么，从而解释为什么奥姆斯在日记本里那样写。”

“好吧。”帕乌同意了。他想了一会儿，继续说：“在很多人眼里，维萨里仗着无可置疑的天才，处处自命不凡……”

耳边响起一声干咳，记者端着酒杯，满脸坏笑。帕乌气红了脸，努力控制着自己，不去理他。

“就像我刚才说的，他对自己的学问相当自信，并大肆批评同时代的医生们忽略了解剖学研究。他认为，如果人们总是通过《圣经》而不是现实本身去寻求自然界的真理，那科学将永无出头之日。在那个时代，所有违背上帝意志的事情不单是错误，更是魔鬼的恶行，是要被坚决禁止和抵制的。在这样的情况下，维萨里公然宣称盖伦的学说与《圣经》中的所谓‘科学’半斤八两，并与其彻底决裂。他为解剖学研究开辟了一条新的道路。这么做的后果是可想而知的：他撼动了传统医学的基础。他的著作出版后，虽然也收获了一些好评，但还是遭到了全欧洲医生的强烈抗议。就连他自己的老师雅各布·西维奥都和他断绝了关系。因为在意大利树敌太多，他不得不放弃自己在帕都乌大学的教职而移居西班牙，成了卡洛斯五世的宫廷御医。”

“您为什么这么了解他？”

“维萨里对现代医学，特别是解剖学有巨大影响，而解剖学是我最喜欢的学科。去年我专门就他的成就写了一份讲义。几个星期前，当我开始当您父亲助手的时候，他要求我收集关于维萨里的全部信息。我觉得这份工作没什么意义，但从没想过去质疑他的动机。”

“当然，吉尔伯特！”达涅尔突然大叫起来，“我父亲找您做助手，是因为您对维萨里的了解和他不相上下。而维萨里一定与他的研究方向有着某种联系，一定是这样。这正说明奥姆斯医生的笔记本确实非同小可。”

“二位恕我冒昧。可是，一个三百年前就死去的人写的一本并不存在的书，究竟能重要到什么程度？”弗雷萨问。

“那本书不是你们想的那样。实际上，它是维萨里最伟大的著作中的一卷。”

“啊，这样就清楚了。”记者笑着回答。

“您究竟想不想知道？想不想？”

“请说下去！”达涅尔鼓励他。帕乌喘了口气，继续讲下去。

“维萨里二十八岁时就出版了他一生最重要的著作 *De Humani Corporis Fabrica*，即《人体构造》，此书被公认为现代解剖学的开山之作。全书分为七卷，每一卷叫作一本‘书’，各卷分别描述了人体不同部位的结构。奥姆斯笔记本里说的‘书’，就是指这个。但维萨里只写了七本‘书’，并没有写第八本。”

“也许这只是笔误呢？”弗雷萨问。

“很有可能。”

“正相反！”达涅尔叫起来，“奥姆斯千方百计想拿回笔记本，正是因为他很清楚自己所指的就是《第八本书》!”

“不知我解释清楚了没有，”帕乌说，“维萨里的《第八本书》从来都不存在。这是我唯一一次同意弗雷萨先生，考虑到奥姆斯当时的精神状态，这只不过是个笔误。”

“我确实赞成‘唯一一次’这个词。”弗雷萨插了一句。

“不，我不这么看，”达涅尔兴奋地坚持着自己的观点，“当奥姆斯寻找拯救他夫人的办法时，参考了维萨里的手稿，并机缘巧合地发现，这部书在原有的七卷之外还存在着不为人知的第八卷。他在笔记本里提到了这个重要发现，并第一时间告诉了我父亲。”

“奥姆斯在日记中说，您父亲后来拒绝继续帮他，因为他们在做的事情违背了上帝，”帕乌若有所思，“教会对维萨里恨之入骨，严加迫害。同时代的很多医生也对他指指点点。如果他这种异教徒发现了什么奇异现象的话，很可能迫于压力而无法将其公之于众，只能把这个秘密隐藏起来。”

“这就对了！三百年后，维萨里的秘密被奥姆斯发现了。可尽管如此，他夫人还是去世了。奥姆斯因此精神失常，被送进了疯人院。而我父亲藏起了这本笔记本，抹去了它存在的唯一痕迹。”

“有道理。假设这《第八本书》确实存在的话，它又和那些被害的女孩有什么关系呢?”

“我不知道该如何回答这个问题，吉尔伯特。但我确信，如果我们找到这本书，就一定可以顺藤摸瓜找到奥姆斯。”

“我们从哪儿开始?”弗雷萨问。

“最好先去弄一本《人体构造》。”

“这书几年前还是最重要的医学参考书。应该很容易在图书馆借到。”帕乌说。

“太好了。您是学生，可以去图书馆借书。您愿意继续帮助我们吗？”

帕乌盘算着应该怎么回答。他被达涅尔的兴奋感染了。虽然知道将来一定会为这个决定后悔，但他在心里对自己说，无论如何，借一本古老的医学书并不会带来什么麻烦。

“明天上午下课后，我可以去趟图书馆。”

望着达涅尔满脸感激的神情，他不禁红了脸。

“如果二位觉得合适，明晚八点在我的住处附近见面。我们必须找到《人体构造》这本书，我相信这是阻止命案继续发生的关键所在。”

真与假

距万国博览会开幕还有 12 天

27

柏特梅·阿戴勒在圣若梅广场下了马车，两巴掌打走了一群围上来乞讨的流浪儿。他整整礼帽，握了握左手上的手杖，努力掩饰着嘴角的笑意。

广场上，巴塞罗那市政厅（也是市议会所在地）与加泰罗尼亚自治区议会大楼相对矗立。两千年来，此处一直是全市的政治和社会中心[1]。市政厅是一座新古典主义风格建筑，正面第二层装点着四根巨大的爱奥尼亚立柱，柱子顶端是一面三角墙，上面雕着巴塞罗那市徽。

眼下已是中午。广场上挤满了管家、听差和带着私人秘书的绅士们，此外还混杂着擦鞋匠、清洁工、乞丐以及为主人传话的男女用人。阿戴勒迈着坚定的步伐，如同巨轮劈开涌动的人海，一帆风顺地来到市政厅的拱门下，守在门口的两个卫兵向他行礼致敬。

1　早在罗马殖民时期，巴塞罗那两条主要道路就经过圣若梅广场。

阿戴勒是来开会的，他对这次会议期盼良久——太久了。他一边自言自语，一边像摇着权杖那样来回摇着手杖。突然，他的表情柔和下来。属于自己的时刻终于到了，巴塞罗那总算承认了他的功绩。曾几何时，赚钱是他唯一的目的，可谁不是这样呢？最重要的是，他的生意能够推动巴塞罗那的进步。

他希望跻身这个城市的精英圈并成为议员，这也是他们家族数代人的人生轨迹。他是阿戴勒·伊·布斯凯特，他的父亲、祖父和曾祖父都是巴塞罗那的杰出市民，也都在属于他们的年代获得了议员席位。直到今日，人们提起他们的名字依然充满敬意。现在轮到他了。因为家族从前的蒸汽锅炉生意，有些人曾在背后叫他“暴发户”，现在他们该闭嘴了。从今往后，他们将邀他共商未来，全城最高规格的茶会和舞会也都将期待他的光临。

可他一想到妻子，乐观的心绪顿时黯淡下来。伊蕾妮绝不会为他感到高兴，可恶的女人！她从来都没有扮演好妻子的角色，反倒一次次惹得他怒火中烧。结婚以来她一直离经叛道，更糟糕的是，还那么有主见。女子无才便是德，可她却酷爱读书。她以为她是谁？这万贯家财是他挣下的，她应该少些骄傲，多些感激才是。当初难道不是他的慷慨大度，才令她免于丑闻缠身吗？最忍无可忍的是，自从阿玛特回到巴塞罗那，她就变得沉默寡言，脾气也越来越无常，活像个没有教养的小女孩，两天前甚至拒绝他上床，生生把他逼回自己的房间过夜。这女人应该明白哪里才是自己的位置。他很快就会让她明白的。

一个听差正在市政厅的内院等他。他跟着听差踏上大理石台阶，努力把妻子从脑海中抹掉。今天是他的好日子，不容任何人破坏，哪怕伊蕾妮也不行。他的手杖声在穹顶下回响着，穿过好几道大厅，忙碌的公务员和听差们在各处来往穿梭，一片热火朝天的忙碌景象。

市长办公室比想象中大得多。六扇哥特风格的大窗户环绕着大厅，窗外的木板敞开着，能完美地看到广场上的风景。因为有人抽烟，屋里弥漫着一层淡淡的薄雾。几个绅士站在堆满文件和图纸的椭圆桌子前谈话。听差一走，他们的谈话就停了下来。

弗朗西斯科·里乌斯·伊·塔雷特年近六十，眼下是他第四次担任巴塞罗那市长。他骄傲地蓄着一副富利黑艾式胡须，长长的连鬓胡子和小胡子连成一体，直垂到外衣领口，露出严厉的下巴。身材略胖，举止优雅。虽然有传言说他健康不佳，但正是他的满身干劲儿，才使得万国博览会最终花落巴塞罗那，这次即将到来的盛会也令整个城市旧貌换新颜。

市长身边是著名建筑师艾利·罗根特，也是屋里阿戴勒唯一认识的人。罗根特作为博览会的技术负责人，在电站修建的事务上与阿戴勒打过交道。两人对建筑标准分歧巨大，阿戴勒还记得最近他们关于建筑材料的争吵，他为此生了好几天的气。

在皮沙发旁边站着法制的忠实捍卫者马努埃尔·杜兰·伊·巴斯律师，他正和克米亚斯侯爵克劳迪奥·洛佩斯·布鲁谈话。后者是巴塞罗那慷慨的慈善家，可阿戴勒觉得这种身份和他的地位并不相符。

除阿戴勒外，今天一共有八位与会者，都是万国博览会的担保人，在巴塞罗那被叫作“八人委员会”，现在仍有四位缺席。阿戴勒不禁有些烦躁，他满心希望受到这八位人士的集体接见，像今天这样的场合当然需要全员到场。可旋即又觉得有人缺席也无所谓，毕竟这才第一场会议，以后有的是时间搞排场。

“阿戴勒先生，请进。”市长发话了。

他们给他指了个座位。旁边小桌子上准备了酒水、点心和咖啡。礼数周全后，弗朗西斯科·里乌斯·伊·塔雷特开门见山。

“想必您知道我们为什么请您来吧。”

阿戴勒打算先装得矜持一点，等对方开口，这样会更愉快。于是他舔舔嘴唇，思索了几秒钟才用和那些人一样高傲的声音回答：“当然，先生们。”

他用手扶住扶手，舒服地靠在椅背上。过一会儿，“八人委员会”就要变成“九人委员会”了。

众人寂静无声，阿戴勒满心期待着即将到来的无尽赞美，但只听到罗根特清清嗓子，傲慢地哼了一声。他暗下决心，等自己的正式任命下达后要大办宴席，好好庆祝一番，但这个人，还有他那位没有女人味的太太，都不会收到请帖。

市长一脸严肃地向他探过身来。

“看来，您误会了这次会议的目的。”

阿戴勒眨了眨眼睛，这话出离了他的预想。他看着其他人庄重的神情，这才发现当下的气氛绝非轻松，倒是正相反。他还意识到，在场没有一个人邀请他喝杯酒或抽支烟。他尴尬地咳了一声，突然感到浑身发热。

“对不起，我不明白……”

“我的先生，我们今天到这里来，只想说说您有多么无能。”建筑师怒气冲冲，直戳痛处。

阿戴勒的双颊顿时涨得血红：“您这话是什么意思？”

“罗格，冷静点，”市长插话道，“您不必动气。”

“我想也是，”阿戴勒愤怒地回应，“您到底想说什么？”

“显而易见，”马努埃尔·杜兰发话了，“我们指的是这几个月频繁出现的停电问题。哥伦布大道和博览会会场三天两头停电，引来无数投诉。更让人担忧的是，博览会还有不到两个星期就开幕了。届时我们这个城市将会成为全世界的焦点，如果开幕典礼上也停电的话，那将是一场灾难。”

“那您想对我们说什么？”这次说话的是科罗迪奥·洛佩斯侯爵。他用被冒犯的眼神望着阿戴勒。

阿戴勒目瞪口呆。难道这才是这场会议的最终目的？那些见鬼的停电？他的舌头好像成了粘在下颚的纸片，丝毫不听使唤。

“先生们，那只是发电机的技术调整。不会……”

市长用严峻的目光打断了他。

“我们现在要讨论的是，您是否有能力修复这些问题，”市长说，“我正在考虑立即终止市政厅和您签订的合同。”

此话一出，阿戴勒差点从座位上跳起来。他生意上的开支已经超过预算，全靠投资人的资金运转。而眼下最大的问题是，他将本该用在电站上的投资投进了股市，并且运气不佳。因为古巴政局不稳，蔗糖市场风雨飘摇，一大笔钱随着两个失败的项目打了水漂。他就是赔光所有家产也偿还不了欠下的债务。电站是他唯一翻盘的机会，一旦市政厅取消合同，挪用资金的事情就会败露，那他也就全完了。

“先生们，先生们，请别那么着急。”他的额头渗出了冷汗。“我以我个人的名誉向你们保证，最晚一个星期，一定解决问题。”

他的话只换来一阵冷冷的回应。

“阿戴勒先生，电站必须在三天内开足马力。否则您就别想什么合同了，今后您也绝对不会在巴塞罗那有任何生意可做。”

“三天？”

“一天也不多给。我警告您，别让我后悔曾经信任过您。”

企业家点点头，努力想挤出一个微笑，但无济于事。已经没什么好说的了。他正要站起来，市长示意他别动。

“还有一件事。”

“一件很棘手的事。”侯爵补充道。

“请讲。”阿戴勒回答。还会有什么麻烦？

“这真是难以置信啊！”马努埃尔·杜兰开口道，“但我们获悉，在最近几个月内，电站下水道里出现了尸体。”

阿戴勒屏住呼吸，努力控制着自己不骂出声来。

“请您解释一下。”市长告诫道。

四人用审讯的目光注视着他。阿戴勒不知道这件事情他们究竟知道几分。他私下揣摩，也许他们只知道一部分，虽然自己不能说谎，但也没必要和盘托出。他尽量平复心情，竭尽全力装出一副成竹在胸的样子。

“是的，先生们，这确实是件怪事。我们很遗憾地在那里发现了一具可怜女孩的尸体，”他肯定地说，“我不知道哪里不妥？”

“您不知道哪里不妥？我的天！您为什么不报警？”

“我觉得没必要。”

“究竟有几具尸体？”

“十二具，也许还有更多。”

“圣母玛利亚！”

“我听说，”杜兰插嘴道，“这些尸体情况有些异常？”

“下水道里的路不好走，”阿戴勒回答，“里面还有老鼠和港口游过来的鱼。”

“太可怕了。”

“在巴塞罗内塔区，有传闻说，凶手是被诅咒的魔鬼——”律师说。看样子他是知情最多的人。“海陆冶金公司、新布卡公司和埃斯库德公司的女工们已经拒绝上夜班了。”

阿戴勒一边咀嚼着这番话，一边苦苦思索。显而易见，桑切斯警长虽然收了他一大笔钱，却没能管住嘴。必须提醒他，究竟应该向谁效忠。真该死！要不是被电站问题搞得焦头烂额，他早该发现那些人已经知道了尸体的事。当第一具尸体出现在下水道的时候，他觉得没人会上心，这是个错误。看来以后行事还要更加谨慎。”

“一派胡言，先生们，那都是一派胡言。那些被害的女孩出身社会底层，都是因为生活不检点才送了命。市长先生，巴塞罗那的治安非常好，这都是您的功劳。但就算这样，也不是每个人都能做到遵纪守法的。我承认曾经试图掩盖尸体的事，但这么做只是为了避免公众担忧，保证电站能够按期运行，就像你们要求我的那样。”

“您难道就没想过，如果这件事情上了报纸，会是什么后果吗？”罗格问。

话中的语气让阿戴勒无力回应。他恨死这个自以为高他一等的男人了。他当然想过后果，而且一直都在想，从来没停止过。

“有几家报社正在处心居虑，想搞出点给博览会抹黑的新闻，”建筑师继续说，“这么大的事情一旦被捅出去，全城都会陷入恐慌。”

“再过几天，王太后就要亲临巴塞罗那主持博览会开幕式了。所有事情都发生在这个紧要关头，有人甚至会提议取消典礼。”

“那可太糟糕了。”

“还有更严重的，先生们。到时候全世界的参展商和游客都会云集此地。他们又会怎么想？”

“可想而知，如果公众认为我们连自己的市民都保护不了的话，很多人会呼吁取消博览会。”

“巴黎博览会很快就要举行，到时候没人会愿意来巴塞罗那。”

“先生们，先生们……”阿戴勒企图让大家平静下来，可是无济于事。

“我们必须把尸体的事压下去。此事一定要小心。”律师说。

“阿戴勒，”里乌斯指着他的鼻子，“这事儿交给您了，您得保证向媒体封锁一切消息，并且全力协助警方，有了新情况立刻汇报。我希望您听明白。您的地位和财产正面临前所未有的危机，如果因为您的无能导致巴塞罗那万国博览会失败的话，我一定会让您付出代价。”

阿戴勒走出了市政厅的大门，脸色如同天空一般灰暗阴沉。他上了马车，一屁股瘫倒在座位上。

所有这些倒霉事都是阿玛特医生那桩该死的调查引出来的。从那时起，麻烦就层出不穷。老阿玛特一死，这事本该一了百了，可没想到在最攸关的时刻，失踪七年的小阿玛特突然返回巴塞罗那，还跟那混蛋记者一起重启他老子的调查。这一切难道仅仅是巧合？当然不是！

迄今为止，他太宽宏大量了。以后决不能这么好心，也决不能出半点差错。他真正要做的那件事，那件秘密的事，更不能有丝毫危险。没人能够想象他这个发现有多大的价值，哪怕那些愚蠢傲慢的委员也不能够。当这个发现大白于天下之际，所有人都要匍匐在他脚下，整个巴塞罗那都将在他的天才前顶礼膜拜，无数人将乞求他分一杯羹。达涅尔·阿玛特虽然初来乍到，却是他整个计划的绊脚石。不久之后，他一定会报刚才被如此羞辱的一箭之仇。

28

帕乌把法罗皮欧[1]的《解剖观察》放到一旁，喘了口气。事情不像想象的那般顺利。他翻遍了所有解剖学分区，可一本维萨里的《人体构造》都没找到。

最早的外科学院图书馆只有一间简陋的房间。随着岁月变迁，现在已经扩建成医学院旁边的独立建筑。结实的橡木书架排成十行同轴圆圈，布局如同一间巨大的八角形解剖室，旁边是宽敞的中央大厅，里面摆满了桌子。从那里伸出一条走道，贯穿各个区域。在第三圈书架外又加了一层平台，可以顺着旋梯上去。楼上的石头墙壁上开着好几扇大窗户，光线透进窗子，可以一直照到拱形屋顶，屋顶的中央是巴塞罗那的市徽。

帕乌很喜欢去图书馆，那里保存着最近几个世纪来全部的医学知识。虽然安静的环境让很多同学感到压抑，可他毫不在乎，反倒很喜欢木头、纸张和石头散发出来的浓烈味道。这里让他有家的感觉，也许是因为世界上已经没有地方能被他当作家了吧。而待在图书馆里的另一个好处就是：费诺约萨和他的朋友们很少过来，藏身此地很容易躲过

1　16世纪意大利著名解剖学家。

他们。

松树圣玛利亚教堂的钟声远远传来，天色已晚，几个小时前在这里自习的学生们已经回去了，夕阳的余晖仅能照亮窗户，昏暗的煤油灯没法照亮走廊。他想起要到阿玛特的住处和他以及弗雷萨碰面，现在该动身了。

他很遗憾自己只能空着手去，甚至想得出记者嘲讽的表情。竟然一本都没有？怎么可能？应该去问问费兰先生。为了避免留下借阅记录，他本不想去找他，可现在却非麻烦他不可了。

他收拾好东西，向管理员办公室走去。

过道深处传来一阵低语。帕乌向前走了几步，那声音渐渐清晰起来。就在跟他隔着一条过道的化学书籍区，有两个人在怒气冲冲地吵架。因为不想打扰别人私下的交谈，帕乌打算小心地溜过去。正在这时，他听出了其中一个声音，差点跳了起来。

“父亲，我已经不是小孩子了。”

“这可说不准。我这次发现，医学院几个星期来最大的谈资就是我的儿子，我的亲生儿子，竟然在公开辩论中被同学打得一败涂地。”

“那只不过是一堂愚蠢的解剖课而已。”

男人的声音带着明显的愠怒。

“你竟连医学课都敢看不起了。”

年轻人没有回答。

“我们祖孙四代都是外科医生，四代人。每个人都为这个姓氏增光添彩。我本人也曾是年级里最优秀的学生。而你，你都干了什么？看在上帝的分上，你可是费诺约萨家的一员！”

“父亲，您多虑了。”

“我多虑了？你以为我不知道你在那些臭名昭著的赌场里彻夜不归的丑事？还是以为我不知道你在课堂上喝醉了一样的状态？你觉得这是一个绅士该干的事吗？”

“无论如何，我只是在效法您的榜样，亲爱的父亲，”费诺约萨挖苦道，“直到现在学校里还风传着您当年逛青楼的风流史呢。”

屋里响起了一记耳光，虽然打得并不重，但帕乌可以想见，此刻自己这位同学的脸涨红到了什么程度。费诺约萨想回抽父亲一巴掌，但在最后一刻忍住了。老费诺约萨没注意到儿子的反应，他整了整外套和上衣袖口，拿起手套和手杖朝门口走去，用下面的话结束了这场父子之争。

“从现在开始，你的生活费终止了。离期末考试还有半个多月，你好好表现。”

他的脚步消失在走廊里。费诺约萨把书摔了一地，一拳打在身旁的书架上，强忍着满眶的泪水。

帕乌暗想，自己还是先回到大厅，等他这位同学先走为妙。没想到转身时撞倒了载满待借书籍的小推车，几本书掉落在地，发出响亮的声音。

“谁在那里？”

帕乌想偷偷溜走，却为时已晚。

“吉尔伯特！真见鬼！”

帕乌不知道该说什么好。

“您经常偷听别人私下的谈话吗？”

“不，不是您想的那样。”

在如此窘境下的谈话竟然被偷听，费诺约萨恼羞成怒。他可不想轻易放这小子回去。他大步流星地走到他面前，帕乌吓得连连后退。

“让你这个假装博学的家伙再挡我的路！一肚子坏水的包打听！”

他狠狠地把他推了出去，身材瘦小的帕乌根本无力抵抗，重重地撞到了书架上，眼镜掉了下来，在地板上滚着。费诺约萨冲上前去，丧心病狂地骂道：“那个小女孩的事，你算逃过去了。别以为我不知道你还藏着其他秘密。我一定会查个水落石出，让你滚出学校，虽然在此之前我得先考好……”

“先生们！”

费兰先生出现在走道上。看到满地书籍，他脸上的表情由惊愕变成了愤怒。

“您二位究竟要在这里干什么？”

费诺约萨没好气地放开帕乌，后者看到管理员正朝自己走过来，赶紧拾起眼镜，迅速地整理好上衣。

“像你们这样受过高等教育的绅士，跟街头恶棍一样打架实在有伤风化。”费兰训了几句后，就停在那里等着他们还嘴。他盯着费诺约萨说：“请出去。”

年轻人上前一步想为自己辩解。

“您没听见我说话吗？”费兰还在坚持。

费诺约萨变了脸色，一把抓起自己的东西出了门。当经过帕乌身边的时候，恶狠狠地瞪了他一眼，几秒钟后，图书馆的大门发出“砰”的一声巨响，费兰先生的脸上顿时升起一片阴云。等到费诺约萨摔门的响声消失了，管理员才回头看了看帕乌，脸上的神情也放松下来。

“您还好吧？吉尔伯特先生？我可不想失去这里最忠实的访客。”

“谢谢您，先生，我很好。”

"那个学生在欺负您吧？您需要我陪您向校方申诉吗？"

"不，先生，谢谢您，不必了。我同学只是有点恼火，他刚因为……因为配药问题吵了一架。一切都乱糟糟的，就是因为这个才吵的。真的没什么。"

费兰先生将信将疑。

"我本应该亲自报告院长，但我尊重您的决定。"

"也许您该去选修一门英国新兴的体育运动，在那边的大学可流行了，我想他们把它叫作'boxing'[1]。"管理员一脸戏谑地看着他。

"谢谢，我会考虑的。"

帕乌突然记起了自己来管理员办公室的目的。

"请等一下，费兰先生。我正好要找您。"

"哦？是吗？"管理员的眼睛里闪过一丝光，"我可得警告您，我对那个 boxing 一无所知，只有一本马德里寄来的技术手册……您如果需要，可以借阅。"

"不，不是这个。我在找一本书，本来以为我自己能找到的，可是不行。"

"找书确实得问我才行。来我的办公室吧，我们可以通过查阅卡片找到那本让您如此感兴趣的书。"

费兰的办公室坐落在这座迷宫般的图书馆的一个角落里，虽然不大却很整洁。管理员把桌子上的一堆书移开，又理了理桌上的卡片，以防它们掉落到壁炉旁边的椅子上。

"告诉我，您想找哪本？"

---

1 英语，意为"拳击"。

“安德烈·维萨里的《人体构造》。”

费兰的眼睛亮了一下。

“这本书是解剖学的经典著作，我们一般都会备上好多套供人查阅。但遗憾的是，五个月前，在图书馆最近的一次装修中，我们丢了好几套。有人趁大家搬书的时候从装书的盒子里把它们偷走了。真是难以置信。”

他叹了口气，从椅子上站起来，走到文件柜前。柜子嵌满了抽屉，每个抽屉上都装着镀金把手。他的双手像个钢琴家一样在柜子上游走，最后终于满意地抽出一个抽屉，把它搬到桌子上。

打开抽屉，装在里面的一排卡片立刻松散了。费兰用拇指和食指翻着卡片边缘，终于抽出一张，戴上眼镜读起来。帕乌满怀希望地等待着，但从老人的神情上看，似乎情况不妙。

“有人抢先了一步。最后几本被一位教授和两名学生借走了。”他皱起眉头。“真奇怪！借走最后一本的恰恰是和您关系匪浅的那位同学。”

“费诺约萨？”

“是他。今天早晨借走的。”

就在自己寻找维萨里手稿的当天，费诺约萨把它先借走了。这究竟是巧合还是另有蹊跷？帕乌理不出头绪。可不管怎样，结果没有改变：他还是没有把书拿到手。也许是脸上的失望太明显，当他抬起头来的时候，发现老管理员正带着调侃的微笑看着自己。

“也许，您可以借另一本。”

“我确实只需要这一本，费兰先生。其他解剖学的书都不行。”

老人摇摇头。

“我不是那个意思，年轻人。我是说，这里不是唯一能借到书的地方，”他半闭着眼睛努力回想着，“在图书馆第二层那个最陈旧的地方，有一间被遗忘的屋子。我管它叫‘阁楼’。那里有不少罕见的藏书。”

“我想我对图书馆还是很熟悉的，可从没听说过这事。”

“一点也不奇怪，没人会留心那个地方。”

“为什么？”

“几年前，学校委任一位在职教授兼任图书管理员的工作，这很不寻常。一般来讲，这工作都是由退休教授担任的。”

“您以前是教授？”

“当然……但现在不是讨论我无聊生平的时候。就像我刚才说的，”他重新接过话题，“那位教授在图书馆里为自己建了个小书房，存了很多书籍，可这些书既没有顺序，也没有分类。”

他为什么要建一间这么特别的书房呢？

“他是一位非常著名的学者，前程远大。但是刚接手图书馆不久，他夫人就病倒了。”

帕乌心头突然一紧。

“从那时起，”费兰没有发现他的反应，继续说下去，“这可怜的人就全身心地投身研究，想要找到治好妻子恶疾的良药。听说他甚至建了一座秘密实验室，但我倒很怀疑。不过板上钉钉的是，随着研究的深入，他积攒了越来越多的书籍，甚至弄到了很多离经叛道的著作。这些书都被他珍藏在那个书房里。”

“离经叛道的著作？您指的是什么？”

“就是神秘主义啦，灵异科学啦，诸如此类的东西，”费兰不高兴地咂咂嘴，“如果要我说实话，这纯属浪费时间。但在那种情况下，您也知道我们会怎么做。我记得当时他一连几天待在这个图书馆里，可一切都无济于事。他的妻子死了，他也发了疯。最近这里装修，他的房间和书籍就都被人遗忘了。”

老人凝视着壁炉里跳动的火苗，摇了摇头。

“这是个悲惨的故事，太悲惨了。我记得他当时对解剖学著作最感兴趣。所以——”他抬头看了看帕乌，“我们可能会在他的书房里找到您要的那本书。”

“您能告诉我这位教授的名字吗？费兰先生？”

帕乌努力抑制着自己的紧张。老管理员闭上眼睛沉默了。当他睁开眼睛，终于低沉地开了口。

“他叫奥姆斯。弗雷德里克·奥姆斯医生。”

29

“我跟您说啊，那是一栋鬼屋。”

车夫一边说，一边挥起了鞭子。骏马拉着双轮马车，加速穿过安东尼奥·洛佩斯广场，踏上伊莎贝尔二世大道。车夫操着浓重的埃布罗沿岸口音滔滔不绝。

“据说这个宅子是七年前废弃的，可我敢跟您担保，它荒废了二三十年，甚至更长。这个地方发生过可怕的事情，我可不是跟您瞎传那种酒馆里的小道消息，它真是一座凶宅。”

坐在车篷下的达涅尔听得一清二楚，他努力控制着自己的情绪。车夫以为乘客受了感染，说得更起劲了。

“全家人都在火灾中死了。您知道吗？一个都没活下来。因为无人继承，政府把房子拍卖了。可哪个正常人会愿意住到这样的地方来？只能任由它自生自灭。这才是最好的结果，先生。”

达涅尔叹了口气。从回到巴塞罗那起到现在，他犹豫了那么久，这才艰难地下了决心。今天下午，在同弗雷萨和年轻的吉尔伯特碰面前，他终于能抽出时间来一趟。实在不能再拖了。

看到马车上了那条路，他干咳一声，清清嗓子。

“车夫，最好沿圣玛利亚街走。”

车夫同意了，他勒住缰绳，举起鞭子抽了一下马头。达涅尔希望再走一遍那条路，那条父亲和兄弟俩天天走过的路。当他认出旧宅附近的大街小巷时，往昔的记忆也回到了脑海。马车穿过此时人烟稀少的伯恩大道，来到蒙卡达街附近，再从那里驶进一条小巷，外面街道的喧哗声渐渐远去，四周一片寂静，只听见踏在方石板上的马蹄声。车夫见达涅尔神情凝重，也就再没作声。

马车穿过几条小巷，来到一座环绕着整个街区，覆着植物的半高围墙前。车子沿着围墙伸展的方向前进。多年以前，这道墙曾刷着白色，墙头覆盖着瓦片。如今，墙皮上数十处小块的脱落，看上去就像麻风病人的皮肤。有些地方的墙体已经缺失，砖头露在外面。终于，马车驶出小巷，来到一处精致优雅、绿树葱茏的广场。

“您就待在这儿。”

“您确定，先生？”

达涅尔注意到车夫语气中的担忧，塞给他几枚硬币。

“别担心，您就在这儿待着，我去去就来。”

他下了车，整整礼帽，朝那座宅院走去。这是里维拉区少有的几座别墅之一。父亲从未打算搬到更奢华的街区去，他总说那纯属浪费金钱。

他甩了甩颤抖的双手，走向庄严的铁艺栅栏，用力顶住上面的铁条，吱呀呀地推着大门。生锈的门锁拴在一条坚固的铁链上，无法开启，却闪出一道宽敞的缝隙，不用费太多力气就能钻过去。

环顾四周，小巷里寂静无声，街角的车夫站在马车旁边卷着香烟。达涅尔弯腰，从铁链下面钻进院子。

他抬起头，看到眼前的一切差点骂出声来。

因为常年荒芜，各种植物肆无忌惮地生长，爬满了整个庭院。昔日精致的花园沦为绿色和黄褐色的杂草堆。脚下瓷砖铺成的小路，有一部分已经被泥土和杂草侵蚀。达涅尔向前走了几步，一时风起，吹得密布的灌木丛沙沙作响。

几米之外生长着一株巨大的椴树，他曾经几十次地爬到上面去。现在大树已经奄奄一息，树叶和树干都已枯萎。因为没有人来修剪枝叶，一根成人粗的侧枝因为太沉重而断裂。大树后面是椭圆形的池塘。小时候，在炎热的夏天，他和弟弟阿莱克总喜欢把腿伸到水里，把保姆气得七窍生烟。池塘里的水曾经那么清澈，水里的鲤鱼就好像在空中游动一样。而现在，池水早已干涸，四角形的水泥池底落满灰尘，水泥缝里长满了野草。

自从那场火灾后，达涅尔就再也没回过家。他在医院里待了几个星期，与父亲大吵了一架，就搭乘第一班火车去了加莱，又从那里乘船到了英国。如果不是爱德华爵士好心收留，他也许会逃亡到世界尽头。从那时到现在，七年过去了。记忆中母亲深爱着这个花园，她走后，父亲同样对它呵护有加。如今这里却成了如此绝望的模样。达涅尔预感到，屋内的情形可能比外面还要糟糕。他妥协地叹了口气，现在已经没法退回去了。

随着他的脚步声，城市的喧嚣渐渐远去，一切声音都被这静寂的花园吞噬，唯一听得见的只有踏在石子路上的脚步声。几分钟前的那阵微风已经过去，满园的树叶和枝干都一动不动，静如顽石。

他从已成半个废墟的凉亭旁走过。弟弟阿莱克很有表演天分，每到夏末都在亭子里为全家演节目。他总是异想天开，演什么像什么，所有人都看得津津有味。达涅尔只有在一边帮忙的分，不是报幕就是演配角。就连父亲都会从书房走出来，加入到一片欢声笑语中去。他闭上眼睛挥去过去的记忆。当重新睁开眼睛的时候，整个屋子就在眼前，好像已经久候他多时。

乍一看，这座荒宅如同抛锚在荒草从中的大船。它当年是那样气势恢宏，哪怕沦落到今天这般境地，也依然完好保留着三层楼的结构和二楼宽广的平台。新穆德哈尔式的塔楼像古老的灯塔一般挺立，正面装饰的彩色瓷砖已有多处剥落，留在墙上的也蒙上了层层污垢，不见旧日光彩。大部分窗外的木门不是毁坏就是脱落了。

达涅尔踏上门口第一级台阶。他忘记了心头的不安，一直走到门廊阴影下的大门。门框上奇迹般地保留着家族的徽章，阿玛特念着徽章上那句话，那句父亲曾无数次大声对他们兄弟俩念过的话：Vivitur ingenio, caetera mortis erunt（只有天才才能使人永生）。

他走进大厅，脚步惊起一群飞虫。夕阳透过屋顶的孔隙，照亮了因他到来而翻腾飞舞的灰尘。

屋里比他想象的还要破败，大部分房梁已经坍塌。那道全城名流都曾踏过的楼梯已经化为一堆瓦砾。印着优雅图案的墙纸早就不见踪影，整面墙遍布着灰色的霉斑。雨点沿着破损的四壁渗进来，干裂的泥土在花砖上画出一道道污痕。

达涅尔的心在抽搐，他继续向里间走去。屋内到处可见火灾留下的痕迹。当年涂着名贵清漆的屋顶和立柱，如今就像被烧死的人的骨骼。蓝色锦缎织成的窗帘碎成破布，随风肆意飘荡。有几盏灯还挂在屋顶上，却早已被烤得变了形。那些尚未完全被烈火吞噬的华丽家具在原地化为朽木，尽管已经过去那么久了，可达涅尔依然能从空气里闻到焦煳的味道。

夕阳最后一点光线从板窗中透进来，达涅尔借着这点微光，又看了好几个地方，最后来到厨房。那里被烧得只剩下一套残破的桌椅和几件发黑的餐具。他在一扇已成焦黑木板的门前站住，这里是父亲实验室的入口。

他犹豫许久才打开那扇门。因为光线阴暗，只能看清几米内的几级石阶。达涅尔感到一阵恐惧，突然想拔腿逃离，回到以前那种争如不见的状态。最终，亲临现场的愿望还是占了上风。关于那晚的记忆太模糊，而噩梦却清晰得多。他从来都没弄明白当时究竟发生了什么，所以才来到这里。他需要确认自己是不是像一直担心的那样，是放火的元凶。

他蹲下来，从大衣里掏出两根油脂做的蜡烛和几根火柴，笨拙地划了几下火，点燃了一根蜡烛。烛火在他周围形成一个光圈，他深吸一口气，向着门后黑暗的空间走去。

木头栏杆已经烧成灰烬，他只能摸着墙下楼，石墙上还带着热气，让他浑身发颤。他一级台阶一级台阶地往下走，只要向左一歪，就会从十米高空坠落。蜡油的味道和底层冒上来的霉味混杂在一起。

达涅尔又下了几级台阶，突然停住了，耳畔隐隐约约传来了一阵低语。这里不可能有人，一定是自己胡思乱想而产生的错觉。可同样的声音再一次传来，紧接着一阵风吹过面庞，蜡烛熄灭了。

眼前一片黑暗，如同身陷井中。达涅尔的双手在空中摸索着，却怎么也碰不到墙。他用尽全力抵挡着越来越强烈的恐惧，原地转过身来，抬头向上望去。门口透出一点微弱的光，可他与门之间的距离却比预想的长得多。他迈开腿，想探探下一级台阶在哪儿，没想到一脚踩空，一个趔趄从楼梯上摔了下去。

他努力抑制着尖叫，等待着高空坠落的失重感。可没想到左膝突然一阵剧痛，随后重重撞在墙上，疼得喘不过气来。原来楼梯是依墙旋转的，他只是从刚才的台阶滚到了楼梯底下几米的地方而已。

他惊恐地站起来，扶着伤腿，贴着石墙，一步一步地朝头顶的亮处爬去。

他脸色铁青地迈出实验室的大门，只觉得呼吸困难，膝盖火烧一样地痛。茫然环顾四周，只觉整幢房子如同有了生命。它蜷在他面前，想要阻止他逃跑。

达涅尔像个醉汉一样跌跌撞撞地寻找归途，几次摔倒在地，终于迷迷糊糊地摸到大厅，出了门廊。他东倒西歪地走下门口的石阶，当踩到最后一级的时候，不禁双腿一软，瘫倒在花砖铺成的小路上。他翻了个身，轻松地呼吸着花园里寒冷的空气，只觉得头顶的天空无限璀璨。

就在这时，胃部突然一阵痉挛，他翻身呕吐起来。

一切都结束了，达涅尔哆嗦着扶着石阶站起身，泪水模糊了双眼。父亲从来没回过家，这么做不无道理。他松开领口，加速的心跳渐渐缓和，呼吸也渐渐平缓。手伸向颈后，手指滑过变形的伤疤，那是他抹不去的记忆，记忆里面的自己是个杀人犯。

当意识到自己已经坐上了马车，达涅尔才松了口气。

“走吧。”他吩咐道。

车夫看着他身上的衣服，惊讶地瞪大眼睛。可一瞧乘客的表情，还是知趣地沉默了。他用靴子蹭灭了卷烟，把它收进外衣口袋，然后咂咂嘴，挥起马鞭，驾车踏上了归程。

达涅尔回头望去，阿玛特宅在夜色中若隐若现，一团阴云在屋顶上盘旋，随着马车渐行渐远，这所宅院终于从他的视线中消失了，就好像从未存在过一样。

30

费兰先生所说的“阁楼”确实是一间带斜梁的顶楼，为了不碰到头，只能弯腰进去。屋内散发着动物尸体的味道，很难相信奥姆斯竟然在这种地方寻觅治疗妻子的妙方。

帕乌点亮了桌子上陈旧的油灯，掀开蒙在家具上的褪了色的盖布。屋里靠墙摆放着一个空空的书架，还有一具用于研究的人体骨骼，看上去很陈旧，还缺了几块骨头。另外还有三个质地考究的大号旅行箱，上面的标签显示，箱子里曾存放过奥姆斯实验室里的物品。除此之外，阁楼里还堆着几十个黄色纸板做成的盒子和档案箱，里面放着上千本图书。

帕乌泄了气，他得花多长时间才能翻遍所有箱子啊！就算维萨里的手稿在这里，找到它也需要几天时间。与其这样还不如等着别人把书还给费兰，或者直接向借过书的同学要来看看。

他正要放弃，脑海中突然闪现出弗雷萨自命不凡的笑容，于是改了主意，咬牙走到成堆的箱子旁边，把离他最近的那一个搬到桌子上，然后拉过椅子坐下，准备在这里长期奋战下去。

两个小时过去了，帕乌翻完第七个箱子，筋疲力尽地瘫倒在座位上。刚才有那么一刻，他觉得自己真是幸运，竟然发现了奥姆斯医生的图书馆！他想象着阿玛特和弗雷萨得知这个大发现后脸上的表情，心中得意极了。可现在他只验证了费兰先生所言不虚，这些藏书真是毫无意义可言。

他已经数不清楚自己到底翻过多少本书了，而且越翻越纳闷奥姆斯收藏这些书的意义何在。每个箱子里既装着经典的科学著作，又装着很多关于欺骗、迷信和无知的杂书。亚里士多德的《自然之书》、卡尔·冯·罗根坦斯基的《解剖学手册》以及克劳德·伯纳特的《实验病理学》之类的珍贵典藏，和神秘主义小册子、通灵手稿、炼金术指南之类的东西混在一起，让人大跌眼镜。像奥姆斯这么博学的人，竟然收藏这种书，实在不符合他的身份。而更糟糕的是，维萨里的手稿连个影子都没有。

他又把一箱书搬到桌子上翻起来，一伸手，掏出一本深色封皮的《亚兰·卡甸[1]之通灵说：关于不死之灵，鬼魂天性及其与人的关系，道德律以及人类之前世今生与未来》。

1　亚兰·卡甸（1804—1869），法国人，通灵术的发表者。

比起复习功课准备期末考试，现在简直就是浪费时间……帕乌摇摇头。他想也不想地抄起这本通灵著作，朝书架前那堆纸箱子扔过去。令他大吃一惊的是，那摞箱子竟然倒在了书架前，几十本书掉到了地上，扬起一团灰尘。

帕乌简直不敢相信自己的眼睛。现在，他得再花上一个小时整理那堆地板上的书。他暗自骂自己愚蠢，决定收拾完这个烂摊子就走人。哪怕忍受记者的白眼，也比在这里浪费时间强得多。

书架前堆满了书。他弯下腰去，突然脸上闪过一丝惊讶。墙的侧面有一道裂缝。

这下可好，他想。

他拿起灯，仔细检查着这处裂痕，自己刚刚又干了件蠢事。用手摸了摸缝隙，他一个劲儿地纳闷：为什么几本书会把墙砸出这么大一道缝呢？他再次仔细地看了看那道缝隙，突然闪过一个主意。他在周围找到了一块盖在箱子上的布，用它擦了擦书架布满灰尘和蛛网的边缘。书架后面的墙上出现了一道细线，就好像用手术刀把墙切开了一样。

帕乌激动地浑身颤抖。他双手扶住书架，用力把它推到一边，可根本推不动。他不信刚才看到的只是幻觉，再次使出全身的力气，把整个身体都顶在了书架上。这次只听吱呀一声，书架移动了几厘米。帕乌更激动了，继续推下去，终于把书架推到一旁。在原来的地方，出现了一个长方形的、有一扇门大小的洞。

帕乌用颤抖的手拿起油灯，钻进洞里，只觉得自己的心怦怦直跳。他忍受洞里的味道，捏着鼻子向前走。这是一间简陋的屋子，并不宽敞，一张粗糙的实验台靠墙放着，旁边是一只柜子和一把小椅子。一张小床和一个铁炉子占据了屋里剩余的空间。这就是奥姆斯医生的秘密实验室。

当初，奥姆斯和阿玛特大吵一架，医学院也开始怀疑他精神不稳定。也许从那以后，他就建造了这个实验室，以便继续无休止地进行研究。这样一来，他可以完全消失在大家的视野，没人知道他去了哪里，也没人能控制他的行踪。

帕乌沉醉地轻抚着桌子的边缘。桌子上布满斑点，那是先前做实验时留下的痕迹。为了拯救妻子的生命，奥姆斯在这里度过了无数个不眠之夜，空气中似乎还残留着他当年的痛苦和痴迷。帕乌几乎能感受到那种绝望抗争直至发疯的心情，他努力控制着身体的颤抖。

灯光闪过墙壁，帕乌突然觉得有些异样。他把油灯举过头顶，惊讶地差点失去平衡。从屋顶到地板，整个实验室的四壁都千百遍地重复涂写着一句话。帕乌大声地读出来：Vivitur ingenio caetera mortis erunt（只有天才才能使人永生）。他伸出胳膊，用手指描着墙上的字迹，那是奥姆斯用生炉子的木炭写下的，有些地方的字迹已经模糊不清，无法识别。奥姆斯为什么要这么做？此事和那些凶杀案有关，还是仅仅是一个疯子的涂鸦？帕乌把油灯放回桌子，从口袋里掏出笔记本，把这句话抄下来，打算事后好好想想。

他突然记起自己为什么来这里，就朝那个柜子走去。这是唯一可能藏书的地方。柜子的玻璃门上布满灰尘，几乎看不见里面。帕乌强作镇定，打开柜门。第一层架子上放着几本医学书籍和几篇霍乱相关的论文，其中一本引起了帕乌的注意。书名是 *De Dignotione ex Insomnis Libellis*。《关于梦的诊断》——他心中默默翻译着封面上的拉丁语。这是盖伦的名著。奥姆斯为什么会收藏这本书？他正要打开看看，又发现在里面的架子里还凌乱地放着另一本书。

那是柜子里唯一一本书脊上没印书名的著作，很容易被错认成普通的笔记本。帕乌双手发颤地把书从柜子里取出来放到桌上，翻开了封面。

书页随着他手指的触碰窸窣作响。油灯照亮了书中一幅幅美妙的插图，那上面画着被肢解的人体、器官和骨骼，其间穿插着拉丁语和希腊语写成的大段文字。这些插图所表现的那种极度写实的美丽，直叫帕乌目瞪口呆。他翻回第一页，用拉丁语读出了印在上面的书名：*De Humani Corporis Fabrica*（《人体构造》），安德烈·维萨里。

就在此时，外面突然传来一声“吱呀”的声响。

31

伊蕾妮坐在窗帘后，把头靠在马车窗户上。寒风吹乱了帽檐下的秀发，也吹红了她的双颊。她尽情呼吸着清冷的空气，好像接连几个星期都没有畅快地喘过气似的。整个心胸都充满了雨滴的味道和兰布拉大街上的花香。

为了今天的外出，她特意挑了一件珍珠色的晚礼服，肩上随意搭着天鹅绒披风。紧身束腰虽然让她有点气喘，但比起仍在不少女性中流行的裙撑还是舒服多了。

为了不让侍女恩卡尼塔担心，她努力掩饰着自己的紧张。要是阿戴勒知道这件事一定会大发雷霆。想到这里她不由惊恐万分。最近几年，丈夫总是想尽办法恐吓自己。为了出这趟门，她做了很多防范，侍女一向嘴严，值得信赖。伊蕾妮心里清楚，就算这样，丈夫也迟早会查出她去见了什么人。可除此之外，她实在没有别的办法了。

达涅尔和她在葬礼上不期而遇，随后又来家中造访，连伊蕾妮自己都没意识到，他在她心海中掀起了多么大的波澜。几年来，为了保护生命中最重要的东西，她付出了巨大的努力和牺牲才向命运妥协，人也变得温顺淡漠起来。她越来越相信，和柏特梅·阿戴勒的婚姻虽然是场小小的悲剧，却也是必需的选择。可当她见到达涅尔那一刹那，所有这些支撑她生活的谎言和半真半假的事实，都被撼动了。

达涅尔变了。他不再是当年那个谈吐有趣、聪明却外表肤浅的少年，也不是那个一看到自己的笑容就目光躲闪的男孩，更不是那个想用写作来改变世界的梦想家。经过岁月的消磨，他的目光更加克制，她能透过外表感受到他内心的丧气和沉沦，就好像他对这世界已生无可恋。难道他依然为往事痛苦，依然被负罪感折磨着吗？当初是他抛弃了她，她恨了他好久。然而随着时间的流逝，当年的愤恨早已化作伤感，随着记忆渐渐消散。

行驶到兰布拉大街上的圣荷西市场中段，华丽的马车拐进了一处小巷，把闹市区的高楼大厦抛在身后。

弗雷萨穿过编辑室，来到同事亚历山德罗·比维斯的办公桌前。后者用胳膊撑着头，身体后仰，心满意足地看着桌子上几页用打字机打出来的文稿。

“我的朋友弗雷萨，这可是自萨拉·贝恩哈特[1]在黎里克剧院主演

1 萨拉·贝恩哈特（1844—1923）法国女演员。

《安德蕾娜・莱科芙萝》之后最好的文章。”

“祝贺你，老兄！我想跟你谈谈，有时间吗？”

“当然，你说。”

“是这个。”

他拿出从档案袋里偷出来的那张稿纸，指了指上面关于阿玛特家宅火灾的报道。比维斯半闭上眼睛，脸上的微笑消失了。

“我记得这篇文章，是我写的。真是场可怕的悲剧。你那时候还没来我们报社工作。”

“我找到了你当时的笔记。我感觉你怀疑过火灾的起因。”

比维斯探身向前，接过弗雷萨手上的稿纸。

“这是我写的？”

“是。你好像在暗示有人纵火。”弗雷萨夸张地说。

比维斯严肃地看了他一眼。

“时间太久，我不记得了。”

“如果你能回忆一下，我将不胜感激。”

比维斯的脸上闪现出一丝不快，先前的愉悦全然不见踪影。更令弗雷萨奇怪的是，他看上去很不痛快。

“你为什么对这陈芝麻烂谷子的事情这么感兴趣？老调重弹可没什么用处。难道巴塞罗那现在的新闻还不够多吗？”

弗雷萨不耐烦地看了他一眼。

“好吧，好吧，”比维斯举双手投降，“我下面的话，天知地知，你知我知。明白？”

“当然。”弗雷萨一边点头答应，一边坐到了比维斯的桌子上。看着这位同事脸上的神情，他的好奇心更强了。

“那天已经很晚了，我还留在报社处理第二天早报的一处印刷错误。等我结束工作正要回家的时候，得到消息说，博恩大道上有座别墅起火了。是马丁内兹派了个小伙子给我们送的口信，你知道的。”

弗雷萨点点头。弗朗西斯·马丁内兹在警察局做事，报社私下雇他当线人，碰上有价值的事情就迅速报告。他很可能同时为几家报社效劳，但既然已经干了十年，也就没人去计较了。

“继续说。”

“我赶到现场，被眼前的火势惊呆了。整座楼都被火舌包围，火光把旁边的小广场照得像白天一样。浓烟滚滚中，到处都是说话声、叫喊声还有救火车和救护车的汽笛声。一群人挤在那里围观，警察拼命想把他们撵走。市政厅派出的救火员拼尽全力防止大火蔓延到旁边的建筑，可是消防栓出了故障，蒸汽泵也堵住了。那天晚上，所有能发生的悲剧都发生了。”

比维斯两眼迷茫地回忆着，继续说：“我采访了救火队的长官。他们已经放弃扑救别墅，什么也做不了。他说他从未见过这么大的火，就好像整幢房子都被事先喷了沥青似的。”

“那你做了什么？”

“我混到仆人堆里去了。有些仆人受了伤，但同他们受到的惊吓比起来，那点皮外伤根本不算什么。我也同样犯了傻，但当时我确实觉得，他们好像不是因为火灾才吓成这样的。我试着打听究竟发生了什么，但唯一确定的事实是，救火队长说得不对，大火不是从厨房烧起来的。正在这时我听到一个马倌和一个女佣在谈话，那马倌说，当人们把年轻的达涅尔先生从大火中拖出来的时候，他不停地喊着，是自己杀了他们。这番话引起了我的兴趣，我问他到底什么意思。可管家出现了，他让那小伙子闭嘴。后来我就被推出了人群。”

“如果这事是真的，那么达涅尔·阿玛特承认自己是杀害未婚妻和弟弟的凶手。”

“我只是在陈述我所听到的。”

“但这不是全部，对吧？”

比维斯咬了咬嘴唇，好像不愿再讲下去了。

“不，不是全部。你知道，经历了当晚发生的一切后，我开始不安起来。那不是场普通的火灾，仆人们的话在我的脑海中一遍遍地回荡。我决定对阿玛特兄弟和希内姐妹做更多调查。一连几个星期，我跑遍了半个巴塞罗那，采访与他们两家有联系的人士。为了查清楚那晚究竟发生了什么，我甚至贿赂了两三个用人。

“我调查的结果是：一八八〇年末的某天，达涅尔·阿玛特和他弟弟阿莱克这两位富家公子哥，去里瑟尔剧院看了一场戏。在幕间休息的空档，兄弟俩邂逅了希内姐妹和他们的父母。阿玛特医生和希内医生年轻时就是好友，堂·安东尼·希内曾在古巴定居和行医近二十年。因为海外局势动荡，全家人决定回国生活。希内成功创建了新贝伦疯人院，并在卡塞罗拉山附近购置了一座华丽的庄园，打算在巴塞罗那永久安家。但几个年轻人的这次相遇并不是偶然，而是阿玛特医生和他的老友安排好的。”

“这些事和我们的正题有什么关系？”

“耐心点，伯纳特，别搞得我头绪混乱，”比维斯责备道，“据说，希内姐妹美丽非凡。巴塞罗激起了她们无穷的好奇心，两人以前只在报纸和书籍中听说过这座大都市。这对姐妹花迷人的魅力和良好的教养成了众多人的谈资。另外，她们长得一点都不像。这是肯定的，因为两人并不是亲姐妹。”

说到这里，比维斯的脸上闪过一丝微笑。

“就像你猜到的那样，伊蕾妮不是希内夫妇的亲生女儿。古巴一八六八年革命时，堂·安东尼正在骑兵团做军医。有一回，叛军洗劫了圣皮里图斯附近的一个小村子。希内医生在伊蕾妮亲生母亲的尸体旁发现了这个小姑娘。她是个混血儿，被村里人抛弃了。希内夫妇当时只有一个女儿，于是他们收养了伊蕾妮，给安赫拉做了妹妹。

“这对姐妹花以前从未离开过古巴，在巴塞罗那也没有熟人。达涅尔和阿莱克两兄弟自然而然地陪伴她们多次出游，并引荐两人加入了他们的社交圈。这些年轻人的交往也没什么特别的，不过是舞会、看戏、乘马车去新城区兜风之类。两位美人在圈子里引起了相当的轰动，姐姐肌肤胜雪，妹妹异域风情，走到哪里都是众人瞩目的焦点。她们经常露面，一次又一次地被报纸报道。

“两位父亲对儿女的友情看在眼里，过了几个月，阿玛特医生和堂·安东尼·希内分别替长子和长女，也就是阿玛特和安赫拉定下了婚约。但他们却忘了征求两位年轻人的同意。”

“真有意思，可这和火灾有什么关系？”

“安赫拉是个活泼美丽的姑娘，”比维斯没有理会弗雷萨的不耐烦，自顾自地说，“达涅尔·阿玛特对她很好，可并不爱她。而她却对他产生了孩子般的爱情。如果换个时空，他可能也会爱上她。但当时达涅尔·阿玛特真正爱的人却是妹妹伊蕾妮，他们也确实般配。更复杂的是，据说阿玛特的弟弟阿莱克对安赫拉情有独钟，可我却不太相信。你听明白了吗？”

弗雷萨点点头。

“伊蕾妮无权获得嫁妆，也无权继承希内家的任何财产。堂·安东尼虽然对她视为己出，疼爱有加，但仅此而已。养母堂娜·弗朗西斯卡同样没给过她任何许诺。归根结底，安赫拉才是希内家的继承人。可达涅尔·阿玛特不在乎这些，两人决定向父母坦白一切，求他们取消先前的婚约，允许他们结成夫妇。达涅尔已经做好准备，如果父辈们不答应，他将放弃学业和家庭，带着伊蕾妮私奔。

“但他们的计划受阻了。

“发生了一场悲剧，把一切都毁了。也许你还记得，这事当年轰动一时。希内夫妇在出席完一场慈善活动回家的途中，马车遭到了袭击。车夫还击了凶手，双方互开了好几枪。堂·安东尼胳膊受了轻伤，堂娜·弗朗西斯卡受了致命重伤。阿玛特医生亲自替希内夫人治疗，但已无力回天。夫人在临终之际，把女儿安赫拉和达涅尔唤到床前，当着诸多证人的面让两人发誓，一定要完成她的遗愿，结成夫妇，将来让他们的孩子继承两家的遗产。早就哭成泪人的安赫拉以两个人的名义答应了母亲。几个小时候后，希内夫人去世了。

“当天晚上就发生了那场悲剧。

“伊蕾妮无法面对姐姐对养母许下的承诺，和达涅尔分了手。几个熟人看到达涅尔·阿玛特在城中几处酒馆借酒浇愁，两个仆人看到他半夜才醉醺醺地回家。他没回自己的卧室，而是去了父亲建在地下室的实验室。那些仆人还向我确认，在达涅尔来这里之前，阿莱克和安赫拉也来过，也许他们是来找达涅尔的。

“不清楚是几点钟，一个女佣下楼去厨房关炉子。她听到地下室里有人在激烈地争吵，顿时警觉起来，想去叫醒主人，但争吵声渐渐平息下去了，她想自己还是少管闲事为妙。几分钟后，整幢房子就陷入了一片火海。"

比维斯停下来点了支烟。

"这就是我掌握的所有情况。其他事情你都知道了。桑奇斯命令我放弃调查，这件事从此作罢。你可以骂我懦弱，可我有家人要养活。达涅尔·阿玛特出院后就不见了踪影，坟墓里的阿莱克·阿玛特和安赫拉·希内也被世人遗忘了。这桩往事从此无人再提，直到今天，你来触这个霉头。"

"你觉得是达涅尔·阿玛特放的火吗？"

比维斯耸耸肩膀。

"谢谢你，比维斯。你帮了我一个大忙。"

"不用谢，现在把一切都忘了吧。"

弗雷萨沉思着下了楼，朝着与阿玛特和那个年轻学生约好的会面地点走去。比维斯讲述的故事在他的脑海中挥之不去。现在他终于理解了阿玛特纠结的性格：被迫接受包办婚姻而放弃生命中的挚爱，继而一场火灾吞噬了家园。这场可怕的悲剧毁灭了一切，他当然深感自责。可事情的真相究竟是什么？在地下室里究竟发生了什么事？如果真像比维斯推断的那样，有人故意纵火，那又是为了什么？有太多问题没有答案，但只有一件事扰得他心神不宁，总也放不下：达涅尔·阿玛特到底是不是杀人凶手？

他想得出神，丝毫没注意到一辆黑色马车驶进小巷，吱呀一声停在自己面前。弗雷萨瞪了车夫一眼，正想骂他吓到了自己，没想到对方竟然上前向他打招呼。

"弗雷萨？伯纳特·弗雷萨？"

"大概是吧。"他一边回答一边自问："黑女人"坐得起这么豪华的马车吗？

车门开了，一个侍女打扮的姑娘走了下来。

“请上车，快点。”

虽然一头雾水，但弗雷萨还是听从了她的话。他在马车上坐定，一抬头，发现眼前坐着一位异国美人，通身都是贵妇人打扮，深色的皮肤融在车厢的阴影里，一双眼睛饶有兴趣地打量着自己尴尬的模样，手上握着一把折扇。看到记者正盯着自己看，她嘲讽地抿起嘴唇，把前额深色的头发捋到一边，向对方还以更加尖锐的眼神。弗雷萨紧张地干咳一声，这才想起应该脱帽。他笨拙地摘下自己的扁帽，放在一旁。

“我有个约会该迟了。”话音刚落，他立刻觉察出这话有多可笑。

“晚上好，弗雷萨先生。别担心，我是不会让您浪费时间的。”

她的声音很温柔，稍稍带着点加勒比岛国口音。

“咱们还是别客套了。我叫伊蕾妮·阿戴勒。”

“阿戴勒？企业家阿戴勒？您是他夫人？”

“正是。”

她还是达涅尔·阿玛特无望地爱着的人，还是在她姐姐安赫拉死后被他抛下不管的人。记者暗暗想着。

伊蕾妮用修长的手指拨开一角窗帘，朝街上看着。

“您放心，没人知道我们见了面，至少对我是这样，我向您保证一定守口如瓶，”弗雷萨望着对方担忧的神色说，“不过恕我直言，您很清楚我的职业，所以需要谨慎的并不是我。”

伊蕾妮斟酌着他的话。弗雷萨越来越好奇，他暗暗希望对方不会因为自己的回答而终止这场会面。

“我明白，”伊蕾妮开口了，“我相信等我们谈到正事的时候，您会保持最基本的谨慎。”

弗雷萨不情愿地点点头。

“我想请您帮个忙。”

“如果我力所能及……”

“我想请您劝达涅尔·阿玛特放手。”

记者惊讶地站起来。“对不起，您可是先胜了我一筹。您怎么知道我认识阿玛特先生？”

“不久前，他因为私事来我家拜访，在和我丈夫谈话的时候提到过您的名字。”

弗雷萨回到座位上，更加聚精会神地听着伊蕾妮的话。

“他的调查显然要冒很大风险。”

记者忍不住笑了。“真是难以置信，柏特梅·阿戴勒为了不让报界玷污自己的名声，竟然派夫人出面说情。”

伊蕾妮变了脸色。“很抱歉，事情不是您想的那样。我很为阿玛特先生担心，他是我的……老朋友。我只是不想看到他引火上身，就这样。”

“我理解您的担忧，可您为什么不亲自阻止他？”

“我本人恐怕不足以说服他。”

“哦，我明白了。但我觉得自己……”

“您不要妄自菲薄。达涅尔对您赞赏有加，另外我并不介意您继续调查此事，只是希望他不再陷进去。我可以付您报酬。”

她从自己的银框绣花手袋中掏出一个信封，放到弗雷萨手里。记者生怕信封里的香气消散，只是稍微打开看了一眼。他惊喜地差点想吹口哨，信封里的数额不但足够偿还“黑女人”的债务，还能剩下不少。他趁着自己还没后悔，赶紧将信封塞进口袋。

“这是您的第一笔报酬，”伊蕾妮继续说，“等事成之后，您还会收到另一笔同样金额的酬劳。”

“夫人，您很慷慨，太慷慨了。我会竭尽全力，”他虚情假意地应承着，“可是我不能保证一定说服阿玛特。”

伊蕾妮用探寻的目光注视着他，弗雷萨清了清嗓子。

“我会努力去做，”他解释道，“但我不想骗您。不管我在您面前多么信誓旦旦，他已经铁了心要去揭开他父亲死亡的真相。”

“我明白。”伊蕾妮低声说。

弗雷萨惊讶地意识到，自己竟然为没法帮她什么忙而万分内疚，正想说几句安慰的话，她却不服输地昂起头来。

“为了激励您，我可以再追加一笔报酬。”

记者示意她继续说下去。除了钱，她还有什么可以给自己的呢？

“您想必知道，我丈夫是参加万国博览会的企业家之一，”看到弗雷萨点头了，她才继续说下去，“那您也该知道，他承建的电站负责整个展区以及古堡公园附近街道的电力供应。”

“是的，我听说过。”

“好的。柏特梅正在诈骗投资者的钱财。”

弗雷萨惊得从座位上一跃而起。

“这可是非常严重的指控，夫人。您确信……”

“我有文件能够证明，他把电站的投资转给了手下好几家公司。这些钱被用在其他高风险生意上，后来赔了个精光。如果您不负所托，这些文件就是您的了。”

弗雷萨努力掩饰着自己的兴奋，这可是个爆炸新闻，一定会让万众轰动。他更是无比欣赏阿戴勒夫人的勇气，这桩丑闻一旦曝光，不但会让她丈夫事业尽毁，声名狼藉，她自己也将陷入万劫不复的境地。阿玛特的安全难道对她这么重要？

“您知道揭发自己的……丈夫会是什么后果吗？”

“我知道。如果达涅尔·阿玛特放弃调查那些凶杀案并返回英格兰，您将拿到这些证据，还有另一半钱。”

伊蕾妮用扇柄敲敲车窗，车门打开了。等在街上的侍女闪到一边，弗雷萨下了马车。一回头，正好和伊蕾妮目光相碰。她的眼神如同深海，让人溺死其间也心甘情愿。

“求求您，帮我一次。”

弗雷萨点点头，摸摸帽檐。车夫扬鞭启程，他赶紧让到一边，目送着马车消失在小巷深处。闻着信封里的茉莉花香，他简直对阿玛特嫉妒得发狂。

32

帕乌把维萨里和盖伦的书一起装进书包，走出奥姆斯的实验室。他拿着油灯走下顶楼，来到书架隔成的走廊上，惊讶地发现图书馆已经熄了灯，只有泛着蓝色的月光透进窗子。他看看表，刚才太专注了，完全忘了时间。

“费兰先生？”

他想，老管理员在关灯关门前一定来提醒过自己。可他为什么不回答呢？帕乌很确定之前听见渐渐走近的脚步声。

他仔细观察着走廊上的黑暗。平时一向喜欢的安静气氛此时却让人心惊肉跳。他真希望费兰先生能出现在某条走廊上，哪怕他为自己的耽搁发怒也没关系。

他突然意识到，也许他听到的脚步声是另一个人发出的。费诺约萨的言语和他离开时恶狠狠的目光浮现在他的脑海里。他只要一直等在那里，等到他一个人出来，就可以狠狠报复他。虽然这个地方在图书馆里很难找，但手中的油灯却能暴露他的行踪。

帕乌回到顶楼，把油灯放到桌子上，把书架挪回原处，又用盖布盖住了家具和装书的纸盒。他把奥姆斯实验室的入口掩饰得天衣无缝。绝不能让费诺约萨发现这里，特别是在他借了同一本书之后。他系好书包带离开阁楼，沿着最近的走廊向外走去。

现在，黑暗成了他的优势。他对这里可比费诺约萨熟悉多了。如果后者觉得能在这里逮住他，那就大错特错了。

帕乌穿过下一个过道，躲在摆满药理学书籍的书架后面，悄悄挪开几本书。透过闪开的空隙，借助油灯的光亮，可以清楚地看到外面的情形。

几分钟过去了，图书馆依然风平浪静。窗外的云朵遮住了月亮，黑暗更浓重了。阁楼上的灯光明灭闪烁，煤油快耗尽了。

帕乌这才觉察到自己冻得浑身发抖，他开始怀疑自己是不是在犯傻。费兰先生曾经说过，木质的书架会因温度变化而吱呀作响，就好像它们是有生命的一样。方才听到的脚步声很可能只是幻觉而已。

他决定从藏身处出来，正要起身，突然发现一个人影出现在灯光下，随后又消失在那间阁楼里。此人出现得如此突然，帕乌呆呆地站了几秒钟才意识到自己应该赶紧离开。费诺约萨很快就会识破一切的。

他穿过第二道走廊，如预想的那样来到平台上。从这里几乎看不见楼下图书馆那迷宫般的形状。他摸着铁栏杆一直来到旋转楼梯在一二层中间的夹层，不顾黑暗，两步两步地下了楼梯，从书架后面穿了过去。他穿过好几间房间，终于来到中央走廊，这才长出一口气。旁边就是费兰先生的办公室了。

帕乌没有敲门就进了屋，奇怪的是，屋里并没有开灯，只有壁炉的火光照明。黑暗里隐隐可见有个坐着的人影。费兰先生蜷在他的扶手椅上，腿上放着一本翻开的书。帕乌喊他的名字，可他没有回答。他以为老人睡着了，想上前把他叫醒。

当他走上前去的时候，吓得差点大叫起来。

老管理员睁大眼睛望着他，上衣上有一块浓稠的斑点，正慢慢扩大到整个胸膛。手指按在被血迹浸染的书页上。一道难以辨认的红线顺着脖子一侧流淌到另一侧。他几乎被割断了头颅。

外面一阵响动，帕乌从惊愕中反应过来。他最后望了一眼费兰先生，跑出了房间。

他跑回图书馆，看着黑暗的过道和安静的书架，突然意识到自己手无寸铁。毫无疑问，杀害费兰先生的凶手就是那个阁楼上的神秘访客，而他很可能也躲在这里。

帕乌努力抑制着恐惧，抱着书包跑进了相对安全的阴影里。

他在走廊上边跑边问自己，到底是谁犯下了那么恐怖的罪行？绝不会是费诺约萨。他确实干了不少坏事，但绝不至于残酷地杀害费兰先生。那么还会是谁？更重要的是，他为什么要这么做？

他经过一间存放生物学书籍的房间，顺着旁边的走廊溜了过去。在图书馆的这个区域，各条过道错综复杂，很容易让人迷路。他在黑暗中行进了几米，停住脚步，后背靠着书架，整个人瘫倒在地。书包里的手稿真是太沉了。

看来他安全了。不管凶手是谁，都没有跟踪他。可麻烦的是，他现在离大门太远，图书馆的中心走廊又太危险，决不能回去。现在想从大厅出去只能绕路，而且这条路还是最长的。帕乌稍稍休息了一会儿就出发了。

正在这时，他发现旁边的过道上有人。起初还以为是恐惧引起的幻觉，可后来他真切地听到了沙沙的脚步声。一个阴影在书架间移动。帕乌尽量不发出任何声响，抱住双腿，紧抿着嘴唇，心脏剧烈地跳动着。他真怕自己会暴露行踪。

几秒钟后，那个人影无声无息地消失了。帕乌喘了口气，这才觉察到自己的双肩已经没了力气。

突然，几本书摔到地上。书架后面突然伸出一直戴了手套的手，想要拉住她的胳膊。帕乌大叫一声跌倒在地。那只手缩了回去，透过书架上的空隙，帕乌隐约看到书架对面站着一个蒙面人，他的身影融在黑暗里，就站在那里一动不动，平静地呼吸着，月光照亮了他手中的解剖刀。

“您……您是谁？”

那人没有回答。

帕乌站起来，背起书包，头也不回地撒腿就跑。他立刻发现蒙面人正沿着书架另一边的过道跑，就像个耐心的强盗一样追着自己不放。

他突然警觉地想到，再跑几米，隔断两人的书架就要消失了。两条走廊通向同一间大厅，那是图书馆的另一个分区。他必须赶在蒙面人之前跑到那里，否则只有束手就擒的分。想到这里，他拼尽全力加快了脚步。

等他气喘吁吁地跑到大厅，蒙面人也沿着另一条走廊抵达了这里。帕乌佯装拐向右边走廊，随后突然停住，出其不意地向对方猛冲过去。

两人一起撞在一根铁柱子上。蒙面人的后背挨了猛烈一击，发出一声号叫。两人打着滚摔倒在地，帕乌没等到对方起身，爬起来就跑。他觉得裤腿被扯了一下，跌跌撞撞差点失去平衡。胳膊上突然一阵刺痛，差点跌倒，可最终还是保持住平衡，向前面的走廊冲过去。

他在黑暗中狂奔，耳畔传来了杀人凶手失败的叫喊声，只觉得浑身颤抖。

此时帕乌的大脑一片空白，早就忘了自己要朝哪儿跑。穿过了太多条过道，转了太多个弯，他已经完全迷失了方向。在每一道书架后面，他都觉得自己看到了那个蒙面人。恐惧给了他无穷力气，可最后还是精疲力竭地停下脚步。四周一片静寂，耳畔只传来一阵汩汩的血流声。他害怕极了。

他检查了自己的伤口，幸好只是皮外伤，不影响行动。他在伤口上绑上一块手帕止血，思考着下一步该怎么办，然后深深地吸了几口气。现在不能停下，唯一可以活下来的机会就是尽快找到出口。

他又穿过几条走廊，来到一处空旷的地方。四周环绕着柱子和带玻璃门的柜子，头顶正是图书馆穹顶的圆拱交汇之处。他隐约看清了那五十套被屏风隔断的桌子和椅子的轮廓，这才明白自己已经跑到了图书馆的中心大厅。

左边响起一阵动静，他迅速爬到一张结实的桌子下面，用书包顶住胸膛，屏住呼吸，尽量不出一点声音，心中一遍遍地乞求上帝保佑。窗外的云朵再次遮住了月亮，整个房间陷入一片黑暗。

几秒钟后，蒙面人也进了大厅，他的脚步很轻，好像不是踩在大理石地面，而是踩在亚麻地毯上。他停了一会儿，好像在闻空气中的味道，然后开始在空写字台间慢慢行走，最后停在离帕乌藏身之处只有几厘米的地方，帕乌听着头顶上手套在打蜡的木桌板上滑动的声音，打了个哆嗦。

就在这时，蒙面人离开了房间。

帕乌停了一会儿才从桌底下爬出来，吓得浑身颤抖，几乎站不住。但他必须继续前进。

他离开自习大厅，小心翼翼地沿着寂静的走廊向前走。每次路过两个走廊的交叉口，都要停下来听听动静。慢慢地，他感觉好些了。大门已经很近，他快成功了。

正在这时，他发现走廊上出现了不寻常的亮光。

转过墙角，一股热浪扑面而来。人体生理学藏书区已成一片火海。火苗点燃了窗帘，舔舐着木质桌子和书架，吞噬了满架的书籍。火焰正朝整个图书馆蔓延开去。

帕乌震怒了。蒙面人想放火把自己引出来。过不多久，熊熊的火势就将不可收拾。他热爱这个地方，如果不马上采取行动，一切都将化为灰烬。现在必须离开这里去搬救兵，而要做到这一点，就必须先从火海里冲过去。他用手帕捂住鼻子和嘴巴，一头扎进了火堆。

他终于艰难地跑到了大厅，因为烟熏火烤而眼泪直流，看不清前路。他摸索着穿过厅堂，正好撞到大门上。他用颤抖的双手上下抚摸，当双手碰到门把的那一刻，仿佛心中一块大石头落了地。他转着门把手，可怎么也转不开。任凭他多么绝望地想把门打开，大门还是死死锁着，纹丝不动。

正在此时，他感觉到了那个人的存在。蒙面人出现在烈火中，横在帕乌和其他房间之间，断绝了他一切逃跑的路径。他平静地看了看四周，重新在帕乌面前站定，一言不发，只是朝他伸出手去。

他的手悬在半空，身后的火苗劈啪作响。帕乌立刻明白了他究竟想要什么，同时也立刻意识到，就算自己把书给他，今晚也不会活着出去了。

“不……”

还没等他反应过来，蒙面人已经迅速冲到眼前，一拳正中帕乌面门，打得他踉踉跄跄地向后退去。紧接着又是第二拳，他摔在写字台上瘫倒下去，两肋间一阵剧痛，几乎拿不住书包。

蒙面人伸手掐住他的脖子，把他顶在桌子边上让他没法动弹。手套上满是鲜血的味道。帕乌拼命挣扎却没了力气。对方手中的手术刀在空中挥出一道圆弧，直指他的胸膛。帕乌来不及多想，赶紧用书包挡在前面。刀锋在书包外皮划出一道口子，维萨里的手稿从包里滑落在地，页面沙沙作响。蒙面人满意地哼了一声，放开帕乌，想把书捡起来

帕乌打算借机逃脱，但刚迈了两步，眼前就一片模糊，双膝跪倒在地，快要失去知觉。

蒙面人把手稿放进斗篷收好，再次转向帕乌。他双肩颤抖，隔着蒙布发出鸟叫一样的声音，然后上前一步，打算做个了结。

突然传来了大门合页的震动声，紧接着又是两声叫门声和木板吱吱呀呀的声音，这一切都说明，门锁很快就要被打开了。与此同时，图书馆的另一侧传来了几声尖叫和一阵铃声。

蒙面人看看大门，又看看帕乌。他犹豫了几秒钟，好像在微笑，随即优雅地鞠了个躬，转身消失了。

与此同时，大门轰的一声开了，达涅尔和弗雷萨冲了进来，门卫和几个学生跟在他们身后。

“吉尔伯特！”达涅尔大叫着他的名字，当看到熊熊的火焰，当即变了脸色：“我的上帝！”

“我们得赶紧离开！”弗雷萨提议。两人把帕乌扶了起来。

门卫指挥学生们用桶运水，并拉响了警报。

“奥姆斯。”帕乌低声嘟囔着。他的嗓子好像在燃烧。

“您说什么？”

“奥姆斯！他就在这里，在图书馆。是他放的火，他刚刚逃走，还带走了手稿！”

33

达涅尔和弗雷萨飞奔到街上，只见一辆双人马车正向兰布拉大街疾驶而去。他们追了一阵，但毫无用处。

“见鬼了……他是奥姆斯？您确定？”

天上响起一声惊雷，盖住了达涅尔的回答，大雨倾盆而下。救火车的铃声从远处传来。大街上，叫喊声和踩在方石路上的马蹄声响成一片。他们决定返回医学院去。

一辆带篷马车冲出雨帘，随着一声嘶鸣，停在两人面前。帕乌坐在车夫的位子上，一手拿着马鞭，一首拽着缰绳，脸颊因为兴奋而涨得通红。

“快上来！”

“您这是要干什么？”达涅尔拒绝上车。

“马上上来！”

巷子深处追出一群拿着鞭子、全副武装的家伙。看那架势绝没什么好事。

“您偷了马车？”

“我借的。”

“您疯了吗？”弗雷萨惊问道。

“您要是愿意，可以留在这里和他们解释。”

记者望着向这边冲过来的那群恶人，咬牙切齿地上了后座。达涅尔坐到帕乌身边，努力掩饰着嘴角的笑意。

“二位抓紧。我可不想再停下来接人。”

他扬起鞭子，在空中挥了一圈猛抽下去，马车猛地开动了。骏马四蹄如飞，将那群追兵甩在身后。脆弱的车厢左摇右晃，好像要飞起来一样。

在这条街的尽头，他们看到奥姆斯的马车在贝伦教堂的大门前拐了个弯，朝港口方向驶进了兰布拉大街的卡布奇诺段[1]。帕乌的马车在几秒钟后也赶到了那个交叉路口。

新装的电灯把兰布拉大街照得灯火通明，但此时街上却空空荡荡的，只有零星的行人跑向咖啡馆的室外帐篷避雨。两辆马车并驾疾驰，激起几句抗议和一声女人的尖叫。狂风暴雨凶狠地打在马车上，沿途的树木和街灯飞速闪过，只留下模糊的轮廓。弗雷萨咽了咽口水。照这个

1　兰布拉大街的中段，因街上的卡布奇诺修道院而得名。

速度，如果两车相撞，那就是你死我活。

“您二位是怎么找到我的？”帕乌想问个明白，却没有放开缰绳。

“我们见您没来，觉得您可能还待在图书馆，就去找您，结果刚到就看到浓烟滚滚……”

“快看！”弗雷萨打断了他们。

首席剧院附近的大路上横着一辆骡车，一群短工正在努力拉车。骡车少了一个车轮，二十袋沙子从车上掉下来，撒得满地都是。在这种情况下，奥姆斯必须停车。三人兴奋极了，终于可以抓住他了。

短工们看到马车，挥舞着胳膊让他们停下。

可是奥姆斯的马车非但没停，反倒加快速度，像闪电一般冲向人群。短工们一见这庞然大物正向自己冲来，慌忙放开骡车四散奔逃。因为没人驾车，骡车向后一倾，把所有的货物都翻倒在大路上。

帕乌开始刹车。他们在车厢里目瞪口呆地看着奥姆斯自杀式的冲刺，一场灾难在所难免了。

马车眼看就要和骡车撞上了，却在转瞬间改变方向，朝骡车与大剧院正门间那块狭小的空隙穿了过去。

车门和车灯撞在墙上，发出嗞嗞的金属声。车轮擦着墙壁，迸射出阵阵火花。有那么一阵子，马车好像要卡在中间了，但因为速度飞快，还是挣脱了出事的骡车，剧烈摇晃着驶向街道的另一侧，沿着一路下坡绝尘而去。

“我们跟丢了。”弗雷萨长出一口气，几乎为此感到欣慰。

作为回答，帕乌再次打马扬鞭，加速前进。

“您不会想……”

记者的问话变成了一声尖叫，只见帕乌用力扯紧缰绳，沿着奥姆斯的轨迹拐了过去。车轮避开小山一样的袋子，隔着几厘米与街上卖香蕉的小贩擦身而过，却没躲过人行道上的条石。随着一声撞击，车厢里的两人飞身弹起，又从另一边落下去。弹簧发出吱吱呀呀的巨响，车轴像蜥蜴尾巴一样猛烈地摇晃，但最终还是坚持住了。马车载着车厢里吓懵的乘客，沿着兰布拉大街中央一路狂奔。

"您真是疯了，完完全全疯了。"记者死死抓住快散架的马车后座，一个劲地抱怨。树枝划破了车篷，一道道布条在空中飘飘荡荡。

达涅尔死死抓住扶手，不敢相信地看着眼前这个年轻学生。

"您是在哪个鬼地方学会这么驾驶马车的？"

"谁跟您说我学过？"

后座上的记者发出一声哀叹，帕乌理也不理，再次挥动缰绳，打马向前。他们和奥姆斯在街上平行行驶，虽然还差着一段距离，却再次慢慢地追了上去。

进入兰布拉大街的圣莫妮卡段[1]，两车间只剩半个人的距离，它们并驾齐驱，只有街上的树木相隔。帕乌驾着骏马全速飞奔，马蹄下溅起街上的泥土。尽管这样，他还是一个劲儿地踩着马刺，达涅尔在一边大喊着加油助威。

前方突然出现了一处公共厕所。帕乌收紧缰绳，马车差点翻倒。奥姆斯趁机又与他们拉开了几米。

"他跑了！"弗雷萨大叫起来。

"知道，知道。"

"快截住他！"

1　这是兰布拉大街的最后一段。

“那您说我正在干什么？”

达涅尔正准备劝架，突然目瞪口呆，其他两人也惊得说不出话来。

树木和楼房都消失了，兰布拉大街被甩在身后，他们已经到了哥伦布大道的岔路口，一个高耸入云的黑影矗立在眼前。达涅尔认出来，那是为了修建纪念碑而建造的硕大无比的脚手架。现在，他们的马车正朝着这个庞然大物一路狂奔。

正在此时，奥姆斯的马车驶出街口，飞快地撞了上来。随着一声木头和钢铁撕裂般的巨响，两车如同合为一体，瞬间滑出最后几米街道。这不是一场势均力敌的战斗，奥姆斯的马车重得多，帕乌的马车根本无法改变方向，被它推着向脚手架直冲过去。

正当两辆马车就要无可救药地撞上那个庞然大物的时候，奥姆斯的车厢脱了钩，在离第一条拉索只有几厘米的地方闪过，消失在阿塔拉萨那军营的阴影里。

帕乌的马车失去了控制，继续向脚手架撞去。达涅尔和弗雷萨拼命拉动刹车杠杆，闸皮在轮子上打转，终于把速度降了下来，但随着咔嚓一声巨响，车轮上的楔子一松，弹了出去。

眼看就要撞上第一根钢柱了，骏马突然紧急转身，调转了方向。达涅尔刚松一口气，车轴却再也承受不住巨大的压力，分崩离析。三人眼睁睁地看着马车向那个恐怖的钢铁巨人撞过去。

马车撞在脚手架上，猛烈地摇晃着，右轮离开地面足有一米之高，整个车厢歪向一边，又随着巨大的惯性继续向前。弗雷萨被生生甩出车外，达涅尔正想伸手拽住他，头上猛挨了一击，倒在车里失去了知觉。帕乌死死抓住车夫座椅，徒劳地想控制方向。

一路上，系在车梁上绳索向上弹起，轮子碎成一块一块飞上头顶。

随着脚手架发出一声金属的呻吟，马车瞬间碎成一团皮子、木头和金属组成的混合物。发疯的骏马拖着这堆破烂一路狂奔，最后终于挣脱缰绳向着下坡的街道逃走了。车厢没了骏马的支撑，翻倒在地，掀着一路泥水，一直滑到码头尽头，最后像块石头似地腾空跃起，在空中停留了刹那，就扑通一声坠入了港口深暗的海水中。

冰冷的海水让达涅尔恢复了意识。马车残骸在他身旁沉了下去，黑暗中，他看到弗雷萨正站在码头上面，探出头向自己挥手。在他左边，帕乌一动不动地趴在水面上。达涅尔奋力游过去，把他翻了过来。年轻人的前额上刻着一道丑陋的伤痕，达涅尔用胳膊架住帕乌，把他拖上了通往码头的石阶。

“帮帮我，弗雷萨！”

两人把帕乌从水中抬上岸，放到路灯下。年轻人脸色苍白，不戴眼镜的时候显得更年轻了。他既没有知觉，也没有呼吸。达涅尔决定先把湿衣服脱掉。他一口气解开他衣服上的好几颗纽扣，突然张大嘴巴不能动弹。旁边的弗雷萨惊讶得向后退了两步，骂出一句脏话。

吉尔伯特的胸前缠着布条，布条下面露出了一对女性的乳房。

两人呆若木鸡，最后还是达涅尔坚决地站起来。帕乌的生命正在消逝，眼下救人要紧。只要人活着，什么事情都来得及解释。

“快点！”他吩咐记者，“坐到她腿上！”

他把身上的燕尾服脱下来，垫在吉尔伯特的肩膀下面，好让她的头后仰。然后跪下来抓住她的手腕，交叉放在肋骨下面。接着身体前倾，借身体的重量按压吉尔伯特的胸腔，再将她的胳膊放下去。

街上响起了更夫的哨子声，附近房屋里点起了灯。第一批围观的人群马上就要涌过来了。

达涅尔一遍遍重复着整个过程，可帕乌还是一动不动。

“见鬼！快醒过来，醒过来呀！”

吉尔伯特好像听见了他的呼唤，突然身体一弓，吐出气来。达涅尔和弗雷萨赶紧扶住她，帕乌一边咳嗽一边大口吐着咸水。两人长出一口气，小心地拉她起来，达涅尔把燕尾服披到她身上，完全忘了这件衣服和其他衣服一样，全都湿透了。

“您好点了吗？”

帕乌哆哆嗦嗦地点点头。

“太好了，那就快说，你他妈到底是谁？”

34

帕乌裹着一条羊毛毯子，不住地打哆嗦。她低着头，湿漉漉的头发垂下来遮住了脸庞，手上捧着一杯新煮好的热咖啡。

达涅尔庄重地看着壁炉的反光，弗雷萨握着怀表，一瘸一拐地在屋子里走来走去，不停地自言自语。

“拜托，您坐下来歇会儿行吗？”

记者哼了一声，拉过椅子坐下，和帕乌保持了相当距离，就好像害怕传染上什么病似的。

经历了兰布拉大街的惊魂时刻，三人回到了达涅尔在医学院的房间里。他们没如预想的那样遭到任何更夫或宪警的逮捕。更不可思议的是，三人在事故中都只受了点轻微挫伤，全无大碍，弗雷萨的腿瘸是脱臼所致，过几天就完全康复了。

达涅尔看着眼前这个学生，确切地说是女学生，觉得自己真是愚蠢透顶。他早就看出帕乌不同寻常：身体瘦小，举止温柔，眼镜后的目光总是躲躲闪闪。虽然也曾怀疑过她藏着什么秘密，但从来没想到真相会是这个样子。

“您欠我们一个解释。”

帕乌抬起头，长长出了一口气。“这件事……很复杂。”

“您相信吗？”

“弗雷萨，别给她压力。”

“说来话长。”

“我们有的是时间。请从头说。”

帕乌犹豫了一会儿，终于开口了：“我出生在一个富裕家庭。母亲生我时难产而死，我也没有兄弟姐妹。母亲死后，父亲无意续弦，我是他的独生女儿。我父亲是位优秀的医生，收入足够维持优越的生活。我十四岁时，格拉斯哥大学邀请父亲前去任教。起初他因为我而拒绝了，但我极力请求他接受下来。我虽然年轻，也知道那个职位对父亲而言意味着巨大的机会。”

“格拉斯哥大学是世界名校，”达涅尔说，“您父亲一定是位伟大的医生。”

“是的，他确实是，”帕乌自豪地回答，“我们最终搬到了苏格兰，在一个叫贝茨的村子里定居下来，那里离格拉斯哥有一个小时的路程。父亲早晨上课，下午在自家设立的诊所给人看病，在大多数情况下，看病是免费的。”

“可这和你那个……那个……和整个事情有什么关系？”弗雷萨

嚷道。

“让她用自己的话说下去，”达涅尔说，“请坐下，别打岔。”

帕乌带着感激的神情望望达涅尔，继续说下去。

“一天晚上，我正要睡觉，父亲来到我的屋子。我从来没见过他这么严肃的表情。诊所出了紧急情况，可他的助手病了。我也曾给父亲做过助手，虽然处理的都是些小灾小病。于是我穿上衣服，跟他一起来到了楼下的诊所。”

女孩把身体往炉火那边靠了靠。

“那天，洛赫温诺赫村出了事故，事发地离这里有半小时路程。几个锅炉碎了，造成不少人死亡和重伤。你们可以想象，那晚我看到的情形和以前经历的大不相同。

“候诊室里挤满了人，那股味道简直无法形容。治疗室里，一个和我差不多大的男孩正躺在手术台上，一看我们进来，他转过头，满眼都是恐惧。我看到盖在他身上的床单洇上了一大片血迹。父亲说了很多鼓励的话，让他安静下来，然后掀开了床单。男孩身上的衣服都成了半焦的破布黏在身上，躯干上被烫掉了很大一块，身上的肉好像被煮熟了似的，一条腿弯成了奇怪的三角形。我想他一定很疼。我记得父亲当时看了我一眼，想确认我究竟能不能承受。我按照他以前的教导，立刻用盆里的热水洗了手，开始迅速准备手术器械。

“那个男孩只是伤员之一，我们一直工作到黎明，全然忘了时间。尽管我父亲做了最大努力，男孩还是在几天后去世了。但多亏父亲，很多病人活了下来。这就是一切的开始。那个晚上让我明确了自己的志向：做一个医生是我人生最大的愿望。

“是您父亲教您的?”

“是的，我坚持了许久，父亲终于答应让我做他的助手，陪他看病。我想他是希望我在见识过医生的辛劳后死心放弃。但事与愿违，我用行动向他证明，我对医学不是三分钟热度。慢慢地，父亲妥协了。”

“但您身为女性，是不能做医生助手的。”

“我们耍了个花招。我一贯身材瘦小，所以很容易掩饰住我的……女性特征。我剪掉头发，穿上裤子和上衣。我的嗓音不高不低，女扮男装的时候，我就压低音调，并用男人的词汇说话。我们放出风去说，我回巴塞罗那结婚了，我的双胞胎弟弟前来陪伴父亲。家里的用人保守着这个秘密。”

帕乌望着咖啡杯底。

“就这样过了三年，那是我最幸福的时光，”她的目光充满怀念，“我学得越多，求知欲就越强，父亲对我的要求也就越严格。我发现自己具备学医的潜质，特别是对医学的热情，让我如饥似渴地读书并抓紧一切时间和父亲一起工作。在别的女孩子学习刺绣和弹钢琴的时候，我却在为病人们涂抹药膏，治疗伤口。父亲年事已高，又要去格拉斯哥上课，又要接诊病人，身体渐渐吃不消了。于是我慢慢顶替了他的位置，开始独自看诊。那个地方的人都认识我，很多人叫我医生。父亲非常为我自豪。”

说到这里，帕乌的嘴唇颤抖了，她不得不停了一会儿才继续说下去。

“一天凌晨，从我家附近的索尔特克茨村来了个人，说邻居农场里有个女人需要接生。当时暴风雨已经肆虐两天，外面大雨倾盆，路也断了。可父亲还是答应出诊，就好像外面是夏日艳阳一样。他准备好箱子，上了来人的马车。我几天前生病了，还在发烧，父亲觉得不必两人都去淋雨，就没让我陪他。他吻吻我就出发了。那天他看诊完毕，马车在回家的路上失去控制，冲出路面。车厢翻了，车轮压在了我父亲的胸膛上。”

她停下来喝了一口咖啡，没意识到它已经凉了。

“父亲一去世，我在格拉斯哥也没了保障，就去了伦敦，进了南丁格尔女士创办的学校，这所学校是为圣托马斯医院培训护士的。但我一去就发现，那并不是自己想要的，”她的表情变得坚决起来，“我要当外科医生，过去几年中，我一直在做青年医生梦寐以求的事。当父亲教我的时候，他只把我看做一名有前途的医生，可这个社会却丝毫不顾我的个人价值，不由分说地将我挡在门外，只因为我是个女的。”

达涅尔不得不承认，从这个角度讲，社会对帕乌确实不公平。

“几个星期来，我一直在思索该怎么办。父亲为我留了一点年金，所以经济还算宽裕，我下定决心，只要自己想做医生，任何事情都不能阻挡。如果需要女扮男装才能达到目的，那就扮好了，这些年我不是一直伪装得很成功吗？于是我决定换个新身份返回巴塞罗那，那里没人能认出我，这样就可以拿到外科医生的头衔。我花了一大笔钱，搞到了爱丁堡大学的假学历，它可以证明我具备了相当知识。然后乘坐第一班火车到普特茅斯，在从那里上船来到西班牙，我向学校出示了证书，直接进了医学院的毕业班。”

帕乌讲完故事，沉默了片刻。

“您的真名是什么？”达涅尔问。

“帕乌·吉尔伯特就是我的真名，不需要改。”

“这些和您前几天遭受的袭击有关联吗？”

“是的，”她坦白说，“那个人曾经在我们家做过一阵用人，他在大街上认出了我。他威胁说，如果我不给他一笔封口费，就去揭穿我的身份。”

“真是个无赖！那您想怎么办？我们能帮忙……”

“这是我自己的事。”

看到帕乌坚决的态度，达涅尔更对她欣赏有加。看到她不说话，他换了个话题。

“那么，您真的为我父亲做过助手？”

“您父亲对我非常好。我不小心泄露了身份，但让人惊奇的是，他不但没有在医学院会议上告发我，反倒对我说，我在医学上的天才已经超越了身为女性的局限，我如果答应做他的助手而不问缘由，他就同意替我保守秘密。阿玛特先生，我想您父亲和我一样，同样觉得自己没有被公平对待吧。”

达涅尔很惊讶，竟然听人这样说起父亲。要是换到从前，一旦发现这女孩的真相，他一定会把它当作一桩丑闻报告学院。但事实上，父亲不但表现出理解的态度，甚至鼓励帕乌的这种欺骗行为。这与他心目中的形象判若两人，真遗憾自己没能更深地了解他，也许，他们父子是可以和解的。

“好吧，现在咱们怎么办？”弗雷萨问。

达涅尔回头看了看记者。

“那您觉得我们该怎么办？”

“现在的情形很不寻常。”

“从我这方面来说，我并不在乎帕乌是男是女。您呢？”

“好吧……”

“我们今天经历了太多的事情，”达涅尔打断了他，“现在需要休息。

考虑到今晚的事故，我想明天大家最好不要见面。星期三下午我们再见，先从那本书上找到突破口。”

“我们三个人？”

“当然，只要吉尔伯特答应继续帮忙。”

“但是阿玛特，我们不能……我们不该……她是个女的！”

“她为了拿到手稿，差点连命都不要了。她的医学知识更是毋庸置疑。既然我父亲都觉得她能胜任，我们为什么不能？”

弗雷萨还想继续反驳，但最终没把话说出口。

“那么，你们不会告发我？”帕乌问。

“我向您保证，我和弗雷萨先生一定会替您保守秘密。是吧？”

记者在椅子上不舒服地扭了扭，点头同意了。达涅尔终于满意了，他看看女孩。

“我们需要您的知识和勇气。怎么样？想继续帮助我们吗？”

“我和你们想的一样。不抓到凶手决不罢休。”

“太好了！”达涅尔叫道，“我们需要组织起来。但在此之前还要解决另一个问题。帕乌，您不能再回医学院了。”

“您说什么？”

“奥姆斯知道您是谁，也知道您住哪儿。他可能会再次行凶。”

“我没有别的地方可去，”她抗议着，“也不想抛弃学业。马上就期末考试了。”

“您现在有生命危险，这都是暂时的。”

“可我又能去哪儿呢？”

弗雷萨抬抬手，第一次微笑了。

“我倒是想起个地方。”

黑魔鬼

距万国博览会开幕还有 11 天

35

多萝丝挽着弗雷萨的胳膊，兴高采烈地走着。记者约她去里瑟尔剧院对面的玛约齐纳餐厅吃巧克力油条。两人生活一向拮据，这可是件了不起的大事。当记者建议沿着加泰罗尼亚广场散步，顺便看太阳冉冉升起的时候，多萝丝简直有种做女王的感觉。

她不在乎行人投来的目光，也不去想为什么弗雷萨比平时沉静许多。她穿上自己最好的衣服，那是多年前一个主顾送的。虽然天气寒冷，但她诱人的低领胸衣还是引来了不止一位绅士的目光和不止一位女士的嫉妒。她真喜欢像那些优雅的太太一样散步。当依偎在记者身上的时候，有那么一刻，她甚至觉得命运对她其实没那么残忍。想到这里，她微笑了。

而此时弗雷萨满脑子全是那些扑朔迷离的凶杀案。就在不到二十四个小时前，他正在同一条大街上对奥姆斯医生穷追不舍。腿上的疼痛和胳膊上的伤痕都在提醒他，这事才刚刚过去。

还有年轻的吉尔伯特，更确切地说，是年轻的吉尔伯特姑娘。一个女人。谁见过这样的事？他俩从一开始就互相看不顺眼，现在他总算明白了其中缘由。但既然达涅尔坚持为她的身份保密，那眼下他也只能信守诺言。

另外，桑奇斯还在继续施压，催他发表点什么，甚至朝他大喊，管他什么新闻都行。约皮斯停止了一切活动。弗雷萨知道，几天前他在巴塞罗内塔区独立调查过。他必须承认那小子的确嗅觉灵敏，即便如此，他依然是个十足的笨蛋。

最后是伊蕾妮·阿戴勒。她给的那笔钱可真够意思。本城一位著名企业家涉嫌万国博览会欺诈，这桩丑闻一旦曝光将会是爆炸新闻。但要说服阿玛特放弃可不是件容易事。显而易见，伊蕾妮对调查凶案不感兴趣，她只想让阿玛特离开。如果抛开这位朋友单独调查，那他的文章一定能在头版占上四栏空间。并将成为巴塞罗那甚至整个西班牙最著名的记者。

他突然吓了一跳。多萝丝大胆地伸手过来，打断了他的思绪。

“别胡闹！”他生气地说，但一看到她向自己挤挤眼，立刻服软了。他被她的温柔打动。“我们还是回家吧。”

多萝丝像个生气的小女孩一样，噘着嘴闪到一旁。

“我可不想回去，伯纳特。再走一会儿嘛！”

她转过身，扭着屁股向兰布拉大街上段走去。弗雷萨忍住笑，一路跟着她风骚的步伐。多萝丝大步向前，引得其他行人纷纷注目。她向一对夫妇夸张地行了个屈膝礼。对方吓坏了，赶紧装作没看到，躲到马路一旁。弗雷萨把一切看在眼里，禁不住哈哈大笑，一边笑一边抓住多萝丝的胳膊，把她搂到怀里。

“你想把警察招来吗？”

“我是个有教养的女人，见了人当然要行礼。我跟那位少爷可熟了，在被窝里帮他暖了不止一回脚呢。”

弗雷萨皱起了眉头。他不想知道多萝丝其他主顾的情况。于是换了个话题，这才是他今天请她吃午饭的原因。

“多萝丝，我得求你帮个忙。”

“啊，当然，我知道了。”她一边嚷一边松开了手。

“你知道？”

“你平常可没这么好心。”她回答道。

弗雷萨没错过她语调里淡淡的失望。他惊讶地意识到，为了跟她提这事而终止约会，自己竟是那么遗憾。可除此之外别无选择。于是他深吸一口气，直奔主题。

“我需要你留宿一个人，两天，或者三天。”

“在我的住处？你以为你是谁？国际人士？”

“那人出了点麻烦，”他叹了口气，“有人在追杀她，需要找个地方躲躲。”

多萝丝在一家花店前停住，带着夸张的兴趣打量着一丛雏菊。

“一个女人？”

“不是你想的那样。”

“那我也可以不搭理她，是不是？”她看也没看他，回答道。

弗雷萨抬头看了看天，这才解释道：“她是个女孩，现在很危险。我正在调查的那些命案的凶手知道她在哪儿。她需要帮助，多萝丝。”

她想了一会儿。

“如果那个女孩儿对阻止那个魔咒很重要，我会帮她。有几个被‘黑魔鬼’杀害的姑娘是我的朋友。”

“那不是魔咒，我跟你说过好多次了，那条魔鬼一样的狗从来都不存在，只不过是女佣的传言而已。”

“随你怎么说。她可以住在玛努艾拉的房间，她去村里看父母了，几天后才能回来。我会提前把屋子收拾干净的。”

“亲爱的，太谢谢你了。”

“别献殷勤了，你可要付钱的。”

“好啊。不过如果你不介意，我先欠着。”

多萝丝的手在栀子花枝上蓦然停住。她转身望着记者。

“你这次又欠了多少？”

弗雷萨不想回答她，但看到她担忧的表情，还是决定不要花招，实话实说。如果她发现自己说谎并生气的话，那后果就更严重了。

“欠了一些。”

“多少？”

“差不多一百杜罗。”

“一百？”

几个行人向他们看过来，弗雷萨拽着她的胳膊，把她从花店拉走了。店主很不高兴，她原本一定会买几枝的。

“嘘……别喊。要不然整个巴塞罗那都知道了。”

“我没那么多钱，伯纳特。”

“我不是在向你借钱，亲爱的。我搞定了。”

“你欠了谁的钱？”

“‘黑女人’。”

“‘黑女人’？你就是为了这个才在我这里睡了那么久？你确实惹上麻烦了。你应该躲起来，或者最好离开巴塞罗那。”

“我不能现在走。安静点，我知道自己在做什么。”

多萝丝满眼怀疑地看着他，根本不相信他的话。他正要反驳，却被前方的人群吸引了视线。

他们来到加泰罗尼亚广场，几个卖报纸的小贩周围人头攒动。弗雷萨正要转身，多萝丝拉住了他。

“快看，伯纳特，那么多人。”

“别大惊小怪的，我们回兰布拉大街。”

“来嘛，你真让人扫兴。”

多萝丝没理会他的抱怨，向人群走去，弗雷萨没有办法，只好跟着她。她全然不顾旁人抗议，一边用胳膊和身体左冲右突，一边不停道歉微笑，一直走到圈子的最里面。弗雷萨一路挨了不少骂，他压低帽檐遮住脸，不想让别人认出来。

身边人的怒火越来越强烈，有些人甚至吓坏了。虽然没听清楚他们在谈论什么，但还是能通过只言片语推断出，他们在说政府为什么不作为。他突然想到，大家可能是在议论昨晚那场事故，不禁跳了起来。

这时候，他听到一个报童正在喊什么《巴塞罗那邮报》，他跛着脚一瘸一拐地向前，扶着空空如也的卖报小车，人们在哄抢报纸，桑奇斯一定很高兴。

那个报童声嘶力竭地喊着一篇文章的标题，弗雷萨听到后心里猛地一沉。他忘了一切礼貌，粗暴地拨开前面的人群，挤到报童身边。

“把那份报纸给我。”

“对不起，可这位先生已经把最后一份订了。”

一位绅士站在报童旁边，戴着礼帽，拿着手杖，大腹便便，勉勉强强才能系上外套扣子。他不掩饰厌恶地看着记者，手上掂着几个硬币。

弗雷萨一把从孩子手里夺下报纸，扔下五分硬币，不顾一旁那位绅士愤怒的抗议，大步流星地拉着吓呆了的多萝丝离开了。

两人找了一张空长椅坐下来。弗雷萨一页页翻着报纸，好像要把内页撕下来似的，终于翻到了他要看的那一页。他读着眼前这篇文章，感觉每一段都像捣向腹部的一记重锤。

巴塞罗内塔区发生恐怖事件

当局要等到什么时候才行动？近来我们心爱的巴塞罗那发生了多起恐怖命案，事情已经持续一些时日，却无一人出面阻止。最近几个月来，万国博览会工地附近发现了多具尸体，从尸体的外表看，受害人是被异常残忍地虐杀的。当局企图掩盖事实但未能得逞。流言正像火药一样传遍全城。

这些命案是第一次为我们的读者知晓，凶手（或凶手们）尚未找到。但存在一个线索——这线索不是来自凶手而是来自被害人，尽管薄弱，也许能为破案提供一丝希望。尸体呈现出被巨型动物咬过的伤痕，有人提出，这些命案与一只叫“黑魔鬼”的怪兽有关。

笔者利用在总督夫人宫观赏舞蹈和传统合唱节目之机，向市长阁下询问了他对这些不断发生的残忍命案的看法。里乌斯先生起初对我们的问题不置可否，但最后终于表态说，不应因为此事而引起公众恐慌。他认为，受害者中虽然包括多名女性，却也包括一名男性。因此不像是一心消灭淫荡女的道德家所为。同样，此事也不像是信奉普鲁东主义的刽子手为了引起公众对社会悲惨面的重视而动用极端手段所致。市长认为，凶手更像是个疯子，有嗜血狂躁症，像所有疯子那样心狠手辣。他保证，警察一定会抓到凶手，凶手一旦意识到自己无法逃脱辛勤工作的警察布下的天罗地网，必将会像杀害其他受害者那样，把凶器插进自己的胸膛。市长并未悬赏缉凶，因为某些人可能效法先例，事先杀人，再向当局报案领取赏金。市长坚信，警方一定会谨慎行事，将凶手抓获归案。笔者问起，这些命案是否与“黑魔鬼”的诅咒有关，市长先生否认了这种迷信的说法，并命令市民相信政府。

然而，巴塞罗内塔的警报已是刻不容缓。酒馆和店铺已经不像以前那样繁华。晚上更是和其他地区一样，已经没有女人单独出门。好几个目击者都说，他们看到了一只黑色大狗在游荡，这一切不得不使人们对市长的信誓旦旦提出质疑。

谁是这位神秘的凶手？为什么抓住他这么难？难道他真是巴塞罗内塔区附近居民宣称的“黑魔鬼”？难道我们遇到了某种魔鬼的力量？

文章的署名是菲利普·约皮斯。

弗雷萨闭上眼睛，把拳头握得生疼。他甚至都没有和多萝丝告别，就一个人朝兰帕拉大街走去。当他经过一个废纸篓的时候，把揉成一团的报纸扔了进去。

36

柏特梅·阿戴勒骂着脏话，一拳打在写字桌上，桌上的纸片四散飞扬。他们怎么敢？他再次读了一遍这条震动整个世界的新闻。

《巴塞罗那邮报》是第一个报道此事的，他们甚至提供了尸体的细节。紧接着，其他报纸陆续跟进，文章题目大同小异：万国博览会凶案；"黑魔鬼"行凶？惨烈凶案血洒博览会；政府在干什么？被诅咒的博览会……

整个城市沸沸扬扬，此事成了咖啡馆里唯一的话题。印刷厂没完没了地加班，还有报纸在出特别专版，有几家刊物甚至暗示他与此事有关联。市长传了几次口信，请他解释。他很快就得再次去市政厅走一趟了。

他又砸了一下桌子。到底见了什么鬼？那个约皮斯是谁？他怎么会知道得这么清楚？

尽管凶杀案的血腥细节像烧酒瓶一样在他们中间流传，电站的工人们还在照常工作。他们刚刚在几小时前听到老板在办公室大发雷霆。最后，一声玻璃破碎的响声让一切恢复了寂静，没有人敢于打破这寂静。

"卡萨维亚！"

电站负责人大汗淋漓地从一台蒸汽机里出来，穿过厂房，来到办公室门口。他的影子映在磨砂玻璃上，犹豫着要不要进去。里面的咆哮声再次传来。

“快点进来！”

一进门，卡萨维亚看着满地狼藉，无法掩饰惊奇的目光。看来这场席卷巴塞罗那整整一周的风暴，也吹到了电站。铸铁炉子旁边的整套的咖啡具都已化为碎片，堆积成山的纸片铺了一地。油灯对折成一个奇怪的角度，与散了架的鼻烟壶一起，躺在撒了一地的牛奶和咖啡之中。

阿戴勒坐在办公椅上，目不转睛地盯着眼前的十张报纸，涨红的脸色让卡萨维亚想起他负责的锅炉。他脖子上青筋暴起，粗重地喘着气。

卡萨维亚偷偷退后一步，踩上了几片玻璃。企业家听到他的声音，抬起了眼眸。

“你要去哪儿？快进来，关上那该死的门。”

负责人咽了下口水照办了。他站在角落里，等待着老板的吩咐。虽然阿戴勒在努力控制自己的情绪，他的话却如同生生从嘴里吐出来那样。

“我要回家，去准备马车。”

卡萨维亚睁开眼睛，惊见阿戴勒的上衣袖子渗出了鲜血。他正要询问是否要叫医生，企业家发现他正在看着自己，狠狠瞪了他一眼。

“你在看什么？”

“没什么，阿戴勒先生。”

“去找个人来把屋子收拾一下。等我回来，希望一切都恢复秩序。清楚了吗？”

“是的，先生。”

“那么，你还待在这里干什么？难道你是个傻子吗？”

“不，先生。对不起，先生。”

等负责人一走，阿戴勒拾起一张报纸，出了办公室，迈着有力的步子穿过贯通长长车间的中央走廊，一直走到了大街上。工人们躲着不敢看他。

外面门口，马车已经停在那里了。上车前，他摸了摸车门深深的划痕。那里虽然上了蜡，却没法完全掩饰。一件银色骏马的装饰物断了头，悬在那里。他坐上座位，对车夫说："拉蒙，请尽快把车门换掉。"

车夫的声音从顶棚上传来："当然，先生。"

"好，希望我不需要再重复一遍。回家。"

几分钟后，马车停在了家中内院。企业家下了车，不顾上前迎接的仆人，直接向图书室走去。

图书室里，有人一边来回踱步，一边透过玻璃望着街道，正在焦灼地等他。阿戴勒进门后，一言不发，直奔酒柜，倒了一大杯白兰地一饮而尽。随后又倒上一杯，这才在椅子上坐定，并示意来人在另一把椅子上坐下来，后者顺从了。

"阿戴勒先生，我接到您的口信就过来了。不过我需要提醒一句，我们在您家碰面不合适。任何一个仆人都能认出我，然后传出去。我们最好秘密见面。"桑切斯警长边说边从口袋里掏出一个小纸包，把肥胖的指头伸进去。

"您也别想在我家里吃这破东西。"

阿戴勒像祈祷一样叉双手交握，放到唇边，一副若有所思的模样，双眼喷射出熊熊怒火。

"您读过报纸了吗？"

"嗯……是的。"

"我看您没读吧。"

他把一份邮报向桑切斯扔过去，后者目瞪口呆地接住了。

“怎么？”阿戴勒严肃地问道，“难道我给的封口费还不够多？”

警长看看报纸，摇摇头。

“满纸空话。我确信这个记者什么都不知道，他连一具尸体都没看到，一切全是道听途说。我们把最后一具尸体迅速处理了，没人看见。”他说了谎。他知道有人去停尸房验了尸，却不知道是谁。可他是不会把这事告诉企业家的。

“您难道料不到这一切的后果吗？”

“我想到一个办法。昨晚，我被市长紧急叫去。他命令我尽快终结一切谋杀。现在我还能把这事拖一拖，但不知道还能拖多久。”

“他妈的，我们需要时间。那记者是怎么知道尸体情况的？”

“可能是我手下人泄露的，我现在不能完全回答，但一定会调查清楚，让这家伙付出代价，请您放心。也许这个邮报记者只是听了些流言蜚语。巴塞罗已经谈论‘黑魔鬼’几个星期了，不断有女孩子失踪，人们吓坏了。谣言是免不了的。”

企业家站起来，向桑切斯弯下身去。尽管只是向他伸出了头，警长还是不寒而栗。

“好吧，您必须做到。”

阿戴勒深吸一口气，回到椅子上。呷了一口白兰地，继续说下去。

“达涅尔·阿玛特还在巴塞罗那。更有甚者，《邮报》的另一位记者还和他并肩作战。近来有个医学院的学生也入了伙。这些人在多管闲事，我难道没说过请您阻止他们的调查吗？”

“我跟阿玛特讲得很清楚，他留在这里不会有任何用处。坚持留在这里只会给他自己找麻烦。”

“那就再干点什么！给他来点硬的。”

桑切斯耸耸肩。

“警长，”阿戴勒努力控制自己不要大喊大叫，“您难道还不明白，如果他们继续调查下去，我不是唯一有麻烦的人。凭我的影响，足够把您发配到万里之外的古巴圣地亚哥充军去。您听明白了吗？”

听了企业家的话，桑切斯不由打了个寒战。他开始思索，阿戴勒给的钱是否值得这桩交易。

“完全明白，我会负责此事。我已经有主意了。”

“别让我失望，桑切斯。想也别想。”

企业家拿起桌上的铃铛摇了摇，一个侍女走过来，把警长送出了门。

屋里只剩下阿戴勒一个人，他像疯人院中学的那样，深长地呼吸，努力让自己平静下来。人一暴躁，就什么蠢事都做得出来。他需要平复心绪好好想想。好好想想，对，必须好好想想。

头上的屋顶吱呀作响。

他突然从椅子上跳起来，穿过大厅冲向楼梯栏杆，然后三步并作两步上了楼，正好看到办公室的门虚掩着。

“这只母狐狸，”他嘀咕着，“这次绝不能轻饶了她。”

他砰的一声开了门，站在门另一边的伊蕾妮被撞得摔倒在地，大脑一片空白。她的裙摆张开，衬裙下露出乌木一样修长的双腿，阿戴勒打量着她。伊蕾妮喘息不定，高耸的乳房随着胸膛的起伏，在领口若隐若现，看得他欲火中烧。伊蕾妮见到丈夫这副模样，站起身来对他报以鄙夷的目光。阿戴勒恼羞成怒，方才的欲望变成了狂怒。

“你在我办公室干什么？”

“女儿把头绳忘了。”

“她和你一样没教养，我应该更重视她的教育。我看寄宿学校对她更好。”一看到妻子听到这番话的反应，他不禁微笑起来。

“不行，你敢！”伊蕾妮向他冲过去，被他一把推开。

“你这该死的杂种。找拉维尔区随便一个妓女做老婆都比你合格。”

接下来是一记耳光，伊蕾妮踉踉跄跄地后退几步，撞到写字台上。

阿戴勒走进来，转身关上了门，慢慢地解下腰带。伊蕾妮的目光充满恐惧，但还是一言不发，控制着浑身的颤抖。

“你现在还有什么不心满意足的?”阿戴勒低声说，“对于任何像你这样的人，难道我给的不是最多的?可你就是这么报答我的，在家里蔑视自己的丈夫。但这一切都会改变，你学会的，不管从好事还是坏事上学。”

他一鞭子朝妻子抽下去，两腿间的欲望更加强烈了。他带着快意，又一次举起了胳膊。心里立刻觉得舒服多了，哦，是的，舒服多了。

37

那个自高自大的家伙，弗雷萨真想撕破他的脸，但他克制住了自己，从他身边擦肩而过，全然不顾对方愚蠢又得意的表情。约皮斯自以为打赢了一场战役，但他会告诉他，这和打赢一场战役是两码事。他敲敲办公室的门，一个声音喊他进去。屋内炉火灼热，烟雾缭绕，如同桑拿浴室。

“弗雷萨，好久不见呀。”

“早上好，桑奇斯。”他一边回答，一边关上身后的大门，还没等上司点头，就拉过一把椅子坐下来。

老练的主任从眼镜后面看着他。

“哈，现在还是白天，你的衣服也没发臭。这究竟是为什么？”

“我现在脱胎换骨了。”

桑奇斯不再说话。他靠在椅背上，抱起双臂，用怀疑的眼光打量着弗雷萨。

“你说吧。”

“我读了约皮斯发表的文章。”

“还有呢？”

“你知道，我正在调查这件事。”

“我知道你曾经告诉过我。”

“这是我的新闻，”他停了一下，努力抑制着愤怒，“那个小子只知道收集信息，一点思想都没有。我希望你能让我单独报道这件事。”

总编紧缩的眉头在前额上拧成个V字。

“你在教我如何经营一家报社吗？”

弗雷萨从他的口气中听出了威胁的味道，但他没有退缩。

“怎么能发表这种东西？‘黑魔鬼’？神秘力量？什么时候《邮报》开始发表老女人的闲话了？”

看到总编愤怒的表情，他知道自己戳中要害了。

“我们的报纸两小时就卖了个精光，巴塞罗那其他日报全力追踪这条消息，但我们是第一个爆出来的。楼下的印刷机从来没像现在这样开足马力。在这个城市里，每天都死人，但大家就喜欢看神秘命案。他们喜欢那些病态的细节，就像苍蝇喜欢大粪一样。”

弗雷萨忍无可忍。

“看在耶稣十字架的分上，桑奇斯！这件事情比约皮斯写的那些傻话复杂多了。”

“复杂多了？别逗了。你答应我却从未拿出来的长篇报道在哪儿呢？告诉我，在哪儿？新闻，弗雷萨，新闻。我跟你说过，满大街的人都在等新闻，越吸引眼球的新闻越好。”他压低了音调。“别说我没告诉过你。”

“你想说什么？”

主编绕过桌子，打开门。

“约皮斯，进来。”

那个年轻人看上去已经久候多时了。他慢腾腾地走到两人面前，总编用手指敲了敲弗雷萨的胸口。

“既然你没能如期抢到新闻，我们也没什么可说的了。从今天起，约皮斯就是新闻版的负责人了。无论任何事情，你都要听他的吩咐。”

“你说什么？”弗雷萨问，他无法掩饰心中的惊讶。

“事情很清楚。你要么照我说的做，让我看到你这颗榆木脑袋还想着当记者。要么就另寻高就去吧！”

约皮斯的脸上笑开了花，嘴巴都快咧到耳朵根了。弗雷萨觉得，他那颗自我膨胀的心越吹越大，就像里瑟尔歌剧院门口那个为博览会开幕而安放的大气球一样。他正视着桑奇斯，站起身来，还没等后悔，下面这句话便脱口而出：“你去吃屎吧。”

他转身出了办公室，努力抑制着颤抖的双手，毫不理会主编在身后的咆哮。他目不斜视地走过编辑部的办公桌，知道同事们正盯着自己。

他不知道自己怎么沦落到这般田地，而最糟糕的是，他根本不知道自己现在在这里干什么。

38

帕乌在楼梯平台上停下脚步。她拎着一个沉甸甸的大箱子，一步步地挪上狭窄的台阶。她从上衣口袋里掏出一张字条，再次看了看记者给的地址。当他报出多萝丝的名字的时候，房东脸上流露出一副揶揄的表情，给她指路的时候还挤了挤眼，这让她很是费解。

她希望记者出了个好主意。她并不情愿搬离医学院宿舍，但阿玛特非常坚持，甚至弗雷萨也认为这样最好。两人都这么关心她的安危，让他倍感惶恐，确实，自从经历了图书馆那件事，她自己也不想再碰到奥姆斯医生了。

她叹了口气，现在的麻烦不但没解决，反而更多了。明天是给马拉维尔封口费的日子，还不知道该如何搞到这笔钱呢。手头的积蓄仅够糊口和支付学费，可如果不付这笔钱，她将被揭穿身份，赶出医学院。这种事决不能发生。可她也不愿让阿玛特和弗雷萨插手，所以还是不知如何是好。

她叩了两次铁门环，在外面等着。

门开了，一个高大的女人出现在眼前，一头天然的红发上顶着黑色的假发，宽大的睡袍松散地系着，露出不少帕乌不想见的隐私部位。她的手上握着几片橘子瓣，橘汁顺着指尖流下来。

“多漂亮的小伙子。虽然有点匆忙，但我可以为你破例一次，进来，进来。”

还没等帕乌开口，那女人就消失了。她一直等在门口，直到她喊她进来。她满腹狐疑地拎起箱子，穿过一段窄小的走廊，来到女人的房间里。

屋里放着一张大床，铺着巨大的床单，上面摆着十个五彩缤纷的靠垫。这张床占据了大部分空间。墙边是简陋的梳妆台，上面放着各色瓶子、刷子和头针。一扇布满污渍的穿衣镜挂在梳妆台上面，椅子上堆着衣服，几乎被埋起来了。这就是屋里的全套家当。空气中飘着一股橘子味。

“把箱子放在那儿……你是刚结束旅行就过来了？不，让我再猜猜，”女人的脸上容光焕发，“你是要出城，之前想来这儿消遣一会儿。等我收拾收拾，马上就来陪你。”

她进了旁边的屋子，帕乌听到向脸盆倒水的声音，还有她哼唱的小调。几分钟后，她又出现了。穿着一件短款棉布衫，衣服紧紧绷在皮肤上，勾勒出身体的线条。她做作地把后背慢慢靠在门框上，每一个动作都伴着玫瑰花香。帕乌不知道该说什么好。

女人向她走过来，浑身的肉像地震一样乱颤，帕乌后退几步，脚跟撞到了床边，一下子失去平衡，跌倒在床上。弹簧发出一阵抗议，她的身体陷进了床单里，刚想站起来，就被妓女淘气地骑到了身上。她抢走帕乌的眼镜丢在一边，温柔地摸她的脸。接着又解下上衣左边的肩带，握住帕乌的右手，放在自己的胸膛上。

“请别这样，别！”

“哎哟，真是个害羞的小伙子。都安排好了，你就听多萝丝摆布吧。”

她开始解她的衣服，帕乌奋力挣扎着。妓女看到她的乳房，顿时愣住了。

“您认错人了。”

女人停止了亲昵，奇怪地望着她。

“认错人？你指什么？”

“我大概走错了房间。”

“是谁给你这个地址的？亲爱的。”

“弗雷萨先生。”

女人先是一脸茫然，又突然大笑起来。她推开帕乌下了床。两个乳房随着笑声颤来颤去，她笑得连肩带都系不上了。

帕乌飞快地下了床。她真想杀了记者。那家伙不会诚心耍自己吧，他现在可能正和眼前这个女人一样笑得直不起腰来呢。

“你就是那个需要帮助的女孩？”多萝丝边问边上下打量着她，“可你真像个少爷。”

帕乌戴上眼镜，穿上外套，拎起箱子向门口走去。

“夫人，我一定是弄错了，错得离谱。对不起，我这就走。”

女人挡住了她的去路，坚定地让她把行李放下。

“没关系，亲爱的，没关系。”

她把椅子上的衣服收拾好，逼着她坐下来。

“你想来点热饮吗？我们会好好相处的。”

还没等帕乌回答，她就从梳妆台的抽屉里拿出两个杯子放在帕乌跟前，然后走到里间，等她出来的时候，已经在白上衣外套上了低领开衫。她手上拿着个瓷质茶壶，还有一小束母菊花。她把杯子放在临时的小桌上。

“我没有糖，但有这个。”

她从另一个抽屉里拿出一个小瓶子，往每个杯子里撒了一点。

“我根本没想到你是个女的。一看到门口站着个那么秀气的小伙子，我真是觉得自己交了好运。你不会是同性恋吧？”

“不，不。”

杯子里的饮料热腾腾的，闻上去香极了。帕乌小啜一口，灼热的烧酒像火舌一样沿着嗓子滑下，她剧烈地咳嗽起来。

“慢点喝。”多萝丝劝道。

帕乌点点头，努力挤出一丝优雅的微笑。她不得不承认，在最初对烧酒的不适过后，自己感觉舒服多了。

“那么，您是……”

“妓女。是的，小姑娘，我不在乎告诉你真相，也不觉得羞耻。我出生的时候，被洗礼神父命名为玛利亚·德·多萝蕾丝·阿卡拉塔·卢塞塔。但你最好叫我多萝丝。”

帕乌一脸羞怯，她看着她微笑了。“真是个纯洁的姑娘！”她坐在床上，抄起一个金属烟盒，抽出一支烟，用灯芯打火机点燃，屋里顿时弥漫着一股烟草和薄荷的味道。

“难道你就是那个需要躲几天的女孩？请原谅我刚才的无礼，但弗雷萨这个狡猾的家伙没告诉我你是化装来的。你叫什么名字？”

“我叫吉尔伯特。帕乌·吉尔伯特。”

“幸会。看样子我们得一起住几天了。”

帕乌差点就要拒绝，但转念一想觉得住这里也不错。如果不回学校，她也不知道该去哪里。而眼前这个女人非常友善。

“希望别给您添麻烦。”

“没关系，我喜欢有个伴儿。”

“我们在一张床上睡吗？”

多萝丝再次大笑起来。她的笑声欢快，很有感染力。帕乌也不禁微笑了。她开始对这个女人有了好感。

“不，亲爱的。旁边还有一间小屋，我一个女伴住在那里，但她回村子了。不过你得和我分享其他设施。你也看到了，这里陈设简单。房东巴西里奥根本不知道你来，所以出出进进都得留神。”

“没关系的。谢谢您的好意。”

多萝丝觉得这个彬彬有礼的女孩子很可爱。

“你看，我很会看人，干我们这行必须有这本事。尽管你是个穿着男人衣服的怪姑娘，可不管这样做的原因是什么，你都是个妙人儿。留在这里不是那么可怕的。”

帕乌觉得很是安慰。在这里不用遮遮掩掩，可以被自然相待。她没感到异样，反倒觉得很高兴。已经很久没人把她当作女人来讲话了。

“这个箱子里是什么？”多萝丝问，“我刚才觉得你要出国定居呢。”

“嗯，是些内衣，还有书。”

“书？”

“医学书。我是……学生。”

“哎哟，我以前真不知道女人也能当医生呢。那么，”她饶有兴趣地走近帕乌，“你一定懂得药膏之类的事情喽？”

“嗯，是的，懂一点。”

“也许你能帮我一个忙？”

“当然，只要我能。”

“几天前，我身上一个……敏感的地方，长了几个痂。你能帮我看看吗？我可真难受，那地方非常红，总是刺得疼。”

“好的，如果您愿意……”

“说‘你’，小姑娘。我能当你姐姐呢。”

“对不起，如果你不觉得麻烦，我可以给你做个检查，再开点药。”

“太好了。”

多萝丝把香烟放到杯子里掐灭，从床上坐起来。床板发出一阵吱吱呀呀的声音。

“来，我带你去看看房间。”她在过道半路停住，朝帕乌转过身来。“听着，我平生最喜欢说长道短，打听是非。如果我问到了不该问的事，你可以命令我去煎芦笋，怎么样？好，那就言归正传，如果你不是同性恋，为什么穿成男人？你可真是跟我开了个大玩笑。把一切和盘托出吧，如果咱们能做朋友的话，那最好早点做。”

“说来话长。”

“没事，亲爱的。我比部长还有闲工夫呢。”

39

弗雷萨把盘子推到一旁。这盘杂烩散发着一股怪味，吃了一定会马上跑厕所。他宁愿拿起酒瓶再灌下一杯烧酒。

他已经有点醉了，去拉瓦尔区随便一个小店喝蒸馏茴香酒，都比吃下这顿注定让人中毒的饭要好。何况他还喝过更难喝的东西。

小巷深处的酒馆里充斥着烟草味、煮甘蓝味和脏臭的汗味。这里空气湿热，老主顾们彼此坐得很远，低声说着话。屋里只有两盏半亮的油灯照明。

整个白天，弗雷萨都没有去那些别家报社记者经常光顾的咖啡馆和俱乐部。自己离职的消息一定传出去了，他不想忍受同行们同情的目光。他至今还难以相信自己丢了报社的工作。他，巴塞罗那最优秀的记者，竟然流落街头。也许找桑奇斯认个错还能恢复职位，但他预感到，就算这样做，屈辱也不会到头。约皮斯赢了，这是事实。他用双手抱住头，心想，至少事情不会再坏了。

“你看上去可不怎么样啊，我的孩子。”

弗雷萨抬起头，隐约看见两个人影围着自己的桌子。“黑女人”微笑着，但眼神却不是特别高兴。还没等弗雷萨开口发问，她一使眼色，身旁那位人高马大的跟班就抓住弗雷萨的大衣领子，把他悬空拎了起来。

在众人冷漠的眼光中，几个人穿过酒馆的餐厅来到厨房。最里面的那个污渍斑斑的碗橱旁边有一扇不起眼的门，他们开门走了出去。酒馆后间通向一条昏暗的小巷，店家把那里当作储藏室和垃圾场。

屋里屋外温差太大，弗雷萨一阵咳嗽。

他想逃跑，但刚迈出两步，就被人猛地一推，撞上了附近小旅馆存放脏桌布的几个箱夜。他的伤腿吃不住力，整个人跌倒在堆满旧床单的地上。

一双胳膊把他拎起来。他靠着墙，奇迹般地站住了脚。酒劲盖住了恐惧，就好像什么都不会发生一样。

“‘黑女人’，不必这样，我拿到钱了。你掏掏我的上衣口袋……”

一个低沉的声音响起来，弗雷萨闭嘴了。

“对不起，这和我没关系。”

记者不明白他在说什么。只见“黑女人”闪到一边，一个更高大的黑影占据了巷子里的空间。当弗雷萨终于认出来人是谁的时候，他不由站直了一些。他知道，这下自己的麻烦更大了，虽然还不知道这麻烦究竟是什么。

“虽然‘黑女人’是个感情用事的人，但她还是知道分寸的。您不觉得吗？”

桑切斯警长从这群人影中钻出来，灯光照亮了他得意的脸庞。他的手指伸进口袋，掏出一颗羽扇豆塞到嘴里，然后咀嚼片刻，把豆皮吐到了弗雷萨脚下的臭水沟里。

“您看，眼前这位小姐正好欠我一个人情，一个大人情。我讨回了这个人情。现在她放出去的债转到我手里了。您可明白？”

“不是的……您想必也听到了，我有钱，现在我不会欠债了。”

“我有个坏消息要告诉您：利息涨了。”

“我还是不明白，您看我喝醉了。”

“好，那我就提醒提醒您。让我来跟您说说我知道的事，您明白，我掌握着很多情况，记者。我知道您和那个爱管闲事的达涅尔·阿玛特花了不少时间调查‘黑魔鬼’命案，我还知道有个学生也加入了你们。我更是碰巧知道，您刚丢了报社的工作。您看，我知道的事情不少吧。”

警长吐出了另一片羽扇豆皮。

“您想做什么？”弗雷萨问。

“一个简单的交易。”

“就这个？”

“我需要您替我做件事，记者。”

“您也希望阻止阿玛特的调查？”

“哦，不，不，恰恰相反。我想请您鼓励他继续。请您全力支持他。”

“我不明白。”

“您不需要明白。只要照我说的做，我们俩不时作为老朋友喝一杯，谈谈天。您把一切都告诉我，包括所有细节。作为交换，我们再考虑一下您的债务。当然这个小小的协议只有我们两人知道。”

“您想让我当内奸？”

“您到这时还跟我扭扭捏捏？咱们都知道，过去这对您可不算什么。”

“如果我拒绝呢？”

警长使了个眼色，“黑女人”的手下立刻抬起弗雷萨的右臂，逼得他动弹不得，记者实在受不了了。

桑切斯一脸悲伤地走上前，做出一副迫不得已的表情。他从口袋里掏出一个金属物体。弗雷萨认出来，那是把双刃雪茄刀。警长握住他的手，抓着他的中指，轻轻按下雪茄刀。刀刃就像剪子一样，在指骨边留下一道血迹，一阵剧痛蔓延至整个手掌，顿时驱散了弗雷萨的酒气，冷汗湿透了他的衬衣。

“如果您配合，债务就清了，如果拒绝么……”警长掏出另一颗羽扇豆丢进嘴里，“你他妈的这辈子别想再写一篇文章。我会让你用一根一根的手指头还债，然后亲自干了你那个婊子女朋友。”

他一边说，一边用雪茄刀试遍了弗雷萨的手指。后者不敢相信地望着他。“黑女人”站在警长后面，不以为然地眯着眼睛，但并没动弹。

“好的，好的，我明白了。”

“您知道吗？我不相信您说的话。我想我需要鼓励您一下，才能彻底说服您。”

弗雷萨就好像在看发生在别人身上的事一样，眼睁睁看着雪茄剪在他小指边切下去，剧痛像鞭子一样漫过整条胳膊。只听咔嚓一声，剪子剪断了骨头。鲜血从伤口喷涌而出，整个手上和外衣袖子上全是血迹。弗雷哈突然双腿一软，像个木偶一样虚弱地倒了下去。随着身体的着地，他的怀表从背心里滑出来，在满地垃圾间滚动着。

“现在我信了，您是不会忘记我们的约定的，”警长用手帕擦擦双手，肯定地说，“您得乐观点，我可是帮了您一个大忙呢。您如今可以假扮从古巴来的残疾人去要饭了……也许这比给报纸写蠢话更来钱呢。”

他一转身，鞋子碰到了怀表。

“看，这是什么？”警长拾起怀表，弗雷萨无力阻止。他用袖子擦了擦表壳，打开了它，然后尖叫起来。

“他存着那个婊子的照片！”他一边嚷着，一边笑着把怀表里的照片给旁边的人看。“黑女人”装出一副若无其事的神情。

警长把玩着表链，向弗雷萨弯下腰来。

“也许我该留下它，作为我们新关系的见证。”

弗雷萨挣扎着抗议，但胃里突然一阵痉挛。

“真恶心，难道就没人教过您怎么才能行事得体吗？”警长一边叫着一边闪到一边，免得呕吐物溅到鞋上。他转身对一旁插着手默默围观的“黑女人”说：“好的，你我两清了。你照顾他一下，别让他出血太多。”

弗雷萨躺在地上，蜷缩成一团，目光呆滞地看着“黑女人”的手下用纱布给自己包扎。警长咂了咂舌头。

“您看，我还是很有同情心的。”

怀表被他扔向空中，又落在弗雷萨的腰上。

桑切斯朝小巷口走去，又嚼了一颗羽扇豆，终于消失在街角。

弗雷萨把怀表紧紧攥在胸前，闭上眼睛，真想从此长眠，永远不醒。

40

达涅尔任由海风吹着自己的脸。天空渐渐彤云密布，海鸥在空中盘旋，高昂的叫声像在预告又一场暴风雨的降临。

他一直走到西方码头，这里是他童年最喜欢的地方。父亲死后，家园已成一片废墟，只有在这里才能找到安慰。曾几何时，他就坐在路边那张长椅上，看着高大的汽船在黄昏出发，驶向美国或欧洲的未知海港，满脑子都是远离死寂生活的奇异冒险。当夕阳落在海平面下，弟弟阿莱克就会过来找他，接他回家。

如今他又坐在那张长椅上。三个孩子没有竹竿，打算只用鱼线钓鱼。其中一个笨笨的，惹得大家一起笑了。几对情侣趁着雨停，挽着胳膊在堤上散步。一队水手从刚靠岸的汽船上下来，正向两个姑娘大献殷勤，后者两颊通红，在笑声中步履匆匆地跑远了。

达涅尔把帽子放在一边，从外套口袋里掏出一个揉皱的信封，从里面抽出一张淡色信纸，这封信是今天下午加急送来的，他已经读了两遍。

未婚妻亚历山德拉在信中说，父亲已经无法再在系里为他的缺席辩护，除非拿院长的职位和声誉去冒险。有人正在施压，企图让某爵士的公子——一位叫哈拉格的先生，接替他的教职。爱德华爵士深受打击，他对达涅尔视如己出，不明白他为什么会让事情落得满盘皆输。

从亚历山德拉的字里行间能够看出，她无法理解达涅尔为什么还要在巴塞罗那继续逗留下去。尽管告别的话语依然柔情满怀，达涅尔却明白，未婚妻已经对自己充满了怀疑和不信任。在信的结尾，她请达涅尔做出决定。如果立刻回英格兰，她会安排好一切。如果不回，那她将考虑取消婚约。这符合她一贯的性情。

达涅尔把信折起来握在手里，凝望着水天相接的远方。

今天晚上，他就可以坐上开往巴黎的列车，再从加莱上船回英格兰。没人会阻止他收拾东西回国，更没人会指责他。他这样执拗地留在巴塞罗那，已经危及生命中至关重要的一切：学院的教职、恩师的信任和友谊，还有未婚妻的爱。

如今他笃定地相信，任凭自己怎样努力也无法赎清往昔的罪恶。亚历山德拉是对的。父亲已经死了，无论做什么都改变不了这个现实。他只是个教书的，现在已经做得太多，甚至将自己的生命和别人的生命都置于险境。这不是他的责任，全世界都在请求他离开，那么，为什么不答应？

在他的脑海中闪现出一个名字。

再见她是一个错误。他已经和一个优秀的姑娘订了婚，伊蕾妮也已经嫁为人妇。两人各有各的人生，七年前的爱情早已埋葬在堆积如山的灰烬和噩梦里。他应该返回英国开始新的生活，把过去彻底遗忘，唯有遗忘才能不再伤痛。

但是……

他从长椅上站起来，走向路边。脚下的浪涛猛烈地拍打着岩石，仿佛对他的所思所想一目了然。达涅尔看了看握在手上的信，眼睛湿润了。他长长地呼出一口气，将信重新放回到大衣口袋里。

……不能回去。

41

蒙面人感到呼吸困难。熊熊怒火就如浓厚的元气，流经静脉和动脉，最后汇聚在头部。一声一声的心跳就像大钟的秒针一样在脑海中回荡。他们怎么敢这样？

他愤怒得发狂，踉踉跄跄，拼命抓住家具才不至于摔倒。他无视黑暗中颤动的柱子，穿过大厅，又在蜂鸣声中穿过摆满架子的区域，架子上放满了玻璃瓶。他走到熊熊燃烧的炉火边，炉子后面是一张巨大的橡木桌子，上面摆满了实验器具。

他一拳砸在桌上，只听一阵玻璃的脆响，满桌的蒸馏器、倾析长颈瓶、滴管、样本盒碎了一地。容器中的化学溶液洒出来，流向下水道的栅栏。

他把《人体构造》放在空出的桌面上。古旧的皮质书皮在炉火下熠熠生辉。火苗的光焰聚集在书中的版画上，画中的人体好像在晃动。

他打开手稿，确认自己犯下了大错，悔恨得撕心裂肺。他贪婪地翻着书页，在大段拉丁语写成的文字中间夹杂着描绘人体不同部位的原始版画。这些插画有时占了整整一页的空间，细致入微地表现出被肢解的尸体和四肢，以及摆出各种难以置信的姿势的人体骨架的种种细节。欧洲任何一位收藏家都愿意为这部手稿一掷千金，但他却毫不在乎这些，只是在一页一页地寻找，越找就越愤怒。他仔细检查着书的边缘，检查着每一章之间的空隙、每一幅图的细节，就这样一直翻到结尾。最后砰的一声合上书，响声在穹顶上久久回荡。

他把头埋进胳膊里抽泣起来，最终，抽泣变成了呐喊。他抓起这部珍贵的手稿，用尽全力扔了出去。书摔到炉门上散了架，发出骨折一样的声响。那些珍贵的版画在火苗中蜷缩成灰烬。

他摘掉蒙面，靠着桌子，努力平复呼吸。长发遮住了流满汗水的脸庞，嘴角上挂着一道干燥的唾液。他举手擦擦嘴，突然感到一阵刺痛，这才发现整条袖子都被鲜血染红了。

他想起来，在跳窗逃离图书馆的时候，自己被玻璃伤到了。在躲避追逐时，他用手帕系住伤口止血，可现在手帕已经没用了。

他从双门柜子里取出一个手提箱，自己坐在小凳子上，把袖子卷到肘部，小心地移开浸满血的手帕。伤口很深，血流如注。他惊讶地观察着，只差一点点就伤到头静脉了，甚至能看到一部分尺侧腕伸肌。一阵眩晕袭来，失血太多，不容拖延。难以置信的是，他竟然没有失去意识。

他从手提箱里拿出一只玻璃瓶、一点纱布、几支钢针和浸过苯酚的丝线，把这些东西都放到身边的银托盘里。他打开玻璃瓶，把瓶中的溶液倒在伤口上。碘酒冒着泡，剧烈灼烧着皮肤。他强忍着缩回手臂的冲动，把整瓶溶液都倒空了。

消毒水和鲜血浸湿了脚下的地面。他忍了几秒钟，开始动手清理伤口，直到那里再次涌出鲜血，这才满意地准备缝合。

疼痛就像苦修，是值得的。她那么信任他，可他却辜负了她。离胜利越来越近，他却因为自己的愚蠢而一败涂地。他用牙齿紧紧咬住一块木头。

半圆形的手术针碰到了障碍。他闭上眼睛用力，针头终于穿透了肌肉。痛感在胳膊上蔓延。他回想着自己是如何被骗的，那个年轻人夺走了本该属于他的东西。他用嘴咬住缝合线，用力向外抽。伤口开裂的边缘合上了，他终于长出一口气。是他的错。当时他因为迟疑而暴露出片刻的脆弱。以后决不能再犯这个错误。

他再次把手术针扎进肉里，前额上满是汗水，下巴因为用力而颤抖。他一定要找到那个年轻人，决不能犹豫，决不能再次辜负她。

又是一针。他死死咬着木头，强忍着不喊出声来。

第八本书

距万国博览会开幕还有 10 天

42

弗雷萨怎么也睡不着。“黑女人”的手下把半昏迷状态的他拖到多萝丝的门口，吓得她发出一阵尖叫，虽然记者笨拙地阻止，她还是把来人骂了个狗血淋头。“黑女人”也就任由她骂，眼睛都没眨一下，离开前甚至还嘱咐多萝丝，注意给伤口消毒。

妓女叫来帕乌帮忙。女学生一句话也没问。她用清水和碘酒清洗了伤口，又做了缝合手术，再用干净纱布包扎了手。她建议记者喝点鸦片酒，好好睡一觉。帕乌离开后，多萝丝让弗雷萨躺到床上，捧着热腾腾的肉汤喂他，弗雷萨还没喝完就陷入了纷扰的噩梦之中。

他睡到半夜才醒过来，发现多萝丝蜷在床的一边，身下铺着床罩。她把整条毯子都让给了他。他直起身来，稍微觉得有些眩晕。他替她盖了盖被子就又躺下了。

他举起胳膊盯着手上的绷带。突然想到，如果桑切斯真的履行诺言，切掉自己所有的手指，那大概就是这个样子的。他禁不住打了个寒战。自己最大的麻烦已经不是债务了，他可不想失去所有的手指头，想到这里胃里翻起一阵苦水。他不愿背叛阿玛特，可还能有什么办法呢？他走投无路。过几天一等他恢复过来，警长就会问话。尽管情非得已，他还是决定按照警长吩咐的办。当一切都结束的时候，他会离开这里。他手里握着伊蕾妮的钱，这可是一笔小小的财富，足以让他在任何地方舒服地过一阵子。

身边的多萝丝动了动，身上的一部分毯子滑向地面，露出肩膀和一点点胸脯。弗雷萨小心避免用伤手支起身体，拽过床上几件衣服，重新盖在她身上。她在梦中喃喃呓语，蹭着他的身体寻找温暖。记者感受着她身上的温度，一种愉悦的感觉从心底油然而生。她身上怎么会这么好闻？他小心地把她脸上的一绺卷发拨到一边，专注地看着她。她睡得那么轻松，没有化妆，仿佛还是那个出生在巴耶·德·阿兰附近村子里的女孩，刚刚来巴塞罗那，寻找更好的生活。他的手拂过她的脸颊，觉得她脸上清晰的皱纹和雀斑是那么可爱。就是在睡梦中，她也多少露出点调皮的神情，让他忍俊不禁。多萝西的性格总是让他吃惊，她好像只期待生命中最好的东西，待人处事也总往美好的一面想。

他们之间没有婚约，没有羁绊。所有人都觉得现在的情况好极了。然而，最近当他远离她的时候，一想到她跟另一个男人混在一起，就嫉妒得发狂。最近几个星期他们的约会更加频繁。这其实并不只是因为他要躲债。甚至有那么几次，当孤独置身于自己的公寓的时候，他惊讶地意识到自己是那么思念着她。

多萝丝在他的怀中动了动，睁开惺忪的睡眼。

“你醒了？”

“嗯。”他小声说。

“出什么事了？你的手疼吗？又出血了？”

“没有。”他望着她担忧的面庞笑了笑。“我只是想想。”

“在快天亮的时候？你简直比山羊还疯狂。”

“也许吧。其实，我真想起件事……”

“我也是。”

“小心点，我现在很虚弱。”

“我看你倒是挺不错的。”

过了一会儿，多萝丝躺在记者旁边叹了口气。两人都没说话，享受着赤裸身体的温度。弗雷萨趁机缓了口气，他的情况比想象的糟糕，却不想让多萝丝担心。当他再次觉得有了力气，终于大胆说出了一直在脑海中盘旋的话。

“你觉得离开一段日子怎么样？”

“离开？去哪儿？”

“不知道，总之就是离开巴塞罗那。暂时离开一下，我们两个人一起。”

“你真的没毛病？”

记者专注地望着天花板，多萝丝再次拥抱了他，爱抚着他的胸膛。

“伯纳特，你真是个奇怪的人。”

他朝她弯下身去，嗅着她的头发，抬起她的下巴，用探求答案的目光盯着她。多萝丝茫然地朝他微笑，弗雷萨突然意识到自己此刻的感觉，也突然发现，这其实是件很简单的事。她会同意吗？只有一种方式去知道答案。

“你愿意嫁给我吗?”

多萝丝从床上一跃而起，甚至忘了穿衣服。她的嘴巴一开一合了好多次，目不转睛地望着记者。弗雷萨避开她的目光，继续说下去。

“我突然走运，发了一笔横财。我可以养活你，养活我们自己。我们可以出去旅行。你总跟我说想去看看马德里，那我们就去。或者去罗马，或者去巴黎，都无所谓。明天就去，你和我。当然，如果你愿意的话。”

他一口气说完了这么多，再次看看多萝丝。她依然沉默着。弗雷萨不知道她的表情是高兴还是害怕。她的眼睛亮闪闪的，浑身僵直地望着他。嘴角上慢慢绽放出一个微笑，接着用双手捂住了嘴。她真想放声大笑，又突然觉得很害羞。可她突然犹豫了，一种恐怖的感觉遍布全身。弗雷萨为什么这么荒唐地向她求婚?他一定是疯了。上帝，只要他付钱，就可以跟她睡。他真是个傻瓜，傻瓜，大傻瓜。

一阵敲门声打断了他们。帕乌捂着眼睛从门缝里探出头来。

“对不起，我想上厕所。”

43

在妓女家中藏身真是糟糕透顶，更别说在隔壁看到一丝不挂的弗雷萨了。就算走在冰冷的街上，帕乌的脸颊依然羞得通红。她加快脚步，想让身上暖和起来，并驱走方才的尴尬。记者也很不高兴，特别是多萝丝放声大笑的时候。他从床上一跃而起，丝毫不听劝告，穿上衣服狠狠地摔门出去了。

帕乌也趁机收拾停当离开了。她知道这样做不好，达涅尔他们让她无论什么时候都要待在多萝丝的屋子里。可她不能不去赴那个约会。

她费尽力气才筹到那笔钱，为此当掉了父亲的显微镜。她为失去这件纪念品掉了几滴眼泪，却别无办法。她为了学业而攒的钱越来越少，已经没法支撑到月底了。眼下她的处境不但艰难，还因为搅进那件事情而变得更加复杂。

他来到赫拉克勒斯街附近，穿过市政厅向着圣胡斯托教堂走去，那是她和阿尔伯特见面的地方。好在教堂离医院比较远，不太容易被熟人发现。

她在教堂入口处的拱门下停住了。眼前一片模糊，好一会儿才分辨清里面的黑暗。她小心翼翼地穿过空着的座椅，尽量避开因漏雨而在地上形成的水坑。空空的脚步声在石头地面上回响着。寥寥数根蜡烛无法照亮整个大厅，屋顶和四壁都笼罩在阴影里。四壁渗出一阵阴风，教堂条件很不好，难怪没什么人来。

帕乌来到十字厅堂，可一个人也没看见。向殿堂里望望，也没看到马拉维尔的影子。她正要转身离去，终于看到往日的仆人从柱子后面现身了。

“下午好，吉尔伯特先生。希望没有吓到您。见到您真高兴。”他两眼放光地望着她。“我们坐下来？要是有教堂的常客过来，可别让他们觉得咱俩举止异常。”

帕乌答应了，越认不出来越好。她可不想让哪个熟人投以奇怪的目光，然后又在医院把自己认出来。

两人在一张以圣菲利斯命名的长椅上坐下来。帕乌冷若冰霜地和对方保持着距离，干脆利落地把手伸进大衣，拿出一个皮夹子，从长椅上推到马拉维尔那里。对方用瘦骨嶙峋的双手接过来，毫不掩饰自己的贪婪。

“我不相信您，但时间长了……”

男人打开皮夹，数了数里面的金额，露出一口黄牙，好像在微笑。帕乌觉得现在不是离开的时候，在此之前，一定要把事情讲清楚。

“我已经付过钱了，所以不想再见到你。特别是在医院和学校。”

“当然，小姐。我是个守信用的人。”

帕乌毫无留意，起身准备离开。就在这时，男人肮脏的手抓住了她的胳膊，猛地把她推到了石柱上。还没等她反应，他就向她冲了过去，手中拿着一把刀。

“我不明白您为什么走得这么急。”

“放开我！”

“您父亲这么残忍地对待我，今天想用这点钱打发我是做梦。我们那天还有另一个约定。”

“你疯了吗？我们是在教堂。”

“您知道吗？我认识这里的神父很久了，他是个酒鬼。我给他了一点钱，让他出去喝几杯，这里就我们俩，无人打扰，亲爱的。”

“不！”

两人扭打在一起，但帕乌显然不是阿尔伯特的对手。男人用刀尖抵着她的脖子，让她动弹不得。帕乌感到刀刃在脖颈上划过，只好放弃挣扎。男人压住她，酸臭的汗味笼罩了她的全身。

“我全要。”他色眯眯地低语着，开始在她身上动手动脚。

帕乌在绝望中下定决心。刀刃划伤了她，但疼痛没有让她停止。她在愤怒和恐惧中拳打脚踢，拼命推搡着马拉维尔，推得他后退了几步，然后抬腿猛踢了一脚，恰好踢到对方两腿间的命门。男人用难以置信的眼光看着她，丢了刀子后退一步，弯腰倒地不起。帕乌趁机在他的惨叫声中穿过教堂大厅，跑到街上，头也不回地逃走了。

尽管双腿间疼得要命，阿尔伯特·马拉维尔依然兴高采烈地上路了。身上的钱包证明，计划已大功告成。现在他终于可以买件新大衣，再好好吃一顿了。当然，首先还是要买瓶酒庆祝胜利，再去找个婊子共度良宵。这笔钱足够他快活一段日子的。

他自问，是不是应该再问这姑娘多索要一点。她的日子真是太幸福了。他父亲毕竟是个江湖医生，肯定给她留下了一大笔钱。

一想到这里，他停下了脚步，自己都被自己的敏锐惊呆了。今天这事完全不是结束，而仅仅是个开始。得先放过她几天，让她以为自己从此安全了。然后再去找她，用新的要求威胁她，打她个措手不及。这样一来，他就会发大财了。还有，今天她在教堂里欠了他一件事，下回也要一并讨回来。

他乐观满怀地重新上路，陶醉地幻想着美好的未来。就在这时，身后响起一阵脚步声。他猛地握住藏在外衣里的尖刀。

“冷静点，先生，我是不会抢你这好容易才赚来的几个钱的。”

来人深色皮肤，谈吐优雅，是个很有教养的青年。他一边满意地看着自己，一边掏出手帕掩住鼻子。

“天哪，您身上的味道太难闻了，先生。”

“这和您有什么关系？”

“不好意思，我不懂得和您这个阶层的人打交道。”

“你他妈是谁？”

“哦，一个朋友。”

马拉维尔上下打量着他。

“很显然，我们不是朋友。”

年轻人点点头，还在微笑着。

“是的，您是对的。但我们有一点是相同的。”

“哦？是吗？”阿尔伯特一边问，一边不耐烦地掂了掂手里的刀。他已经受够了这场谈话。“我可以知道咱们哪点相同吗？”

“您刚才和那个年轻人做了笔交易吧，咱俩对他都有兴趣。”他用手杖指着帕乌远去的那条街道。“我也是他的朋友，很关注他的幸福。能请您喝几杯吗？我有事想跟您说。”

年轻人拿出一个小袋子摇了摇，里面叮当作响。阿尔伯特从口袋中伸出手来，带着狼一样的笑容点点头，跟着费诺约萨走了。今天真是他的幸运日。

44

“电……电击疗法在医……医学上有着非常光明的前景，先……先生们。”

嘉威特教授在讲坛上一瘸一拐地走着，用手杖敲打着地板，时不时停下来，透过眼镜片上方瞄着阶梯上的学生，确定他们依然在听讲。尽管年轻人们经常拿他的口吃开玩笑，但嘉威特知识渊博，而且一上讲坛，他的口吃就会很奇怪地减轻许多。

帕乌来得很早。她坐在最后一排，希望能不被注意到。费诺约萨的朋友们像往常一样坐在第一排，他本人却没来。帕乌见他缺席，轻轻地松了一口气。自从最近那次冲突后，两人再没见面。这样最好。

她还是被和马拉维尔的会面搞得心烦意乱，可不想让任何人发现。她已经缺课几天了，尽管那两个一起冒险的朋友极力反对，帕乌还是决定重返课堂。但今天上课也没什么大用，她实在无法集中精力听讲。

阿玛特和弗雷萨履行了诺言，没把她的秘密泄露出去。从学校的闲谈中看出，费兰先生的死已经是过去的事了。他的尸体已经烧焦，没人发现颈部的伤痕。按照官方说法，这一切都是一场不幸的意外。没人去问她那天为什么会被困在大火中。看来人们已经排除了对她的怀疑，但尽管这样，一想到那个和蔼可亲的老人的死，帕乌还是觉得自己对那天的事情有责任。

她很希望下午快点来，这样就能去见阿玛特和弗雷萨了。在多萝丝那里住下后，她仔细检查了在奥姆斯的秘密图书馆里和维萨里的那本书放在一起的盖伦的手稿。结果大吃一惊。

这时，费诺约萨小团体中的一位脸庞干瘦的学生举起手来，打断了教授的话，也吸引了帕乌的注意。

“马蒂先生，有……有什么问题吗？”

“依照我的理解，在本世纪初，有人就做过使尸体复活的实验。难道这是您所说的未来前景吗？”

教室里泛起一片议论。嘉威特不易察觉地笑了，他在讲台上继续踱着步子。

“就……就像您一贯表现的那样，尊敬的马蒂先生。您……您的发言总是那么幽默，”教授的眼光有点滑稽，“但是，您以前的发言只……

只是单纯的笑话。可这……这次不一样，这次您提到了很有趣的一点。”

他把手杖放到一边，双手支撑着讲台。

“乔万尼·阿迪尼，你……你们理应知道这个名字，先生们。但我怀疑你……你们恐怕从来想不起他是谁。他研……研究过伏打电学，以及电击疗……疗法。您能告诉我们，马蒂先生，伏打电学是……是什么？”

学生羞愧地摇摇头。嘉威特在讲台上宽容地一笑。

“那我就来帮你一把。伏打电……电学，”他解释道，“是由吕希·伽伐尼在十八世……世纪末提出的。根据这个理论，动物脑部会产生电流，这些电……电流靠神经传播，在肌肉中聚集。在某……某些时候，四肢运动也可以产生电流。伽伐尼希望利……利用电击，来治疗瘫痪病人，甚至……让尸……尸体起死回生。在他的著作 *De viribus electricitatis in motu musculari commentarius*（《论在肌肉运动中的电力》）中，伽伐尼奠定了用电流刺激心……心脏的基础。直到本……本世纪，这个理论才引起重视。”

“那么，嘉威特教授，您认为在一定条件下，我们能用电击来使尸体复活吗？”费诺约萨的另一个朋友问。

教室里响起一阵笑声。费诺约萨的小团体从来看不起嘉威特教授。他们和其他几个学生总叫他“瘸子”，一有机会就拿他取笑。

“先……先生们。你们说得完全没道理。我很惊……惊讶。你们已经够成年了，怎么会相信这样的鬼话。”

学生脸红了。

“大家应该知道，乔万尼·阿迪尼的实验彻底失败了。他在众目睽睽下电击被处决的囚犯的尸体，唯一值得一提的只是造成了尸体的颤动。我们这节课所讲的电击疗……疗法并不是指这种蠢事。这种疗法有很长的历史，在埃及、希腊甚至中国都有人采用过。罗马医生斯克瑞博尼·拉波斯在他的《医方》一书中，提到利用电鳐来治愈痛风性关节炎的方法。希腊医……医生狄奥斯科里迪斯用电击治疗肛门脱垂。甚至阿维塞纳也指出，电疗可以治疗头痛和癫痫，我还能再举出几十个这样的例子。”

“但是，您是怎么看待这件事的？”学生还在坚持，“您相信我们将来可以激活死人吗？”

“亲……亲爱的小伙子，别让……让我猜测科学的边际。我认为一切皆……皆有可能，但请您……放心，我……我的先生，您现在连激……激活实验室里的青蛙尸体都是做不到的。”

教室里爆发出一阵笑声，教授微笑着继续说：“大约十……十八年前，斯坦纳医生用氯仿麻醉术唤醒了一个昏迷的女病人。这是目前医学所能取得的离唤醒死人最近的成功。”他停下来，看看表。“先……先生们，今天的讨论很有意思，但……但我们今天已经讲得够多了。明……明天请各位复习拉蒙·阿拉亚的电击麻醉基础，我们后天早晨见。祝大家下……下午愉快。”

学生们在热火朝天的讨论声中走出教室，帕乌已经走到门口，突然听到嘉威特教授在喊她。

“吉尔伯特先……先生？您能等一下吗？”

教室里只剩他们两人，教授放下手上正在审阅的几份文件，抬头示意她走上前来。

“我注意到，您这周缺……缺了好几回课，听说您也没回医学院的宿舍住，”教授透过镜片上面看着她，“作为您……您这学期的老师，我得对您负责。希……希望您不是因为什么严……严重的事情而缺课的。”

“不是的，教授。”

“期末考试马……马上就要到了。您这……这样可不行。您明白我的意思吗?”从嘉威特教授的表情上看，他真的很为帕乌担心。“您……得给我一个解释，我好去校委会报告。看……看得出，您总是违反纪律，有几位教授很……很不满。我可以为您说话，但必须确定您……您没有行为不端。”

帕乌衷心感谢嘉威特的好心。他是所有教授里最专注的一位，总是喜欢帮助别人。她不想说谎，于是就找了个最接近现实的理由。

“您知道，我曾经作为阿玛特教授的助手，帮他干过一些工作，是吗?”

教授点点头，帕乌继续说:“我知道作为学生这样做是不行的，但在教授死后，我继续着他在巴塞罗内塔的工作。”

“我明白了。尽……尽管您又一次违反了纪律，但我得承认，这个理由很值得称赞，当然也可以让您免于受罚。但这不能解……解释您没有在学院住宿的事情。”

“好吧，有些时候，工作太多，我只好在那里过夜。”

“您在说……说什么?这难道不……不危险吗?您混在一群流氓和天生的暴……暴徒中间。”

“哦，不，先生。有个妓女让我住她的房间，”帕乌一看教授气鼓鼓的脸色，就知道自己说错话了，“不，不是您想的那样，多萝丝是个好女人。”

“我……我的上帝啊!”

“我们只是纯粹的工作关系。”

教授看着他，好像气都喘不过来了。口吃也更加厉害起来。

“吉尔伯特先……先生，我不想知道再多了。我会在其他教授那里替您保……保守秘密，但从现在开始，您……您必须天天来上课。明白吗？还有，看在上帝的分上，趁早和……和那个女的断交。”

帕乌连连点头，她能想象尴尬的教授此刻得出了什么结论。她该如何瞒住自己真实的身份，向他解释自己是因为被杀人犯追杀，才逃到一个妓女那里去避祸的？如果不把维萨里手稿的来龙去脉全部交代清楚，他是一个字都不会相信自己的。

她向教授道了谢，没再多嘴，就离开了教室。

45

雨水打湿了街道。从蒙惠克山吹来的风在街角呼啸，夕阳西下，天色渐渐暗下来。街区上的人没有往常那么多，只有零星几个胆子大的人在饭馆和酒店避雨。

多萝丝却恰恰相反。她两颊通红，脚步飞快地走在街上，身上穿着最漂亮的圆点裙子，围着披肩。她忍不住嘴角的微笑，也忍不住脑海中像鳗鱼一样乱窜的思想。弗雷萨的话一遍又一遍地在她的记忆中回闪着。

“他是认真的吗？”是的，当然是。她从来没见过他那般窘态。还没等她回答，记者就结结巴巴、慌慌张张地说着对不起，正在这时，那个女孩进来，一眼看到两人赤身裸体的样子，事情就更糟了。那情景太滑稽了，她忍不住笑出声来，可他却认为她在嘲笑自己的求婚，气呼呼地走了，他这副样子更引得她哈哈大笑。等她意识到自己犯了错，已经太晚了。

嫁为人妇——她还是不敢相信。其他男人也曾对她海誓山盟，许诺娶她，但都被她拒绝了。她知道，在最初的激情过后，悔恨和麻烦一定会接踵而至。记者这次也是一样的。是吗？她的神经被刺痛了，不禁颤抖了一下。

从他们相识开始，她就对他产生了特别的好感，他身材瘦小，自以为是，有时候真是让人忍无可忍，却总是对她尊敬有加，把她当成体面女人对待。他的求婚在她心里激起了惊涛骇浪。难道这就是爱情？她不知道。也许生活给了她一次机会。也许她可以摆脱日复一日的悲惨营生。仅仅想到这一点，她就不由得从头到脚地震颤起来。

她和一群水手擦肩而过，后者厚颜无耻地盯着她看。其中最年轻的那一位说了句什么，引得众人一阵大笑。这些水手所在的蒸汽船每两个月往返一次巴塞罗那、波多黎各和哈瓦那，现在肯定刚刚上岸。他们拿着新领的报酬，迫不及待地想要挥霍掉。这份工作真是轻松，不费什么力气就能挣到大笔雷亚尔。然而她没有停住脚步。

她在老监狱的街角转了个弯。这座监狱又叫阿玛利亚，因为它占据了以皇后名字命名的那条街道的一部分。从附近的大门走出一个年轻女人，头发挽成一个发髻，压在毡帽下面。一身宽大的外套，身上的红色羊毛披风勉强遮住双肩。她身后跟着个小伙子，看上去不会超过十六岁，从身上的衬衣和脚上的帆布鞋看，应该是工厂里的学徒。他看了看多萝丝，羞红了脸，一句话也没说就匆匆忙忙地溜走了。

“帅小伙，你要是愿意，下次再来找我啊！”女人一边挥手告别，一边把一枚硬币放进藏在双乳间的小钱包里。

多萝丝向她打了个招呼。年轻的妓女朝她点点头，算作回答。在这一带，大家都叫她梅赛德斯，但这很可能不是她的真名。很多妓女都改名换姓，宁愿永远忘掉自己最初的姓名。她看上去不到二十岁，一双杏眼美丽却失神，看上去极不协调。染过的头发和栗色的假发垂在额前，同样黯淡无光。在拉瓦尔区，没有什么比美貌更加转瞬即逝的东西了。

“真是冷死了，”她说，“今天最不愿意做的就是跟人上床，更别说跟一个连烟都买不起的小子了。”

多萝丝点点头。很多时候，他们的主顾甚至连嫖资都付不起。在这种情况下，他们就在掩人耳目的门厅和过道，而不是房间里做那事。如果运气好，地方足够黑，还可以上大腿。因为紧张或者酗酒的缘故，很多人甚至没什么感觉，五秒钟就结束了。

妓女收拾好自己，抬起头来。

“你看上去很不一样呢。”

“不一样？”

“对啊，你比平常快乐。”

多萝丝不知该如何回答，梅赛德斯继续说：“你肯定又跟那个优雅的绅士一起混了吧？昨天他的马车夫还问起你来。”她一边说一边噘起嘴唇做了个鬼脸。

“什么？问起我？”

“喂，你跟我还装什么糊涂？我不会碍你事的。看看那位绅士的打扮，还有他仆人的做派，我敢说他起码是海陆冶金公司的老板，腰缠万贯，没错的。他对你很感兴趣呢。”

“梅赛德斯，我不知道你在说谁。”

“你当然知道，”妓女有点不高兴，“如果你不想跟我透口风，那随便。我想去喝点热的，一起去？”

“不，我想我该回家了。”

梅赛德斯惊讶地看着她。

“回家？在这个时候？我不知道你出什么事了，但你今天确实非常奇怪。”

年轻的妓女向酒馆走去，多萝丝若有所思地望着她渐渐远去的身影。尽管刚才的回答是脱口而出，但此时她确实不想工作。也许是得了感冒，也许是因为弗雷萨那该死的求婚一直在脑海中回荡。她气恼地叹了口气，觉得自己必须和他好好谈谈。

46

“咱们就不能找个更安静的地方吗？”

达涅尔和帕乌气恼地望着弗雷萨。三个人坐在桌旁，位置颇佳，舞台上的一切尽收眼底。粗犷的歌声与吉他声、跺脚声和拍手声响成一片。在噪声和烟雾的笼罩下，这处舞厅咖啡馆几乎没法呼吸，但顾客们好像不怎么在意，大多数人都在聚精会神地关注着轮盘赌或者“红与黑”牌局。

“二位说，要找个不引人注意的地方。”记者一边微笑，一边注视着台上的弗拉明戈舞女。“哪里能比港口咖啡馆更隐蔽？”

达涅尔指着他手上的绷带问：“您这是怎么了？”

“没事，出了点小意外，没什么要紧的。”

尽管记者语气冷淡，可达涅尔还是从他的声音中捕捉到一丝轻微的战栗。自从进了咖啡馆，弗雷萨就显得很奇怪。虽然表面上很热心，可眼睛总是躲躲闪闪，特别不愿跟帕乌对视。后者坐在那里一言不发，满脸通红。从瓶中剩下的酒量来看，弗雷萨已经喝了一阵儿了。达涅尔觉得他这番状况应是与那场事故有关。当一个侍应生穿过附近喧闹的赌桌、上前服务的时候，他对自己的判断更加坚持了。

“你们想来点什么？”弗雷萨举着斟满烈酒的杯子问。

达涅尔和帕乌摇摇头。

“来吧，别扫兴。如果不点些什么，会引人怀疑的。”记者一边说，一边向他们夸张地挤挤眼睛。

两人只好点了红酒。侍应生端上酒后就退了下去，只剩他们三人。帕乌回忆起达涅尔和弗雷萨来图书馆把她从奥姆斯医生手上救下来前，那一直跟踪着自己的脚步。她说到最初找维萨里的书是多么地困难，以及和老管理员的碰面、在那间隐秘图书馆里度过的几个小时，还特别详细地讲述了后来是如何发现那间秘密实验室以及写在墙上的句子的。

“这不是您父亲为我们在下水道里指路时的那句话吗？”弗雷萨问。

“是的，”达涅尔想起那句话的意义，“只有天才才能使人永生。”

“奥姆斯为什么这么沉迷地把这句话写了满墙，后来您父亲为什么又用它指路？这绝非巧合。”

“我同意您的看法，但不知道答案。也许当我们找到那神秘的《第八本书》时会明白一切。帕乌，请继续说下去。”

女孩又说起自己如何发现管理员的尸体，如何在书架构成的迷宫中逃亡，最后如何和凶手以命相搏。

“所有人都以为图书馆的火灾是场事故，没人怀疑实际上发生了什么。”

“见鬼！我们又回到原点了。”

“我们还需要继续寻找维萨里的著作。奥姆斯把你找到的那本抢走了，这真是太不幸了。”

帕乌第一次微笑了。

“我想给你们看样东西。”她边说边从背包里掏出一个哔叽包裹来，小心地放在桌子上。她揭开外面的布，那是一本厚厚的书，封面是深色的皮子做的。

“这是我在那个秘密实验室里找到的另一本书，它和维萨里的那一本放在一起。你们可以看到，书名是 *De Dignotione ex Insomnis Libellis*（《关于梦的诊断》），这是盖伦的一部关于梦的诊断的著作。”

面对两位同伴的一脸茫然，帕乌翻开了封面。达涅尔和弗雷萨的脸上浮现出震惊的神情。

书的第一页是一幅插图，在灯光的映照下，图上的一切仿佛有了生命。它生动逼真地描绘了在人潮拥挤的解剖室中讲授法医解剖课的情景。在一处夸张的涡旋装饰中，写着下面一段话：Andrea Vesalii Bruxellensis, scholae medicorum Patauinae professoris, de Humani corporis fabrica Libri septem（布鲁塞尔的安德烈·维萨里，帕多瓦医学院教授的七卷本《人体构造》）。

片刻间，台上的喧哗声在周围沉静下来。

“我不明白……”弗雷萨说。

“这本书体现了奥姆斯医生的智慧和幽默。没人想得到，维萨里最重要的代表作会藏在盖伦著作的封面下面。盖伦可是他在学术上最大的敌人。”

“这么说，奥姆斯没有拿走这部手稿？”

“看来那里有两份手稿。”帕乌激动得两眼放光。

“现在我真是被完全弄糊涂了。”

“听我说。我思考了一番，得出下面的结论：奥姆斯医生得知自己将被送往疯人院时，他给这份手稿包上了另一本书的封面，用这种方法把它隐藏起来。随后又找了另一本外表相似的《人体构造》打马虎眼。他还在外面的屋子里囤积了大量毫无意义的书，借以转移人们的视线。”

“他为什么这么自找麻烦？”

“他想迷惑那些觊觎自己发现的人。”

“可他把这本书藏起来究竟是为什么？这本书众人皆知，印了几百本呢。”

“的确，我也想过这个问题，而答案只有一个：这部手稿并不是印刷版，而是真迹。也就是说，它已有三百多年的历史了。”

帕乌话音落下，三人带着敬畏，重新审视着桌子上的这本巨著。

“真奇怪，奥姆斯竟然落入了自己设下的陷阱，抢走了另一本书。”

“这都是运气。两本书的尺寸和外表相差无几，在烟雾中很难辨别。二位出现后，奥姆斯匆忙逃命，没法停下来检查自己手里的书对不对。”

“一本旧书竟然惹了那么多麻烦。”弗雷萨喘了口气，漫不经心地拿起书打量着。“甚至还有个错误，你们看，这一页的页码标错了。”

帕乌赶紧把书从记者手中夺回来，小心翼翼地放回到桌子上。

“弗雷萨先生，这本‘旧书’，以及它接近七百页的内容，是人类历史上最有影响力的科学巨著之一，如果这还不足以引起您重视的话，您可记得我差点为它送了命？请您小心轻放。”

“冷静点，帕乌，弗雷萨无意冒犯。”

女孩愤怒地抿了抿嘴唇，记者揶揄地笑笑，把头歪向一边，算作回应。

“请继续说下去。”达涅尔鼓励她。“我们想想奥姆斯为什么这么看重这本书。”

“好，”女孩还是一副被冒犯的神情，“糟糕的是，我没发现这本书较之其他版本有任何不同，当然，也没发现任何《第八本书》的蛛丝马迹。”

“让我们一起看看，也许能找到您忽略的地方。”

“好的。”帕乌答应了，她把手稿推到三人中间。“二位应该知道，这本书最精彩的地方是它的插图，全书共有八十多幅，其中有十七幅占据了整页空间。多名艺术家参与了插画绘制，其中最主要也是最著名的一位是提香的学生史蒂芬努斯·德·卡卡尔。而维萨里本人也绘制了多幅插图。”

“为什么这些插画这么重要？”

“维萨里一直满怀热情地倡导解剖学和美学的结合。正因如此，这些插图不仅为医生而画，也为艺术家而画。其水平之高超，至今都无人超越。很多幅插画被多次剽窃模仿过。同时，这些画作充满象征意味，蕴含着丰富的信息。你们看扉页这幅图，这个人就是维萨里。”帕乌用食指指了指画面中央一位高额头、宽鼻子、须发浓密的男子，他正直直地盯着他们看，就像要指责他们发现了他的秘密似的。“这幅画表现了第一天上解剖课时的情景。在那个时代，因为尸体容易腐烂，解剖总是从内脏开始，就像画中描绘的那样。这里——”她又指了指画面的另一部分。“他用手按着尸体被开膛的腹部边缘。这种做法其实是一种挑战。维萨里反对以权威的语气讲解解剖学的传统教学法，他把理发师们赶到桌子底下，亲自上阵解剖尸体。”

“理发师？”弗雷萨忍着笑问道。

“理发师是最早的外科医生。”帕乌解释着。“在那个时代，在课堂上解剖尸体的是他们，医生是不会亲自动刀子的，因为这有损他们高贵的身份。维萨里是首先打破这个规矩的医生之一，他以这样的方式增进了自己对人体的认识。他试图在《人体构造》一书中，指出盖伦在解剖学上犯下的错误，比如人体的主要血管起始于肝脏的理论。在这幅图中，”帕乌指了指插画，“维萨里希望能明确地指出，了解人类的唯一途径就是人类本身。”

她翻过一页，书页沙沙作响，好像在抱怨为什么那么久都没人翻它。

“书页是羊皮纸做的，这也可以说明，这本书确实是真迹。羊皮纸在当时极其罕见，却常用于抄写此类著作。就像我跟你们说过的那样，这部手稿分为七卷本，第一本阐述骨骼和关节；第二本阐述肌肉，其中包含了最著名的那些插图；第三本阐述心脏和血管；第四本阐述神经系统；第五本阐述内脏器官；第六本阐述胸腔器官；最后一本，也就是第七本，是关于大脑的。这部手稿在那个年代完全是革命性的著作，它标志着现代解剖学的开端。”

他们眼前的这幅画是一幅人体解剖图，图中的骷髅摆出一个毛骨悚然的站姿，肌肉挂在骨骼上面。弗雷萨忍不住叫起来：“太可怕了！”

帕乌微笑了。

“这就是这些插图的好处。维萨里选用了戏剧般的姿势，但非常有利于阐述。比起我看过的其他版本，这部手稿上的插图看上去更加……

怎么说呢？……更加活灵活现，”她满怀赞叹地舒了口气，“插图的作用是这样的：在每块肌肉、跟腱或骨骼旁边，都有一个记号，一般来讲是一个字母或数字，以便于读者在接下来的文字页中查找到详细情况，包括这些部位的命名、作用和解剖学功能。”

在油灯的光线下，这些插图仿佛有了生命，那些剥了皮的尸体扭曲着，沉默地发出恐怖的呐喊。弗雷萨打了个寒战，不知道是被图中的场景吓到，还是记起自己随后要向警长报告一切。

“看这里，第一页……”达涅尔说。

他把手稿挪到最近的油灯下，大家对着光，发现达涅尔指出的地方有一行文字阴影。在同伴期待的目光下，达涅尔小心地揭开盖住那行字的书页，在书的衬页下方写着一行小字。

“这是什么？”

“好像是一行献词。”

“真奇怪！那个时代，献词一般都会放在显眼的位置，完全没道理遮起来呀！”帕乌说。

三人把头凑在一起仔细查看。一段用华丽书法写成的文字占据了页面的四分之一，最后是维萨里的花体签名。

“是用拉丁语写的。”

“是的，阿玛特。维萨里时代的医学语言包括通俗拉丁语、希腊语、阿拉伯语和希伯来语。”

达涅尔为同伴们翻译起来。

“这是维萨里本人给西班牙国王菲利普二世的献词，祝愿他身体健康，国泰民安，并将自己最宝贵的知识奉献给他。他亲笔为这段题词签了名，落款时间是一五六五年四月。”

“这不可能。”帕乌叫起来。

“您想说什么？”

“《人体构造》一书，在维萨里的一生中只修订过两次。第一次是一五四二年，第二次是他本人亲自修订的，时间是十三年后的一五五五年。维萨里向卡洛斯五世赠送过第一版样书，这本书现今被收藏在罗威纳大学。而我们这本书却是他十年后献给菲利普二世的，这绝不可能，因为在此之前一年，维萨里就去世了。”

“也许这是个错误。”

“也许吧，但是……”帕乌沉默片刻，接着抬起头来，一双眼睛因为激动而闪闪发亮，“你们明白这意味着什么吗？”

两人都摇摇头。

“这部手稿可能是维萨里本人写就的第三版，当时所有人都以为他已经死了。这个版本没有任何记载，如果我的猜测是正确的，那么我们面前这部手稿，乃是独一无二的无价之宝。”

“它能值多少钱？”弗雷萨一边问，一边欣赏着舞台上吉他手和歌手的新曲子，“几个杜罗？”

“也许还要多点，几十万杜罗，您觉得如何？”

弗雷萨惊得一口酒喷出来，不住地咳嗽，赶紧抓住桌子边，以防自己从椅子上掉下去。

“您说什么？”达涅尔问。

“我肯定，刚才的估价错了。”帕乌用颤抖的双手，无限敬仰地抚摸着书页。“在这个世界上，再没有第二部这样的手稿。它足可值几百万。”

“得了，它还能值一座金山呢！”弗雷萨笑起来，帕乌恼怒地瞪了他一眼。

达涅尔却毫不在意，只是满怀忧虑地审视着这部手稿："这部古书后面究竟藏着什么秘密，竟然要了那么多人的命?"

台上的演出结束了，演员们下台休息。弗雷萨趁机打了个嗝，又斟了一杯酒。他举起酒杯，向这位伟大的解剖学家顺致敬意。

"我收集了一些维萨里的信息，"帕乌一边继续说，一边从弗雷萨身边挪开，"我想，也许我们能从中找到一些继续调查的线索。"

"真是个好主意!"达涅尔鼓励她，"您发现什么有趣的事情了吗?"

"嗯，我认为，我们应该把目光集中在维萨里的晚年岁月。"帕乌翻了翻笔记本。"他在西班牙的最后几年里，虽然还在宫廷任职，却放弃行医，专心致力于研究。有些医生还是不能容忍一个外国人在宫廷里步步高升，也不能容忍他胆大包天地攻击伟大的盖伦。维萨里一离开宫廷，流言蜚语便接踵而至。"

"什么样的流言蜚语?"

"看来维萨里继续进行了多次尸体解剖，在那个时候，特别是西班牙，解剖尸体会遭到教会甚至一些医生的嫉恨。他们指控他施行巫术。"

"很有意思，"弗雷萨打了个哈欠，"这对我们的调查有什么用?"

帕乌没理他，继续说："一五六四年，维萨里被宗教裁判所判处死刑，但菲利普二世出于对他的欣赏，将死刑改为去耶路撒冷朝圣。他获刑的原因不太清楚，根据最可靠的信息来源，他当时解剖了一位贵族青年的尸体，此人在朝廷中。当他打开胸腔的时候，很多证人证实，那人的心脏还在跳动。如果这是真的，那维萨里确实犯下了一个罕见的错误。他曾经接诊过无数病人，数十年来解剖过上百具尸体。"

"那他究竟怎么样了?"

"他接受了判罚，去了耶稣撒冷。回程时，国王安排了威尼斯的帆船去接他，但他拒绝了这番美意，上了一艘专门运送朝圣者的破船，结果在希腊赞德岛附近遭遇了海难。维萨里并没有溺水身亡，但他年事已高，也许还受了伤，不久就因病去世了。但也有一些著作者认为他死因不明。有人甚至宣称，他在希腊又生活了十二年。”

“这位老安德烈可真是命大啊。”弗雷萨补充道。“维萨里的敌人们都认为他死了。在无人威胁的情况下，他有可能完成了对《人体构造》的第三次修订。甚至有可能写出《第八本书》。”

“是有可能。”帕乌承认。

“可我们怎么找到这本传说中的书？难道需要去趟希腊？”

“奥姆斯想拿回手稿，肯定是有原因的。”达涅尔思索着。“也许在书中藏着如何找到《第八本书》的关键或者启示。”

帕乌垂头丧气地摇摇头。她早就检查过了，却一无所获，甚至没有任何证据证明这部神秘书卷的存在。

正在这时，赌桌上一阵骚动，有人大喊对方舞弊，冲突火速升级，不一会儿就开始拳脚相加，咖啡馆瞬间陷入混乱，众人的狂怒如同干柴烈火般蔓延，咒骂和打斗声响成一片。

“咱们最好离开这儿。”达涅尔建议。

三人刚刚起身，一位跑过来劝架的侍应生被人猛推一下，倒在了弗雷萨身上。记者摔到桌子上，打翻了酒瓶和酒杯，帕乌惊叫一声，向手稿冲过去，可已来不及了。酒水洒在翻开的书页上。女孩正想大骂弗雷萨一顿，却突然呆住了，她的两位同伴也同样惊得说不出话来。红酒浸湿了摊开的半幅插图，在红色酒渍上，有三个记号像星星一样闪着光芒。达涅尔蓦地兴奋起来，他抓起桌上的另一只酒杯，把杯中所有的残酒都倾倒在另半幅书页上。

“您在干什么?”帕乌叫嚷着。

“看!”达涅尔回答。

三人张大了嘴巴，只见一组圆圈像星座一样闪闪发亮，照亮了整幅图画。

47

多萝丝的脑海里乱得就像一艘开足马力的汽船。她决定到弗雷萨的报社去。她记得记者提过一位名叫比维斯的同事，说此人值得信任。他就算不在那儿，这位比维斯先生也可能知道他的行踪。她必须把那个误会说清楚。

她转过街角时，惊讶地停住了脚步。一辆豪华的马车渐渐驶了过来，这种豪车很少在拉瓦尔区出现。多萝丝赞不绝口地欣赏着，马车体型高大，深色的木质车厢和银质的包铁闪着光泽，她觉得自己一辈子都没见过这么漂亮的骏马。

没想到，马车竟然在她跟前停了下来，车夫穿着一件质地上好的羊毛披风，从座位上向她弯下腰来。不知为什么，他身上浓烈的气味让多萝丝回忆起某天去圣克鲁斯医院看望生病女伴的情景。

“喂，这个女的，你过来。”

马夫的语调和他手中的鞭子一样无礼。多萝丝的第一反应是拔腿就走，可最终还是像以往一样迎上前去。

“你就是那个叫多萝丝的?”

她退到一旁，一脸不信任地打量着来人。“也许是，也许不是。”

“明白了。我刚才碰到了你的一位朋友，她说能在这里找到你。我花了一杯热巧克力的钱才探出她的口风。”

多萝丝耸耸肩。梅赛德斯这个傻姑娘，总是这么管不住嘴巴。

“你别害怕，我不会伤害你，”马车夫的声音变得温和起来，“我都找你好几天了。”

“找我？为什么？”

“我的主人听另一位绅士说起过你，他让我找你，请你去见他一面。”

多萝丝想了想。这就是梅赛德斯说的那位主顾。没人会费这么大工夫去找一个妓女，也许，活跃在新建的纬线区里那些夜总会和剧院里的某个交际花能有这么高的身价，可她一个拉瓦尔区的妓女……这是在太奇怪了。

“我今天下班了，告诉你主人，等下回吧。”

她坚定地转身离去。

“等一下。”

车夫从大衣里摸出一个皮质钱包，朝她扔了过去。多萝丝伸手接住，当她掂量出里面的分量时，不禁念了句“上帝保佑”。一串银杜罗从她手上滑出来，她被那白花花的光芒晃得意炫神迷，简直不想挪开眼睛。正在这时，车夫又说话了。

“如果你答应，我的主人会继续付报酬。他非常有钱，非常慷慨。”

这可是一大笔财富。她就算辛苦一年也挣不到这么多钱。而那人还准备付更多的钱。她再一次看了看马车。这辆马车值多少钱？就算车厢上有划痕，看上去也那么富丽堂皇。那人一定是个大富翁。

“你主人是谁?”

“他是位大人物，当然了，此事必须十分谨慎。”

看到多萝丝还是一脸困惑，马车夫继续说下去：“他有些私人怪癖，所以愿意花更大价钱让人来满足自己。你会拒绝这样的机会吗?”

多萝丝又一次看看手上的钱。她就干这最后一次，以后再也不卖身了。如果这么好的机会犹豫着不去抓住，那就太愚蠢了。既然金钱已经在向她微笑招手，那就没道理背过身去。有了这笔钱，她完全可以开始新的生活。这事不需要让弗雷萨知道。

“好的。”她答应了。

“太好了!”车夫下了车，打开了车厢的门，“但是……”

“怎么了?”

“你看，”他一脸遗憾地说，“就像我跟你说的，主人有些特别，受不了带圆点的衣服。”

“你当真?见鬼!”

“我们可以在你家里停下，你去换件衣裳。随便哪件都行。”

“你想让我换衣服?你主人真是疯了。”

“我主人是个十足的绅士，只是有一点古怪。换件衣服只需要几分钟，想想你能挣到的钱，这点麻烦是可以忍受的，你不觉得吗?”

多萝丝很想拒绝。但手中钱袋的重量压倒了一切困惑。车夫说得对，不管穿哪件衣服都一样，最后都得脱下来。车夫等着她的答案，不住地搓着戴着手套的双手，掩饰不住内心的焦急。多萝丝叹了口气，说：“好吧，我就依你们这一回。但你们得再多付两个杜罗。”

“你真聪明，我相信，你一定会被我主人用雷亚尔埋起来的。”

车夫友善地笑了笑，伸手把她拉上马车。

“今天是你的幸运日。”

看着奢华的车厢，多萝丝忍不住吹了声口哨。车门在背后关上了。车夫向她做了个手势，马车猛地开动了。多萝丝失神地掀起窗帘，把玩着手中的钱袋。为了抚平心头的不安，她一遍遍地对自己说，这是最后一次。做完这一次，她将改变自己的人生。她要找到弗雷萨，告诉他，她答应他的求婚了。

48

达涅尔等人挪到咖啡馆最不起眼的一张桌子旁，又点了些红酒。三人的心情越来越激动，舞台上的歌声和音乐都渐渐消散成背景。

他们用酒打湿了第二幅插图，接着又打湿了一幅。插图上同样显示出发光的圆圈，这些圆圈恰好出现在那些注释人体不同部位的标记旁边。

“维萨里是个很有智慧的人，”帕乌赞叹不已，“他选了某些标记，在上面涂了苏打膏，苏打和红酒中的酸性物质起了反应，于是，原本看不见的涂层上出现了光环，这真是太简单了。”

“是的，但是，这些被标出来的记号有什么意义呢？为什么他只标注了一部分，而没有标注其他的呢？”弗雷萨问。

“也许，这些标记共同组成了一个信息。”在同伴的沉默中，达涅尔说。

“我们把所有标记组合起来，就能破解这条信息了？”

“恐怕没那么简单，”帕乌摇摇头，“这些标记应该有特定的排列顺序。”

三人的目光投向最后一幅被浸湿的图画，画中是一具被深度解剖的尸体，骷髅正在眺望远处的风景。它背朝读者，只显露出深深的肌肉。在他周围，一些小小的圆圈闪亮着，标出了维萨里三百年前选出的那些记号。

“也许我们需要找另一本书对比一下。”弗雷萨建议。

“好主意，但是太复杂了，”达涅尔说，“我还是觉得，答案就藏在这部手稿里面。也许，这些记号和书的其他内容有联系……”

“有道理！”帕乌大叫着打断他，她将插图推到他们眼前，指着它说，“这些记号和后面的文字是相互依存的，这也是本书最大的功用。我跟你们说过，插图上每处骨骼或肌肉旁边都标注了记号，在后续文字中，可以凭这些记号查找不同部位对应的名称和解剖功能。”

“这些记号在对应的文字中是有顺序的，”达涅尔补充道，“当然！那咱们就按插图后说明文字的顺序，把维萨里标出的记号都记下来。一个都别漏掉。”

他们开始工作了，达涅尔和弗雷萨一页一页地检查，找出所有用隐形墨水标出的记号。帕乌把它们写在笔记本上。时间过去了好一阵子，他们发现，十七幅整页插图中的十六幅都留有记号，所有小幅插图上都没有记号。过了一个小时，帕乌从奋笔疾书中抬起头来，满脸都是失望。她记了好几页纸，但没有任何意义。

“我搞不明白，”她翻着笔记，“看来您的想法是对的，阿玛特。”

三人的心头升起重重疑云。

“这位维萨里把我们耍了。”弗雷萨嚷着。

Ƚ>z7oLюrZoZ∇ωτ7ʌƐωZζ+ϙaω‡◊7o6

>L6ȽυʃꞱʃ+rzLχ7rςꞱ∇LƐz76χю>LθȽ

zƐ7Z>+6◊+rz+∇7Ɛω∞ωpoꞱ76ʃ◊7◊gL

76◊Ɛ+ZaюZ7∞ʃLz+<ςϙLΔo+Zʃp7ζτ∞+ϙ7<L

P7ZzωΔoʃ+6zaθ76LZƐ+∇LZ7ª6ωϙƐ7r

Ɛ+Z∇Ļ6ζ7ʌʃ∞ʃ◊7◊…

达涅尔突然笑起来。“当然！我怎么早没想到！”

另两人警觉地望着他，好像害怕他发疯了似的。

“吉尔伯特，您曾说过维萨里树敌无数。他不可能把事情搞得那么简单。还有什么比给文字加密更高明的法子？”看到同伴们茫然的表情，达涅尔继续解释道，“你们看，这些记号大多是数字和希腊罗马字母。虽然我到现在还没搞明白，但之前确实见过一组相似的记号。”

他从外套里掏出奥姆斯医生的笔记本翻起来，最后，把本子敞开放在桌子上，指着最后一页那张画满符号的表格。

“当时我们认为，这不过是奥姆斯做实验用的记录，所以没有太在意。可是我们错了。我敢说，它其实是一张替换字母表，有了这张表，我们就可以破解维萨里的信息。”

“这也可以解释，为什么奥姆斯千方百计也要拿回这本小册子。”弗雷萨激动地说。

“我们看看这个推测对不对。”帕乌口气坚决。

三人再次兴奋起来。为了节省时间，他们把帕乌的记录一分为三，对照着奥姆斯的表格开始了工作。他们干得聚精会神，连弗雷萨都忘了喝酒。渐渐地，那谜一样晦涩的语句开始在纸上成型，经过一小时的艰苦努力，他们终于解密了整篇文章。那是写满整整四页纸的拉丁语。达涅尔在同伴的期待下，大声翻译出来。

“在你手上的是《人体构造》的《第八本书》，它记录了一条对于人类而言异常重要的知识。我，安德烈·维萨里，正告来人，如果走到了这里，那你身上肩负着重大责任……”

三人你看看我，我看看你，无法抑制内心汹涌的感情。

“这份手稿没告诉我们去哪里找《第八本书》，因为它就藏在手稿里面。”帕乌叫起来。

“请继续！”弗雷萨鼓励道。

达涅尔继续读下去：“……我毕生致力于与疾病及其最终结果——死亡作斗争，医学是伟大的科学。钻研医学是我的目标和兴趣，也是我这一生的意义所在。在下面的文字中我将提到经过数年研究后得出的一个方法，整个过程需要非常精细的操作。这些步骤如同医学之路一样重要，同样，在追求至高真理的过程中，也需要谦卑的态度。

“首先，需要收集上好的钢铁和玻璃，请最熟练的工匠，将两者熔合在一起，做成一个巨大的容器。”

从这里开始，直到最后一页，维萨里列出了一长串原料以及复杂详尽的说明，所有这一切都是为了铸造一件器械。

“这是我知识的顶峰，是对人类完美结构的最高赞颂，是不死灵魂的休憩和支撑，是被古人不无道理地称为‘小宇宙’的一处居所。”

文字到此结束。三人将信将疑，半天没有言语。

“维萨里描述了如何制造一台……机器！”达涅尔终于开口了。

“在这台机器类似闪电的力量下，可以贯通能量之源。”帕乌接着说。“你们发现了吗？维萨里在‘电力’被发现前一百年，就提出了一套如何操作电力的系统。这是那个时代的里程碑。”

“所有这些都很精彩，成就非凡。可这台机器究竟是用来做什么的？”弗雷萨问。

另两人显现出一副无能为力的表情。

“见鬼！”记者爆发了，“这就是全部？也许整篇文章并不完整。”

达涅尔摇摇头。他检查了两遍维萨里留下的发光记号，一个都没漏掉。

“我们从另一个角度想想，”他思索着，“为什么奥姆斯那么想要这份手稿？”

“很显然，他想找到《第八本书》。”

“不，”达涅尔摇摇头，“奥姆斯知道书中的内容，我想他甚至知道维萨里的机器是用来干什么的。这一点有他的笔记为证。”

“那又怎么样？”

“所有这段日子，奥姆斯既想得到笔记本，又想得到手稿。他的目的就是为了防止我们拿到它。尽管我不知道他的动机。”达涅尔回答。

“好吧，假设你是对的，奥姆斯想利用这台机器，”帕乌思考着，“他该怎样获取电力？”

“他可能有避雷针吧。”

“城市里有避雷针的地方不计其数，但只有在雷电交加的时候，避雷针才能派上用场。”

“奥姆斯不需要等待任何一场雷雨！”达涅尔拍着桌子嚷道，“几个星期前，他已经准备好了所需的全部电力。”

“您指的是什么？”

“万国博览会的发电站！”

“但是，根据维萨里的指南，这台机器需要无穷的电量。”

“我去电站参观过，阿戴勒为我展示了几台发电机，他们不但足以保证整个博览会园区的电力供应，还能为附近的广场和街道供电。”

“也许，这些电足够机器用了。”

“足够！我在电站参观的时候，有位职员打断了我们，他向阿戴勒报告说，发生了几起原因不明的事故，可能导致整套供电设施不稳定。那人看上去惊慌失措的。也许这几起事故正是奥姆斯制造的，电流因此受到了干扰……”

达涅尔突然停住，整个脸都亮了起来。

“这就对了！”他叫起来。

同伴们费解地望着他。

“这就是奥姆斯阻止我们找到手稿的最终原因。他不想让我们知道他的藏身之处。”

“您在说什么？阿玛特？”

“奥姆斯需要找一个安全的地方放置被害人的尸体。现在，《第八本书》告诉我们，那个地方应该靠近电站，这样才能获得充足的电力供应。明白了吗？我父亲当时得出了同样的判断，所以人们最后一次见到他时，他正在穿越下水道。奥姆斯就藏在万国博览会的地底下！”

背叛与谎言

距万国博览会开幕还有9天

49

没人敢碰那具尸体。黎明时分，海浪把她冲到岸边，几个夜归的渔民在天亮时发现了她。其中最年轻的那个还问，她是不是搁浅的美人鱼。贝壳和卵石布满全身，在皮肤上刻上大海的印记。紧闭的双眼周围缠绕着几根水草，嘴唇弯出一个笑纹，就好像在巴塞罗内塔满是烂泥的沙滩上沉沉安睡。

有几个爱看热闹的居民已经走出家门，围拢过来。又是一起命案。他们压低声音私语着，生怕被凶手听到。所有人都在自问，他们究竟做了什么，让“黑魔鬼”这样穷追不放。

路上传来了吱呀的车轮声和骏马的嘶鸣。两辆马车停在大道上。大腹便便的桑切斯警长从第一辆马车里钻出来，因为身躯过于肥胖，下车时把车厢都压倾斜了。他望着海上飘来的大片阴云，满脸厌恶，看来又要下雨了。他昨晚喝了很多烈酒，头疼得要命，今天一大早就来见尸体，真是让人恶心。

警长身后，一位矮小的男人从马车上探出身来。他皮肤细薄，穿着比身量大两号的外衣，左手拎着一只箱子，右手扶了扶眼镜，漠然地看着周围的一切。他下了马车，等候警长吩咐。

从另一辆带篷马车里走下来六位负责清场的警察。看热闹的人群在他们的推搡、谩骂和训斥的眼神下，后退了几米。

警长步履沉重地走到尸体旁边，矮个男人跟在他身后。他掀起渔民们盖住尸身的毯子，四周顿时一片寂静。尸体的双脚和双手黑得像炭，缺了好几根指头。一个警察看到这副惨象，踉踉跄跄地跑远，把一肚子早饭都吐到了海水里。

桑切斯若有所思地望着尸体，伸出脚踹了踹她肿胀的腿，那条腿一动不动。拿箱子的男人在尸体边跪下来，准备打开箱子取器械。

“你这江湖庸医就别多此一举了，就连普通军士都知道，人早就死了。”

几个人听了这话，笑出声来。早晨天气凉，大家心情都不好。医生耸耸肩，退到一边填写死亡表格，两个警察用毯子裹住尸体，把它抬到一副担架上。

桑切斯听到阿斯考纳军士正向他走来。他是位聪明能干、有上进心的青年，可对于桑切斯来讲，却能干得过头了。阿斯考纳是他的后辈。人们说，巴塞罗那需要更专业的警员，这真是一派胡言。桑切斯叹了口气，准备听听年轻人怎么说。

“警长，我认识死者。她叫多萝丝，在拉瓦尔区做皮肉生意。”

“做得很好，军士，看来我们就不用查她的底细了。”

“我在她手上发现了这个，可能很重要。”

警长抬起一道眉毛，看到这位下属手中拿着一个小小的金色物件。

“这是什么？”

“这东西被折弯了，但看上去是一枚领带别针。上面有两个缩写字母：DA。”

“好的，”桑切斯一把抢过别针，“我会处理。”

年轻人怀着敬意点点头。

“我们还按照惯例处理尸体吗？”

“不，直接把她送到北方墓地去。明白？以后不要把任何这类尸体运到停尸房。”

年轻的警察掩饰不住惊讶。这种做法并不符合惯例。通常情况下，身份不明的尸体必须先在停尸房里停放三天，然后再运到公墓埋葬。

“好的，先生。但是……”

“但是什么？”

“也许她的家人会来收尸。”

要小聪明。这个警察就知道要小聪明。

“谁会来为一个妓女收尸？”桑切斯反问道，“看在上帝的分上，阿斯考纳，你只要服从我的命令，听话。”

几米外，弗雷萨靠着更衣房，浑身抖如筛糠。沙子掩埋了裤脚，他却毫无知觉，只是一页页地翻着笔记本，不停地写啊，写啊，他只知道，如果自己停下笔来，就会停止呼吸。

手上的伤口在流血。因为用力过猛，笔记本的纸页不是被划开就是皱成一团。但他不以为意，只是翻过一页，继续一个字一个字地写下去，一边写，一边徒劳地想缓口气。

“她死了。多萝丝死了。”他一遍又一遍地自言自语，就好像这样一直说下去，这句话就会变成谎言。

他多希望人们弄错了，海滩上躺着的是另一个女人，但当他得到维达尔的口信，就知道死者只能是她。

如果那天，他没有像个坏学生那样愚蠢地离开，该有多好……

他又撕下一页纸，任由风将纸吹走。

突然，腹中猛地一阵剧痛。他感觉身体里有个东西在颤动。先是引起胃里一阵痉挛，接着又蔓延到胸口。痛感越来越剧烈，几乎把五脏六腑都撕得粉碎。他想叫喊却无法出声，只有写，写，写！他在笔记本上一个字一个字地写，直到生生的痛楚聚集到指尖。他把手伸向空中，抑制不住剧烈的颤抖。就算这样，他还在努力地写。笔下的文字渐渐模糊不清，鲜血染红了纸页，纸张撕裂了，就如同撕裂他自己的灵魂。只听咔吧一声，铅笔断了。弗雷萨把笔记本扔到沙滩上，号啕大哭起来。

50

达涅尔走在泥泞的路上。大雨过后，地面上形成无数污水和泥土构成的小岛。距卡塞罗拉山已经很近了，天空转眼间变了颜色，涌出大片灰色的阴云。

眼前两座覆盖着常春藤的塔楼间夹着一道铁门。他走到门前，拉了门铃。约皮亚·伊·阿法拉侯爵府看上去更像阿拉伯城堡而不是贵族宅院。这是一处坚固的六角形建筑群，中间伫立着带堆堞的塔楼。铁艺的拱形窗户和门口两棵高大的棕榈树让人有恍然置身里夫山[1]之感。

达涅尔和吉尔伯特花了一上午的时间研究《第八本书》的内容。弗雷萨没有现身，而他们俩也是白白浪费时间，没有找到任何破解维萨里那台奇异机器的办法。事情还是一如既往，毫无头绪。他正要去吃饭，就在学院接到了侯爵的口信，约他当天下午来府上一晤。虽然对方并未说明缘由，达涅尔还是好奇地决定走上一趟。

随着一阵脚步声，一个仆人打开了大门。达涅尔递上名片，来人看也没看，只是一言不发地直接示意达涅尔进门，有人正在等他。

他穿过几间陈设着东方风格家具的房间，最终来到一间宽敞的大厅。一位老者惬意地倚在屋子中央的长沙发上，兴致勃勃地打量着他。

“阿玛特先生，请进，请进。”侯爵示意他坐到自己对面的椅子上。“请您见谅，我就不起身了。我吃完饭总喜欢在这么舒服的沙发上坐几个小时。”

达涅尔落了座。侯爵身材高大，就算膝上盖着毯子，也掩盖不住一身贵气。他穿着家常便服，憔悴的脸上，挺直的鼻梁很引人注目。浓密的双眉下戴着夹鼻眼镜，镜片后，一双澄澈的蓝眼睛闪着有趣而又好奇的光芒。

“好的，好的，”他的声音好像从山洞里发出来一样，“很高兴认识您，阿玛特先生。在下胡安·安东尼奥·德斯瓦斯，也是这所宅邸的主人。因为家族的古老历史，我继承了侯爵这个华丽的头衔。不过这都是几十年前陈芝麻烂谷子的事了，那时候，成群结队的资产阶级还没有入

1　摩洛哥北部山脉。

侵巴塞罗那呢。如今他们才是新贵。”

他停了下来，用手帕掩住嘴，咳嗽起来。

“您想喝点什么吗？”

达涅尔示意自己什么也不想喝。老人晃了晃手上杯子里金色的美酒。

“现在这个时候，我只能来一杯上好的波旁威士忌了。虽然我女儿为此操碎了心，可我就好这一口。”

“我能理解。”

“不，您理解不了。但您会理解的，我相信将来您一定会理解的。您还年轻呢。”

“请您原谅。您在信上说，想跟我谈件私事。我实在想不出会是什么事。就像您说的，我们刚刚才认识。”

“您说得没错。其实要见您的人并不是我。”

“我不明白。”

“请把手杖给我，我们出去。”

达涅尔把椅子旁边那把直柄象牙手杖递给侯爵，扶着老人站起来。两人出了门，走到一处不规则的空地，又穿过一座种着黄杨树的花园，花园的铁门边耸立着两尊狮子雕像。紧接着，他们又踏上了一条环绕着花圃的小路。

“您觉得这里怎么样？”

“非常美。”

侯爵望着前方，又转眼看看达涅尔，坚定地说：“这座庄园是近一百年前我的曾祖父约翰·安东尼·德斯瓦斯·伊·德·阿德纳建造的，他也是第六位约皮亚侯爵。当时他请了一位名叫巴库提的意大利建筑师来设计主楼，又请了一位名叫德巴雷的法国人——大概是叫这个名字吧——设计了花园。我对法国人从来都没有好感，这些年来，全家人一直都在不停地扩建和新建花圃、水渠、小广场……我们加种了几十棵树，加长了花园，甚至修建了一道瀑布。”

老人继续步履蹒跚地和达涅尔一起漫步。后者也不知道他们这样边谈边走的，究竟要去向何方。

“德斯瓦斯庄园接待过好几位君主和王子，现在费尔南达和她的兄弟们正在准备社交舞会和露天戏剧表演。总有一天，我们会把这个美轮美奂的地方捐出去的，您等着瞧吧。”

两人来到一处观景平台。平台两侧是两座凉亭，中间是一座雕像。

“那是阿丽阿德娜和德赛尔[1]，”侯爵用手杖指着雕像，“一个美丽的故事，您可曾听说过？”

“我在学校里学过。在阿丽阿德娜的帮助下，德赛尔走出迷宫，杀了牛头人身的怪物。随后两人一起逃走了。”

“差不多是这样的。事实上，我总觉得阿丽阿德娜有些轻浮，但也许正是因为这一点，我才喜欢她。”

侯爵笑了，笑声引起一阵咳嗽，他不得不用手帕掩住嘴。过了几秒钟，他终于恢复了气息，把身体支在瞭望台的阳台上。

阳台下的小径通往一处围着高高栏杆的曲折迷宫，那里树木葱茏，蜿蜒旋转，诱惑着轻率的游人深陷其中。夕阳西下，道路上光线昏暗，从左到右模糊一片，看不清最终通向何方。达涅尔好像看到，在迷宫中央，藤蔓植物构成的拱门环绕着一尊雕像。

---

1 阿丽阿德娜是米诺斯国王的女儿，曾给情人德赛尔一个线团，助他走出迷宫。

“这是花园里著名的迷宫，”老侯爵猜到达涅尔在想什么，向他介绍着，“这里种植的柏树足有一公里长，全部被修剪成四米高。在迷宫小径中看到的美景，是旁人难以想象的。”

“您说的一切都非常有趣，德斯瓦斯先生，”达涅尔回道，“但您并不是为了带我参观贵宅才叫我来的吧？”

老人若有所思地望着他，头顶上的天空开始阴云密布。

“阿玛特先生，请跟我来。”

他们沿着台阶走下瞭望台，进入迷宫。脚踩着湿润的地面沙沙作响。植物围成的墙壁在周围闭合，带电的空气里弥漫着茉莉花的馨香。

“我还有最后一件事情想告诉您，”老人说，“这座公园真正的秘密不在于它的美丽，不在于那些异国风情的植物，甚至不在于它绝佳的位置。一切的关键在于和谐。那是一种精致的平衡，任何外来干涉，不管有多么善意的理由，都只能玷污它。请您记住这一点。”

他们来到一处空地，那里立着一尊美丽的爱神雕像，雕像后面有两个人影在晃动。伊蕾妮和一个面目可爱的少女从雕像的围栏后面走出来。少女和她轻轻地握了握手，就陪着侯爵走远了，只剩下伊蕾妮和达涅尔两人。

“我们坐下说话？”

达涅尔还处在震惊之中，他任由伊蕾妮领着在一只石凳上坐下。她和他保持着谨慎的距离，暗色的裙裳外罩着一件合体的大衣，脸上蒙着面纱。达涅尔等不及伊蕾妮，自己先开口了。

“没想到能再见到你。”

“本来确实不该。但我有事要告诉你，除此之外没有别的办法。”

“你想说什么？”

“你很危险。”

“你怎么知道……”

“几天前，我偷听到我丈夫和桑切斯警长的谈话。那个人经常来我家，和我丈夫关系密切。他们谈到了你和你的那位记者朋友。柏特梅真的愤怒了，他让警长不惜任何代价采取行动，这是他的原话。”

“我明白了。”

“不，”伊蕾妮摇摇头，“我想你并不明白自己现在的处境。”

“他为什么这么急于阻止我们的调查？”

“这件事涉及大笔金钱。他不想丑闻曝光。”

“我们见面时，他也亲口对我这么说，但我怀疑此话的真实性。也许你丈夫真正在意的是我父亲和那些可怜女孩死亡的真相。”

“柏特梅势力很大，什么事都做得出。你在听我说吗？我是冒着风险和你见面的。”

“于是你就把地点选在了远离巴塞罗那的侯爵府？你在害怕。”

“我当然害怕！”伊蕾妮叫了起来。

“你怎么会爱上这样一个人？你不能再和他一起生活了。”

“你说起来倒是容易！”伊蕾妮爆发了，“你忘了吗？当初丢下我一走了之的难道不是你？只有他肯娶我。”

达涅尔刚想说话，被她用表情制止了。

“现在这事不重要，”伊蕾妮平静下来继续说，“你必须离开这里，永远都不要再回巴塞罗那。不仅仅是因为柏特梅。达涅尔，那个凶手……他会杀了你，就像杀死你父亲一样。”

达涅尔摇头拒绝了。

“我不能，伊蕾妮。这一次绝不能。我曾经逃过一次，却付出了一生的代价。从那时起，噩梦一直伴随着我。就在不久前，我以为自己已经重获新生，但那只不过是谎言。我不能再逃了，你明白吗？”

她透过面纱望着他，犹豫了片刻，从手袋里掏出一个小皮盒，递给达涅尔。

“你的回答让我害怕。我从柏特梅的办公室里找到了这个。这些文件都是和新贝伦疯人院有关的，原本不该流到他那里。他费尽心思想要隐藏它们。也许这些文件会帮上你的忙。”

达涅尔好奇地接过盒子，正准备查看里面的内容。伊蕾妮把戴着手套的双手放到了他的手上。

“你还有时间放弃这件事。”

达涅尔轻轻推开她，打开了那些文件。

那是几页散开的纸，达涅尔翻到第一页，认出这是一份医学报告。这种行文语言他很熟悉，父亲曾多次让他阅读类似的文稿，徒劳地想激起他对医学世界的兴趣。他手里这份报告记录了奥姆斯在疯人院的那位朋友的尸检情况。为什么阿戴勒会有这份报告？报告里详细描述了这个倒霉蛋受到的致命伤。尽管凶手更加粗野，但这些描述还是让达涅尔联想到巴塞罗那那些女孩的遗体。他想，奥姆斯毫无疑问是疯了。哪个正常人会对自己的同类下这样的狠手？

他继续读着尸体情况的相关描述以及解剖后对此人内脏器官的检查报告。法医事无巨细，把各种信息都写了进去，甚至在报告结尾列出了死者生前所患的疾病。达涅尔还是想不通，阿戴勒为什么要私藏这么一份报告，它的内容没有任何引人注目的地方。

他正要放弃阅读，突然被一段话夺去了注意力。如果不是记起希内医生曾经说过的一句话，他一定把这段忽略过去了。他再次认真地读了一遍文中的内容：“……死者患有晚期肝癌。”

达涅尔突然打了一个哆嗦，只觉得后颈上汗毛倒竖。

“有用吗？”

达涅尔愣愣地点点头。

“我必须走了。”他听到伊蕾妮的声音。

她站起来，达涅尔也跟着站了起来。两人挨得那么近，就这么面对面站着。他们的动作惊起一阵微风，吹动了几片树叶，在身旁打了几个旋。空中响起一阵雷声，第一阵雨点打湿了地面。但两人却浑然不觉，还是一动不动地站在那里。

“你为什么一定要回来？”伊蕾妮小声问。

达涅尔无言以对。他伸出手去揭开伊蕾妮脸上的面纱。他突然想吻她。她试图躲避却已然太迟。麦斯林面纱落到一旁，达涅尔顿时呆若木鸡。

伊蕾妮的左眼被打肿了，几乎睁不开。一大块青色的瘀血蔓延到颧骨和一部分面颊。达涅尔用颤抖的手抚摸着她脸上的伤痕，直到伊蕾妮红着脸躲到一旁，重新戴上面纱。泪水涌出了她的双眼。达涅尔几乎抑制不住心头喷涌的怒火，伊蕾妮拉住他，两人十指相缠。

“没办法的。”

“离开他，我会保护你。”

她凄楚地笑了，抚摸着他的脸庞。“不，你不明白。”

“你等着……”

伊蕾妮转身冲进了雨雾，把达涅尔剩下的话留在了风里。

51

阿戴勒的宫殿别墅如同从里向外闪着光的蛋糕，上百座枝形烛台的光芒从窗子里透出来。院子里停满了华丽的马车，披着斗篷的司机和管家一边等待主人，一边换烟抽。幸运的话，还能喝上一杯从厨房里送出来的潘趣酒。企业家正在宅院举行一场盛大的宴会，从院子里就能听到里面的欢声笑语。

假面舞会当下已经不很流行，就算有，也只在里瑟尔剧院才能一饱眼福。但阿戴勒却坚持每年在自己家中举办一回，希望借机邀请整个巴塞罗那的权贵人物大驾光临。

今年，女宾装扮最成功的是村姑、印度人和匈牙利公主。男宾的想象力要比太太们稍逊一筹，他们打扮成那不勒斯人、披绶带的塞维利亚学生或者威尼斯议员。几面安特卫普的巨大镜子围绕着七十余人组成的庞大乐队，乐师们演奏出第一首波尔卡，引得初出闺房的少女们激动地叫出声来。

“亲爱的柏特梅，在今天这种场合，你可不能拒绝我。”

扮成威尼斯总督的企业家正和别人交谈，听到别人打断他很是恼火。但当他看到眼前这个马孔村姑浑圆曼妙的曲线的时候，立刻满眼期待地露出了笑容。

“亲爱的胡丽娅，你知道我是不跳舞的。自己好好玩吧。”

“你可真没劲！”

女孩做出厌恶的表情，可一转眼，又调皮地向他行了个屈膝礼。她的领口低得有些过分，阿戴勒觉得自己的腿股间一阵刺激的痛感，他提醒她，过几个小时，他们会单独跳个痛快。女孩听罢，心满意足地消失在舞厅里戴着假面的人群中。

阿戴勒在男宾们嫉妒的目光下，继续刚才的谈话。两位绅士偷偷看着那个女孩，她正随着乐队欢快的节拍在他们眼前跳着波尔卡的滑步和跳步。阿戴勒的脸上立刻浮现出不悦的表情，那两位绅士赶紧把注意力重新集中到谈话上来。

“您的女伴真是个……妙人儿。”

“是啊，她可真漂亮。”

“我可不觉得。”阿戴勒把自己的微笑隐藏在白兰地酒杯后面。

人群中爆发出一阵哄笑。

“您夫人错过了这样一场盛宴，真是太遗憾了。”

有人干咳一声，人群中顿时一片沉默。阿戴勒拿开叼在嘴里的雪茄烟，上下打量着说出这句败兴话的客人。他甚至连他的名字也不知道。

“这位绅士，我夫人，”他冷冷地回答，“受不了人多。所以遇到这样的宴会，为了不让我孤身只影，都是我亲爱的侄女前来陪伴。”

那人发现自己说错了话，脸上明显浮现出红晕。事情眼看就要过去了，但阿戴勒倒越发不依不饶起来。他停顿片刻，冷笑着说：“我夫人的健康由不得您来负责。您同意我说的吗？是不是？或者，您难道是她的医生不成？”

“呃，是，先生，不，不是，先生。”

“您真是医生，而且不认同我说的话？”

“哦，不，不是的，我是想说……”

“啊，我明白了。您说得已经很清楚了。今晚不需要您在场，您肯定还有其他的事情，祝您晚安。”

阿戴勒掉头就走，继续和旁人谈笑风生。在场的宾客像主人一样，对这位客人乞求的表情视而不见。年轻人放下酒杯，羞愧地朝大门走去。阿戴勒示意管家过来，把他礼送出门。

众人继续着几分钟前的谈话，就好像什么都没有发生过一样。古巴动乱影响了棉花的船运费用，从而提高了布料的生产成本，这才是头等大事。阿戴勒表示，应该对当地人严加惩戒，其他绅士立刻点头深表赞同。

正在此时，大厅门口出现了一阵混乱。阿戴勒还以为是刚才那个丧门星惹的祸，这种人不闹出点动静是不想走的。但当他来到门口的时候才发现事情并非如此。今晚最后一位客人终于现身了。

“阿玛特先生，没想到这么快就见到您了。”

“我看您一定没想到。”达涅尔深吸一口气。

达涅尔挣扎着想跨进门去，两位穿得像路易十六侍从官一样的管家拼命阻拦。阿戴勒的车夫站在正门台阶的栏杆旁边，随时听候主人吩咐。

“阿戴勒先生，今晚的客人名单上没有这位绅士的名字，但他坚持要进来。”一位侍应生解释着。

“是吗？您竟然没有收到请柬？真是太奇怪了。”

达涅尔挣脱了管家的臂膀，直面着阿戴勒，一副潦倒的模样。他的礼帽和大衣都不见了，衣服已经被雨水淋透，头发贴在脸上，怒发冲冠地大喊起来。

“您是个该死的混蛋，您怎么敢动她？”

乐队停止了演奏，四周一片不合时宜的寂静。

“我不知道您在说什么。”

“不知道？看来您不但是个懦夫，还是个伪君子。”

“您竟敢在我家门口出言不逊？您也太放肆了！”阿戴勒装出一副怒气冲天的样子，实际上却等着看对方的笑话。

“你不为我介绍介绍吗？”

胡丽娅像其他宾客一样，走上前来看热闹。她肆无忌惮地半闭着眼睛，打量着这位不速之客。

“亲爱的，这位先生是达涅尔·阿玛特。他父亲几天前去世了，他来巴塞罗那参加葬礼，但现在就要走了。”阿戴勒向女孩说。

“哦，真是个小可怜。”

看到女孩朝达涅尔笑了笑，企业家恼怒万分。他松开挽着她的胳膊，把她向后推去。“快去跳舞。”

女孩正要说什么，却突然碰到阿戴勒怒火中烧的目光。她强撑着不让自己缩成一团，装出一副轻蔑的表情，远远走开去找香槟。

“您把情人公开领到家里？”达涅尔故意激怒他。

阿戴勒微笑了，围上来的客人越来越多，他就是需要他们作证，所有人都如他所愿地从舞厅跑出来看热闹。他注意到几个前来报道宴会的记者正在急匆匆地掏出本子准备记录。

“您回来究竟是为了什么？阿玛特？”

“我需要答案。”

“答案？哈。”

“您为什么要阻拦我继续父亲的调查？您和那些凶杀案到底有什么关系？”

周围有人开始窃窃私语。

“我知道，您指的是报纸上登的那些可怜女孩的命案。您不是在指控我为‘黑魔鬼’吧？”阿戴勒爆发出一阵震慑四方的大笑，“我看您真是疯了，先生。”

“您和您的电站跟她们的死脱不了干系。您迟早会面对司法的审判。”

“我倒觉得，您才是欠我们一个解释的人。”

看到对方一脸茫然，阿戴勒简直心花怒放。

“告诉我们，七年前究竟发生了什么？您弟弟和您的未婚妻，他们是怎么死的？我们都想知道。像您这样事后逃跑的人，肯定犯了什么错吧。”他演戏一样地伸出了手臂。

达涅尔这时才发现身旁聚集了那么多人，他们都用审视和期待的目光看着自己。他的声音不再自信。

“那是一场……事故。”

“一场事故！多巧啊！”阿戴勒笑了，“您看，您指控我犯下那些命案，可您自己却恰巧在凶案发生的当口回到这里。而我，只是谦卑地用自己的努力和金钱为这个城市的发展贡献力量。”

他这番话引起了一片赞同。

“请您告诉我们，”阿戴勒坚持着，“到底是什么原因让您在失踪这么多年后重返巴塞罗那？您难道不是那条魔鬼附体的恶狗？”

“您知道我不是！”达涅尔双拳紧握地反驳，“不过，那个性格暴虐、失去理智以致亲手杀了一个仆人的人，倒是成为凶手的绝佳人选。”

阿戴勒变了脸色，但依然强作笑容。他走近达涅尔，用谁也听不见的低声说：“我警告过您的，您不该去见她。您提醒了我，是该对我太太动用铁腕手段了。您放心，这次我绝不会忘记这一点。”

“你这婊子养的……”

达涅尔挥起拳头，阿戴勒正等着他出招。尽管这样，下巴挨的重重一击还是超出了他的预料，他被达涅尔一拳打倒在地。宾客中爆发出一阵惊呼，管家们冲向达涅尔，四下乱成一团。正在这时，一身苏格兰打扮的桑切斯警长从看热闹的人群中钻出来。他的面具上涂满亮片，看上去一点也不威风。

“阿戴勒先生，这个人袭击您了吗？”

“您说呢？笨蛋。”倒地不起的企业家这样回答他，“快履行职责！”

这通辱骂搞得警长很丢面子，他清清嗓子，示意等在身后大门旁的两个警察过来。

“阿玛特先生，您被捕了。”

还没等达涅尔抗议，阿戴勒的马夫就出现在他身后，抄起一根棍子在他的腰部猛击一下。达涅尔疼得双膝跪倒，接着，又一棍子打在他的脖子上，他觉得整个大厅开始旋转起来，整个人仰面倒在地上，几乎觉不出疼痛。

闻声而来的胡丽娅发出一声尖叫，一把抱住阿戴勒。这一次，企业家没有把她推开。

“请收好这根棍子，我的先生，”警长走上前来，企图重整威仪，“还轮不到让您来帮忙。”

魁梧的马车夫只是耸耸肩，就退到一边去了。几个警察把昏昏沉沉的达涅尔拽起来，给他套上了手铐。阿戴勒上前一步，伸手拍了拍他的肩膀。

“知道吗？我还买下了您家的房子，就是那座残砖败瓦的废墟。”他停了停继续说："当您在监狱里逍遥的时候，可千万别忘了这句话：您所拥有的一切现在都是我的，必须是我的。"

52

"吉尔伯特先生，请坐。"

院长语气沉重有力，就好像在医院的病房里发话那样。屋里有两把空椅子，帕乌在其中一把上坐下来，学校委员会的其他成员坐在她对面，一脸严肃地望着她。

这是一间圆形的办公室，和楼里的其他房间一样，墙柱中间是高大的椭圆窗，屋里陈列着古代外科手术器械，还有一副在靠掘墓获得解剖课尸体的年代留下的全副骨架，这两样东西帕乌都很喜欢。当她看到墙上还挂着一副维萨里《人体构造》中的插图的时候，猛地打了个寒战，收起四下张望的目光，用手按了按装着手稿的书包。

她不知道自己为什么被叫过来。和阿玛特分别后，她准备回拉瓦尔区多萝丝那里躲着。可在此之前，她还想再去医院看看那个小女孩。她想亲自证实一下，她的肺结核是不是痊愈了。结果刚到门厅就得知，校方正在找她。

当看到医学院委员会全数到场、嘉威特教授也在的时候，她开始害怕，看来他们并不相信自己这几天缺课的理由。

"苏涅先生，我可以向您解释……"

院长抬起手来，请她安静。

“吉尔伯特先生，谢谢您能来，”他停下来舒了一口气，不管事情如何发展，都让他极不舒服，“您是个模范学生，在场所有的老师们都很欣赏您，尽管您有时候太意气用事，不顾危险，自作主张。您对那个肺结核女孩的所作所为更是胆大包天。您瞒着所有人拿整个医院去冒险，不过算您走运，治疗是有效的。”

帕乌点点头。难道他们对当初的决定后悔了，决定用更严厉的方式惩罚她吗？

“好吧，这不是我们今天叫您来的原因，”苏涅继续说，“就在几小时前，我们被告知，有一起针对您的阴谋，其目的是毁坏您和学校的声誉。您明白我在说什么吗？”

帕乌难掩惊讶的表情。“不，先生，我不知道。”

“当然，当然，可以理解。连我自己都不知道该从哪儿开口。这确实是一件很尴尬的事情。”

“难以置信！”赛古拉教授理了理外套，插嘴道，“我们不能允许这样的谎言，特别是它威胁到了医学院的名誉。”

“我想这是一桩极大的丑闻。”约庞特教授忧心忡忡地补充。

“确实很严重。”

“先……先生们，先生们，”嘉威特打断了他们，“我们大家都安……安静下来，吉尔伯特先生也一样。他人……人已经到了，让我们把这个问……问题彻底说清楚。”

“您是对的，教授，”院长点点头，“请让他进来。”

约庞特起身开了门，费诺约萨步履坚定地走进来。他紧紧抿着嘴，把嘴唇都咬白了。他向教授们点头致意，看也没看帕乌一眼，就在唯一一张空椅子上坐了下来。

帕乌表面上装得平心静气，实际却紧张得发抖。她发现，所有人都在掩饰内心的不安，只有嘉威特先生除外。此时他正饶有兴致地靠在椅子上，用带着笑意的目光看看她，又看看费诺约萨。

“今天早晨，”苏涅医生发话了，帕乌认真听他说下去，“费诺约萨先生——他现在也在——忧心忡忡地来到我的办公室，他用行动表明了他是您的好同学。他为您辩护，并为学校担忧。他对我说，整个学校和医院都在疯传一些对您非常不利的谣言。”院长深吸一口气。“这些谣言在说，您其实……其实是个女的。”他尴尬地清了清嗓子。

教授们坐不住了。帕乌觉得自己的脉搏加快，脸颊像在燃烧。苏涅没有察觉她的反应，继续说下去。

“当然，这完全是无稽之谈。但在现在的情况下，我们无法忽视这种谣言对您本人以及学院的伤害。

帕乌偷偷看了看身边的费诺约萨，他满脸担忧，装得惟妙惟肖。

“这谣言是从……哪里传出来的？”帕乌开口问。她努力控制着嗓音的颤抖。

“费诺约萨先生？”

“呃，是这样……几天前，我在回宿舍的时候，碰巧从窗内看到，帕乌同学正在医院大门附近和一个乞丐吵架。我想下去帮他，可为时已晚。几天后，我又在学校附近的街上碰到了同一个乞丐。我想他又要去骚扰吉尔伯特了，就劝他住手。我正要指责他的行为，他却请求我听他讲。他告诉我，他是吉尔伯特先生以前的家仆，和他是老熟人。尽管如此，我还是警告他，他无权骚扰以前的少爷。他听我说完就笑起来，他说吉尔伯特先生从来都不是少爷，他其实是个女的，而他要把这件事公之于众。我指责他玷污我同学的好名声，打算把他送到最近的警察局去，但他挣脱我逃走了。

“吉尔伯特先生，您有什么话要说吗？”

“我承认我认识那个人。多年前他曾在我家帮佣。后来因为强奸了一位姑娘被开除了。他找我是为了敲诈钱财。”

“他好像知道您所有的事，吉尔伯特，”费诺约萨第一次看着她，“他要伤害你，这可不行。”

费诺约萨的这一招很狡猾。如果她坚称自己是男的，那他就会因为维护同学的名誉而受到赞扬。如果她没能成功，那他这么做就是揭露了一场骗局，并保护了学校的声誉不受损害，同时还能使她被开除出校。

“您同学说得对，”院长附和道，“这是件很遗憾的事情，必须立刻解决。尽管这个请求很滑稽，但是，吉尔伯特，我们只要您一句话，您……”他咳嗽一声。“您不是女的。”

“一句话？”

“对，只要您一句话，我们就从此再也不提。”

几位教授点头赞同。所有人都想这件事尽快了结。帕乌轻松地喘了口气。事情比她想的顺利。她正要开口，费诺约萨从座位上跳了起来。

“这可不够。”

院长掩饰不住自己的惊讶。

“请您坐下把话说清楚。”

“有人女扮男装混进医学院的谣言已经传遍了商铺和酒馆，就连同学们都在担心地议论纷纷。不出一个星期，就会有几十条流言蜚语接踵而至。很多病人会因此拒绝治疗，或者不愿前来就医。我们必须采取行动，从根本上把这些胡说八道消灭干净。”

院长摇摇头。可其他教授却开始认真考虑费诺约萨的话。

“确实如此，”塞古拉教授沉吟着，“此事不宜留下任何口舌。”

“这样最……最好。”嘉威特饶有兴趣地看着帕乌。

院长带着责备看了看费诺约萨，叹了口气。

“您有什么建议吗？吉尔伯特？”

帕乌沉默了。自从费诺约萨横插一脚，她就在想方设法逃脱这位同窗精心布下的的陷阱，但她束手无策。也许可以拖上几个月，等考完试再说。这样至少可以为自己赢得时间。

就在这时，费诺约萨又说话了。

“我有个提议，先生。”

“请讲，请讲。不过要长话短说。我不想为这么荒唐的事浪费时间。”

“不能让外人觉得学校很在意这种流言蜚语，我们最好能不动声色地把问题解决。我建议在阶梯教室举行一次公共解剖课，吉尔伯特先生只需在身体检查的教学环节里做一回志愿者，向大家展示一下裸露的胸部。这样一来，学生、老师和其他听课的人士都可以为吉尔伯特的清白作证，也没有人再对此事起疑心了。”

“我不喜欢这个主意，但也别无办法。”苏涅同意了。

“这件事可以等到期末考试结束再做。”帕乌细若游丝地建议。

“那就太晚了，”费诺约萨微笑着强调，“到那个时候，学校的声誉将会受到无法挽回的伤害。”

“说得对，”院长拿定了主意，“应该尽早了结此事，让一切恢复常态。先生们，我们三天内举行公开课，彻底终结那些流言蜚语。”

帕乌感到自己脚下是万丈深渊。她总是害怕秘密被发现，尽管她对自己说过几十遍，这件事情随时都会发生，但当它真的到来的时候，她却没有做好准备。她从椅子上站起来，抬起下巴，含着眼泪望着面前惊讶地注视着自己的五个男人。她再也不顾忌用正常的嗓音说话了。

“不需要这样。”

“您想说什么？”

“先生们，那些流言是真的。”

“吉尔伯特，您在开玩笑吧。这玩笑可真够低级的。”

“我没开玩笑，先生。我是个女人。”

院长和教授们望着她呆若木鸡，屋里一阵尴尬的沉默。马托雷教授甚至怒气冲冲地站了起来。

“但是……这简直耸人听闻！”

“难以置信！”塞古拉教授一边嘀咕，一边上下打量着帕乌，企图在她身上发现些许女性的特征。

苏涅张了张嘴，不知道该说什么好。约庞特教授紧紧抓住椅子，差点从上面摔下来。

“女人不……不能做医生，更别说做外科医生！”他大叫着，“这简直……简直忍无可忍。上帝啊！女人智力低下，没有做医生的素质。家里才是她们该待的地方。您到底是怎么想的？”

“您怎么能这么做？真是厚颜无耻！”

“胆大包天！”

“好……好吧，好吧，绅士们，”嘉威特说，“请安静。”

“教授说得有道理，我们得冷静下来。”苏涅终于发话了。帕乌感觉到院长的目光里闪过一丝欣赏，但瞬间就消失了。“事情出乎所有人的意料，一切都变了。您伪造了学历，欺骗了学校和教授，利用了我们所有人的信任。您的错误很严重。”

“是的，先生。”帕乌坚定地说。

“您有什么要为自己辩护的吗？”

“很抱歉欺骗了你们。我个人从来没有任何破坏学校和同学名声的想法。但我并不后悔。除此之外我别无选择。无论你们怎么想，我作为女人，也可以像男人一样成为优秀的医生。”

没人回答她的话，但他们的眼神已经说明了一切。院长仿佛一下子苍老了十岁。

“先生，从现在开始，您被禁止……我是说，女士，您被禁止一切学校活动。未接到通知前，您不得离开自己的宿舍。在此期间，我们会商量出此事的最佳解决办法。嘉威特教授会陪着您的。”

帕乌向门口走去。费诺约萨兴奋地盯着她，满脸的幸灾乐祸。帕乌看也没看他一眼。她不想让他心愿得逞。

“等一下，吉尔伯特，”院长叫住了她，“我还有最后一个问题。我一直想问您但没找到机会。我很多年前就认识弗朗西斯科·吉尔伯特医生。您和他长得真像，难道……”

帕乌努力控制着声音的颤抖。

“是的，先生，他是我父亲。”

“哦，”苏涅若有所思地点点头，“他是位优秀的医生，吉尔伯特，非常优秀。您本可以和他一样优秀，可偏偏是女儿身，这可真遗憾。”

“你们是男子，这也真遗憾。”

门开着，嘉威特教授守在那里。帕乌走出办公室。

两人沿着走廊走着，嘉威特的手杖有节奏地敲着地面，就好像走向祭坛时响起的鼓声。帕乌如同吸入了乙醚，身体毫无知觉地在蜿蜒曲折的墙壁间飘荡。

她惊讶地发现，尽管发生了这么大的事，她的脑中竟然又一次浮现维萨里的手稿，昨天的发现开始在脑中来回翻腾。凶手就在巴塞罗那的某个地方等待着新的受害者。要是找不出阻止他的办法，将又有姑娘死去。她想过向教务委员会坦白一切，但当自己的欺骗行为曝光后，她觉得教授们断然不会再相信她的话了。

嘉威特教授的声音打断了她的思索。

“我……我想对您说，您赢得了我的尊敬。”

“您真是太好了，教授。”

“真……真的。您表现出了非凡的勇……勇气。您真是特别，就像……像我们的艾诺荻丝。”

帕乌点点头，她知道那段故事：公元前三百年，有个叫艾诺荻丝的雅典姑娘女扮男装，学医行医，挽救了几百人的生命。后来她被揭穿身份并判处死刑。她的病人们以与她同死做威胁，救了她的性命。如今自己落得和她一般境况，却没有任何人支持，也没有任何人拯救。她只有自己一个人，永远孤零零的一个人。

53

屋顶低矮，四壁灰暗，空气令人窒息。屋里陈设了了：一张桌子；三把破椅子；一对档案柜；一个衣架，上面挂着一件短大衣和一把雨伞。屋里没有窗户，桌上昏暗的煤油灯是唯一的光源。

达涅尔坐在屋子中间。虽然脱了大衣，却还是热得喘不过气来。他戴着手铐，腕间疼得厉害。桑切斯警长气定神闲地坐在桌子另一侧，一边嚼着羽扇豆，一边浏览着几页文件。两个警卫站在达涅尔后面。独闯晚会时的满腔怒火已经消散，取而代之的是强烈的挫败感。他愚蠢地落入了昔日好友设下的陷阱。

“警长先生，我承认未经邀请就强行闯入阿戴勒先生的酒会有失妥当。但我认为自己不该被拘留并像犯人一样被对待。”

警长把文件放到一边，一双小眼睛瞪着达涅尔。

“阿玛特先生，我没想到您会这么说。”

他吐出一片羽扇豆皮，豆皮擦着痰盂落到地上。他百无聊赖地站起来，晃着肥胖的身体绕过桌子，来到达涅尔面前。

“我承认我非常惊讶。杀害那么多女人可不是件容易的事。您为什么要这么做？难道是因为疯了？”

“您说什么……”

一个警卫走到他身后，狠狠击中了他的腰部，达涅尔差点从凳子上摔下去。他昏昏沉沉地重新坐回椅子，两肋间一阵剧痛。

“问问题的是我。您只需回答。”桑切斯对刚才的一切视若无睹。

“您不能……”达涅尔嘟囔着。

警长打了几下舌头，这才冷冰冰地说：“我什么都干得出，只要想干。”

“不……”

第二击就像第一击一样出人意料。这次达涅尔被打得直接跪倒在地。屋子里的声音如同留声机在响。腿下的地砖上有一摊触目惊心的血红，刚才进屋的时候地上并没有血迹。他这时才反应过来自己身在何处，以及为什么这间房间没有窗户。那两个警卫把他揪起来，重新按回到椅子上。尽管空气闷热，他却打了个寒战。他被打得一阵耳鸣，却还是能听到警长洪亮的声音。

“别生气，阿玛特。我知道您是谁。”

“您……您在说什么？”他昏头涨脑地问。

“您的画皮已经揭开，我们什么都知道了。但如果您能认罪，还是可以节省一些不愉快的时间。”

“认罪？”

“他妈的，阿玛特。您在来阿戴勒先生的舞会捣乱之前，还杀害了一个女孩。”

警长望着达涅尔一头雾水的神情，得意地笑了。

“您别否认。那姑娘和其他人的死法一模一样。尸体像狗一样被肢解，烧焦。这次的死者您还认识，您知道她跟您的记者朋友同床共枕后，就抑制不住杀心，是不是？您的朋友现在对您恨之入骨。只要您和他待上十分钟，他准保会亲手杀了您。”

达涅尔震惊地看着他。多萝丝？她死了？我的上帝！怎么会这样？这是个可怕的巧合，还是恰恰相反——凶手知道她收留了帕乌之后才杀死了她？他突然为帕乌担心起来。尽管知道会引起更多怀疑，他还是问了一句：“还有其他尸体吗？”

警长怀疑地半闭着眼睛。“那得请您告诉我。难道我们还会发现一具新的尸体？”

“不……我不知道。”

“您怎么会不知道！您就是杀人真凶！”

达涅尔目瞪口呆。从某一方面讲，这句话是对的。他确实应该为这一切负责。如果他放弃调查父亲的死因，多萝丝就不会死，帕乌也不会被那个隐秘的凶手追杀。如果他不回到巴塞罗那，甚至连伊蕾妮的处境都不会这么痛苦。他瘫倒在椅子上，用手捂住了脸。

“您在这里和我浪费时间，而真正的凶手却逍遥法外，正在准备新的谋杀。”他小声说。

“阿玛特，这场闹剧该收场了。我们有铁证在手。”

警长带着满意的神情靠在桌子上。手上拿着一个领带别针。

“您认出来了吗？这上面是您的名字缩写。”

达涅尔点点头。

“你们是从哪里捡到的？”

“从刚被杀害的那个女人手上。看来当您结果她性命的时候，她拼命把别针握在手里。”

“这不是真的！当我来巴塞罗那的时候被偷了行李，其中就包括这枚别针。”

“为什么不是真的？当然是真的！现在它可以指证您！您看，您消失了那么多年，突然回来了，我们都很惊讶。这有点太……太出乎意料了。告诉我，您是怎么知道父亲去世的消息的？”

“我上次见您的时候已经说过了。我收到了一封电报……”

“啊，是的。您对我说，阿戴勒夫人拍了一份电报给您。可您没想到吧？经我们证实，您没说实话。阿戴勒夫人并不知道您在哪里，也从来没联系过您。”

“我向您保证，我确实收到了一份电报。”

“那就麻烦你给我看看。”

达涅尔摇摇头。

“我学校的住处遭到了抢劫，那份电报消失了。”

“多巧啊！您看，我承认您很聪明，但您迟早会犯错误。”

警长一边在达涅尔旁边来回踱步，一边回想着自己和阿戴勒一起编好的词。

“首先，您对我们说，您几天前刚回巴塞罗那，其实您已经回来几个月了。我们相信，如果调查隆哈区或巴塞罗内塔区的出租屋，一定会找到证据，证明租客中有一位完全符合您本人特征的绅士，当然，您用的是化名，”他背着手继续说，“就这样，您在巴塞罗那隐藏起来，伺机杀人。后来您父亲发现您回来了，并和这些命案有关系，您为了不被揭穿只好杀死了他。可结果很难办，您父亲和那些女孩可不一样。他是名人，他的死亡不会无声无息。然而您交了好运，警方认定您父亲死于事故。您总算松了口气，甚至还认识了一位调查您父亲死因的记者，他迟早会成为您的威胁。于是您以父亲旅居国外多年的儿子的身份出现在葬礼上，以这种手段坐实了您高明的借口。所有人都以为您刚刚回到巴塞罗那。这是个巧妙的骗局，但它有个软肋。所以您需要伪造一份著名的电报，来解释您是如何得知父亲的死因的。”

“莫德林学院的人可以证明，我这段时间一直待在英格兰。”

“当然，”警长点点头，挥手赶了赶苍蝇，“我们已经去了解情况了，我肯定他们的回答会让您暴露的。请让我继续讲下去。”

他向达涅尔弯下腰。

“问题出在葬礼后：您想继续待在巴塞罗那却没了理由。这时候，命运再次眷顾了您。您认识了伯纳特·弗雷萨。他向您诉说了对您父亲的调查，并请您协助追查凶手。于是您制定了另一个高明的计划。您和记者一起宣称，您父亲找到了真正的凶手——一个叫奥姆斯的人，此人因为精神病逃离了新贝伦疯人院。在被您父亲发现后将其杀害。您这个谎言可真是编得天衣无缝。”

您自称要追查奥姆斯为父亲报仇，甚至找到我这里来，激动地请我去抓他。这样一来，您就有理由留在巴塞罗那并残忍冷血地继续杀人。

“您疯了吗？我为什么要去杀那些女孩？这真是一派胡言。”

“理由和您七年前逃到英国是一样的。那时候，您亲手杀死了未婚妻和亲弟弟。为了掩饰罪行，您放火烧了房子。多亏您父亲动用了手段，您才得以全身而退，虽然不得不远走异乡。我听说伦敦发生了一些和巴塞罗那很相似的残忍命案，我毫不怀疑您曾参与其中。因为怕被英国警方发现，您不得不回来。我已经向苏格兰场写信询问此事了。”

达涅尔的脸色变得苍白。

“您说的全都是无稽之谈。根本没法证明。”

“所有事情都已经写好，”警长指着桌子上的一张纸页，“那是您的供词。您只要拿笔在上面签个字，我们就结束一切。”

“我不会招供任何事情。您说的全是假话！”

他朝那两个警卫使了个脸色。两人抄起警棍猛地朝达涅尔挥去。第一阵棍子打得他喘不过气来。他倒在地上，他们却没有停手。他被打断了肋骨，左肘也受了伤。正要昏过去，却被警卫们拎起来，重新按倒在椅子上。

“阿玛特，事情闹到这步田地，可真是太不幸了，”警长的语调中带着同情，“如果您签字承认，我将亲自以精神失常为理由使您免受绞刑，也许还能把您和其他病人一起送到新贝伦疯人院。您是知道那个地方的。”

“我……没有……杀她们。你们……弄错了。”

“您可真是条汉子，阿玛特。都已经一无所有了，还想让我们相信您编出来的谎话。”

桑切斯做了个手势，两个警卫把阿玛特抬到桌子边上，他把笔放在文件旁，不耐烦地从裤兜里掏出一把雪茄烟切刀。他示意警卫把犯人套着镣铐的双手放在桌上，其中一人摇摇头。

“他晕过去了。”

54

帕乌在嘉威特教授的陪伴下走出院长办公室，现实露出了最残酷的一面。虽然方才在教授和费诺约萨面前，她都做到了沉着应战，但如今，当一个人待在房间里的时候，她才意识到这件事的后果，在隐忍很久之后，她终于放声大哭。

完了。她的医生生涯全完了。几天后她就会被开除，不过走个过场而已。如果事情到此为止，她还算得上走运。学校还可能控告她伪造爱丁堡大学的文凭，这将造成更加严重的后果。

几分钟后，她稍稍平静下来，开始思考起自己的处境。被禁足于宿舍是一种折磨，但她不能被绝望打败，就这么自怨自艾下去。她需要干点什么，需要想点别的事。

她坚决地走向放着书包的桌子，掏出维萨里的手稿，还有和阿玛特和弗雷萨会面时做的笔记。她把这一切都小心地放在桌子上。

她翻开那古老的书页，感觉如同老友重逢。由数字和记号组成的闪亮星座消失了，取而代之的是一如既往的可怕插画。她翻翻笔记，再次读了读详细阐述制造机器需要巨大能量的那段文字。到底是什么东西要求这样的制作过程？它和那些女孩的死又有什么关系？她再次感觉到，这《第八本书》目前并不完整，而所有问题的答案应该就藏在那个完整的版本中。

她叹了口气，继续读下去。

他们能发现这秘密的一章纯属偶然。维萨里很精明，他用书中全部的插画传递加密的信息，把敌人们足足骗了三百年。

等等，并不是全部插画。

帕乌抑制着心中的激动，用纤细的羊皮纸所能承受的最快速度翻着书页。因为太紧张，她搞错了页码，不得不重新向后翻了好几回，才终于找到了要找的那幅画。

眼前是一副侧身靠在石台上的骨架，它用手摸着一个骷髅头，陷入沉思。这是《人体构造》中最著名的插图之一。她记得很清楚，只有这幅图上没有找到用隐形墨水做的记号。这纯属巧合，还是包含着什么玄机呢？

她思索着这幅图与其他插图的区别，在对比了几分钟后，她发现这是唯一一幅包含了铭文的插画。

在石台的底部，维萨里用小得看不清的字迹写着一句简单的拉丁语。帕乌愈加急切地从抽屉里翻出一面放大镜，她把镜子放到铭文上面读起来。

Vivitur ingenio，caetera mortis erunt（只有天才才能使人永生）。

帕乌心潮澎湃。她想起阿玛特大声念出的那段译文——只有天才才能使人永生。极度的兴奋占据了她的身心。这是奥姆斯在秘密实验室的四壁上心心念念涂满墙的那句话，也是阿玛特医生用来指引儿子找到奥姆斯笔记本的那句话！它绝不可能是个偶然，一定在暗示着什么。可究竟会是什么呢？

插图上的铭文好像在告诉世人，这具骷髅正在思考重生的意义，而灵魂伟大的作品和灵魂本身一样不朽。难道除此之外，它还含有另一重意义，这个意义与手稿所隐藏的秘密有关？

这时，她的目光停滞在书页下角的页码上。这是第696页。她记得弗雷萨说过，书上的页码写错了，他说的时候正好指着这幅画。帕乌检查了前后的书页，惊奇地发现弗雷萨说对了，这幅画上的页码的确弄错了。

那个时代的印刷错误屡见不鲜，这种失误很普遍。但这是全书唯一一幅页码错误的插图。维萨里一向精于隐藏痕迹，做事谨小慎微，这处错误不可能是个意外。

帕乌继续梳理着思绪，试图找出真正的696页，可一页页翻到手稿末尾还是没有找到。这本书只有695页，她又一次走进了死胡同。

她靠在椅子上合上了书页，决定放弃这番愚蠢的寻找。正在这时，一个念头突然在脑海闪过。尽管荒唐，但她必须试试。

她重新拿起书来，试图在皮质封面上找出些许异样，但一无所获。她又开始检查衬页和护封之间的空隙，伸出指尖摸索着内部的纸页。突然，她停了下来——纸张的质地有了轻微的变化。

护封好像要比封面更厚一点。她兴奋地从椅子上站起来，重新对比了这两部分，再次证实了自己的感觉。护封与封面的厚度确实存在细微的差别，如果不是刻意比较，根本发现不了。

她从抽屉里取出一把裁纸刀，把刀尖顶在羊皮纸和皮质封面之间，正要插进去却停住了。她究竟在做什么？这部手稿有着无法估量的价值，而她却要因为一时的心血来潮而破坏它。她真是疯了。也许这只不过是个印刷错误，一切都是自己的胡思乱想。这样的话，她将无谓地毁掉一件珍宝。

她最终还是咬着嘴唇，闭着眼睛一刀划破了书页，又顺着缺口从上到下裁开了衬页。她叹息着把裁纸刀放到一旁，把手伸进了裁开的空隙里。

什么都没有。

帕乌浑身一颤，感觉自己犯下大错。她把羊皮纸拉伸到极致，依然没有找到任何东西。她伸长手指，几乎绝望了，却出人意料地碰到了什么。她屏住呼吸，放慢动作，努力不再损伤书稿，就这样，她用手指夹住那个东西，把它抽了出来。

在她手上拿着的是一页羊皮纸。她难以置信地望着它，激动地颤抖不止。带着帕都乌大学校徽的蜡封（维萨里曾在那里任教），隔着几百年的岁月，却像刚刚盖上那样闪着光泽。帕乌迫不及待地拆开蜡封，小心翼翼地展开羊皮纸，把它摊在桌子上。

眼前是一幅非同寻常的图画。

画面中央，维萨里指着躺在左边桌子上的一具男性的尸体。尸体的胸膛已经打开，头部、胸部、腹股沟和四肢都标着圆圈和符号。从这些部位伸出一些系在一起的绳索，绳索另一头系在从维萨里身边升起来的一个巨大装置上。从这个装置上又伸出另几条绳索，钩住了屋顶的螺旋柱头和天使装饰。帕乌突然惊起，她认出来，这正是《第八本书》中描述的那个神奇的机器。

在机器周围的石头基座上放着几个容器，帕乌觉得它们很像香炉。尸体头部的上空环绕着两个形象。一个是披着披风、手里挥着镰刀[1]的骨架的骷髅，另一个是穿着宽大长袍、伸手抚摸尸体前额的年轻人。这幅插画的精细和美丽大大超过了手稿中的其他作品。帕乌怀着敬意抚摸着

1 在西方神话中，镰刀是死亡的象征，通常为死神所执。

羊皮纸，这时她才意识到，在自己之前，最后一个见识过这幅画的人，正是维萨里本人。

她还发现，在羊皮纸背面有一小段用拉丁语写成的文字，题目是*vitalis punctis*（《关键点》）。她开始着手翻译，并将译文写在笔记本上。她的拉丁语没有阿玛特那么好，但慢慢地，笔下的文字开始成形。半个小时后，她停下笔来检查着自己的成果。

她读完咽了咽口水。不可能，一定是弄错了。她又读了一遍译文，又再次检查了那幅图画，终于恍然大悟。

她刚刚发现了《第八本书》的另一部分。

她开始迅速归集从羊皮纸和手稿里抄来的笔记，费了很大力气才抑制住双手的颤抖。等不到明天早晨了，必须把书中的内容尽快告诉阿玛特和弗雷萨。她把所有东西塞进书包，站起身来。虽然学校禁止她离开房间，但此刻一切都已不再重要，反正她是注定要被开除的人。

当她背上背包时，身后响起一阵动静。接着一阵剧痛袭来，她不禁大叫一声，马上转过身，一个黑影正向自己扑过来。她企图拿起裁纸刀自卫，却被一阵始料不及的疲惫夺走了所有力气，双腿已经支撑不住身体。袭击者企图阻止她倒下，她想呼救，嗓子里却只能发出一声窒息般的呜咽。她睁开眼睛，刚刚惊讶地认出凶手是谁，就失去了知觉。

55

马童们展示着骏马的身姿，观众们紧张的目光紧随着它们的步伐。

有些人一边猜测究竟哪一匹跑得最快，耐力最强，一边精打细算，准备下注。还有一些人骄傲地微笑着，紧紧攥着赌注的凭据。

一个年轻人身穿条纹礼服，头戴草帽，手拿金属喇叭站在台子上，大声念着每匹马的号码、东家和骑手的名字。人群聚集在忙碌的小窗口边上，疯抢着最后一轮的马票。

骏马各就各位，抬起蹄子刨着地面，骑手们拉紧了缰绳。一时间万众期待，全场鸦雀无声。突然一声枪响，围栏大门轰然打开，骏马如流星闪电般一跃而出。坐满坎杜尼斯赛马场四分之一看台的观众们大声尖叫起来。

杯子"砰"的一声倒在桌子上，身旁响起几声不满的抱怨。弗雷萨用深陷的眼睛扫视四周，那几个人吓得立刻闭了嘴。他丝毫不顾周围的敌意，只是再次斟满了酒杯。满溢的烧酒顺着指尖淌到地上，他满不在乎，把酒举到嘴边一饮而尽，把酒杯扔到堆满了撕毁的赌票的桌子上。他的上衣沾满了汗渍、酒渍和饭渍，草帽丢在椅子上，上面盖着皱皱巴巴的格子大衣。他勉强支撑住身体，用缠着带血绷带的手举起了酒杯。

一个年轻的侍应生走上前来，叹了口气说："对不起，先生。您惹麻烦了。"

"别说瞎……瞎话。"弗雷萨再次把杯中酒一饮而尽，看都没看他一眼。

侍应生转向同伴求援，想把弗雷萨赶出跑马场。正在这时，有人伸手拉住了他的前臂。

"没这必要，把他交给我吧。"

侍应生长出一口气，退了下去。弗雷萨抬头眨眨眼睛，努力聚集目光。这里光线太强了。

"嗯……过来喝一杯。"他的声音含含糊糊，根本听不清楚。

桑切斯警长满脸厌恶地看了他一眼，随后又看看其他桌上的顾客。幸好，此刻所有人的目光都集中在跑马比赛上。

“您喝醉了。”

“是的，酩酊大醉，先生。您……您不过来陪我喝一杯？”

“我的时间有限，”桑切斯边说边在他对面坐下，不耐烦地跷起二郎腿，“我接到了您的口信，您要告诉我什么？”

记者好像没有听到他的话，递过来一杯斟满了的烈酒。为了让他不再坚持，桑切斯只好去接。他的手指一碰到玻璃杯，就一脸恶心地把杯子放到一边。弗雷萨掩饰不住焦虑，开始说起来。

“我有消息……很多消息。绝对值得一听。作为回报，我只希望……希望您履行诺言。”

“这得看情况。”

弗雷萨站起身来，透过脏兮兮的镜片盯着他。“我知……知道那个化身‘黑魔鬼’的凶手是谁，也知道他藏在哪里。”

桑切斯从椅子上站起来，偷偷看了看左右。“您喝酒喝糊涂了吧。我们已经抓到凶手了：达涅尔·阿玛特。”

“他……他被逮捕了？”

“他被关在老监狱的大牢里，不久就会全盘招供的。现在请您说些有用的东西，否则我会把您送去陪他。”

“阿玛特不是我的朋友，不，先生，他不是。在我看来，他确……确实该把阿马里亚监狱的牢底坐穿。他需要为自己的罪行付出代价，但他并不是杀害那些女……女孩的凶手。您知道这一点。”

弗雷萨再次想要斟酒却没能成功。空酒瓶从他手上滑落，在桌子上滚着。警长做了个手势，侍应生走过来，上了瓶新酒。

“全说出来，别放过任何细节。”

弗雷萨一口一口喝着烧酒，只用了几分钟就将一切和盘托出：如何在蒙惠克公墓与阿玛特相遇；如何发现笔记本；如何造访疯人院并怀疑奥姆斯是凶手；如何找到维萨里的手稿并推出结论。桑切斯虽然做了笔记，却还是将信将疑，不能肯定这是不是一个醉汉的疯话。当弗雷萨开始描述他们如何发现《第八本书》的时候，警长再也按捺不住了。

“您在耍我吗？”他合上笔记，就要起身离开。

“不！”弗雷萨抓住他的小臂，几乎把眼珠子瞪出了眼眶，“那该死的手稿确实存在！我……我曾亲手拿过它。书中的秘密也是真的。”

“放开！”桑切斯甩开他的臂膀命令道。

记者用袖子擦擦嘴，在桌子上摸索着酒杯。警长递了一只给他。

“长话短说，您说的秘密到底是什么？”

“手稿里的秘密，就是如何制造一台神秘的机器，在制作过程中需要强大的电流。”

弗雷萨前言不搭后语地嘟囔着，警长为了听明白，不得不忍着恶臭凑到他身边。

“我们先不管那台该死的机器到底是干什么用的，”记者继续说，“但多亏这个发现，让我们推测到凶手的藏身之处。”

桑切斯粗鲁地示意他继续说下去。弗雷萨告诉他，奥姆斯利用下水道在城市间游走而不被发现。另外，他很可能利用电站的能量来制造那台机器。

“看来他就是电……电站故障频发的罪魁祸首。再放任下去，电站有爆炸的危险，到时候半个博览会园区都会被炸上天的。”

“开幕式已经指日可待了，”桑切斯提醒着自己，“为了博览会，电站正在全速运转。”他从椅子上站起来，一把揪住弗雷萨的领口：“说！凶手到底藏在哪儿？快说！”

“在博览会园区的地下，有……有一段废弃的下水道，他就藏在那里。巴塞罗内塔区的维达尔手下有个小孩儿，叫吉……吉耶。他对下水道了如指掌，您可以找他做向导。我……我还为您画了一份地图。”

他掏出一张皱皱巴巴、沾着不明污渍的的纸片放到桌子上。警长迟疑地拿起来瞅了一眼，把纸片塞进大衣内衬的口袋里。

“全说完了？”

弗雷萨点点头。

“很好。”

“请别……别着急走。您……您得帮我，桑切斯。”

警长瞥了他一眼，丝毫不掩饰满心的厌恶。

“帮您？”

“您让我做的，我……都做了。”记者的眼睛湿润了。

“我看上次会面时，您并没认清自己的处境。在我证实您所说的一切之前，您还欠着我的债。如果您说了谎，或者漏了任何细节，让我白费时间的话，我一定会让您后悔的。您还会再丢几个手指头的，”他似笑非笑地往桌上扔了几个硬币，“别再喝了。”

56

“真该死，桑切斯。我们为什么要挑在这种地方见面？”约皮斯一边抗议，一边用草帽掸着裤子上的尘土。

警长没有作声，他早已习惯了记者的抱怨。在与弗雷萨见面的第二天，他就在仓库里安排了这场接头。桌上点着一支粗大的蜡烛，烛光足够照亮彼此的脸庞。

约皮斯正想继续抱怨下去，头顶上突然传来一阵震耳欲聋的欢呼。他一时间真害怕房顶会塌下来。待到欢呼散去，一声号响宣布第三轮斗牛开始。细沙透过屋顶的木板，像毛毛雨一样落到两人的肩头，引来约皮斯新一轮的抗议。

“真可怕，我们头顶上就是斗牛场，”警长一边往地上吐羽扇豆皮一边说，“从海报上看，今天场上可是明星云集呢：‘花花公子’[1]‘宽脸盘儿’[2]‘瓦伦丁·马丁’[3]都要上场，六头斗牛都来自帕蒂亚侯爵的牧场。”

“说实话，对我来讲，哪家的斗牛都一样。”

“真的？您可别惹人笑话。”

约皮斯深吸一口气，把即将脱口而出的话咽了回去。这样的会面已经持续将近半年了。尽管一切都有限度，他还是得忍受警长种种的傻话。迄今为止，桑切斯提供的消息都很有价值。袭击、谋杀、坊间丑闻……虽然他灵光的笔杆子无人能及，但每个记者都必须有可靠的线人。最近几个月，他被公认为巴塞罗那最前程远大的记者，同行们都不知道他是从哪里挖来那么确凿的消息的。他慢慢觉得自己在《巴塞罗那邮报》有些屈才了，正满心期待着跳槽到《先锋报》，甚至是某家全国性报纸。在这场交易中，他不仅要向警长行贿，还要在每篇报道中对其

1 著名斗牛士 Rafael Molina Sánchez（1847—1900）的绰号。
2 著名斗牛士 José Sánchez del Campo（1848—1925）的绰号。
3 指著名斗牛士 Valentín Martín Lorenzo（1854—1936）。

大唱赞歌。虽然说到底，一切都值得，但他还是憎恨与警长的见面。

桑切斯却误读了约皮斯脸上的不悦。他试图劝他平静下来：“这里很安全。谁会想到我们在万众瞩目的斗牛场底下碰头？选这里是有好处的，您不觉得吗？”

约皮斯没有回答。他拖过一把椅子，试图找个地方避开从屋顶上源源不断漏下来的沙子。头顶上的欢呼声和鼓掌声此起彼伏。斗牛士换了长矛，斗牛场上的气氛一浪高过一浪。

“喂，咱们得快点。我可不愿错过下一场斗牛的好戏。”

“是您要选这个地方的，”约皮斯说，“请告诉我，是什么消息让您这么着急？”

这一次，桑切斯倒是和约皮斯不谋而合。他简单说明了和弗雷萨在跑马场见面的事情。

“我当初对您说他债务缠身，看样子您对这一点利用得不错啊。弗雷萨这个醉鬼可能做出卖友求荣的事情，但我不相信他会说谎。他曾经是一名优秀的记者。”

“我已经抓住了杀人凶犯，还收到了市长的祝贺。”

“可您想过吗？要是再出现一具尸体，您该如何交代？里乌斯可绝不会高兴的。”

“的确如此，”警长让步了，“事情有点复杂。但无论如何，阿玛特都得继续坐牢。”

约皮斯思索了几秒钟。警长显然是处于某种压力才将那人投入大牢的。也许有人和自己一样，为了摆脱达涅尔而贿赂了桑切斯。直觉告诉他，弗雷萨所说的凶手是个绝好的机会，他正在谋划一个对自己极为有利的计划，但在此之前，他得说服警长按照自己的意思行事。

“警长先生，继续把这个人关在监狱，不会有任何问题。不管他杀了一个还是杀了一打都不成问题。您可以认定他是最近那起谋杀案的凶手，出于对朋友的嫉妒而杀了那个妓女。为了掩盖罪行，他用了和‘黑魔鬼’相同的杀人手法。”

“这倒是个不错的主意。”

“只要解决了这个小问题，弗雷萨提供的信息就尽可以为我所用了。”

“怎样为我所用？”桑切斯问。他笨拙地想掩饰内心的兴趣，但这逃不过约皮斯的眼睛。

“其实您已经说了，我再补充一点，这真是个高明的主意。”

“您是什么意思？”

“我是指，您亲自抓住凶手。”

“您疯了吗？”

“您带着一队精挑细选的警察，在博览会开幕当天抓住真凶。根据弗雷萨提供的信息，找到他的藏身之处毫无问题。”

“可这需要去钻下水道。我派一队下属去，事情就解决了。我亲自下去？哈，您真是脑子进水了。”

约皮斯强忍着没骂出声，警长却嘲笑起他的点子来。

“警长，您难道不觉得在这间小小的局子里对您这么优秀的人来讲屈才了吗？您难道不想让自己的功绩得到公正的评价？您必须亲自抓住凶手，而您坚决果断的表现将使我们免于一场震动朝野的灾难，您将拯救王太后和国王的性命。您知道这意味着什么吗？”

桑切斯激动地满脸放光。

“如果您允许，”约皮斯继续诱惑道，“我将同时举行一场万人空巷的仪式来见证这一刻。我保证，凶手的落网和您在这件事中的英勇表现将成为巴塞罗那的头等大事。我可以想见整个城市都会为您这位大英雄欢呼。您很可能得到晋升甚至更大的回报。谁知道呢！”

“听起来很棒，但您需要什么回报？”

“我和以前一样，需要独家报道权。当您把凶手投进监狱后，我希望能成为唯一采访他的记者。您同意吗？”

警长一边思索，一边用舌头在口中探来探去找着羽扇豆皮，最后张嘴将豆皮吐在了记者的双脚间。后者盯着果皮，一脸惊恐。桑切斯满意地点点头。

“成交。约皮斯先生。”

坠入地狱

距万国博览会开幕还有 4 天

57

弗朗西斯科·卡萨维亚一路小步，穿过院子，就好像在丈量土地一样。在手下人眼中，他虽然性格粗鲁但人品正直，不止一个人的工作都是拜他所赐，从来没人说他半句不好。他不喝酒，不善言辞，说话偶尔还会紧张。但今天早晨，当他确定一切都已准备就绪时，还是咬牙切齿，不停地嘟嘟囔囔。他不时地看一眼厂房深处的挂表，再看一眼大楼里的一扇门，老板一来，那里的小伙子就会告诉他。

阿戴勒正在兴头上。经过了紧张的几个星期，一切终于回到正轨。在乘着马车去万国博览会园区的途中，他把桑切斯的信读了又读。这是警长第一时间送过来的。调查彻底结束了，阿玛特在宴会后遭到逮捕，并如他所愿，成为一系列凶杀案的最大嫌疑人。

这场针对老朋友的局设得精彩绝伦，有如神助。阿玛特最好伏法，可就算他逃过去，也至少要在监狱里被关上几个星期。阿玛利亚监狱可是个危险的地方，在入狱期间，他随时都能碰上点不幸的意外。

如果伊蕾妮得知自己的老情人沦为杀人犯，她该作何反应？阿戴勒一想到这里就心花怒放。他知道她偷了那份解剖报告，但现在已经不重要了。没有人可以坏他柏特梅·阿戴勒的好事而不付出代价，绝对没有人可以这样。就看那个愚蠢的女人能不能明白这一点了。

马车在电站大楼前停下，艾利·罗根特已经带着市政府调控委员会的成员等在那里了，他们身着精致的燕尾服，头戴礼帽。阿玛特的被捕平息了市长的愤怒，也让他随之受益，得以接待这些要员的造访。

阿戴勒下了车，带着胜利的激情望着竣工的大楼。电站已经按期完工，蒸汽系统和发电机运转完美。最近几天没有出现故障，也没有停电发生。万国博览会园区及其周边的供电都得到了保障。

他望着建筑师不耐烦的表情皱起了眉头。他朝他们走去，心里回想着自己是怎样一步一步地走到了今天这一刻。他干得棒极了，为什么不能这么说呢？谦虚是弱者的专利。没有人会怀疑他为了减少成本，在工程中使用了次品原料的事实，那个衣冠楚楚的家伙更是不会怀疑的。电站没有理由长期存在下去，毕竟连大名鼎鼎的多米尼克设计的国际饭店，也是要在不久后被拆掉的。那个饭店花费了三倍的预算，但所有人都认为理所当然。

被他挪用的那笔资金，因为几次失败的投资而打了水漂，这只是运气不好罢了。他确实感到了来自投资者们的压力，但心里并不慌张。仅仅是需要一点时间而已。等这座电站在博览会上成功之后，他会向政府提议，再建三座新的电站，而他们是绝不会拒绝的。到时候，投资者将会踏破他的门槛，眼下的资金问题也就迎刃而解了。他的另一项大工程也在按计划进行着，与此事相比，电站只不过是小菜一碟。等到万国博览会开幕的那天，全世界都将膜拜他的天才。这个发现一旦公布于众，一切都不会再是原来的样子。他已经觉得，议员的位子对自己来说都屈才了。

是的，那一定会是非同凡响的一天。

“先生们。”

他话音一落，大家纷纷点头问候。艾利·罗根特走上前来，但没有向他伸出手。阿戴勒认为，这是对自己的侮辱。

“早上好，罗根特先生。”

“我们等了您十分钟。”

“我保证，接下来的参观会让你们忘掉这小小的不悦。请跟我来。”

众人向大楼门口走去。

“杀人凶手已经落网，事情终于有了转机。”罗根特简短地说。

“毫无疑问，我们应该感谢警员们的辛勤劳动。”

“市长差点就要撤回合同了，幸好这桩丑闻没有像我们担心的那样大肆流传。您可真走运。”

“这件事已经永远过去了。”

“但愿如此。下个星期天博览会就要开幕了。所有政要都已确认出席，希望您能说到做到。”

建筑师一副居高临下的口气，阿戴勒强忍住心头的怒火。

“我想你们一定会百分百满意的。这边请。”

卡萨维亚站在大门口迎接贵宾，他手上拿着帽子，低头看着地面。他这副样子让阿戴勒很是满意，他想，这世上的每个人都应该明白自己所在的位置。

“我相信，一切都运转正常。”

电站负责人轻轻点了点头，算作回答。

“到底运转正不正常？”

“是的，阿戴勒先生。”卡萨维亚急忙说。

阿戴勒把他推到一边，领着委员会一行人穿过入口巨大的拱门。大厅被一盏大灯照得通亮，一些工人正在那里列队等候。

众人穿过大厅，阿戴勒为他们做向导。卡萨维亚陪在他身边，负责解答专业问题。阿戴勒向委员会展示了观景阳台，引出一片惊讶的低语。随后，他又带着来宾穿过安装着蒸汽机和发电机的巨大厂房，向他们介绍着机器的种种细节，以及与电站发电量和功率相关的一连串夸大的数字。

当他阐述建筑细节的时候，有人赞扬了电站的坚固性，阿戴勒微笑了。艾利·罗根特曾建议用铆铁做建筑材料，这有利于吸收因蒸汽机震动而产生的压力，但阿戴勒觉得此举纯属浪费，最后还是采用了牢固性差的生铁。这并不是唯一一项偷工减料的行为。工程伊始，他们发现了几条城堡公园旧建筑残存的走廊，虽然时间紧迫，来不及全部发掘，阿戴勒还是投机取巧，只做了最微小的改动，就在一部分旧建筑的基础上建造了园区的共同沟和电站地基，从而又省下了一大笔钱。

参观者们对这一切都毫不知情，语调也渐渐从谨小慎微变为心满意足。从脸色上看，就连艾利·罗根特都被震撼了。正在这时，卡萨维亚的一声轻咳把他拉回现实。

“有话直说，别拐弯抹角。”

卡萨维亚低头看了看靴子，又抬头看了看那些正在参观发电机组的绅士，脸上闪过一丝犹豫。阿戴勒误以为他又像以前那样沉默不语，恼怒地哼了一声。

“超负荷运转的问题还没能解决。”卡萨维亚终于开口了。

“你说什么？”

“目前一切运转正常，但是……”

“既然这样就没问题了。”

“很抱歉，阿戴勒先生，不是您想的那样，问题确实有，”卡萨维亚坚持着，“发电机组运转正常，但这不是我们的功劳。在我们查出问题以前，变压器的负荷减小了，锅炉的压强也自己降回了正常值。但我们还是不知道究竟是什么导致整个系统的压力上升。问题随时都会再次出现，后果难以预测，先生。”

阿戴勒偷看着正朝他走过来的罗根特，一边强作微笑，一边抓起卡萨维亚的胳膊，把他一把推开。

“我一个字都不想再听了，你明白吗？一切必须像钟表一样精准无误，你必须给我保证这一点，否则，我会让你承担后果的。”

“但是，先生……”

“卡萨维亚，我肯定你是有家庭的人。如果你不想看着妻儿沿街乞讨，那就服从命令闭上嘴。我得走了。”

阿戴勒转过身，客人们还在对大楼里奇迹般的发电机组评头论足，他整整燕尾服，做出一副真诚的表情向他们走去。

“先生们，希望你们此行愉快。”

回应他的是一阵热烈的赞美。

“诸位想必有些累了吧，在下略备薄酒，请随我来。”

一个小时后，阿戴勒终于送走了委员会，轻松地舒了口气。他们热情地祝贺他，甚至爱管闲事的罗根特都答应在市长那里为他说好话。他紧张地笑笑，快步回到办公室。在应付参观时，他只想赶紧一个人待着。他一开门，卡萨维亚就悄悄地从身边冒了出来。

“见鬼，吓我一跳。你又想干什么？”

“对不起，阿戴勒先生，我无意冒犯，就是想告诉您一声，一切都安排好了。我亲自检查了蒸汽机组和发电机，看来一切运转正常。依您的命令，我让所有工人都回家过夜，明早回来。但如果您觉得需要有人值夜班，我可以……”

“不，不，我跟你说过，所有人都走。”阿戴勒不耐烦地回道。

“好的，先生。您要留下吗？”

“这不关你的事，卡萨维亚。走吧……对了，把你的钥匙留下，我要亲自锁门。”

电站负责人不敢抗议，一头雾水地照办了，阿戴勒一直等到他离开，听到关门声才回到办公室。他跑到桌子边，用挂在脖子上的钥匙打开一个抽屉，伸进手去按下机关，只听咔嚓一响，他身后的墙体滑向一边，铜灯照亮了一架带木质隔板的升降机。他走进去，踏上隔板。墙体“吱”地关上了，电站恢复了寂静，只听见发电机的轰鸣。

58

八个人围成一圈，你瞅我，我瞅你。灯光熄灭，天鹅绒的窗帘遮住了夕阳的光线。桌子上蒙着一块黑布，中央点着一支大蜡烛。除此之外只放着一罐水和一只杯子。屋子很狭小，其余部分都笼罩在暗影和烟雾里，五个男人和三个女人手拉着手，从表情上看，他们心潮澎湃，却又在努力克制。

约皮斯借机观察着他的同伴们。右边坐着的是这次聚会的女主人——贝伦戈尔伯爵夫人，她显然觉得天下没有任何比这更刺激的事情了，厚厚的浓妆都掩不住满心激动。稍远一点的那位是巴塞罗那商会秘书长堂·弗兰西斯科·阿吉雷，他穿着深色衣服，举止严厉，面无血色，看上去让人不寒而栗。在他左边，纺织老板堂·阿弗雷德·克明斯正不安地扭来扭去。他是这类聚会的常客，也是沃拉普克[1]理论的拥护者。另外五个人他都不认识。

“玛丽娜，请说话。”

约皮斯在椅子上打了个寒战。声音是从桌子对面发出的。

帕拉迪诺夫人是一位享有盛誉的通灵师，一年来，她在维也纳、伦敦和巴黎最好的剧院里都做过表演。几个星期前，她借参加全球通灵大会之机来到巴塞罗那。一些通灵术追随者趁机邀她参与一些私人通灵会。

虽然与会者们围成一个圆圈，但所有人的目光都聚焦在通灵师身上。烛光下，她面无表情，甚至连嘴唇都纹丝不动，但大家又分明听得到她高昂清晰的声音。

“玛丽娜，”她重复着，“我知道你就在这儿。别害怕，到我们身边来。”

桌上的气氛紧张起来，烛火跳动着，好像有人在轻轻吹气。人群中爆发出一声压抑的惊叫。约皮斯抬起眼睛，努力掩饰着心中的疑惑，不让别人看出来。

1　一种在十九世纪末风靡一时的人造语言。

桌子突然开始颤动，有位女宾尖叫起来。几个人警觉地睁大双眼，另几位过来人虽然自负地微笑着，眼中却还是闪现出些许恐惧。

通灵师继续说下去。

“玛丽娜，到我们这儿来。”

约皮斯注意到，巫师旁边坐着一位须发皆白的老绅士，他留着长络腮胡，满脸威色。在通灵会开始之前，老人沉默寡言地坐在角落里，身边陪着一位还没蓄须的青年。现在那青年就坐在他身旁。此时此刻，他脸色大变，空洞的双眼急切地注视着正闭着眼睛用意大利语念祷文的通灵师。

突然，桌子停止了晃动，大门敞开，随后又砰的一声关上。屋里的气温好像顿时降了好几度，每个人都紧紧握住了桌上同伴的手。通灵师开始说话，但从嘴里发出的声音并不是她自己的，而是一个孩子的，所有人都哆嗦起来。

“爷爷，爷爷？你在这里吗？”

“是的，是的，我在！”那个老人激动地嚷道。一位仆人从阴影里冲出来，阻止他起身松开和大家握在一起的手。

“亲爱的，你还好吗？”

“我很好，爷爷。”

所有在场的人，包括约皮斯在内，都被这番情景震慑了。通灵师继续闭着眼睛，后背像竿子一样挺得笔直。老人的问题更多了。

“在哪里？哪里？你那边是什么地方？啊，我亲爱的小姑娘……”

“那里很美，很亮，很亮，总是有万丈光芒。”

女孩的声音往来飘忽，好像随时都会消失。老人还想说些什么，但只剩下抽泣。

“别哭，爷爷，别哭。我现在很幸福。”

老人抑制不住悲伤。他脸色苍白，泪流满面，断断续续地嘟哝着一些约皮斯听不懂的话。

突然，通灵师向后一弯腰，身体剧烈地摇晃起来。满桌的人都屏住了呼吸。通灵师像开始那样稳住身体，睁大眼睛。她看看左右，好像大梦方醒，不知身在何处。助手递过一杯水，她大口喝完，随后眯起眼睛，用干涸得足以划破土地的声音说：“很遗憾，她走了。”

这句话仿佛无声的信号，侍应生们拉开了窗帘。天已黄昏，微弱的光线无法照亮屋子，人们又点起几盏灯。在座的宾客长出一口气，松开彼此的双手，开始低声交谈起来。他们的情绪还沉浸在刚才的场景中。

老人趴在桌子上掩面哭泣，一旁的青年虽然有些尴尬，但还是一直安慰着他。侍应生端来一杯强心饮料，老人喝了一口，穿上大衣，拿起礼帽，走出门去。

约皮斯震撼地从桌子边站起来。他不知道通灵师究竟用了何种手段来摇动桌子，也不知道幽灵的声音究竟来自哪里，但他觉得要这套把戏并不难。然而那女人的声音转变得如此真实，实在是可怕，他一度几乎相信了他们真的在跟那个死去的女孩对话。这就是通灵术想要达到的效果。

大家来到旁边舒适的大厅里，那里已经备下了咖啡和茶点，为了平复宾客们的情绪，还特意准备了烈酒。炉火正旺，此间的氛围和几分钟前真是大相径庭。

众人在大厅中四下分散，兴奋地交谈着，语调越来越热烈。通灵师和几位客人正说得入迷，约皮斯趁机上前插嘴道：“帕拉迪诺夫人。”

通灵师转过身来，如同发现肉汤里飞进一只苍蝇。她把记者上下打量了一番，收起了方才的不屑，换了副彬彬有礼的表情。

“有什么事吗？”

“晚上好，夫人。在下菲利普·约皮斯。”

“抱歉，我不认识您。”

轻微的皮埃蒙特口音泄露了她的来历。约皮斯第一次仔细观察着眼前的女子。欧萨皮娅·帕拉迪诺今年三十五岁，但外貌却像年过半百。她瘦得像竹竿，一身古板的黑色衣服，好像被通灵师这个职业搞得身心交瘁。布满皱纹的脸上，一双少见的绿眼睛尤为引人注目，鼻子带有明显的南方特征，脸庞瘦削，不成比例，与眼睛形成了鲜明对照。手上懒洋洋地挥着一支镶着银柄、带着金属包头的马六甲木手杖。

“我们以前说过话，我是《巴塞罗那邮报》的记者。”

“啊，是的，我想起来了。这是您第一次参加通灵会吧，感觉如何？”

“精彩极了。”

“很高兴您能这么说。”

通灵师结束了对话，正要重新加入同伴们的攀谈，约皮斯却没有退缩，继续坚持道：“对不起，夫人，我想和您谈一分钟。”他放低声音补充道：“如果可能，最好单独说话。”

“这里所有人——”通灵师用手指了指房间，“都是可信赖的朋友。约皮斯先生，请您有话直说。”

记者并没有因为这番话而感到愉快。

“此事关系到几个死人。”

“您是说，几个死人？”

约皮斯能感觉到，全屋子的人注意力都集中在他们身上。眼下已是无路可退。

“不知您听说没有，最近几个星期，巴塞罗那有多名女孩被残忍杀害，暴尸街头。此事所有报纸都有报道，包括我自己。不谦虚地说，我其实是报道此事的第一人。”

“我略有耳闻，”一位蓄着浓密小胡子的绅士说，“不就是几个妓女被害的那件事吗？”

“现在连走在大街上都不安全了。”另一个人说。

“这都是政府的错。他们应该少举办些博览会，多为这个城市操操心。”

“是的……是的，当然，”约皮斯插了一嘴，企图重拾话题，“我想说的是……”

“记者先生，您是唯物主义者，还是相信有灵魂存在？”帕拉迪诺夫人打断了他。整个大厅都安静了下来。

记者被这个问题震到了，吞吞吐吐不知说什么好。这场谈话没有像他计划好的那样进行，但他除了附和那些通灵迷的观点，也别无办法了。

“我认为灵魂是上帝赐予的。”

“那么你相信灵魂能够超越肉体，在死后永生吗？”

“呃，是的。我想是的。”

“这就是出发点。通灵术通过事物的力量传播，并给修炼它的人带来幸福。”

此话引来众人一片赞同。约皮斯彬彬有礼地微笑着。

“您本人亲眼看到，”夫人继续说，“刚才那个离开的老绅士因为亲爱的孙女的早逝深受折磨。他向我们求助，请我们帮他与那女孩的灵魂对话。现在他知道孙女在天堂里过得很好，心里一定深感宽慰。”

约皮斯可不认为那老人心里会有多舒服。

“您好像并不信呢。”克明斯插话了。这位企业家有些醉，眉飞色舞地说。

“请允许我插一句，”通灵师说，“我们亲爱的阿弗利多是狂热的通灵术信徒。”

“您这么说是对我的褒奖。您知道我的想法的。每一所学校都应该学习我们的理论，而这仅仅是开始……”

夫人轻轻地碰了碰他的手臂。

“克明斯，拜托您递给我一杯雪莉酒。”

企业家受宠若惊，赶紧跑去给女通灵师倒酒。帕拉迪诺夫人转身对约皮斯说：“告诉我，您想让我做什么？”

“就像我跟您说过的那样，这个城市正在发生一系列凶杀案，可没人能揪出杀人凶手。”

约皮斯简要说明了详情，他说得那样夸张，足以激起对方的惊恐和愤怒。

“有些人，”他继续说，“把凶手归结为‘黑魔鬼’的古老传说。我想知道您怎么看。”

夫人想了想，开口回答道：“是的，这么可怕的凶杀案，一定不会是人类干的，只能是鬼魂所为。那是鬼魂痛苦的呐喊，它在为获得平静而寻求帮助。”

“这就是我来这里的目的，夫人。我们的看法不谋而合。我在想，我们可不可以在这件事上做点文章？”

“您想说什么？”

“您可以与这个鬼魂联系吗？”

“没问题，当然可以。失去肉身的灵魂就在我们身边，记者先生。”

约皮斯差点哆嗦起来。女巫说得那样肯定，简直是走火入魔。她懒散的眼神和做作的态度让他讨厌极了。他深吸一口气，把注意力集中到正事上来。现在该直奔主题了。

“我想，我们是否可以举办一场像今天一样的通灵会，把那个杀人幽灵召唤出来，并且……引上正道。”

通灵师欣然点头。

“为什么不呢？我们就在这里办。”

“太好了，当然……”

“说下去，说下去。”侯爵夫人怂恿着。

“说下去。”另一个宾客也劝他。

约皮斯看了他们一眼，装作一副迫于人情才说话的样子。

“请原谅我的直率，但我认为这次通灵行动不是私人聚会能满足的。这么重大的事情应该让整个巴塞罗那都知道。”

“举办一次这种规模的仪式会有很多困难……”通灵师说。

“全城都被接二连三的命案吓坏了。我们必须让巴塞罗那的母亲和女儿远离恶魔的纠缠。”

“有可能，但是……”

“我和黎里克剧院的东家很熟，去那里举行通灵会没什么问题。一切由我来办。”

话音一落，众人都没有说话，还是商会秘书长打破了沉默。

“这是传播我们学派的好机会！这也许是我们向全世界展示通灵教义的唯一机会。”

大家纷纷响应。约皮斯掩饰着自己的兴奋，装出一副赞许的表情为他鼓劲儿。夫人轻轻抬起手掌，所有人都安静下来。她停了几秒钟，终于发话了。

“通灵主义是严肃的学说，而不是杂耍表演。”

“当然，夫人。我向您保证，此事一定会安排得万分周全。”

女通灵师碧绿的眼睛落在约皮斯身上。

“那个剧院会有收入。”

“当然。您的花销，以及您认为合适的酬金，都会从这次的收入里抽成。”

“请允许我考虑一下。”她在助手的搀扶下从椅子上站起来。“抱歉，诸位女士和先生，我累了。今天的通灵会要求特别高。”

来宾们纷纷起立，夫人在助手的陪伴下离开了。

几分钟后，约皮斯走出了房间，他转过街角，长吁一口气。刚才他一度以为自己失败了，但幸运的是，他的算盘没打错。那个神秘的女人和世间凡人一样追名逐利。她那套理论他一个字都不信，可这有什么要紧？是神秘力量导致了累累血案，既然人们愿意听这个，那他就满足大家。这个杀人恶魔很对听众口味，剧院即将上演的一幕将是整个故事的终结，并将和桑切斯警长下水道里的追凶行动同时进行。只要那个愚蠢的家伙别把事情搞砸，一切都将妙不可言。

59

桑切斯警长若有所思地点点头。他双手放在一张详尽的巴塞罗那下水道地图上，把这幅地图和弗雷萨的那幅涂鸦对比了一下。他用十字在巴塞罗内塔区的中央位置标出了今晚进下水道的入口，还按照记者所说标注了贯穿城堡公园到旧贮水池的形形色色的地下管道。

他喘了口气。这张地图只标出了最主要的下水道，并不包含年代更加久远的管道，那些管道的历史可以追溯到罗马时期。就算如此，单图上标记的下水道也有几百公里，如蜘蛛网一般四通八达，分为上下四层，一直贯穿地层深处。这些管道纵横交错，很难确定怎么走才是抵达奥姆斯巢穴的最佳线路。警长不情愿地承认，他必须找个向导。

整个准备过程他都万分小心。政府和议会都不知情。要是这些人觉得此事威胁到全城，定会取消万国博览会，而他就不能被树为英雄，也没法步步高升了。

门开了。阿斯考纳军士走了进来。

“先生，我想和您谈谈。大家早已准备就绪，可您还没下命令。那个人完全可以被释放了，不知您为何非要强行让他在牢里待着不可？”

“军士，”桑切斯不耐烦地说，“您想干什么？我可忙着呢。”

“您可是正在筹划行动，准备逮捕一名杀人要犯？”

桑切斯脸上闪过一丝不快。这个警营乱得像个菜摊子，等他高升后，这种事绝不会再发生。

“军士，我没有义务向您汇报自己的决定吧，您不觉得吗？”

“不，先生。我以前在巴塞罗内塔区工作过，对那里很熟。我可以帮忙。”

“很好，军士。依您丰富的经验，您对这次行动有什么意见？”

“先生，巴塞罗那下水系统有几百年的历史，像个巨大而危险的迷宫，经常有罪犯出没其中，我在那里工作的时候有些这方面的经验。”

“太好了。”

阿斯考纳觉得他这位上司真的来了兴致，就继续说了下去。“那里很容易迷路。形形色色的通道多达几十个，还有深井和倒虹管，几秒钟就能吞噬一群人。有些管段水流湍急，还有一些空间积聚着令人窒息的气体。有一次，两个人在下水道里迷了路，我们前去营救，差点没能回来。”

“嗯。”桑切斯表示赞同。

军士换了一条腿站着，明显有点慌乱。

“说下去，现在需要您言无不尽。还有什么需要知道的?”

“切记不能和住在下水道最底层的那群人起冲突。”

桑切斯不相信地皱了皱眉头。“您是指下水道里的‘拾荒帮’? 别闹了，阿斯考纳。我看您真是犯傻了。”

“先生，这不是玩笑。拾荒帮确实存在，而且人数众多。他们有组织，有纪律，还有领导，就像个结构复杂的城市一样。”

“军士，请您注意措辞。”

“是，先生，对不起，但我说的都是事实。我自己就曾意外碰上过一个拾荒帮。那次我们在法国火车站发现一个扒手，一路追去。扒手为了甩掉我们，跑进了下水道。我们追着他冲了下去。我在最前面，下了好几层，结果迷了路。我感觉自己已经知道那个贼的位置了。就在此时，耳边传来一声毛骨悚然的尖叫。出于直觉，我熄灭了手中的灯。过了一会儿，从与我平行的水管下面走出一队人来，他们抬着那个扒手，他已经死了。那群人走路时一点声响都不出，就好像下水道里的幽灵一样。我得承认，从来没像那时候那样害怕过。幸运的是，我顺着另一条通道逃了出来。这次遇险给了我一个宝贵的教训：在地下世界里，拾荒帮才是真正的主人。”

“一派胡言。没什么该死的帮派能来教训我，我也不信我们的队伍能在那里碰到任何人，如果真碰到了，把他抓起来就结了。”

“请原谅我的坚持，请您千万要记住我的话。在我任职期间，那里发生了好几起失踪案……”

“好的，好的，我知道您下面要说什么，”警长实在不想和眼前这个粗鲁的家伙再纠缠下去了，他插嘴道，“那些闯进下水道的冒失鬼和糊涂虫都被拾荒帮抓住杀了，他们从死人身上提取尸油，变卖牟利。这都是些吓唬小孩子的故事，军士，您可早就长大成人了。”

“但是，先生……”

“我们还是干点儿正事吧。您刚才对我说，希望能为这次行动出份力，对不对？那我就给您指派一个重大任务。”

年轻人一下子站得笔直，期待着自己身上的重担。警长看他这副样子很是高兴。

“您留在原地。”

“对不起，我不明白，先生。您是说，我留在这里？”

看到他一脸失落，警长几乎笑出声来。“是的，阿斯考纳，我们出去抓凶手的时候，需要有人留下看家。这就是您的任务。”

“但是……”

“没什么好说的了，您退下吧。我还有很多工作要干呢。”

一头雾水的军士举手敬了个礼，转身向大门走去。

“先生……”

“难道我永远都打发不走您吗？”

“是的，先生，我只想提醒您带上两条狗。”

“狗？我他妈的带狗干什么？”

“狗擅长追踪，还能闻出拾荒帮的味道，可以提前警告他们。”

“军士，请关上门。”

屋里就剩他一个人了。桑切斯重新坐下来翻抽屉，终于翻出一个小纸包来。他惬意地用两个指头夹起一颗羽扇豆，把它抛向空中，再用嘴接住。今晚的行动简直就是小菜一碟。

60

“夫人，您……您不能进去。”

巴塞罗那市教管监狱（更常用的称呼是艾美利亚监狱）副典狱长欧力奥尔·帕斯卡第三次揉着眼睛，试图请来人服从命令。和往常一样，他在睡前总喜欢拿出瓶偷藏的烧酒喝。有时候，某些女犯人也愿意用春宵一夜来多换一块面包。可今天，他虽然困得要死，却得坐在办公室硬邦邦的板凳上，一边整理领结，一边试图弄明白，眼前这位夫人在如此不合时宜的钟点跑到自己办公室里来，究竟要干什么。

这所监狱从未有贵妇人造访，也从未有人想到过她们会来这种地方。今天却是个例外。他得承认，以前从未接待过这种女人，也不习惯和巴塞罗那的上流资产阶级打交道。但他怀疑，就算自己真混那个圈子，也不会在那些浓妆艳抹的贵妇中找到另一位和眼前这位女郎做派相似的人物。

“上校先生……”

“不，不，夫人。我只是这里的副典狱长，一个小职员而已，您叫我帕斯卡就行。”他在座位上挺直身板。来人把自己错认成军队高官，这让他颇为得意。

“请原谅我的无知，帕斯卡。但我心里实在太乱了。”

伊蕾妮忍不住抽泣起来，侍女赶紧递来手帕，她接过来捂住了嘴。侍女只是胆怯地看了副典狱长一眼，就移开了视线。帕斯卡叹了口气。眼下最好把一切说清楚，否则自己肯定会通宵熬夜，别想再做美梦了。

“好吧，夫人。您刚才说到一桩可怕的冤案，能告诉我您指的是什么吗？”

“有个无辜的人被送进了监狱。”

看到副典狱长满脸懵懂，伊蕾妮继续解释下去。

“您看，”伊蕾妮再次抑制住抽泣，“几年前，阿玛特先生在古巴打过仗并身受重伤，伤愈后被送回巴塞罗那。不幸的是，他在进食时总会疼痛难忍，疼得头脑混乱，神志不清。他因为这个病，经常去鸦片馆，我听说他还去过一些别的可怕的地方。因为容易冲动，他总和别人起冲突，这太遗憾了。昨天听说他在公共场合斗殴并被逮捕入狱，真是把我吓坏了，虽然在这个时候赶过来太不合适，我还是决定亲自走一趟说明情况。无论如何，这一定是场误会。阿玛特先生必须尽快释放。”

帕斯卡懒洋洋地歪在椅子上，将信将疑。这位伟大的阿玛特先生究竟因何入狱，该由桑切斯警长说了算，他知道得并不多。至于妻子因情人和丈夫打架而出手相救的事，也不是第一次发生了。女人们为了达到目的，会编出最匪夷所思的理由，但与眼下情况不同的是，她们从不亲自出面，总是派个仆人，带足金钱，完美解决一切。今天这出戏好像另有隐情。

“您知道他被指控为杀人犯了吗？”

伊蕾妮用手捂住嘴，惊讶地睁大眼睛。但她很快镇定下来，将满脸惊愕化为冰霜。

“绝不可能。阿玛特先生绝不会犯下您说的这么残忍的罪行。他是个病人，但不是危险人物。这显然是个误会，他是我家一位亲密的老友，我可以为他负责。”她补充着。

“您家的亲密老友？此话当真？”

“我理解您的困惑。这件事很棘手，很抱歉让您这么为难。我明白放人是需要补偿的，也许可以用罚款的方式支付，这都是合理的。”

她掏出一个小钱袋，扔到桌子上，发出一声金属的撞击声。帕斯卡并没去捡钱袋，反倒更加专注地望着眼前这个女人。他上下打量着她的腰身，她紧身衣下的胸脯在剧烈地起伏，乌木一样的皮肤在灯光下闪着光泽，双颊泛起一丝不易察觉的红晕。副典狱长撑住桌子，把钱袋推到一旁，好像对它从不感兴趣。

“这事儿可真奇怪啊！”他打了个哈欠，“您最好还是去跟桑切斯警长谈谈，把一切说清楚。怎么样？”

伊蕾妮变了脸色。

“我知道了，”帕斯卡的嘴角轻轻上扬，“也许还有另一种办法，不需要惊动警长就能让这位‘可怜的绅士’少受一夜牢狱之灾。”

伊蕾妮的眼中闪出一丝希望。

“这里的环境，”典狱长接着说，“这里的环境非常糟糕，很容易染上肺结核、痢疾或是其他什么疾病。囚犯间的你争我斗就更凶险了。我的人手不够，无法保证任何犯人的安全。您那位朋友当然会吃苦头。但我真心想帮您一把，真的。也许我们能达成一笔交易。”

他把手盖在伊蕾妮的手上，后者极力克制着把他推开的想法。她闭上眼睛又睁开，对侍女说："恩卡尼塔，回马车上去。"

就连帕斯卡都惊呆了。柔软的音调和抽泣消失了，这个女人此前一直表现的矜持正经，已经踪迹全无。

"但是，夫人……"侍女在抗议。

"我说了，回马车上去，听话。"

恩卡尼塔低着头走出了屋子，她离开前再次看了一眼夫人，希望她能改变主意。伊蕾妮没有理她，少女轻轻关上了门。

"好的，好的，现在我们总算单独在一起了，"帕斯卡从椅子上站起来，绕着它转了个圈，终于来到伊蕾妮背后，"现在说话可以更随便了。"

伊蕾妮感到帕斯卡潮乎乎的手掌正抚在自己的脖子上，浑身一个哆嗦。他向她俯过身来，胡子擦过她的皮肤，她胃里一阵翻江倒海，闭上眼睛，努力控制着自己的身体。

"您必须保证……保证把阿玛特先生放了。"她细若游丝地说。

"我保证，"帕斯卡兴奋得声音都变了，"知道吗？我从未见过您这样的女人。"

他爆发出一阵大笑，向伊蕾妮的胸部伸出手去，隔着衣服像揉面包一样地揉捏着她的乳房。他的呼吸渐渐急促起来，用舌尖寻觅着她的耳朵。

伊蕾妮再也承受不住，挣扎着想站起来，但副典狱长早已不想退回去。他双臂环绕着她的腰身，轻而易举地把她从椅子上拎起来，猛地按倒在桌子上。伊蕾妮碰上了木头的边缘，长出一口气。她挣扎着翻身，但帕斯卡力气太大。他把她的一只胳膊拧到身后。她动弹不得，脸颊被压在桌面上。他飞快又含糊地念叨着淫词秽语，满口唾沫星子乱飞。接着又开始用空出来的一只手去解她的腰带。伊蕾妮发现自己毫无还手之力，真希望此时能失去知觉。帕斯卡一边骂着脏话一边解皮带，终于把裤子褪到地上。他正要撕掉伊蕾妮的胸衣，办公室的门板突然发出了一声巨响。

“怎么回事！”

又是一声巨响，木门被重重地撞开了。门槛上出现了弗雷萨瘦弱的身影，他和两个狱卒扭打在一起。吓坏了的恩卡尼塔从他们几个后面钻了出来。

“放了我，我说放了我！”记者喊得那么理直气壮，狱卒终于松开了手。弗雷萨整整格子外套，迅速把领结拉回原处。他的脸上燃烧着熊熊怒火。

“我能知道这里究竟出什么事了吗？”典狱长放开伊蕾妮，企图穿上裤子，“您……您是谁？”

“您不知道我是谁？拜托！”记者大叫着走进门来，“这位先生，请您听好，在下正是堂·伯纳特·弗雷萨·加西亚，著名记者，《巴塞罗那邮报》时事版主笔。”

“您来我办公室有何贵干？”

“我参加完省长和省长夫人的豪华酒会，回家时与这位惊慌失措的小姐在大街上撞了个满怀。她大叫着对我说，有个恶棍正在骚扰她家女主人。我们显然来得正是时候。”

“事情不是这样的！”帕斯卡争辩着。

弗雷萨夸张地皱了皱眉毛，上下打量着副典狱长敞开的衬衫和挂在膝盖上的裤子，又带着嘲讽的神情瞥了狱卒们一眼。

“你们怎么让他进来的，把他拖出去！”帕斯卡看到几个手下还在门口犹豫不决地晃悠，朝他们大声嚷嚷起来。

“我要是您，就不去犯这种错误，先生。您到现在还不知道自己在跟谁打交道。”弗雷萨雷厉风行地走向伊蕾妮，她的脸颊渐渐恢复了颜色。“阿戴勒夫人，您还好吧？”

副典狱长一听记者说出这个姓氏，惊得跳了起来。

“安静点，夫人，”弗雷萨丝毫没理会典狱长越发深重的疑云，继续说，“我一定会让全巴塞罗那都知道这件事。”

“您……您说什么？”帕斯卡磕磕巴巴地问。他又瞅了几个手下一眼，他们正凑在门口看热闹。

“最迟在明天头版，我会向众多读者说明这个肮脏的地方所发生的一切以及涉事人的种种恶行，特别是您如何对待那些前来求助的高贵人士的。此事至少够在首页写上两个专栏，我毫不怀疑，它将在上流社会制造一场地震。”

“不，您不能这么做。”

“哈，是的，我可以的。”弗雷萨微笑了。

伊蕾妮朝记者投去感激的一瞥。她文雅地推开跑到自己身边的恩卡尼塔，直面着副典狱长说：“您至少要履行诺言。”

帕斯卡看看伊蕾妮，又看看弗雷萨，随后冷冰冰地对下属们说：“没事了，请出去，关上门。”

狱卒们举棋未定，但看到上司的脸色，还是服从了。屋里只剩他们三人，帕斯卡转身看向伊蕾妮，语调中难掩满腔愤怒。

“二位想让我做什么？”

“请立刻释放阿玛特先生，”伊蕾妮坚持着，她看了看记者，又加了一句，“作为交换，我们会对今晚发生的一切守口如瓶。”

“好吧，”弗雷萨微微鞠躬，向女士让了步，“如果这果真是您的愿望，我是一个字都不会写的。”

“您拿什么保证这场……这个意外不泄露出去？”

“难道这位女士的话还不够吗？”记者生气地打断了他。

“是的，是的，当然。”副典狱长连连回答。他一个劲地问自己，这个晚上为什么不去乖乖躺在床上睡大觉。

61

约皮斯把双脚放在写字台上，懒洋洋地躺到椅子里，心里无限满足。两天前，帕拉迪诺夫人捎来口信，同意今晚在黎里克剧院公开举行通灵大会。两天来，巴塞罗那简直被各色海报和广告淹没了。

《巴塞罗那邮报》出了特别版面，专门报道这次通灵会的种种细节，结果大获成功。约皮斯本人为帕拉迪诺夫人做了长篇报道，不惜笔墨地描写了她神秘的性格和奇异的通灵手法。也许这件事吊足了全城人的胃口，门票在几小时内销售一空。尽管如此，报社还是源源不断地收到求票的呼声。他甚至有些后悔，早知表演如此火爆，当初就去和里瑟尔剧院的经理们谈了。他肯定，这场万众瞩目的通灵会就算在里瑟尔这样宏伟的剧院里举行，也一定会座无虚席的。

最近几天，正如预想中的一样，他对凶杀案的报道成功地把坊间紧张恐怖的气氛推向了高潮。民众一旦害怕起来，他只需强烈要求严惩凶手和痛骂当局无能就够了。他煽情的文字如同干柴烈火般点燃了整个巴塞罗那。其他多家报纸也推出了相关报道。虽然也有人发出了不同的声音，比如卡特拉主教，但如火上浇油，反倒让此事传得更快了。

眼下，从豪门俱乐部到肮脏小酒馆，无人不在谈论那只被“黑魔鬼”附身的恶鬼犯下的累累血案。约皮斯把从桑切斯警长那里获知的尸体细节和自己的想象恰到好处地混杂到一起，炮制出一篇篇惊心动魄的报道。结果正中下怀，这种恐怖故事最受读者欢迎了。

关于鬼魂的谣言越来越多。有人风传，一条目如红炭、口吐烈焰的大狗到处咬人。巴塞罗内塔区、阿塔拉萨那区、博恩区和拉瓦尔区的民众已经组织了全副武装的巡夜队，并把四邻右舍所有的狗都赶尽杀绝。整个城市陷入了一片疯狂。

一切的发展都如约皮斯所愿，而今夜将是它最华彩的终章。这场通灵会必将载入巴塞罗那史册，而他本人也会因此声名远播，腰缠万贯。

他希望桑切斯此行不辱使命，能如事先谋划的那样，准点抓到那个疯子。必须赶在今晚表演最高潮的时候发布凶手落网的消息。接下来，他将在报纸上发表文章，把两桩事情联系起来。桑切斯对他说过，奥姆斯是个可怜鬼，既没有家人，也没有朋友，他是从新贝伦疯人院逃出来的，这让事情好办多了。奥姆斯一下狱，桑切斯就会让他前去采访。他已经在提前构思采访稿了，这篇描述弗雷德里克·奥姆斯医生如何被恶魔腐蚀了灵魂、堕落成无恶不作的杀人犯的文章，将是他平生最出色的杰作。

62

十名警察整装待发。大家窃窃私语，抽着香烟不停踱步，掩饰着心中的不安。桑切斯警长站在阴影里，默默注视着他们。全副人马身着粗制羊毛大衣，戴着手套，穿着雨鞋，佩着手枪和冲锋枪。每个人都带足了三倍于平常的弹药。他们还带着几个背包，里面装着七盏油灯、四盏提灯、一条长达十米的麻绳和足够两天的粮食和水。这番准备不可谓不充分。

人群外还有三条活蹦乱跳的小猎狗，围猎在即，它们烦躁地叫个不停，只有那个沉默寡言、除狗之外对谁都不说话的老饲养员能够靠近。这些猎狗难得露出强壮的爪子和尖利的牙齿，看着让人心惊肉跳。这些畜生对追凶是很在行的，它们灵敏的嗅觉会在抓捕过程中大显身手。

耳边响起一阵轻轻的脚步声。所有人都抬起眼来。时间终于到了，桑切斯想。

两个男人领着一个衣衫褴褛的小孩出现在街口。警长看到他们，不禁皱起眉头。他们走到近前，年纪较大的警察摘下帽子，露出脏兮兮的秃头。

“警长，就是他。这小家伙可真难找。”

吉耶满眼戏谑地望着他。

“我们肯定，”警察往地下吐了口痰，继续说，“这孩子对下水道了如指掌。”

“不如这样，”他一边说一边转向吉耶，“我们付你几个钱，你下去给我们带路。”

“给我两个杜罗，您想去哪儿，我就带您去哪儿。”孩子回答。“但是老天作证，在这个时候钻下水道可真不是个好主意。”

“如果你肯带我们去，那咱们就成交。明白吗？”

吉耶耸耸肩，算答应了。

桑切斯指了指另一位年轻的警察：“你把他给我盯紧了。如果他耍花招或是想跑，就废掉他一只胳膊。”接着他抬高嗓门，向其他人喊道：“好了，我们已经浪费了不少时间。现在出发！”

两个警察用杠杆把下水道井盖撬起来拖到一边。众人一个个沿着嵌在排水沟内壁的铁楼梯向下爬。下水道内黑暗深重，吞噬了煤油灯的黄光。把狗弄下去就更加困难了，必须把它们用绳子捆住，几个人一起抬下去。饲养员还要在一边努力让它们镇静下来。

几分钟后，所有人都下去了。他们仿佛置身一个巨大的水池。污水从四壁流下，汇成一条散发着恶臭的小河，浸湿了双腿。空气寒冷，潮气沾在皮肤上，但最可怕的还是寂静，它是如此深沉，好像伸手可触。

“把灯拿来。”

吉耶被推到警长身边，一个警察从背包里拿出地图，展开看起来。

“你以前见过这个吗？”

孩子点点头。

“好，那就告诉我们，到这里应该怎么走。”桑切斯指了指图上标出的旧蓄水池。

吉耶没有说话，他专注地看着地图上迷宫一样的线路，那是巴塞罗那的下水管道网。“那里除了更多的管道外什么都没有。”

“我没问你意见。你只要告诉我们怎么去就行了。”

“随便，都听您的，”吉耶凑近地图，指着一条线路说，“这条管道一直通到兰布拉大街，沿着它走一会儿，有一处汇聚了五条沟渠的排水口，非常危险。过了排水口还要继续下到第二层管道网，那里水量更多，管道也更矮更窄，比蛇信子的分叉还多。大部分管道都穿过城堡公园，那就是您想去的地方。”

“好的，看样子过去不难。”

“难不难不好说。”

身边几个人在窃窃私语。桑切斯挺直身板向所有人大声喊道：“诸位还等什么？背起背包，继续前进！”

队伍迅速集合，准备出发。老饲养员牵着狗一马当先，一名警察带着吉耶走在中间，警长带着其他人跟在后面。前方出现了三条管道，大家在孩子的指引下钻进了中间那一条。

众人一言不发地前进，只有狗在吠叫。越往前走管道越倾斜。一路上都能听见脚下水花噗噗溅起，吉耶告诉他们，那是闻声而逃的老鼠发出的声音。有人打趣说，可以抓只大个的老鼠炒点米饭吃，可没人笑得出来。

从上面流下的细小水柱终于在管道中汇聚成汹涌的激流，众人只能顺着一旁凸起的窄道艰难前行。桑切斯警告大家小心，掉到污水里很难营救，自己则神不知鬼不觉地把身体贴到管道壁上，让一个手下走在他的外侧。

就这样，众人在吉耶的带领下抵达了下水道的最深处，他们穿过的每一条管道都比前一条更肮脏。臭味浸满了衣服。此刻不知从何处刮来一阵阴风，吓得大家汗毛倒竖，正当他们觉得这条路漫长得好像永远也走不到尽头时，头顶突然炸响了一个惊雷，紧接着，汹涌的水流倾盆而降。

管道尽头是一处敞阔的空间，他们带的灯太少，无法照亮屋顶。脚下一个广场大的“漏斗”作为四条沟渠的排放口，几乎占据了全部地面，空气中飘浮着云一样的水汽。这里是一处倒虹管。

吉耶指了指前方的道路。在他右边，一道二十米长的狭窄木桥横跨倒虹管的两端，桥上的木板湿透了，有些已经腐烂。一条发霉的绳索拴在墙壁的铁环上，这是他们过桥时唯一能抓住的东西。

老饲养员打头阵，猎狗起初很不情愿，但在他的诱导下，还是小心翼翼地穿了过去。其他人也排成一字纵队上了桥。

桑切斯一点也不喜欢这条破败不堪的通道，但在大家面前，他不能表现出丝毫畏惧。足以吞噬一切的激流就在脚下几米处澎湃，他自顾向前，不敢低头，刚走了一半，身上就湿透了。他一边咬牙切齿地咒骂，一边徒劳地伸出胳膊擦拭着溅到脸上的污水。

他不小心打了个晃，右脚带着全身的重量踩到了一块陈腐的桥板，发出咔嚓一声裂响。桑切斯想稳住平衡，但因身体太胖，没能成功。他拉了一下绳索，却惊恐地看到，拴绳的铁环挣脱了墙上的灰浆，生生被拽了下来。小桥剧烈地倒向一边，他一头栽了下去，四周爆发出一震尖叫。他在空中拼命挣扎，试图抓住任何可以抓住的东西。倒虹管的水声越来越大，他惊恐万分，拼命挥舞着双手想抓住什么，但身边只有水流。

四周的一切都缓慢下来，胸膛可怕的重压越来越大，他已无法呼吸。肺部开始燃烧，慢慢地，疼痛消失了，取而代之的是一阵奇怪的平静。水流带着他冲向远方，身旁笼罩着一片黑暗。

63

一个人影停在柱子后面。碳丝照在金属柱上，闪着黄铜的光泽。他走向前去，欣赏着圆柱的形状，也欣赏着眼前这个装置的最后一道工序。他检查了垂直挂着的四条钢索，以及粗细不一、如蜘蛛脚般悬在房梁上的条条绳索。圆柱内部在震动，这样的震动在实验室任何地方都觉察得到。他用手指抚摸着金属柱，手臂一阵发抖。他将脸庞凑过去，望着磨光的金属柱身映照出的那个扭曲的形象发出一声呻吟。快了，很快……但现在还不行，还有很多事情要做。

他咬着牙远离了那个装置，走向石头墙壁。不远的地方摆着一张嵌在墙里的桌子，桌子里面有几十个小灯泡在交替闪光。电线从桌子底座下伸出来，穿过墙面，消失在柱子后面。他的双手专业地调整了几处指针，把温度、氧气含量和能效都调高了几十个百分点。随着这一举动，圆柱内部立刻出现了一阵安静的气泡声。

他心满意足，把目光投向躺在桌子上的那个新样本，虽然这一回，这么叫她让他有点犹豫。女孩的胸脯平静地起伏着。他用床单裹住了她的裸体，她和其他那些女孩可不一样。她闭着眼睛，眼球还在动，牵引着的眼皮也微微发颤。他试了试这个捆着的“玩偶”的脉搏，感到心满意足，看来吗啡的效果非常显著。

帕乌·吉尔伯特在众人面前展现了自己非凡的勇气。谁能想象这么优秀的学生竟是女扮男装？她不达目的不罢休的精神让他深受震动，并多少想到了自己。他们两人都掩盖了自己真实的身份，哪怕被整个世界误解和拒绝，却依然为了梦想义无反顾。

他同样惊讶于这个女孩的机敏。她的智慧足以与任何男人比肩。只要再给她一点时间，吉尔伯特和她的同伴们也许就能找到他，并把他绳之以法。

那天在图书馆，他让她在眼皮底下逃掉了，他一直为此耿耿于怀。他本打算像解决老费兰一样把她解决掉的。这次失误导致他没能掌握完工的关键一步，真是太讽刺了。

他抚摸着手稿的封面，抑制着翻开书页、沉醉其中的冲动。书旁边放着女孩的笔记和一张藏匿了三百年的插图，那是维萨里最后的画作。

一切已准备就绪。在这几个小时，他按照《第八本书》的指导改进了装置，在解剖桌的横档上引出了一组线缆。从表面上看，这组线和从机器上引出来的线略有区别，他对此叹为观止。整个流程是那么简单，也正因如此，才显得那么天才。

他确认，解剖桌的地面已经铺上了锯末，金属支架上已经挂好了几瓶盐溶液、两袋血浆和一个科尔伊普约尔发明的输血仪。

他打开抽屉，取出一个裹着黑缎的盒子，用戴手套的双手打开盒盖，恭敬地拿起一个玻璃瓶，背着光观察起来。他摇晃着瓶中的绿色液体，这试剂制成得很匆忙，不过幸运的是，它已经过了充分的实践检验。

他微笑了。这种试剂在最初几个受害人身上没起作用，实验对象在它显效前就死去了，试剂对尸体无效，只能全部浪费。经过几十次实验后，他终于研制出现在的成果。这个配方非常完美，可以根据人体结构和手术时间灵活使用。他在工作中还有了个意料之外的发现，把可卡因和其他含鸦片成分相混合，可以导致实验对象对痛觉过敏，非但不能起到麻醉作用，反倒使人的神经，特别是痛感神经更加敏锐。如此一来，在手术时观察实验对象的反应就更加妙不可言了。

他把玻璃瓶重新装回盒子，放到金属边桌上，然后闭上眼睛，独自体验着伤痕累累的身体上的痛楚。他喜欢每次手术前的感觉，甚至在一切结束后还念念不忘。那一刻精彩纷呈，无与伦比。他的试验品完好无损，没有经过任何改造，只等他用手术刀在皮肤上划开一道裂口，打破这脆弱的生物平衡。整个过程必须迅捷，必须具备完美的同步性，否则便不可避免地破坏了解剖学的和谐。衡量一台外科手术是艺术品还是灾难的唯一标准就是高超的技术。而他，是个艺术家。

64

达涅尔小心地动了动胳膊，试图缓解马车晃动带来的疼痛。头上的鲜血已经干涸，黏住了他的头发。他舔着肿胀开裂的嘴唇，苦涩地看了看身上的衣服。自己简直就像从臭水沟里钻出来的。他推开同伴递过来的酒杯，直接抄起酒瓶，灌下一大口烈酒。

“感激不尽。”他声若游丝地道谢。

“你的朋友弗雷萨真是苦口婆心，”伊蕾妮解释着，“他来到我家里，坚持要见我。他向我描述了你被捕的细节，说你需要帮助。我警告过你的，柏特梅已经布好了局，你必须在他发现之前逃出巴塞罗那。带上这个。”她递过来一个精致的皮箱。“这里有一张今晚去蒙皮埃的特快车票，箱子里是你的护照，还有我凑的一点钱。你的随身物品必须留在医学院，我随后想办法给你寄过去。”

“你很慷慨，我实在受之有愧。你为了帮我，冒了那么大的风险，但我不能走。”

“你究竟还要怎样才能明白你有生命危险？”伊蕾妮惊恐地责备他。

正在这时，马车停到了博览会园区入口——凯旋门的背风处。四下一片寂静，等待着第二天开幕式的到来。马车门开了，弗雷萨的脸出现在两人眼前。

“快上来，”伊蕾妮说，“请让恩卡尼塔也上来，外面太冷了。”

“您的侍女带了件披风，已经穿在身上了。她说她最好在外面放风。”

记者在达涅尔身边坐下。

“弗雷萨，我真不知怎么感谢您才好。”

“把您救出来的不是我，我只是当了回司机而已。”

达涅尔的脸色凝重下来。

“听说您失去了爱人，我很遗憾。”

弗雷萨脸上的笑意消失了，他沉痛地点了点头。

“您还好吗？”

记者没有马上回答，他掀开马车的窗帘，看了看街巷深处。

“现在好多了。”

“他们要是发现我跑了，也不会让您好过的，我的朋友。”

“别担心，我看桑切斯警长马上就有大麻烦了。”

尽管达涅尔在黑暗的车厢中看不清弗雷萨的脸，他却敢打保票，弗雷萨是笑着说出这句话的。

“这件事我以后会同你解释，”弗雷萨没等他提问先发了话，“现在我们没时间了。吉尔伯特小姐失踪了。”

“怎么会这样？”

“据我所知，有个学生发现了她的真实身份并告发了她。她被禁足在寝室里，学校派人给她送晚饭的时候，她人已经不在屋里，东西也被翻了。没人知道发生了什么，但我们是知道的，不是吗？一定是奥姆斯把她抓走了。”

“不是奥姆斯。”

“您说什么？”

达涅尔转向伊蕾妮。

“告诉我，你丈夫现在在哪儿？”

“柏特梅？你为什么问到他？”

达涅尔用力握住她的双手，目不转睛地望着她。

“这很重要，非常重要。你觉得他会在哪儿？”

“我不知道。我已经好几天没见到他了。”

“他经常这样不见踪影吗？”

“最近几个月，在电站完工之前，他经常一走就是两三天，什么也不说。我想他应该是工作得太晚，在办公室过夜了。”

达涅尔陷入沉思，两位同伴满怀期待地看着他。

“你还记得那天给我的文件吗？就是奥姆斯在逃出疯人院前杀害的那个同伴的解剖报告。因为没有亲友前来认领，尸体被送到圣克鲁斯医院，供学生上解剖课用。为了掩盖真相，你丈夫动了手脚，偷出了这份报告。”

“什么真相？”

达涅尔再次停下来喝了一口酒，然后望着另两个人，一字一句地说：“死者身患肝癌。”

“我的天哪！”弗雷萨惊叫起来。

“这是什么意思？”伊蕾妮被记者的反应搞得一头雾水，惊讶地问。

“这就是说，在疯人院被谋杀的那个人，其实是奥姆斯医生。”

三人都沉默了，试图想清楚这个事实究竟意味着什么。

“但如果是这样，另一个人又是谁？”

“是你丈夫的手下。”

“不可能！”伊蕾妮双手捂住嘴巴，差点喊出声来。

“阿戴勒进入疯人院治疗后，认识了奥姆斯，并知晓了他为拯救夫人所做的工作，还有在此过程中发现的东西。他意识到这个成果的价值，想出钱买下它，但被奥姆斯拒绝了。出院后，阿戴勒打算监视奥姆斯，于是就找上了他那个同伴，也许是用钱买通了他。几天后，这位同伴报告说，奥姆斯马上要出院了。我猜阿戴勒本人亲自回了疯人院，企图最后一次劝说奥姆斯说出他的秘密，但遭到了拒绝。他像以前那样失去了理智，杀害了医生。”

“那么，尸体上的伤痕……”

阿戴勒具备渊博的外科医学知识。虽然被医学院开除，但他依然是个优秀的学生。他为了洗白自己，毁掉了死者的容貌，又给他换上了那位同伴的衣服。这样一来，所有人都把奥姆斯医生当成了凶手。

车厢里另两人都感到难以置信。

“我不明白……”弗雷萨打算反驳。

“伊蕾妮，这辆马车是柏特梅的，对吧？”达涅尔问。

“是的，当然。但我不知道这和……”

“尽管光线昏暗，”达涅尔打断了她，“我还是能看出来，他换掉了马车的车灯，还在车身上涂了松脂，以掩饰上面的划痕。车门上的银色装饰也坏掉了。这些损坏很难看出来，我是刻意去找才发现的。这正是那天在兰布拉大街追赶我们的马车！”

“见鬼了，还真是！”弗雷萨叫了起来。

“他为什么要这么做？”伊蕾妮问。她努力抑制着双手的颤抖。

“阿戴勒没从奥姆斯那里得到维萨里的秘密，就打算亲自把它找出来，”达涅尔解释道，“为了达到目的，他利用那些女孩进行可怕的实验，甚至杀害了她们。也正是因为这样，他一直都在寻找图书馆里的手稿，结果却从吉尔伯特手中抢了本冒牌货。我们一直都在追逐一个死人的影子，阿戴勒才是真正的凶手。”

达涅尔愤怒地砸了一下座椅：“如今，帕乌和维萨里的原稿都在他手上。谁知道他是不是把她也杀了。”

“我们得抓住他，把吉尔伯特救出来。”

“我同意，”弗雷萨点点头，“但咱们该怎么做？虽然我们知道他就藏在电站附近的下水道里，但不知道确切地点，也不知道该如何到那里去。”

“藏身处的入口不会设在电站里面，他很可能把受害人转移到一个常去的地方，比如万国博览园。”

达涅尔沉默了。几小时来，他在脑中一遍又一遍地回想着被捕前和阿戴勒的谈话，总觉得自己漏掉了一处关键。那到底是什么呢？阿戴勒究竟说过什么重要之处？突然间，他恍然大悟。

“弗雷萨，快点，去我家。”

“您是说您在医学院的住处？”

“不，不。是我家的宅院。看在上帝的分上，快点。”

弗雷萨答应了。他从车厢里出来，坐到了车夫的位子上，飞快地赶着马车抵达了工业大道。路上空无一人，他们驶过城堡公园，进入里维拉街，穿过几条小巷，在几分钟后停在了阿玛特家那座古老的别墅门口。

达涅尔打开门，刚要跳下车又停下来。他转头看了看伊蕾妮。“你怎么回去？”

“别担心，恩卡尼塔是赶车人的女儿。她驾驶马车的技术赶得上最好的车夫。”

“我……”

伊蕾妮用戴着手套的手指抚摸着他的嘴唇，低声叮嘱他：“一路小心。”

两人对望了片刻。达涅尔还想说些什么，却被弗雷萨打断了。“抱歉，您得快点了，阿玛特。天这么晚了，巡夜人会盯上我们的。再说我都快冻死了。”

伊蕾妮点点头，在黑暗的车厢里几乎看不到她的表情。达涅尔一言不发地跳下马车，跟上了弗雷萨的脚步。乌云笼罩着天空，两人穿过雾蒙蒙的街道，向矗立在夜色中的阿玛特老宅走去。

65

约皮斯掀开一半幕布，观察着大厅。他看到黎里克剧院的主人恩瓦利斯托·阿努斯[1]正在休息室门口殷勤有礼地笑迎八方宾朋。剧院在马约卡街的入口停满了马车，绅士们穿着最高贵的燕尾服，挽着衣饰华丽的女士们鱼贯而入。

在这样隆重的场合下，连包厢也装饰得富丽堂皇。一盏水晶枝形吊灯照耀着在最前排的座位，嘉宾们均已落座。正厅池座和上房的三排座位上人声鼎沸。整个剧院座无虚席，没人愿意错过这场好戏。

这场表演已经成为年度大事。门票的价格翻了倍。一个比塞塔的普通门票卖到了两个，最好座位的门票甚至被炒到十五比塞塔。在短短一个半小时内，就卖出了两千多张门票，而最终的票房一定还能再多一千张。为了避免混乱，政府不得不出动了一队骑兵来维持秩序。听说所有市政厅官员悉数到齐，连省长和夫人也大驾光临了。

约皮斯可以感受到观众们翘首以待的雀跃之情。他兴高采烈地看到两位绅士正在激烈地争论着什么，其中一位手上正好拿着份《巴塞罗那邮报》，他们一定是在评论自己的新作。

桑切斯此时应该带着手下人抵达下水道，马上就会对奥姆斯实施抓捕了。但愿警长别在最后一刻掉链子。

他费了好大力气才能擦干双手。当他紧张的时候，手心总是出汗，不管什么办法也止不住。他去找手帕，突然感到有人碰了碰自己的另一只手。

帕拉迪诺夫人就站在他旁边。这女人可真是来无影去无踪。要不是约皮斯坚信她和她那套装腔作势的通灵玩意儿完全是一场骗局的话，他简直要把女通灵师和她所沟通的那些神灵划归同类了。

---

1 巴塞罗那德高望重的金融家，1888 年万国博览会投资人之一。

“我的夫人！”

通灵师无精打采地眨眨眼睛，又向他点点头，算是打招呼了。“我吓到您了吗？”

记者好像看到，她的脸上闪过一丝戏谑，但很快就消失在灰色的面纱下。

“不，当然不，夫人。我想我只是有点紧张，您难道不是吗？”

对方好像没听到他在说什么。约皮斯为了掩饰尴尬，急忙转换了话题。“您对一切可还满意？”

夫人抬眼向他背后看去，算是回答。几个工人刚刚在一张铺着黑布的桌子边布置了几个座位，以舞台两端为半径拼成一个半圆。一位侍应生正趁着场前休息摆放蜡烛，另一位则端来一套酒杯，又在桌子中央放了个水罐。应通灵师本人的要求，整个舞台除了桌子外空空如也。

“只有鬼魂才能知晓我们的命运，约皮斯先生。”

“当然，当然。”记者虽然不知所云，却还是点头称是。

夫人透过幕布向外望去。

“整个巴塞罗那都来了。”记者激动地说。

通灵师没有流露出任何情绪，但当她转身面对记者的时候，却是满脸沉重。

“我得告诉您一件事。”

“抱歉，您说什么？”

“我有一种不祥的预感，以前表演时从来都没有这种感觉。”

约皮斯差点打了个寒战。这女人到底什么意思？难道要临阵脱逃？他万没料到她会在最后一刻退出表演，如果真是这样，今晚的节目就只能取消，这不单会酿成灾难，还会成为巨大的笑柄。也许她是想敲诈更多的钱财?

“您对我们的约定不满意吗?”

“不，不是因为那个。”

约皮斯从她的眼睛里看到了一样东西——恐惧。他松了口气，毕竟通灵师也是血肉之躯。他试图安慰她。

“您的神经太紧张了，夫人。我保证，一旦节目开始，您一定不会有这种感觉了。所有人都是来看您的。今晚将铭刻在巴塞罗那的史册上，而您就是最闪耀的主角。”

通灵师转眼望向人潮涌动的池座。

“我就是害怕您说的那些，约皮斯先生，真的害怕。”

仅仅几分钟，观众们就不费力气地对号入座了。谈笑声渐渐消散，只剩下喁喁私语。上千张面孔注视着舞台，就在此刻，灯光暗了下去，整个剧院瞬间鸦雀无声。

大幕拉开，帕拉迪诺夫人一身森严的黑色打扮，站在舞台中央。几束微弱的灯光从脚下打出来，照在她身上。阴影下，她干瘦的身体比平常看上去更像一具尸首。台下传来几声人语，有位女士吓得尖叫起来，把其他人的声音都压了下去。一些观众忍不住哆嗦起来。约皮斯说服剧院经理在众人进场后停掉暖气，以便更好地渲染冰冷的气氛。但他发现这个做法完全是画蛇添足。只要通灵师一现身，整个大厅就已冻成了冰窟。

有位绅士站了起来，约皮斯认出，此人正是前几天那次私人通灵会上的来宾。

“女士们，先生们，晚上好，欢迎诸位大驾光临。今天我们聚集在这座宏伟的剧院，见证非同凡响的一幕。这是一件值得纪念的大事。没有人，我是说没有人，可以对今晚将要发生的事情作壁上观。诸位将有幸亲身经历一件无比精彩的盛事，这在本城历史上是第一次，也是最后一次。”

约皮斯能够感觉到，自己脸上的微笑越来越宽。今晚的表演将成为热门话题，被人谈论许久，许久。

66

年轻的警察活生生消失在众人眼前，如同从来没有存在过一样。全队人的目光都凝聚在汹涌的水流中。大水还在不断从上层涌下来，好像什么都没发生似的。

桑切斯浑身湿透，呼吸困难，可好歹还活着。只差一点点，送命的就是他了。他在落水时抓住了一个手下。墙壁上的一处凸起挡住了冲走他们的水流。可那地方太狭窄，容不下两个人，桑切斯抢在同伴前面爬了上去，好容易才稳住了身体，然后顺着众人递过来的绳子脱了险。遗憾的是，那个年轻的警察没有这番好运，最终被吸进了倒虹管。

耳畔传来了紧张的说话声。警察们战战兢兢地观察着周围，像老女人那般絮絮叨叨。桑切斯意识到，他必须提醒大家谁才是他们的长官，否则这群人肯定会四散奔逃的。

“很遗憾，我们经历了一场巨大的不幸，”他上前一步，站在队伍中间说，“我们的战友为了救我而牺牲了自己的生命。我们将永远为他祈祷。但现在大家必须继续前进。”

“警长，约瑟夫带着我们的备用灯具，还有下水道的地图。”

“我们回去吧。”一个警察目不转睛地盯着水流，小声嘀咕着。

警长大步冲上前去，一把揪住他的领口，把他推到墙上。

“你说什么？”为了让所有人都听见自己的声音，他大叫起来，“你难道要让我们英雄的战友白白牺牲吗？来吧，各位，让我们背起背包，继续前进。”

众人小声低语着照办了。

桑切斯在人群中寻找着吉耶。孩子远远地蜷在水管出口的角落里。

“你，过来！”

吉耶吸了吸鼻涕跑过来。

“你在这里生活过一阵子是不是？能给我们带路吗？”

“也许吧……”孩子吞吞吐吐地说。

“没什么也许！”桑切斯一边低声咒骂，一边在他头上狠狠一击，“你必须带路，明白吗？”

吉耶脸上的恐惧消失了，神色凝重起来，警长满意极了。有那么一刻，他好像看到孩子的目光里闪过一丝仇恨，但他很快就转眼看向地面，表现出一副合作的姿态。

“是的，先生，我会带路，我可以。”

“那就来吧，快走。”

吉耶拾起背包，摇摇晃晃地出发了。警察们也站起来跟了上去。桑切斯摸着空空的口袋，这才发现自己丢了一袋羽扇豆，真该死，不过事情会慢慢变好的。

在灯光的照耀下，队伍宛如圣周里的宗教游行，在一片死寂中前进，没人有兴致说话。走了几分钟，水流激增，道路更加狭窄，只能容一人通过。他们头顶是康塞普西翁市场、市政府大楼和波恩区，几十所工厂排放的污水都汇聚在这段管道里，他们不得不用手帕遮住了鼻子和嘴巴来抵御那刺鼻的恶臭。

“还有很远吗？”桑切斯拍着吉耶的肩膀问。

孩子看上去并没被臭味烦扰，他指了指前面。“还有一段管子，警长先生。”

半小时前，他说了同样的话。桑切斯开始怀疑这个小傻瓜是不是根本就不知道他们的目的地在哪儿。也许当初不该相信他。可是走了几分钟后，眼前的路变宽了，眼前出现了一个半圆的空间，从那里伸出了两条管道。

他们来到了一个分叉口。

墙根底下放着一辆翻倒了的手推车，车边堆着一些废旧工具，装粗砂的口袋堆积成山，把后面的一扇铁门遮得几乎不见踪影。

“看样子，他们挖空心思，就是不想让别人进来。”一个警察说。

“这么做是为了防止有人出去。”吉耶回答。

“什么出去？谁出去？”警察刨根问底。

“说够了没有！”桑切斯打断了他们，“把沙袋搬开。”

众警察排成一排，把沙袋从门口移开。因为潮湿，门上锈迹斑斑，但看着还算结实。一条粗大的铁棍横在门的两侧，两个警察一起用力才把它抽出来。卸下门栓之后，大家准备开门。可门框锈住了，他们只好用枪杆撬开一道足够宽的缝，这才钻了过去。正在此时，一阵腐臭扑鼻的阴风如同老人的叹息一样从门后吹来，油灯的火苗一阵摇曳，灯光映出了几级石阶，那是一道螺旋阶梯，一直通往下一层的管道。

“拿起武器，注意左右！”桑切斯下令道，“大家小心为上，从现在起，我们只剩三盏灯了。”

大家开始下楼梯，老饲养员牵着狗走在最前面，吉耶居中，桑切斯带着其他人跟在他身后。警长感到身边的孩子身体在颤抖，他想他一定是冻得打哆嗦。过了几分钟，他们来到一处管道，穿过去后，眼前又分岔出另五条管道。这里是巴塞罗那下水管道网中最古老的一段。所有的下水道都直接凿在石头上，地面是夯土的。吉耶毫不犹豫地选择了左起第三条管道，这条管道特别低矮，大家不得不弓身前行。每隔三米，管壁上就会出现一个真人大小的洞口，那里连接着其他与之平行的管道，人们通过这些洞口在不同的管道间穿行。

走了一阵，猎狗开始围成一圈大叫起来。饲养员勒紧拴狗的皮带教训它们，但这些畜生只是一边呻吟，一边用爪子抓着地面。

“快让它们闭嘴！”一个警察叫道，“我们快被这些家伙逼疯了。”

突然，耳边响起一声尖叫，接着又传来一声咒骂，猎狗们突然挣脱缰绳，狂叫着向黑暗中冲去。老饲养员一屁股坐在地上，瑟缩成一团。两个人冲上去把他扶起来。

“你难道管不住这些狗吗？”

“见鬼！有只畜生咬了我一口。自从我们下到这个臭气连天的地方，它们就疯了。”

猛然间，狗叫声停止了，取而代之的是令人毛骨悚然的寂静。大家你看我，我看你，完全不知道发生了什么。

“他妈的到底出什么事了？”

大家全副武装地在下水道中前进，脚下的水已经被染成了红色。他们放慢脚步，彼此贴紧，用力握住手中的武器。管道有些倾斜，向右拐了个弯。他们在道路中央发现了第一条狗的踪迹。它还有呼吸，背上伤痕累累。警长带着两个手下向前走了几米，在一块大石头上发现了另一条狗的尸体，它被咬断了脖子。几步之遥的地方，第三条狗几乎尸首分离。管道壁上喷满了鲜血。

“这会是谁干的？”

“谁干的不重要。不管是谁，我发誓我一定要杀了他。”老饲养员对天起誓。

有一位资历较深的警察走到桑切斯身边，努力控制着紧张的声调。“警长先生，是他们。现在他们肯定在监视我们。”

“你究竟在说什么？他们是谁？”

“拾荒帮。”

桑切斯叹了口气，又要老生常谈了。“我们有灯又有枪，我可不会被一群衣衫褴褛的乞丐吓倒。”

“但是先生，这是他们的地盘，趁现在还来得及，咱们必须马上撤离。”

桑切斯用枪对准他的头，狠狠敲了一下。警察踉跄着向后倒去，一头撞到墙上。

“从这儿开始，就算上帝也别想走！听明白了吗？”

那名警察一个劲地拼命点头。

“大声重复一遍！”

“从……从这儿开始……就算上……上帝也……别……别想走。先生。”

“很好，”警长放下枪，继续说，“那个孩子呢？”

大家四下寻找，但吉耶却踪影全无。警长差点要破口大骂。这个小混蛋！还好，他还记得地图，他们现在已经离那个废弃的藏身处近在咫尺。经历了这么多艰难困苦，现在绝不是放弃的时候。

“别管他，大家继续前进，注意左右。杀狗的人不会走太远的。”

队伍重新启程，草木皆兵地观察着四周的阴影。他们紧紧握住武器，继续走了一段。桑切斯侧眼瞅了瞅身边的警察，从那人脸上的表情看，他也听到了从其他管道中传来的声音。他正要下令点亮所有灯火，隧道深处突然闪出几个人影，一看到他们拔腿就跑。老饲养员和其他三个警察立刻冲上去追人，桑切斯气得破口大骂，他们带走了两盏灯，只给其他人留下了一盏。可他刚骂了几句，突然传来三声枪响和一声尖叫，然后就什么也听不见了。

“快点，拿回备用灯！”

命令下得太晚了。管道两边钻出来几道会穿墙的鬼影，包围了队伍。他们衣衫褴褛，浑身散发着刺鼻的恶臭。桑切斯看清来人，稍稍松了一口气，毕竟站在眼前的不是鬼魂，而是三十几个男人，还有几个女人。因为疾病和营养不良，他们大多牙齿脱落，蜷缩成爪子一样的手上握着粗糙的大刀和几盏几乎发不出光的简陋油灯。大多数人蒙着面，没蒙面的人满脸长满了脓疮和疤痕。而最可怕的是他们的眼睛，瞳孔没有颜色，几乎一眨不眨。

“我可是政府的人，请注意态度，否则……我一定会逮捕诸位。”桑切斯使尽全身力气才说出这一番话。

没人回答。

“没听到我在说什么吗？”

一瞬间，警长以为他们会服从命令。此时就见一个男人上前一步，胳膊一挥。他的动作快得几乎无法察觉。站在桑切斯旁边的警察大叫一声，一只手几乎从腕上掉了下来。他抓住断手，双膝跪地。手上的灯盏滚到地上熄灭了。

战斗开始了。

黑暗中充斥着打斗声、呻吟声和嘶喊声。随着一声枪响，几个人大叫起来。桑切斯摸索着寻觅着隧道的墙壁，突然感到腿上挨了一刀，一阵剧痛袭来。他在黑灯瞎火中掏出手枪，继续逃离战斗的中心。事情砸锅了，眼下还是走为上策。如果继续纠缠，肯定要死在这伙人手里。他正一路退却，突然与一个手下撞了个满怀，对方认出了他。

“警长，您的命令是什么？”

桑切斯一把推开他。那人毫无防备，踉踉跄跄地向后倒去。

正在这时，突然扑过来三个人影。空气中布满了刺刀见红的声音和人们的惨叫。桑切斯趁着混乱逃跑了。

他冲出那条猎犬尸体横陈的管道，又钻进了另一条通往旋转楼梯的管道。当他觉得自己已经逃得够远时，从背包里取出了一盏备用灯。腿上疼痛难忍，他来不及停下检查伤口。身后的喊杀声还在不断传来，有人开了枪，可不久，枪响就稀疏下来，直至一片死寂。他私下期盼，在混乱中没人发现自己临阵脱逃。

他在几乎没有尽头的下水道中前行，几分钟后，终于找到了旋转楼梯。他一瘸一拐地爬上去，已是上气不接下气。就在这时，他听到身后有人也在爬楼梯。他从门框上探出身，终于从隧道里钻了出来。

无论如何，他必须关上那扇门。他将全身的重量都顶在金属门板上，喘着粗气，用尽全身力气向里推。受潮生锈的合页顽强抵御着他的力量，但还是被一寸一寸地推了回去，大门开始关闭了。

正在他马到成功之际，楼梯上突然出现了一个人。那是他手下的一个警察，他的装备和大衣都跑丢了。衬衣及胸的地方被抓破了，划出两道醒目的血痕。他用手捂着头，拼命止住从额头伤口上冒出的鲜血。

“先生，请开开门！”

桑切斯继续推门，年轻的警察简直不敢相信自己的眼睛。就在这时，第一队追兵已经出现在身后，他就像一头被困的野兽那样声嘶力竭地求救。拾荒帮开始以逸待劳地包抄上来，年轻人一边用目光祈求着桑切斯，一边用手指摸索着阻止他把门关上。

“看在上帝的分上，您就开开门吧！……”

随着一声巨响，大门轰然关上，盖住了年轻人最后的哀求。原来用作门栓的那条铁棒太沉，一个人无法搬动。桑切斯拾起几根废弃的木棒，把它们横在门栓的地方。在门的那一面传出几声喑哑的哀号。

他松了一口气，逃离了这个地方。他不知道这扇大门还能阻挡多久，但愿它能为自己争取足够的逃离时间。他感到腿上疼得厉害，挑灯看去，裤腿已经浸满了鲜血。他扯下系着脖子上的领巾，用力把它系在伤口上。

他需要冷静。头顶上有三处隧道，应该钻哪一条才好？他还没拿定主意，只听隧道那边吱呀一响，接着又是一阵金属的摩擦声。那些人推门出来了。他来不及思考，一头扎进了中间那条隧道，手中油灯的微光成了他唯一的向导。

67

“很高兴您醒了。”

绑架者的声音在帕乌耳边响起，如同遥远的回音。她想抬起手，却发现双手被几根皮带困住了，她裹在床单下的赤裸身体一阵颤栗。身下的石板又冷又硬，她已丝毫感觉不到后背的存在。

“请原谅我把您绑在这儿，这只是为了预防试剂起作用时您弄伤自己。我向您保证，随后一定把绳子解开。”

男人身穿白衬衫，打着领结，外面系着手术用的皮围裙。他透过镜片，一动不动却又心潮起伏地望着帕乌。

“是您？怎么可能！”帕乌惊问道。她努力让自己平静下来。她一度以为，失去意识前最后看到的那一幕是自己的错觉，但她想错了。

“您看上去很惊讶。”

“我从来没想到……为什么？”

“别担心，到时候您会知道的。今晚还有几个惊喜在等着我们，在这之前还有很多工作要做。”

男人离开了她的视线。片刻就又转回来，手上端着装满水的脸盆和一些包在布料里的器具。他走近石板，在她身旁坐下，整理了一下手套，用水沾湿布料的一角，又小心翼翼地沾湿了她的发根。

“您在做什么？”帕乌结结巴巴地问。

“手术需要一点准备工作，您一定知道的。一会儿就好。”

他继续湿着女孩的头发，直到自己满意为止，随后用手指按住她的太阳穴。他手中握着一把理发刀。帕乌一瞅见朝自己脸上伸过来的刀片，猛地一扭头。剧烈的疼痛袭来，她尖叫一声，一道血迹顺着面颊淌下来。

“我跟您说过，别动。请注意，别不让人碰您的脸。您的反抗丝毫不能阻止我。”

尽管害怕，帕乌还是顺从了。她抽泣着看着缕缕头发掉落在身旁。男人很有效率，几分钟就完成了工作。

“我花了好大力气才找到您，在妓女家里藏身可真是高明。这点子是您想出来的，还是您的朋友阿玛特想出来的？”

“您把多萝丝怎么样了？”帕乌磕磕巴巴地问。

“真是个勇敢的女人。不管怎么受折磨，她都没把您供出去。”

帕乌强忍着泪水闭上眼睛。

“您迟早会伏法的。”她努力说出了这句话。

“请容我表示怀疑。您和您的朋友们已经很接近目标了，但这还不够，”他收起理发刀，坐回她的身旁，“知道吗，亲爱的，能把您弄到这里来，我真是太高兴了。只有您才能真正欣赏我的工作。我和以前那些女孩根本不可能分享任何有关智慧的话题，这是显而易见的。但和您在一起，吉尔伯特，情况却截然不同。”

帕乌没有说话。

“我确信，您比任何人都更明白这种手术的精细度。众所周知，维萨里的高度是任何一个医生连做梦都达不到的。您无比聪明地破解了《第八本书》的最后一部分，这也帮助了我，我应该谢谢您。您意识到了吗？现在您是唯一有机会亲身体验这个过程的人，我几乎要嫉妒您了。”

帕乌害怕得几乎要发疯了。阿玛特和弗雷萨不知道她被绑架了，就算他们知道也不可能找到她，就连她自己也不知道她现在到底在哪儿。

“请您收手吧，所有这些都只是一场癫狂！”

男人慢慢转头，透过镜片静静地望着她，声音也变得温柔起来。

“真遗憾您也这么说。我本来以为您会懂的。”

他转过身去，从放在边桌上的盒子里面拿出一只装着试剂的瓶子。

“只要一点点剂量，病人的肢体就会完全麻醉，但他们的意识丝毫都不会丧失，心跳和血压也会平稳如常。和我在您房间里为您注射的吗啡不同，这种药剂不会使人丧失痛觉，正因如此，人体会分泌大量肾上腺素，提升实验效果。更幸运的是，这不是个迅速的过程，试剂需要等上几个小时才会扩散全身，但它确实非常有效。”

他把瓶子挂在金属架上，把瓶嘴接到橡胶管里。

“很抱歉，得给您扎一针。”

他按住帕乌的手臂，一针扎进了她的血管，在侧肘的皱褶处贴上胶布，随后专业地调节着接到瓶子上的橡胶管。

“好了，现在只要等着就好。”他看着表说。

铜灯闪了几下，熄灭了。整个房间笼罩在阴影中。男人忍住抱怨，离开帕乌，走到嵌在墙上的操作板前面，一边自言自语，一边聚精会神地操控着。

帕乌利用这点间隙冥思苦想。她必须想个办法逃走。等到试剂输入体内，她将不能动弹，必死无疑。现在唯一的出路是想个法子让输液停下来，再找机会逃出去。

她偷看着男人的一举一动，把胳膊伸向旁边的管子，把手腕弯曲到捆着皮带的双手所能承受的最大限度。她拼尽全力，指尖几乎可以擦到管子了。她喘了口气。男人还在操作台前忙着，机不可失。她闭上眼睛，咬紧牙关，继续把手伸向金属架，架子上挂着那个装满了试剂的玻璃瓶。她终于抓住了架子，把手向瓶子的方向探过去。现在管子离她更近了，皮带陷进了前臂的肉里，她强忍着疼痛，继续把手向前伸。正当她就要放弃的时候，手指碰到了粗糙的橡胶。她一把抓住，把它拽向自己身旁，咬紧牙关抑制住狂喜的尖叫。她就要成功了。

正在这时，管子钩住了边桌。这突如其来的障碍使它脱离了帕乌的手指。管子没了牵引力，像个钟摆似地摇晃起来，远离了帕乌伸手可及的范围。正在这个时候，灯亮了。

“希望您能原谅，”男人一边微笑，一边走上前来，“我得去趟剧院。别担心，我不会去太久，我们还会继续愉快的谈话。您如果想喊叫就尽管喊，这底下没人听得见。”

他没多说话，转身走向地下室深处，启动了几个控制装置，随着几声滑轮的响动，眼前出现了一台嵌在石头上的升降机。他走了进去，转眼不见了踪影。

帕乌再也忍不住了，她放声大哭起来。

68

达涅尔和弗雷萨沿着墙根向阿玛特宅院的大门走去。夜色下，达涅尔觉得这座房子比几天前造访时显得更加阴森。他一想起那一幕就觉得被扼住了喉咙，所有事情肇始于此，也必将会以这样或那样的方式终结于此。

“您的胳膊没事吧？”弗雷萨问。

“一点没事，我可以继续走。”

虽然弗雷萨感到阿玛特走路的动作很僵硬，但他并没有坚持让他停下来。

“我们来这里干什么?”

“我真是个傻瓜。”

“您想说什么?”

“我当时觉得阿戴勒买下这座房子是为了报复，但这不是事实，明白吗?”

记者点点头，还是不确定自己是否真听懂了。

“我搞错了，他这么做其实另有理由。”

“什么理……”

弗雷萨话说到一半，突然停住了。他开始明白过来。

“您没发现这房子的位置有多好吗?”达涅尔继续说，“它正好处于巴塞罗内塔区和城堡公园之间，有关凶宅的传言很有说服力，没人敢踏进来半步。如果不是阿戴勒的那番话，就连我们都不会起疑心。真是个完美的地方。”

“但这里距电站很远呀!”

“没那么远，只隔了几条街而已。”

记者点头称是，从上衣里摸出两把左轮手枪来，递给达涅尔一把。看到对方向自己投来审视的目光，他耸了耸肩。

“我本以为得开几枪才能把你从监狱里救出来呢。”

达涅尔犹豫着接过枪，他以前从来没用过。但当把这件武器握在手上的时候，心里安稳多了。他深吸一口气，朝着宅院大门走去。

推门的时候，他们发现拴门的铁链掉在地上，两人无言对视了一眼。

“小心点，别发出任何声音。”达涅尔叮嘱着。

两人一到花园就点着了从马车里带下来的提灯。达涅尔示意记者跟上。

他们小心地穿过铺着花砖的小道，穿过那棵老椴树的阴影和半成废墟的走廊。站在大门口的台阶下，两人感到这座老宅正在等待着他们。

他们进了屋子，在空荡荡的大厅中行走，脚步发出空空的足音。达涅尔能感到身后记者急促的呼吸。两人来到厨房，速度比他上次来时快了许多。他举起手来，油灯照亮了通往地下室的那扇焦黑残破的大门。

“这是我父亲实验室的入口，应该就是这儿。”

他们一边小心地下楼梯，一边给枪上了子弹。达涅尔回想起上次来这里，在黑暗中下楼梯时听到的奇怪声音以及随后发生的一切，好像若有所悟。

这一次他们顺风顺水地下到底层，油灯照亮了一间宽敞的大厅。这就是当年起火的地方，也是整座屋子中毁坏最严重的的地方，这里存放的化学药品将整个房间变成了地狱，几乎烧了个精光。黑暗中隐约可见一张没烧干净的长条桌子框架，还有一张沙发的支架。再往前走，几十片焦黑的玻璃铺满了地板，踩上去吱呀作响。木质书架烧得残缺不全，塌在墙边。那是一座珍贵图书馆的残骸。

“这里好久没人来过了。”弗雷萨说。听着这句话在四壁的回音，他不禁打了个哆嗦。

“咱们找一找，也许能找到什么。”

他们在昏暗的屋子中瞎子摸象一般搜寻了几分钟。正当达涅尔开始灰心之际，身后传来了记者的声音。

“阿玛特，看这里。”

灯光下，墙角半掩着一张小床，好像没被大火烧过。木质床板上溅着几处赭色的斑点。两人一想到这些斑点可能是什么，差点哆嗦起来。

达涅尔弯下腰，从地板上捡起一串挂在门框铁环上的铁链。

“这证明我没有完全弄错。”他兴奋地说。

弗雷萨表示同意，但没有同伴那么兴奋。

“好像是的，但这个地方并不是我想象的那样。”

达涅尔没有回答，他也得出了同样的结论。阿戴勒总得做些准备才能进行他那些毛骨悚然的试验，他需要实验室、工具、光线和流水。可这里却什么都没有。他们又仔细检查了屋里剩下的角落，但除了在一盏旧灯旁边找到的几条粗麻绳外，一无所获。

达涅尔绝望地拍打着椅子的残骸。

“该死的，怎么会这样！已经没时间了……”话到嘴边他突然停住了。

还是弗雷萨说出了两人心中所想。

“我们找错了地方，吉尔伯特死定了。”

69

灯熄灭了，阴影笼罩了全场翘首以待的观众，时不时地有人紧张地咳嗽或者清嗓子，随着“嘘”的一声，全场迅速安静下来，所有的目光都聚焦在舞台上。

约皮斯的手心在不停地冒汗，哪怕一次次藏在桌底下擦拭也无济于事。好在眼前闪烁的烛火挡住了观众们的脸，让他稍感放松。直到这时他还是觉得，坐到舞台桌子上来是个绝妙的主意，等到演出结束，他可以骄傲地以主角的身份撰写一篇精彩的报道。现在桑切斯应该已经把奥姆斯抓回来，并在市警察局等着演出结束了。这里真热，他贪婪地看了一眼为通灵师准备的水罐，又擦了擦手，心里想着，如果待在幕后而不是坐在这里，是不是会感觉好一点。

在他身边，帕拉迪诺夫人像根竹竿一样站得笔直，目视前方。但约皮斯从她颤抖的牙床看得出，她内心并不像表面那么平静。通灵师发现记者正在盯着她看，一脸不悦地转身瞅了他片刻，一句话也没说，随后又重新转向观众席。约皮斯不再看她了。

烛光在黑天鹅绒桌布上投下摇曳的暗影，昏黄的光线照着桌边人的脸。在桌子两侧分别坐着十二个男男女女，满脸肃穆的表情。

主持人继续说下去。

"女士们，先生们，最近几个星期发生的恐怖事件让大家惴惴不安，多名无辜女孩被惨无人道地杀害。很显然，这样卑劣残忍的行径只能是饱受折磨的灵魂所为。这个灵魂因为无法升入天堂，便下凡化为恶魔。今天晚上，在你们的帮助下，我们将拯救这个痛苦的灵魂，把所有可怕的事情一举终结。"

座席上传来一阵低语。帕拉迪诺夫人喝了口水，润了润嘴唇，继续半闭着眼睛望着空旷的前方。主持人还在说话，但她好像根本没听到。

"……实在是太精彩了。现在，我们荣幸地请出一位拥有全世界最卓越的大脑的人物，她的大名响彻欧洲最繁华的都会：伦敦、维也纳、巴黎！她是如此慷慨，特意在危难之中赶来，助我们一臂之力。"

观众席上掌声如雷，通灵师轻轻弯腰，以示谢意。主持人清清嗓子，继续讲下去。

"女士们，先生们。帕拉迪诺夫人请大家互相拉起手来，最大程度地保持肃静。”

大厅里掀起一阵响动，每个观众都拉起了邻座的手。有些人轻轻说笑了几声，很快就被其他人阻止了。

约皮斯拉住通灵师粗糙干瘦的手，又向桌子对面一位大腹便便的绅士伸出了另一只手。那人见他满手是汗，变了脸色。约皮斯耸耸肩，算是道歉。

帕拉迪诺夫人低下头，随后闭上眼睛抬起头，深吸一口气又呼出去，紧接着重复了一次。观众们聚精会神地注视着她的每一个动作。她停了几秒钟，开始用低沉而安静的音调讲话。尽管看上去毫不费力，她的声音还是传遍了整个剧院。

“鬼魂，我在呼唤你。”

她停了下来，整座剧院顿时鸦雀无声。约皮斯无需伪装，和大多数在场的人一样屏住呼吸。通灵师的声音又一次响了起来，就如同暴风雨的前兆。

“我们在听你说话，别怕，到我们这里来。”

烛火摇曳，剧院的气温降低了好几度。台下有人已经坐不住了。就在此刻，桌子开始从地面上升起来，让所有人目瞪口呆。

“他……来了。我能感到他走近了。”

约皮斯艰难地咽了口唾沫。她演的太逼真了。突然间，帕拉迪诺夫人向后弯了下身体，从椅子上站了起来。记者和另一边的绅士反应不及，差点松了手。夫人从喉咙里哼了一声，身体前倾。尽管双眼紧闭，却好像正在充满恶意地看着观众们。她的声音穿过池座，清晰地直达最高的那排座位。那是一个男人的声音。

“应你的召唤，我来了。”

“告诉我们你是谁。”观众席有人大叫。

“我有很多名字，不过你们可以叫我贝里恩。我是欺骗的王子、纵乐的魔鬼，我是基督的死敌！”

台下有人吓得惊叫起来，两位女士甚至昏倒在地，观众们一阵混乱。在剧院工作人员的帮助下，她们被送出剧院。约皮斯脸色煞白，事情并没有像预想的那样进展。

“杀人犯，赶紧停止行凶！”一个年轻人高声叫着，从座位上站起来。

其他人也纷纷起身效仿，咒骂声一浪高过一浪，不管如何要求大家安静下来都无济于事。就在这时，通灵师迸发出一阵嘶哑的大笑，整个剧院立刻鸦雀无声。站着的观众们目瞪口呆地坐回原位。

“真愚蠢，你们什么都不是。什么也不能阻止我。我，贝里恩，在此宣布，你们将遭受巨大的折磨和灾难。‘黑魔鬼’已经冲出来吸血了，不喝饱是不会停下来的。可怕的时刻马上就要到了，而……而……”

帕拉迪诺夫人停下来睁开眼睛。满脸都是惊异的神情。她想站起来，却跌跌撞撞地碰倒了椅子。她几乎支撑不住了，双手颤抖地扶住桌子——这张桌子被钢丝吊在空中，一碰就摇摇晃晃。整个剧场的人都在痴迷地看着，只见夫人抓住桌布，向一侧倒下去，嘴里发出没人听得懂的声音，一股红色的泡沫从下巴喷涌出来。约皮斯上前扶住她，她暂时站稳了身体，用扭曲的表情看了记者一眼，紧接着大叫一声，栽倒在地。

众人一片哗然。台下两位自称医生的观众走上台来，摸了摸她的脉搏，他们和台下的观众一样变了脸色。

“她死了。”

70

桑切斯已经在那几条该死的下水道里兜了好几圈，他至少迷了三次路。但这一回，他确信自己终于选对了管道。只需再走几米，他就能爬上几小时前下过的那道楼梯了。

灯光开始微弱起来。他敲敲油灯的存油罐，声音空空的。不过这不重要，背后已经很久没有动静了。总算逃过了那群混蛋的追击，想到这里，他不禁哈哈大笑，笑声在管道中回响着。

他受够了黑暗、湿衣服，还有像虱子一样黏在身上的臭气，腿上伤口也疼得要命，只得像个瘸子一样跛着脚走路，但愿别感染。等从这里出去，他一定会去艾米莉亚之家的浴室里待上一整天，然后重新组织一次远征，这次要带上更多的人，全队全副武装，用铁血手腕把拾荒帮像老鼠一样消灭干净。

他欣慰地发现，一条嵌在墙上的管道里有水流下来，出口很近了。他渴望重新看见巴塞罗那的蓝天。上帝，他还活着，这是唯一重要的事情。如今他成了一名该死的幸存者，但也是一名英雄。

突然，头顶掠过一阵风。他停住脚步，朝屋顶望去，那里没有任何异常。几秒钟后，又传来了一阵轰鸣，这次更加强烈，时间也更久。他终于明白过来，那是雷声。

如同回应，管道里响起了一阵涨水的声音。桑切斯举灯照亮了脚下，一直指引自己向前走的那道细细的水流眼下已经成了一条小溪，浸湿了他的裤腿。

他这才想起来，天一下雨，下水道就会变成一片汪洋。想到这里他只觉浑身汗毛倒竖，脱险的喜悦瞬间化为泡影。必须马上离开这里，他挣扎着重新向前，却怎么也迈不动腿脚，这才发现，缠在腿上止血的那块手帕已经不见了，鲜血染红了他的裤子。

他用手扶着大腿，拖着伤腿在水中行进，激起哗哗的水声。才走了几步就气喘吁吁。水位已经漫过膝盖，还在继续上涨，迈步越来越困难了。他咬紧牙关不停前进，现在离得救只有咫尺之遥，他不该停下。

正在这时，他踩到一个柔软的东西，滑倒在地，手上的灯落到了水里。他挣扎着想站起来，但伤腿不听使唤，再次摔了回去。为了避免被冲走，他用力划水，挣扎着浮在水面上。命运之神再次向他微笑了，水流涌向了前方几米处那部挂在墙上的楼梯，从那里已经能隐约看到大街上的光芒了。

眨眼间，桑切斯已经被冲到了第一级铁楼梯底下，他死死抓住那里，避免自己被水冲走。紧接着一边骂着脏话，一边向后抡起一只胳膊，抓住了第二级楼梯。他抓得很牢，可水位已经达到了胸部。他再次伸手够到了第三级，半个身子总算探出了水面，可双腿依然浸在激流里。腿上剧痛难忍，身体又肥胖，爬上去困难重重。他也不知哪里来的力气，硬是喘着粗气把两条腿都从水中拔了出来，人也累得精疲力竭。看到只剩几级楼梯就可以获得自由了，他忍住胜利的欢呼，继续向上爬去。可就在此时，整个管道突然摇晃起来，他差点从梯子上摔下来，方才的欣喜顿时变成了忧虑。

桑切斯恐惧地感到，一部分管道好像正在崩塌。他伸出双手抓住楼梯，仔细观察着黑暗中的情形。头顶吹过一阵热风，潮气差点让他窒息。

他抬起头来，头顶有一个圆圆的光圈，那是井盖边缘透出来的城市的光。他甚至可以听到马车驶过的声音和几声人语。然而，这些声音都被一阵震耳欲聋的咆哮声掩盖了。

一个巨浪把他从楼梯上打落到水里，澎湃的激流愤怒地咆哮着，像卷木偶一样把他卷走了。

桑切斯一个哆嗦醒过来，一时不知身在何处。他发现自己仰面躺在一处狭窄的空间，不知从哪里透出来一线光，总算没有完全陷入黑暗。他认出来，此地是第一层下水道里的多处标志性通风平台中的一处，也记起了所有事情。水流把他冲进管道，又摔到了墙壁上，他失去了知觉。自己真是幸运，否则就一直被冲到大海里去了。

他恼怒地听着身下水流的咆哮。大量雨水还在飞快地泄进来。身上生疼，好像被马车撞了一样。他挥挥右臂，肘部虽然没断，但还是一阵抽痛。前额也被撞了个包，摸上去滚热，一跳一跳的。也许正因为这样，他才感觉到天旋地转。

但至少他还算安全。出口不会太远，一旦水位降下去，他就从这里出去，逃出这个地狱。在这之前只需耐心等待。

他摸摸外衣的衬里，惊奇地找到了几支蜡烛还有一根没有浸水的火柴。他好像听到有动物在跑动，不由得紧张起来。不管那畜生是什么，火光都会把它吓跑的。

虽然打火石湿透了，但经过几次努力，桑切斯还是划出了一道微光。他越来越感觉到，自己在这里不是唯一的生物。当他举起蜡烛的时候，几乎连呼吸都停止了。

两只大老鼠正骑在他的伤腿上盯着他看。还没等他反应，就打着滚逃入了黑暗。他的裤子已经被咬成了碎片，腿上残存的肌肉正一股一股地流血，已经见了骨头，在烛光下泛着惨白的光。

桑切斯一阵作呕，他抱紧胳膊，努力不让自己昏过去。蜡烛在手中不停颤抖，为什么疼痛没有早把他弄醒？

他拍拍双腿，恐惧地发现那里没有任何感觉，想动动腿更是做梦。冷汗布满了他的额头。出事了。出大事了。

右侧响起一阵骚动，是那些该死的老鼠，刚才把它们忘了。他举起蜡烛，照亮一处角落，吓得差点松手。就在前方几米处，无数的老鼠聚成一片，形成一大片厚重的灰色群落。火光让它们兴奋起来，紧张地退到了通风口的侧面，眼睛却还是死死盯住这个入侵者。有些老鼠抬起嘴巴，另一些用爪子抓着地面，露出牙齿，保卫着它们的巢穴。因为烛光，它们不敢冲上前来。

桑切斯咽了口唾沫。自己失血过多，气力耗尽，很快就会陷入昏迷。一想到失去意识后等待他的将是什么，他就浑身哆嗦起来。

他不去看千疮百孔的伤腿，举着蜡烛在周围寻找出口。老鼠们看着他的动作，吱吱地叫着，紧张地上蹿下跳。时间只过了片刻，却如永恒般漫长。他终于找到了出口。

在头上半米的地方，有一处烟囱一样的风道，正好可以容纳一人通过。顺着那个通道可以一直爬到外面去。烛光照亮了风道里第一级铁台阶，他心中又萌生出希望。

他向前匍匐着，小心地用烛火把身体和越来越骚动的鼠群隔离开去。后背在身下的石板上磨得生疼，但他毫不在意，就这样一直滑到通风口底下。鼠群开始靠近，桑切斯左来右去地摇晃着蜡烛。

“滚！快滚！”

老鼠们好像知道他要逃走一样，企图冲上前去，只有看到亮光才向后退。它们嘴里发出嘘嘘的声音，好像在石头上磨刀一样。

桑切斯觉得浑身瘫软无力，已经没时间了。他用手举着蜡烛向洞口爬去。那个地方比他想象的窄得多。他撑着锈蚀的铁台阶向上爬，用手臂和肩部的重量抵住滑溜溜的砖墙。顶上透出一丝光芒，那是从外面透进来的。幸运的是，这个通风口并不是垂直的，否则伤成他这这副模样是根本不可能爬上去的。

他拖着没有知觉的沉重的双腿，使出吃奶的力气向上爬。太阳穴不停地跳动，呼吸也越来越沉重。蜡烛的烟呛得他泪水直流，眼前一片模糊。他停了几秒钟，打算休息一下，已经爬了一半多了，越爬台阶越陡，但他挺得住。脚下的老鼠们气急败坏，一个劲地叫着。

他喘了口气，继续向前爬了几步。因为用力太猛，胳膊抖得厉害。出口已经近在咫尺，他几乎可以够到通风口栅栏上那道简陋的门栓。呼吸着夜色中城市的空气，他觉得惬意极了。

胜利在望，他正要再次发力，突然发出一声痛苦而惊讶的尖叫。最后一级台阶毁坏了，像个钉子一样钉在石壁上，划破了他的手掌。蜡烛从指间脱落，一路碰着管壁消失在黑暗里。他失去了扶手，失重地向下滑去。他茫然无措地企图停下来，却无济于事。就这样，他一路沿着管子滑下来，重重滚到了地面上，被浓重的黑暗像裹尸布一样裹了个严严实实。

片刻寂静之后，一片吱吱的叫声响彻他的周围，数百只老鼠向他扑了过去，盖住了他最后的惨叫。今年不是个好年景，老鼠们都饿极了。

71

帕乌舒了口气，浑身的紧张总算缓和下来。皮绳索把她的手腕磨出了血，但经过多次失败后，她终于再次抓住了管子。

她用手指捏住了橡胶管，不让试剂继续滴下来。随后轻轻用管壁摩擦桌沿，直到管子磨破，液体浸湿了手。她的逃跑计划很简单：当凶手为她解开绳索的时候，先从桌上抄起一把手术刀来捅伤他，再趁着混乱逃向他乘坐过的那架升降机。她暗自祈祷，希望没有太多试剂滴入体内。现在双脚还能动弹，看样子事实如此。现在她只需要耐心等待。

时间只过了片刻，却如永恒那样漫长。耳畔终于响起凶手的脚步声，帕乌紧张得腹中一阵刺痛。如果他在给自己松绑之前先检验一番试剂的效果，或者发现橡胶管破了，那一切努力就都白费了。

“希望我不在的时候您还舒服。演出真是值得一看。坦白说，这是我看过的最精彩的节目之一，您没能一饱眼福真是太遗憾了。”

说完这话，他干笑一声。帕乌正要点头，突然记得自己应该装得动弹不得。凶手重新系上围裙，在旁边的桌子上准备起来。

帕乌偷偷瞅了瞅挂在铁架上的吊瓶，那里面已经空了。她松开手，橡胶管向后晃了晃，远离了她的视线。她感到自己被绑住的胳膊有些僵硬。没有第二次机会了。她能做到，为了逃生也必须做到。她努力想着这一点。

正在此时，凶手拉了拉挂在屋顶的绳索。随着吱的一声响，几条绳索沿着轨道滑到她头顶。每条绳索的末端都拴着一个金属环和一根细得几乎看不见的针，整个装置活像可怕的蜘蛛的触角，吓得帕乌浑身动弹不得，几乎把逃跑的事都忘了。

“亲爱的，您知道，整个流程的关键在于将身体各个生命穴恰当地连接起来。这个过程很复杂，一定要把针非常精准地刺进去，一毫米都不能差。”

他走向桌子边，解开绑在帕乌腿上的皮带。

“这试剂很有效果，不是吗？幸亏有它，我才能顺利无阻地工作。”

他拉起一条缆绳，把下端的圆环套进帕乌的一只脚踝，准确无误地把针插进了她的脚背。钢针刺进肉里的一刻，帕乌抖了一下。为了避免露出马脚，她集中全部精力，不让自己的双腿躲开。

凶手又在她的另一只脚上刺了一针，随后来到桌子右边，打算松开她的胳膊。突然，他停下来，捧着帕乌的手叫道：“哎呀，哎呀！你可真是个坏姑娘！”

帕乌觉得自己的希望正在化为泡影。尽管没被完全松绑，她还是毫不犹豫地绷紧身体，准备最后一搏。男人抓住她的手腕，指着被绳子磨破的伤口，满是责备地对她说：“您不该反抗的，吉尔伯特。您的努力毫无用处。”

帕乌总算松了一口气。

凶手给她松了绑，把剩下的钢针分别插到了她的手背、胸膛以及接近锁骨和腹股沟的地方。接着又把一根带金属片的皮绳绑在她的脑袋旁边。他满意地点点头，转过身去，从柜子里拿出一个皮箱，郑重其事地从中拿出一整套手术刀、手术锯和手术钳，有条不紊地把它们放到一个金属托盘里，随后端来一盆水，使劲儿清洗着双手和胳膊。

时机到了。他现在背着身，看不到她的动作。帕乌吸了口气，打算坐起来。她想一下子跳起来，但身体却毫无反应。她想撑着胳膊坐起来，但双臂却死死躺在桌子上，好像是属于另一个人的。她又试着动动双腿，同样无法移动哪怕一厘米。她听到自己的心脏在急跳，恐惧像潮水般涌来。她动不了了。

凶手转身向她走来，嘴边挂着微笑，手里拿着一团纱布。

“您得原谅我使用了这么粗鲁的药剂。这是让您不再喊叫的唯一办法。我告诉您，没人听得见您的叫喊声，然而我的耳膜太灵敏。我本该像前几次那样，把您的舌头摘掉的，但很不幸，留给我的时间太短了。”

帕乌已经完全失去了反抗能力，他塞住她的嘴，走向盛着手术器械的金属托盘，先挑了一把柳叶刀和一把肋骨刀，犹豫片刻，随后满意地呼了口气，又挑出一把小解剖刀。他掀开裹在帕乌身上的床单，女孩赤裸的乳房上满是晶莹的汗水。

“亲爱的，准备好了吗？”他问，“我会一边做手术，一边为您讲解进程。您一定觉得特别有趣，就把它当作您的最后一堂解剖课吧。”

他把手精准地放在帕乌的胸骨上，眯起眼睛。

“不久后，我会取下您的一部分器官。”他朝架子上堆着的玻璃瓶摇了摇脑袋。“我需要继续扩充自己的收藏。”

锋利的刀尖擦过皮肤，划出一道细小的血痕。帕乌感到两肋间好像插进了几千根钢针。她想喊叫，但嘴巴被塞住了，只能发出一声微弱的呻吟。泪珠涌出眼眶，滴在大理石桌子上。手术刀离开了她的肉体，疼痛减轻了。凶手向她做了个“配合”的表情。

“现在，请您别动。”

72

达涅尔不安地望着床板上的斑点，感到自己犯了个严重的错误。在这里每耽误一分钟，帕乌死亡的概率就会大上几分——如果她现在还活着的话。

他转过头来，努力冷静地思考。

“阿戴勒曾经在这里进行过毛骨悚然的实验，”他思索着，“但他无疑是把这座房子当作一个临时避难所来使用的。也许在抓住那些女孩之后，他会把她们藏在这里，等到她们失踪的消息平息下去，再把人转移到另外的地方。”

“另外的地方？”弗雷萨问，“哪里？他怎么把这些姑娘运过去？”

“我不知道，但这里一定有一些蛛丝马迹能够引导我们找到答案。”

他举起提灯，再次检查了一遍灯光照亮的地方。烧毁的家具蜷缩着被笼罩在一团阴影里。他恼怒地往墙上打了一拳，手上的疼痛没有带来一丝安慰。就在这个时候，他的目光落在了一个柜子上。焦黑的柜门几乎和墙融为一体。虽然他早就见过，但直到这时才发现，柜子的外表有些异样。

“弗雷萨，把灯拿过来。”

灯光照亮了柜体。

“它为什么没有像其他家具那样被烧成灰？”达涅尔问。

“您想说什么？”

“您看，柜门还在，整个柜体是完整的。”他拉了拉柜门上的插销，却没有拉动。“柜子上了锁，您不觉得奇怪吗？”

“我看咱们纯属浪费时间。”

达涅尔没有理会记者，举起手枪开了火。枪声在久久回荡着，满屋子都是刺鼻的火药味。

“您疯了吗？”

上锁的地方被打出一个洞来。达涅尔没理会弗雷萨，上前将两扇大门完全打开。

柜子里空空如也。

达涅尔跪下来检查着柜子里面，弄得浑身都是灰。弗雷萨哼了一声，觉得同伴纯属浪费精力。他们应该赶紧离开这里，直接去电站。

“照照这里。”

“您在找什么？您没看见柜子里什么都没有吗？”

达涅尔带着希望的表情转过头来。他用手指着地板上的痕迹。好像有人拖过什么沉重的东西。

“看看这儿，注意……”

他停下来，更加专注地盯住了提灯。

“看到了吗？别，别动。”

两人的目光集中在记者手中的那盏灯上。一开始什么都没有发生，但正当弗雷萨就要不耐烦的时候，灯芯上的火苗歪了两下，就好像有一只看不见的手在推它似的。

“有风！”

达涅尔从记者手中抢过灯，来回移动着。灯火随着位置的变化歪了好几次。他把灯放在地上，伸出手指探着柜体深处，终于碰到了一处裂缝，这道裂缝自上而下把木头分成了两段。他用手指节敲了敲，那里是空的。

“得找根棍子来。”

他们从已经变成瓦砾堆的烟囱底下找到了一根拨火棍，把它插进木板间，拼命向前推。木板吱吱呀呀地响着，最后终于轰隆一声倒了下去。黄色的灯光照亮了一条小路。

达涅尔毫不犹豫地顺着洞爬进去，弗雷萨跟在他后面，努力忍住就要脱口而出的成串脏话。这条管道开在岩石上，两人必须弯腰才能通过。每走五步，墙上就出现一盏铜灯。

“那是电灯！”弗雷萨惊叫一声。

小路越来越窄，路的尽头有一部螺旋楼梯通到地下。两人沿着楼梯向下爬，湿气越来越重，最后停在一扇门前。他们毫不费力地推开门，眼前是一座用几块木板搭成的小泊位，一只小船漂在下水道乌黑的水中。

“这条水路应该是巴塞罗那下水道的一部分。”

“看上去是，至少闻上去是。现在该怎么办？”弗雷萨问。

“看到灯了吗？整个管壁上都挂着灯，一直消失在尽头。我们看看它们通到哪里。”

“怎么过去？路到这里就没了。”

“不一定。”达涅尔指了指小船。

“我讨厌水。”弗雷萨抗议着，但还是随达涅尔上了船。

船上有两支桨，一出泊位，船立刻被水流推走。他们在隧道里划桨，追随着墙壁上宛如萤火虫般的灯光。

哗哗的水流溅到下水道的拱顶，在管道里荡起回声。达涅尔从船底发现了和床板上一样的斑点，他想起那些被绑住身体、塞住口鼻的姑娘。在凶手押送途中，伤痕累累的她们也许呼吸着同样的恶臭，听着同样的水声，惊恐地自问这是要被带到哪里。想到这里他不禁打了个哆嗦，更卖力地划起桨来。

过了几分钟，水路向左转弯，水声增大，直到像雷声那样震耳欲聋。他们来到另一条更加宽广的管道，弗雷萨指了指右边，墙上刻着几级台阶，通往一扇几乎看不见的铁门。如果不是墙壁上的灯盏，他们一定就错过去了。

两人朝门的方向划，小船碰到了墙。他们把缆绳系在一根露出水面的木柱子上，顺着台阶向上攀，终于爬了上去。门虚掩着，两人惊讶地对视了一下。

“阿玛特，我不喜欢这样，这一切看上去太容易了。”

“那我们还能怎么做？吉尔伯特在那个疯子手上，咱们别无选择。您如果不愿意进去，可以在这里等。”

“做你的春秋大梦吧。”

两人握住手枪，推门进去，水声和刺鼻的味道都渐行渐远。眼前出现了一间笼罩在阴影下的拱顶大厅，地板还是旧军营留下来的，被上面成排的架子遮得严严实实。架子上摆满了各种玻璃瓶子。空气中回荡着持续的蜂鸣声。

“那是什么声音？”弗雷萨问。

“是电站的发电机。它就在我们头顶。弗雷萨，咱们发现了阿戴勒的秘密实验室！”

两人把子弹推上枪膛，一前一后进了这间摆满架子的实验室。弗雷萨好奇地看着架子上的玻璃瓶，它们大小不一，从数量上看足有上百个，甚至上千个。他不由自问这些东西都是干什么用的。他们向一处摆满了架子的房间走去，房间中央有一个玻璃水箱，水箱边缘加固了铁链和铜铆。箱体足有一个成人高，需要四个人手牵着手才能勉强环抱过来。水箱在灯下泛着黄光，散发着刺鼻的味道。

“这么大的一个装置究竟是干什么的？”

“闻闻这气味，您还看不出来吗？这里面一定加了某种消毒溶剂。不是福尔马林就是苯酚之类。”

弗雷萨伸手弹了弹玻璃箱壁，那里发出一声沉重的回音。

“小心点。如果我没记错的话，这种液体易燃性很强，就凭这里的容量，一旦起火，咱俩会尸骨无存的。”

“看见了吗？”

“您说什么？”

“我好像觉得里面有东西。”

两人凑上前去，顿时目瞪口呆。在这巨大的水箱里隐约浮现出一个幽灵般的人形。一具赤身裸体的男尸向他们漂来，身后的水色一片暗沉，好像在牵着他似的。他睁着没有生命的蓝眼睛，带着不相信地神情瞪着他们，双手划着透明的舱壁，摆出最后绝望的姿态。如果舌头还在的话，他一定会喊出声来。他的嘴唇半开半合，从里面伸出几条红色的肉丝，冒着串串微小的气泡。柏特梅·阿戴勒再也无法向任何人发号施令了。

正在这时，灯灭了。

达涅尔一手握住枪，一手在黑暗中摸索着。他努力镇静下来。停电的原因很多，甚至连电站的发电机都停止了工作。周围寂无声息，但四周的黑暗却更加惊心动魄。他一边怀念着被忘在船上的提灯，一边深吸一口气，继续向前走了一步。屋里某个地方响起了瓶子的碰撞声，他想那动静一定是记者弄出来的。

“弗雷萨，您在哪里？”他小声问。

“我在这儿。刚才碰倒了一个架子。”

他的声音是从右边传过来的，比自己想的要远。达涅尔不禁想到，自己的声音是不是也像弗雷萨那样充满了恐惧。

“您待在那里，等我过去。”他又小声说了一句。

他凭声音判断着记者的方位，小心地摸索着朝那个方向走去。正在这时，有人出乎意料地在后背给了他一拳，把他打得失去了平衡。随后又是一拳，紧接着是一声呻吟。有个什么东西掉了下来，发出金属的响声，然后一切又安静下来了。

“弗雷萨？”

没有回答。在他做出下一步的决定之前，耳边传来一丝热乎乎的气息，一个尖利的东西抵住了他的嗓子，刀刃刺进了肉里，他的皮肤一阵抽搐。

“别动。”

只听“吧嗒”一声，耳边又传来了发电机的轰鸣。电灯的灯丝红起来，重新照亮了地下室。达涅尔隐约看到弗雷萨靠在一个架子底下，摸着后脑勺向他做了个苦脸。

“站起来。”同样的声音响了起来。

达涅尔大胆地侧眼看去。袭击者是个蒙面人，正拿着一把解剖刀抵着自己的脖子。

“是您？”

“弗雷萨先生，请拿起您和您同伴的枪。”嘉威特教授命令道。他说起话来没有任何结巴的痕迹。“请握住枪管把它们放在桌子上。您要是敢要什么花招，您的朋友一定会付出代价的。”

弗雷萨和达涅尔交换了一下眼色，顺从地把两把枪放到了嘉威特指示的地方。医生拿起其中一把，对准记者的胸膛扣了扳机。

“干什么……”

枪响了，达涅尔眼睛一眨，紧接着又是第二声。弗雷萨在他旁边蜷成一团，只发出了一声呻吟就躺倒在地，一团深重的血迹在他身下蔓延开去。嘉威特医生面不改色，平静地把还在冒烟的手枪放在了桌子上。

“你这该死的疯子！”达涅尔大叫起来。

他向他冲过去，但医生轻巧地闪身躲过，随后拿起枪来，精准无误地砸在他的脖子下端。他的视线顿时模糊起来，接着眼前一黑，跌倒在地。

重 生

1888 年 5 月 20 日
万国博览会开幕

73

一阵头疼袭来，达涅尔意识到自己还活着。他被五花大绑在一把椅子上，几乎感觉不到胳膊和双腿的存在。外套扒掉了，衬衣袖子捋起着。身旁的铁架子上挂着一个玻璃瓶，里面装满了绿色的液体。

他蓦地记起刚才发生的事情，心头一阵悲痛。他不敢相信弗雷萨已经死了，那个男人终于赢得了他的尊敬，可现在他冰冷的尸体正躺在这间地下室的某个角落里。

他环顾四周，确定自己已经在神志昏迷时被嘉威特转移到了另一间屋子。他惊讶地认出了身体右侧那台在《第八本书》中有着详细记载的机器。闪着金光的柱子几乎碰到房顶，多条缆绳从柱子表面伸出，又消失在侧面。从柱子上端延伸出另一条更粗的缆绳，通过屋顶的金属轨道，曲曲折折一路伸展到帕乌躺着的那张大理石桌子的上方，又从那里垂下来。

女孩躺在那里一动不动，就好像是被昆虫捕获了一样。一条条金属丝从她身体的各个部位伸出来，甚至连剃光的脑袋上都缠着皮带，一些更细小的丝缆从那里伸出来。身体上方悬着的那根粗缆绳上有几根镀银的细棒，所有的细丝都和这些细棒相连。达涅尔正犹疑帕乌是不是还活着，一声咳嗽打断了他的思索。

嘉威特坐在沙发上，半个身子都笼罩在阴影里，一边看着他，一边玩着手杖。他的嘴角挂着笑容，就好像两人正在喝咖啡时，达涅尔讲了个笑话似的。

“已经过了半天，您终于醒了。我还打算亲自把您叫醒呢。”

“放开我。”

“嗯，这可不行。您现在这样最好。”

“罪大恶极的杀人犯！”

“您是指您的同伴？伯纳特·弗雷萨可是个大麻烦。我总算摆脱了他，实在太高兴了，”他的目光又投向了帕乌，“您这位令人敬佩的女士状况也不错，别担心。尽管我料想到你们会过来，可工作还是被打断了。幸运的是，现在所有问题都解决了，我们可以重新开始手术了。”

“您这是疯了吗？您想干什么？”

医生摇摇头，看上去好像是在对自己摇头，而不是回答对方的问题。

“你从来都一无所知，达涅尔。”

眼前这个叫作嘉威特的男人没扶拐杖就从沙发上站了起来，既不驼背，也不跛脚。他走到摆着台灯的桌子边，一边盯着惊呆了的达涅尔，一边摘下了眼镜。他抬起下巴，把假络腮胡撕下来拎在手上，就像拎着一张动物的皮。就这样，他慢慢地卸下了全身的伪装：先是小胡子，再是眉毛，最后是头发。接着拿起一条湿毛巾，擦去留在脸上的胶水和化妆。当一切都结束后，面对达涅尔微笑的，是一个看上去比嘉威特年轻得多的男人。

达涅尔张大嘴巴，一句话也说不出来。他的大脑一片空白，甚至怀疑自己是否神志清醒。他曾经亲眼见证了眼前这个人的死亡，曾经为失去他而痛哭流涕，曾经多年为自己的罪责背负着沉重的十字架。他听到自己在叫他的名字，一个常会在噩梦里叫出的名字。

"阿莱克。"

"亲爱的哥哥，你不知道装成这个样子有多难。"他笑了，脸上变形的伤疤扭曲着。

"你还……活着？"

"当然。"他演戏一样地张开双臂，回答着兄长的话。

达涅尔沉默许久才缓过气来继续说："我亲眼看到你葬身火海，看到你的尸体。这怎么可能？怎么……"他一时说不出话来。

他的弟弟抬起手来请他安静，随后重新坐下来，跷起二郎腿。"你当然有很多疑问。等有时间了，我会解释清楚的。"他叹了口气。"时间，达涅尔，时间真是个任性的法官……好吧，这事说来话长，一切都是从七年前那个晚上开始的。"他用手揉着沙发扶手。"还记得安赫拉吗？"

"当然，我从来没忘记过她。"达涅尔的回答里充满了苦涩。

"这些年来，你一直都想不明白为什么她那晚会来家里吧？"阿莱克看到哥哥点头后，才继续说下去，"答案很简单：是我借你的名义请她来的，就在你们订婚的那个下午。"

"你？为什么？"

“她过来后，”他说，“我让人把她带到了父亲的实验室。她以为等在那里的人是你，激动极了。我看到她高兴成那样，虽然气不打一处来，还是强忍着没发脾气。因为我知道她迟早会明白的。”

“明白什么？”

“我告诉她，你不爱她，也永远不会爱她。你爱的是她那个被收养的妹妹。哈，你难道还觉得这是秘密吗？”他觉察到达涅尔的慌乱，大叫起来，“你还是那么自以为是！你以为我没觉察到你们的眼神，你们私底下那些孩子般亲密的动作？你以为我不知道你们私下里的约会？你错了，哥哥。我都知道，我还知道你根本就不想娶安赫拉。可是我爱她，我可以为了她付出一切。”他变了脸色。“我把你和伊蕾妮的事情原原本本告诉了她，甚至连你们打算私奔的事情都说了。随后我向她倾吐了自己的爱慕，请求她做我的妻子。”他把身体向前倾了倾，“你知道她是怎么回答的吗？”

达涅尔摇摇头。

“她一个字都没说！只是放声大笑起来。我求她闭嘴，她根本不听，还在继续笑，继续对我冷嘲热讽。我气疯了，一时间血往上涌，什么也看不见了。等我恢复意识的时候，发现自己正压在她身上，双手捂着她的嘴。”

阿莱克丝毫没有注意到自己的眼泪和达涅尔的恐惧，继续用嘶哑的嗓音低语着。

“我回过神来，安赫拉已躺在我怀里不省人事，但那个时候我没法救她。我的脑子全乱了。我砸了父亲的实验室，油灯点燃了地毯，还没等我扑救，大火就蔓延起来，烧到了家具和窗帘。大火瞬间包围了我们，屋里浓烟滚滚，我们喘不过气来，根本没办法逃出去。就在这时，我看到了你。你安然无恙地站在楼梯边上，我朝你大喊救命，我求你帮我救救安赫拉，而你却消失了，丢下我们自己跑了。”

“这不是真的！”达涅尔摇着头。

关于那天晚上发生的一切，他从来都没能理清头绪。因为和伊蕾妮分手，他醉得不省人事。但他分明记得自己当时奋力想要冲到他们身边去，结果被冒着火苗的楼梯栏杆砸中。这就是他全部的记忆。几小时后他在医院的病床上醒来，父亲告诉他，弟弟和未婚妻都已葬身火海。

“我昏了过去，”阿莱克说，“后来才知道，几个用人把我们从大火里拖了出来，不幸的是，安赫拉已经回天无术。我祈求上帝让我和她死在一起，不想却独自苟活了下来。”

他深吸一口气，继续说下去。

“过了几个星期，我恢复了一点力气。父亲决定带我去维也纳，那里的爱德华·赛斯医生在整形外科领域声名卓著。你相信吗？现在几乎不会有什么事情能让我感到惊奇了。”

达涅尔没说话。他扪心自问，为什么父亲从来没把真相告诉他，为什么他不发一言就任由他去了英国。突然间他如梦初醒：父亲认为他才是放火的真凶。

“我自己都记不清到底接受了多少次手术。我恢复得很慢，不过终于可以活动胳膊，随后又可以重新走路了。如果我的脸让你害怕，”他摸着贯穿面颊的深重伤疤，“我身上的伤痕更加恐怖。医生甚至从尸体上取下皮肤，移植到我缺损的部位上。就这样，我变成了一个苟延残喘的怪物，整个余生都要遭受可怕的折磨。我这是罪有应得，你说是吧？”

他笑了起来，达涅尔觉得全身的血都结冰了。

“尽管服了镇静剂，我还是疼得死去活来。有时候我觉得身体都要被劈成两半了。有很多回，我忍受不住痛苦，亲手撕掉了植皮，只得重新接受手术。医生不得不用绳子把我捆起来，让我动弹不得。安赫拉每天晚上都来看我。她就坐在我身边，轻抚着我的伤口，对我说她爱我。她还问我，为什么让她死掉。”

他停下来，强忍住夺眶而出的泪水。

“我转过五次院，从维也纳到慕尼黑，再到布拉格。每一次都有大批名医前来看我。鸦片成了我最主要的精神支柱，就这样，我度过了噩梦般的两年。有一天早晨，我犯了个愚蠢的错误。我向父亲坦白了所有真相，求他带我回巴塞罗那去。他立刻答应了。但我并不知道，他对我另有打算。”

他鼻音浓重地深吸一口气，呼吸就如同破旧的风箱。

“一回到巴塞罗那，我就被亲爱的父亲送进了新贝伦疯人院。他不能容忍我这个不肖子败坏家声，用化名为我登了记，对外宣称我是他的病人，因为出了严重事故，脸上缠满绷带，精神也需要治疗。就算他的至交好友——疯人院院长本人，都从不知道我的真实身份。这件事后来为我提供了极大的便利，当时却让我对父亲恨之入骨。我恨他抛弃了我，却不知道命运会把我带往何方。

“你怎么会亲自去那里核实情况？——是的，我知道你去过。那个地方了无生趣，我以最大的克制忍受了两年，在第三年年初，疯人院来了个新病人：奥姆斯医生。我因为学过医，很快就和他熟络起来。我们两个很谈得来，渐渐就成了好朋友。一天下午，他向我说起自己如何尽心竭力拯救爱妻的事情。我起初并没在意，直到他向我透露了《第八本书》的秘密。这真是个迷人的发现，太不可思议了。”

他激动得挺直身板。

“但是奥姆斯并不像我那么高兴。达涅尔，那个人的学识足以挑战上帝，却傻得从不自知。他一定要说自己的研究是个错误，为了避免这个发现被恶人利用，他坚决不肯透露其中关键，说什么不能违背自然法则！真是个笨蛋。”

阿莱克瘫倒在沙发上，头靠在椅背上，哼了一声。

“过了几个月，我们终于建起了一座小小的实验室来消磨时光，再没有提过此事。直到那个自以为是的混蛋也进了疯人院。”

“阿戴勒！”

“正是他。我记得……”

他从沙发上站起来出了门，把达涅尔一个人留在屋里。过了一会儿，只见他憋着气，铆足了劲儿，把企业家的尸体拖了回来，地砖上留下一路淡黄色的水迹。

“阿戴勒一入院我就认出了他，但他却没认出我来。我的容貌变了很多，脸上有些地方还缠着绷带。我在疯人院见到他并不吃惊，他一贯疯疯癫癫的。你知道他是被医学院开除的吗？好像圣克鲁斯医院有个年轻的克雷拉会护士对他殷勤过了头，被他一拳打成了独眼龙。这是阿戴勒在疯人院亲口对我说的。你能相信他直到那时还觉得自己被那姑娘冒犯了吗？

“他是个疯子，但不傻。他意识到奥姆斯发现的巨大价值。我没有办法，只好让他相信，我愿意和他联手获取成功。做到这一点很简单，因为阿戴勒总是觉得全世界都围着他一个人转。他和我们相处了两个月，就因家里托了关系而出院了。”

“是他帮你逃跑的，对吗？”

“你说得很对，达涅尔。确实是他。在他出院以前，我们约定，我负责让奥姆斯开口，而他利用家里的人脉把我从这里弄出去。但出乎意料的是，奥姆斯获准出院了，我们不得不改变计划。没有时间了，在出院的前天晚上，我最后一次求他对我和盘托出维萨里的秘密。为了做实验，我曾偷偷做了一把粗糙的解剖刀，”他做了个鬼脸，脸上的伤疤扭成一团，“我用那把刀折磨了他整整一个晚上，可这个家伙非常顽固，到死都没说一个字。”

“我意识到，奥姆斯的尸体一旦被发现，我会被指控为杀人凶手，真实身份也会大白于天下。当时我脑中突然灵光一现。尽管奥姆斯比我大很多，但身量却很相似，只是我剃了头，头型是唯一能分辨我们两人的地方。于是我剪掉了他的头发，给他套上我的衣服，最后用刀把他的脸划得面目全非，无法辨认。我摘下脸上的绷带，沾满他的鲜血扔到他身旁，随后在阿戴勒司机的帮助下逃离了疯人院。”

阿莱克把企业家冰冷的尸体背到屋子中央，扔到嵌在地板上的井盖边上。

“阿戴勒听说奥姆斯死了，气得发疯，”阿莱克继续说，“但我说服了他。我告诉他，只要他肯为我提供条件，我可以自己破解维萨里的秘密。我还劝他买下了咱们家的旧宅子，他并不知道那是我家。他被这个计划冲昏了头。就在此时，命运送了我们一份大礼：他的工人们在电站底下发现了军队医院的旧地下室，这里是建设实验室的最佳地点。我们从奥姆斯那里得知，整个过程需要大量电能，而我们恰巧拥有西班牙最强大的发电机！不过我们家的老宅子还可以用来藏匿绑来的女孩。我们决定利用老城的下水管道把这两个地方联通起来。”

阿莱克掀起井盖，先前柔和的水声突然变得震耳欲聋，几乎盖住了他下面的话。

“阿戴勒为我提供建造这台机器的材料以及试验器具，甚至把马车借给我用。他说你在调查此事。我得承认，你进展之快让我大为震惊。当你回家的时候，我真是不知所措。我当时正和那个被抓的姑娘躲在地窖里。她听到了你的声音，含糊地吐了几个字，被我用布塞住了嘴巴。幸亏你当时没有下到楼梯底层，否则我不得不亲手杀了你。”

他走到井边阿戴勒的尸体边上。

“这家伙帮过我大忙，但他为人苛刻，颐指气使，我真是受够了。”

他的脚踩在阿戴勒的胸膛上，向下一踹。尸体顺着井壁坠落下去，消失在下水道深处。阿莱克把井盖放回原位。方才管道里轰鸣的水声重新化作隐约的低语。

74

万国博览会园区外人声鼎沸。大家都在争睹嘉宾们通过凯旋门时的盛况。每当一位本地名人或者外地贵客经过的时候，叫喊声都此起彼伏。巴塞罗那沉浸在节日的欢腾之中。

“您喜欢这个场面吗？”

“梅亚多，我的朋友！见到您可真高兴。您一路还顺利吧？”

《公正报》社长费兰·嘉德亚与刚赶过来的同行——《角楼牛铃》[1]周刊主编弗朗西斯科·梅亚多握了握手。

1 1872 年创刊于巴塞罗那，有共和和反教会倾向。

“您也知道，嘉德亚，”后者笑嘻嘻地回答，“从马德里出发的快车一贯舒适。但这次与我们同行的有那么多政界要员，沿途好多站点都没有停车，可比平常快多了。”

“与一众大人物同行，这趟旅程可够有意思的。您想必有很多内容可写吧！”

“那当然。全国都在翘首期待这场博览会。这可是巴塞罗那的盛典。”

“我同意，我的朋友。我同意。”

“我听说有人威胁要搞阴谋？”

“社会各界都有类似传闻。无政府主义者、工团主义者……都是些胡说八道。无论如何，安全都是第一要务，组织方胸有成竹。加泰罗尼亚人民为了这场盛会竭尽全力，绝不会有事的。”

“但愿如此。快看，”他指着那边说，“市长带着一队人马过来了。咱们得快点，不然就要落到后面了。”

“我们一起去。”

里乌斯·塔雷特市长身穿燕尾服，头戴礼帽，和陆军中尉堂·爱德瓦多·罗梅罗并肩而行。走在里乌斯另一侧的是巴黎市长，他身穿黑色西服，身上披着法国国旗颜色的绶带，与身边两位同伴相谈甚欢。还有不到一年，下届万国博览会就要在巴黎举行了。

接着走来的是组委会成员、各国大使、众多参加博览会的企业家以及西班牙在古巴和菲律宾等海外殖民地的代表。

一队身着华服的猎手站在美术宫的大门口。乐队卖力地演奏着，猎手们伴着旋律，把公园里的鸟儿放飞蓝天。维持秩序的警察把人群隔绝在大厅之外。

嘉德亚和梅亚多尾随着一众贵宾走进美术宫大厅，一起恭候王太后的到来。来自社会各界的要人在兴高采烈地交谈着。

首相堂·布拉哈德斯·萨格斯塔正兴致勃勃地与一群达官显贵攀谈着。米拉瓦耶斯侯爵和卡斯特罗·塞尔纳侯爵一边无聊地听他讲，一边礼貌地点头。站在远处的窗户边上的巴塞罗那主教、德·拉·佩索阿海军中将和西拉·布约内兹侯爵三人都希望时间不要拖得太久，免得让即将到来的国王和王太后失了风头。侯爵请主教就此事和上帝谈谈，引得众人大笑起来。

两位报人站在一边，打开笔记本，一刻不停地奋笔疾书。

“重要人物一个都不少，”嘉德亚对同事说，“这毕竟是整个年度的大事。”

“观众也很多！不是吗？”

“有五六百万人呢。”

“您说什么？这么多？”

“这是我听说的……看！”他停了下来，欧洲皇室的代表们到了。

这场“皇家游行”宣告着外国王子们大驾光临。当下西班牙王位的候选人之一——日内瓦公爵走进了大厅。与他一起的还有衣冠楚楚的乔治王子和爱丁堡的公爵们。

远处传来一阵马队的号角声，紧接着是警卫乐队的奏乐声和王室卫队的鼓哨声。在耽搁了一段时间后，王室一行乘着华丽的马车，在骑兵队的护卫下驾临美术宫。

王室卫队分列两行，将马车引向大厅。一群贵妇人等得不耐烦了，跑出大门，站在警卫队的另一侧，望眼欲穿地恭迎王太后大驾。

喧哗声透过电站的窗户传到卡萨维亚的耳边，可他却不是来参加庆典的。

身边的操作员在小告示牌上不停记数。卡萨维亚眉头紧缩地望着仪表指针，比较着本次测量的数据和先前的记录。每一个压力表、每一个控制车间里巨型蒸汽机的温度和压力的安全阀，都被他检查了十遍。虽然目前看来一切正常，但他还是决定每隔两个小时就认真检测一遍系统。发电机组的总功率可以达到四千马力，但当前功率尚不足两千三百马力。烧锅炉的工人们正靠着装满煤炭的矿车休息，等着下一组人来换班。夕阳西下，万国博览会园区的电灯还没点亮。眼下供电还不算紧张。

卡萨维亚走到安放着发电机的车间中央，六个直流发电机发出阵阵轰鸣，迫使人们放大嗓门说话。整个机组三千千瓦的发电量足以照亮半个巴塞罗那。看到下属们的工作卓有成效，他心里很满意。可突然间变了脸色。

尽管已有多年经验，那种蜂鸣般的声音依然会让他心惊肉跳。那声音意味着威胁。就好像发电机在电站里囚禁着一只饥渴的野兽，摩拳擦掌地想要飞身逃出钢铁与陶瓷的陷阱。想到这里，他费尽力气才忍住身体的颤抖。

他沮丧地希望身边做笔记的操作员没能发觉自己的恐惧。最近几个月来，发电机的压力经常出现无法解释的上下波动，他的神经也跟着起起伏伏。问题的原因至今不明，如果这个问题再次出现，谁都无计可施。因为成本高昂，阿戴勒先生没有同意改善冷却系统，也没有像他建议的那样再加两台新机器。问题随时可能再出现，而一旦出现，发电机或者蒸汽机势必承受不住压力。几分钟后，电站就要开足马力，全速运转了，而意外也随时都会发生。尽管他还不知道全部后果是什么，却清楚地知道，一旦发生连环爆炸，大部分万国博览会园区以及所有在场的人，都会被炸上天去。

就在几天前，一切都还运转如常。可他并没有胸有成竹之感。他不是个迷信的人，但时不时地就会被一种不祥的预感揪住心脏。

操作员叫了他一声，卡萨维亚吓了一跳。看来自己真是神经过敏了。他努力静下心来，把注意力集中在操作员递过来的木板上。也许他的意见老板不会听，但他不想停下工作。

75

阿莱克用毛巾擦擦手，开始整理器械。

“一出疯人院，我就开始努力寻找维萨里的原稿。奥姆斯曾经在一次谈话中隐晦地提过，这部原稿就在医学院的图书馆，《第八本书》就藏在书里面。可他至死都没有说出准确的藏书地点。为了避嫌，我只得耍了个花招，”说到这里他挤出一丝微笑，但那笑容很快就消失在满脸的伤痕里，“还记得吗？我喜欢戏剧，酷爱在全家面前化装演戏。所以你看，假扮成可怜的嘉威特教授，一个不起眼的结巴小矮人，对我来讲不是什么难事。阿戴勒再一次动用了他的人脉，让我没费什么力气就被聘为了教授和医生。”

“你为什么要杀害父亲？”

“奥姆斯的妻子生病时，父亲帮了忙，由此得知了手稿的存在和其中的秘密，但他并不知道这部手稿藏在哪里。当他对那个女孩进行尸检时，发现凶手的手法虽然和奥姆斯有相似的地方，但也有不同之处。他开始怀疑，随着时间的流逝，他越来越怀疑我是不是真的死了。直到有一天，他离真相太近，"他咂咂舌头，"他必须死，但幸亏如此，我才能把你叫回巴塞罗那。"

"电报！那封电报是你发给我的！"

"当然。在新贝伦疯人院的时候，父亲经常来看我。奥姆斯当时已经怀疑我动机不纯，就把那本画着密码的小册子交给了他。我猜父亲把它寄给了你，所以必须得让你回来。"

"寄给我？为什么……"达涅尔打断了他，"是你让人偷了我的行李。后来你没找到小册子，就去搜了我的房间！"

"是的，达涅尔。你一直都是他最爱的儿子。我们的父亲暗地里很欣赏你拒绝做医生的执拗。甚至连我也一样。这些年来，他一直关注着你在牛津的进步，并为你深感自豪。"

达涅尔摇了摇头。

"为什么？阿莱克？你做这一切究竟是为什么？"

"我本以为说到这个份儿上，你已经知道了。"

他走近操作台，掀起一块台布。那下面是一根镀铬的杠杆。他把微微颤抖的双手放在上面，撬动了它。随着吱呀一声，滑轮和铰链混响成一片。镀金柱子底下传来"嘘"的一声，接着啪嗒一响，金属板上出现了一道先前看不见的缝隙。柱身被这条缝隙分成两扇，分别滑向两侧，露出一个玻璃舱来。舱体内充满黄色的液体，液体中漂浮着一具裸体女尸。

看着眼前的景象，达涅尔油然记起维萨里书中的一幅插画。尸体的四肢与躯干相连的地方有巨大的缝合伤痕，他的弟弟像做拼图游戏一样把这些残肢拼在了一起，手上和脚上都缠着绳索，看上去就像一个古旧的提线木偶。当达涅尔终于认出尸体的脸的时候，恶心得无法控制胃部的抽搐。

“我一找到机会，就亲自把她从蒙惠克公墓挖了出来，”阿莱克解释道，“但不幸的是，她美丽的身体已经被时间腐蚀了。”

“所以，你就用那些女孩的四肢来重新造出一个她。”达涅尔痛心疾首。

“我不是你想的那种恶魔，哥哥。我是迫不得已。我是按照她们和安赫拉的相似度来挑人的。我清晰地记得她每一根发丝、她玉润的双臂、纤细的手指，还有她的眼睛，她美丽的眼睛……”他叹了口气，“找到那么多同她相像的女孩真不容易，但就像你看到的那样，结果不能再完美了。”

“那些女孩身上的伤痕又是怎么回事？你为什么要折磨她们？”

“我按照从奥姆斯那里听来的只言片语制造了维萨里的机器，但很可惜，这些信息远远不够。我花了好长时间，尝试揭开最后一步的秘密。我需要做实验，就这样。‘科学就是这样进步的。’”他突然叫了起来。“这句话难道不是父亲说的吗？那些伤痕是电流通过身体时留下的，而另一方面，”他笑了，“这种伤口也最容易被误认为是魔鬼附体的畜生撕咬的。”

达涅尔闭上眼睛，恐惧就像胆汁一样直冲喉咙。他努力克制着。“安赫拉死了，你所做的一切都毫无意义。”

“看来你还是不明白。维萨里通过研究，解开了人类千年演化的秘密。也正因为如此，他才惨遭宗教裁判所迫害。他就像是新一代的普罗米修斯，从神祇那里偷来了生命的火种。”

“你是要……你是要让安赫拉复活？”

阿莱克兴奋地望着兄长茫然的表情。他在帕乌身边停住，抚摸着女孩纹丝不动的后背。

“你这位年轻的女朋友解开了《第八本书》最后的秘密。维萨里在那一章中描述了整个过程最关键的一环，也是我做了那么多实验也没有成功破解的一环……我在上面花了多少时间啊……”他叹了一口气。“你看，我们身体上有很多获取外界能量的穴位。这些穴位和神经系统、内分泌腺体以及体内各个器官相连。《第八本书》中的插图对这些穴位做了忠实细致的描绘。维萨里发现，我们可以打通这些穴位，并在电能的催化下建立一条通道，把一个人的生命能量传导到另一个人身上。”他的眼中闪烁着激动的光芒。“你明白了吗？安赫拉可以复活。”

“我求你，放弃这疯狂的想法吧！这么干非但毫无用处，还会造成灭顶之灾。你这台机器使得电站严重超负荷运转，它引发的链式反应将导致大爆炸！一旦爆炸，不但我们死定了，几百人都要跟着葬身火海。”

阿莱克满眼失望地抬起头。“是我高看你了。我本认为你是唯一能够理解这一切的人。正因为如此，我希望你能在场，”他看看表，“现在没有时间了，三分钟前，万国博览会园区的电灯已经点亮，电站正在全力运转。时候到了。”

“求你了，住手吧！”

阿莱克背过身去，把全部精力都集中在操作台的器械上，对达涅尔置若罔闻。他检查了仪表，打开一串转换器，仪器上的灯泡开始闪烁起来。接着又启动了一套杠杆装置，有条不紊地插上一串插头。头顶上发电机的声音变了，一阵刺耳的轰鸣盖住了全部声响，地下室的灯泡开始发出强光，地面在轻轻地震颤。电流一通，悬在机器上绳索好像有了生命，像蛇一样曲曲折折地扭动着。玻璃舱里，成柱的气泡从安赫拉的尸体周围冒出来。

“今天是五月二十日！”为了盖过机器的轰鸣，阿莱克大声嘶喊着，“你不觉得这是个难以置信的巧合吗？有人说，这就叫命运。”

还不等达涅尔回答，他又挪动了几件装置的位置，地面颤得更猛烈了，两个试剂瓶从架子上摔下来，玻璃碴洒了一地。白色的蒸汽从机器里冒出来，浓雾开始在地上蔓延开去。

达涅尔拉住捆在身上的绳索。发电机的响声越来越尖厉，震耳欲聋。在和阿莱克谈话的时候，他一直在暗暗试着解开绳索，指肚都擦破了皮。尽管受伤的臂膀刺痛连连，他还是松出了一只手，现在正准备松开另一只。

身边的巨响有了轻微的变化。悬在帕乌身上的缆绳在空中摇动，周围环绕着一束蓝色的光。女孩的身体颤了几下，绳索一紧，把她整个人从大理石桌子上吊了起来。她的眼中一片茫然，嘴巴被塞着，喊不出声来。

一束光照亮了玻璃舱内部。安赫拉的尸体开始翻滚，搅得舱里的液体一片浑浊。一股强烈的臭氧味道让人几乎无法呼吸。突然，发电机的轰响更加剧烈，光线暗下来。尸体的动作渐渐缓慢，直到最后，一切都静止了。

就在此刻，安赫拉睁开了双眼。

她迷茫地望着四周，就好像刚刚从一场深沉的梦境中醒来。然后像个集市上卖的机器娃娃一样转过头，目光和阿莱克相碰。她笨拙地伸出了胳膊，把陈腐的双手按在玻璃上。

阿莱克冲向玻璃舱，抱住了透明的舱壁，泪眼蒙眬地向心上人低诉着疯狂的情话。

76

美术宫是一座壮丽的建筑。墙壁重新粉刷了各种颜色，高高的房顶上垂下白色和淡黄色的小旗。开幕式主席台造型简单，背景幕布以白色为底，点缀着百合花，两侧配以红色长绒条带。幕布中央绣着西班牙王室徽章。主席台两侧摆放着数把座椅，那是其他政府要员的专座。

整个会场一片庄严肃穆，全世界都在关注着这个历史性的时刻。大厅和上层阳台上群贤毕至，座无虚席。大厅里，来自整个西班牙和欧洲著名大都会的记者们正在抢夺最有利的位置。嘉德亚和梅亚多已各就各位，落座之前依然不忘和同事们互相致意。

“您发现了吗？要停电了。”

“梅亚多，你在说什么呢！”

“看。”

记者指着一盏枝形吊灯，灯泡正在明灭闪烁。有几个灯泡熄灭了，但过了一秒钟，又重新亮了起来。

不到一分钟前，另外两盏灯也是这样的情形。

嘉德亚感觉这位同仁所言不虚。照明出问题了。然而，宽敞的大厅里没有一个人注意到这一点，大家都在翘首企盼王太后与小国王的大驾光临。

“小事一桩。”

“这么多贵宾和王室成员全在这间大厅里。如果停电的话，麻烦可就大了。”

“得了，得了，我的朋友嘉德亚。咱们还是别那么敏感吧。我相信这只不过是暂时的电压下降导致的。”

“当然，当然。”

正在这时，正对着主席台的乐队奏起了第一支进行曲，皇室成员们入场了。

“国王万岁！王太后万岁！”宾客们大声呼喊着，记者们也跟着欢呼起来。

小国王一副上等人家孩子的打扮，被奶妈抱在怀里。一队执戟士兵簇拥在他周围。阿斯图里亚斯公主和玛利亚·特雷莎小公主一身白色服饰，紧接着是王太后，她穿着绣着金色丝线的深色裙装，只佩戴了很少几件首饰，和蔼可亲地望着众人。

王室成员们落座了。小国王坐在一把扶手椅上，两位公主急着照顾他，就坐在他脚下的大垫子上。王太后把最好的座位留给儿子，自己坐在左席。爱丁堡公主和日内瓦公爵坐在她旁边。爱丁堡公爵、乔治王子和巴伐利亚王子坐到了小国王右侧。在王室成员身后落座的是政府官员们。部长、高官和博览会组织方坐在右边，各国大使、西班牙海军将领和海军部门的显贵们坐在左边。加泰罗尼亚的议员们也在显耀的位置就座，他们之中包括来自该区所有省份和地市的代表。

落座声和低语声渐渐散去，里乌斯·伊·塔雷特起身致辞。

“和平女神万岁！”市长激动万分，语气坚定地致辞道，“和平是上天的恩赐，它惠泽世人，为我们带来精神上和美的平静与心灵上难言的欢愉。在和平的感召下，科学得以进步，艺术得以繁荣，农业得以兴旺，工业得以发展，商业得以昌隆，各个国家在发展的道路上迈开坚实的脚步。而本届万国博览会也正因和平才得以顺利举行。此次盛会是我们这个时代的荣耀，它为增进全世界人民的交流和友爱做出了巨大的贡献，巴塞罗那期待能有幸拥有一个位置，哪怕是一个小小的位置，去见证人类在全球范围内活动和进步的硕果。”

市长的发言在掌声和欢呼声结束。随后，万国博览会王室特派员堂·马努艾尔·西罗纳慢吞吞地起身走向讲坛，发表自己的演讲。梅亚多转身对他的朋友道：“你们市长的发言很不错啊，简明扼要。真是一篇和平的演说。”

“是呀，满篇冠冕堂皇。但愿今天坐在这里的人都能真心相信他的话吧。”

卡萨维亚擦了擦额头上的汗水。他感觉不到炙烤皮肤的高热，也听不到手下人恐惧的叫喊，甚至对蒸汽机阀门的各种震耳欲聋的尖叫声都置若罔闻。他所有的精力都集中在压强表上。

问题又一次出现了。发电机的电压连续三次冲高，就算不再给锅炉加料，压力还在继续攀升。为了减少蒸汽量，他已下令手动开启安全排气装置，并调整了变压器以降低供电。可不管如何努力，尖锐的警报声还是响彻四周。如果情况得不到改善，只好切断供电。这样一来，万国博览会园区和整个巴塞罗那的街道都将陷入一片黑暗。

尽管害怕老板的怒火，卡萨维亚还是没有别的选择。他真希望阿戴勒此时在场。半个多小时前，他就打发一个仓库小伙计去送信，但至今没得到任何消息。

突然，新的警报器又响起来了。

“又来了……不……”卡萨维亚怒吼着，“让警报器停下来！”

一个年轻人朝他跑过来。他裸着上身，脸上、胸上、胳膊上全是闪亮的汗珠，吓得说不出话也喘不过气。

“卡萨维亚先……先生……卡萨……”

“别紧张，小伙子，”他拍拍来人的肩膀，“先做两回深呼吸再说。”

年轻人照着做了，他的眼睛却还在紧张地左看右看。

“是锅炉的压强，卡萨维亚先生。有两个锅炉就要破了，另一个也快撑不住了。”

“我说过，别再给炉子加料了。”

“我们照办了，先生。”

“照办了还是这样……蒸汽阀门打开了吗？”

“我们试了但没成功。阀门被堵住了！”

“不可能。跟我来。”

卡萨维亚穿过安放着蓄能器的车间。滑轮升降梯速度太慢，他直接沿着金属台阶，三步并作两步地登上去。身后的年轻人勉勉强强才能跟上他的脚步。

锅炉房里，几个工人拿着长长的铁钥匙，拼命想要打开蒸汽机的阀门，因为用力过猛，面部都扭曲变了形。大家一看到顶头上司来了，赶紧退到一旁。

“所有机器的阀门都坏了。”最矮的那个工人说。

“头儿，咱们什么都干不成了，压力太大了。”

“胡说！这些阀门就是用在现在这种关键时刻的。”

卡萨维亚走近高大的锅炉。热气烤得他眼泪直流，但他没有停下脚步，一直进到蒸汽间里面，好把安全阀门看个仔细。情况很糟糕。为了遮盖氧化物而涂上的油漆在第一次加热时就脱落了，整个阀门上全是铁锈，实际上，它已被压力和高温焊住，开关完全被封死了。阿戴勒先生为了省下几个雷亚尔，购买了二手设备，现在所有人都要遭报应了。

卡萨维亚自言自语地骂着，转身离开锅炉，用几秒钟的时间喘了口气。现在他意识到，就算切断电源也于事无补。他禁不住嘟囔了一声，这下可有大麻烦了。

手下的工人紧张地望着他，等着他的指示。他心里暗暗感激他们的忠诚。

他们那么信任自己，可鬼才知道现在该怎么办才好！这真是一场该死的噩梦。

“全体撤离。通知楼下的工人们，让他们也撤。”

工人们意识到，这是他最后的命令，大家飞快地沿着楼梯跑下去。只有那个年轻人留在卡萨维亚身边。

“没听到我的话吗？这里马上就要爆炸了，快走！”

“那您怎么办？”

“不知道，孩子，我真的不知道。”

77

阿莱克又哭又笑，他隔着玻璃拥抱安赫拉，嘴里不停念着她的名字。达涅尔看着这场景，浑身动弹不得，他拼命让头脑保持清醒。

维萨里的机器闪着耀眼的银光，让人不能直视。电流在钢缆内部经过，强大的电压几乎使缆绳崩断。帕乌的身体笼罩着一层蓝色的光环。达涅尔警觉地发现，这层光环正在分分秒秒地减弱，就像要渐渐熄灭一样。不管阿莱克究竟在做什么，帕乌的生命都在慢慢流逝。而他却已经来不及解开身上的绳索了。

突然，转换器上的灯泡疯狂地闪了起来，耳边传来一阵噼噼啪啪的声响，最后，如同推开一座生锈的大门一样，传来一声长长的吱呀声。绑住帕乌的线缆颤动起来，周围的光环不见了。电压突然消失，女孩重重地摔回到桌子上。

先前一直心无旁骛的阿莱克这时才慌了神。他还没来得及反应，发电机发出了最后一声让达涅尔汗毛倒竖的轰鸣，停止了运转。屋子里大部分灯泡在一片巨响中爆炸，地面停止了颤动。整个地下室笼罩在阴影和异样的寂静之中。

安赫拉抬起的胳膊晃了片刻，终于垂了下去。她的手划过透明的罩子，好像要抓住玻璃。深陷的眼睛里失去了神采，她蜷缩着，重新一动不动地漂浮在玻璃舱里。

“不！”

阿莱克冲向控制台，发疯似地检查和操作着控制按钮，却无济于事。仪器的指针显示，整个装置已经完全损坏了。

“这不可能，究竟是怎么回事？为什么？为什么？”

从实验室另一边传来一声呻吟，好像在回答他的疑问。弗雷萨一边用胳膊撑住身体，免得倒下，一边伸出一只手向他致意。他是爬过来的，在地板上留下了一路血污。他另一只手上握着一捆断了的电线。

“傻子！您知不知道刚才做了什么？”阿莱克嘶吼着，一把抓起边桌上放着的手术刀。“您真是早该死了。这一次，我一定要让您死得一了百了！”

“我可不觉得。”

帕乌已经挣脱了线缆，她举起左轮手枪，对准了阿莱克。

达涅尔注意到，女孩在不停眨眼，看来瞳孔根本对不准焦。胳膊也在瑟瑟发抖，几乎站立不住。但她勇敢地靠大理石桌子支撑住身体，掩饰着自己的虚弱。

“亲爱的，您竟然还能站起来，这真是太惊人了，”阿莱克平静地说，“不过我肯定，在我走到您身边之前，您是不会开枪的。”

帕乌伸出胳膊，上了扳机。手枪发出了一声响亮的金属的咔嚓声。

“那您就试试。”

阿莱克坚定地打量着她，微笑着向前迈了一步。

一声枪响在地下室回荡。阿莱克僵住不动了。子弹从他肩头擦过，穿透了身后的墙壁。他带着更大的兴趣望着帕乌，脸上还是一样的表情。

“我承认，您能开枪，但这不够，”他收起微笑，做出一副严肃的表情，“我知道谁能当杀人犯。您不是那种人。”

他又向前迈了一步，现在他距离帕乌只有三米远了。女孩举着枪犹豫了。

“您是对的。”她最终放下了枪。

阿莱克的眼中闪烁着胜利的光芒。

“但是，”帕乌继续说，“我向一具尸体开枪是没有问题的。”

她重新举起枪，身体向左转，瞄准了漂浮着安赫拉的玻璃舱。枪声响起，盖住了阿莱克的尖叫。

玻璃舱碎成一片，舱里的酒精溶液如瀑布般狂泻而出，淹没了实验室的地面。安赫拉手上和脚上的线缆承受不住她的重量，随着一声骨肉分离的撕裂声，尸体从舱里掉了出来。达涅尔看到挂在机器上的金属丝就像蚯蚓窝一样蜷缩着，那里面还有电，不久，金属丝末端破损的地方就会冒出火花。当他意识到随后即将发生什么的时候，已经太晚了。

一道强光把地下室照得如同白昼。吉尔伯特和阿莱克在眼前消失了。达涅尔突然什么都看不见了，只觉得自己被一股燃烧的力量猛地炸到空中，又和绑在身上的椅子一起，向后飞出了好几米。刹那间，四周燃起了熊熊的火苗，大火越烧越旺。

帕乌惊恐万分地站起来。大理石桌面吸收了爆炸的大部分能量。她觉得肩膀疼得厉害，那是刚才从空中掉落时摔伤的。身体还是感到虚弱，但除此之外没什么大碍。左轮手枪已经不知道丢在那里了，她想去找达涅尔，可实验室太混乱，她什么都分辨不清，最后发现只有弗雷萨所在的地方视线还算清晰，于是她朝那个方向走去。

她很快发现了记者。弗雷萨躺在地上，半靠着墙，双目紧闭，一动不动。令人惊奇的是，他看上去并没在爆炸中受伤，但衬衣的胸前却沾满了鲜血，看不出原来的颜色。她担心自己来晚了，赶紧摸了摸他颈部的动脉。还有轻微的跳动，她舒了口气。弗雷萨总算发出了一声呻吟，证明自己还活着。

帕乌把身体挪到记者的肩膀下面。幸好这家伙还不算沉，而且她体内注入的试剂也不多，在两兄弟说话的时候，效果就渐渐退去了。虽然恢复得很慢，但她现在已经完全可以自主活动了。

弗雷萨恢复了知觉，眯起眼睛看着她。

“吉尔伯特？出什么事了？”

“快，帮帮忙。我不知道能不能背你。我们得去那儿。”

帕乌指着大厅内部的升降机。大火还没烧到那个地方，但火苗已经开始舔舐附近的架子了。

“达涅尔呢？”

“爆炸后我就看不到他了。火势蔓延得太快，继续留在这里等于自杀。我们得逃出去搬救兵。”

“您最好把我留在这里。”

“您说什么？”

“我是个麻烦，您不可能背着我走出去的。您快走，现在还来得及。”

“那当然，这样您就可以大骂我见死不救了。您休想！”

弗雷萨咧嘴一笑，一口血从嘴里喷了出来。

“我觉得您已经不那么讨厌我了。”

“您可千万别这么想。我背您是因为没办法。抬抬屁股，您这个傻瓜。”

记者脸上闪过一丝惊讶，帕乌愤怒地抓住他外套的腋窝下部，喘了口粗气，一把把他揪到自己跟前。

达涅尔在一片熊熊火焰中醒过来。有那么一刻，他觉得正置身于那场七年来夜夜折磨自己的噩梦。周围太热，好像只要一动身体，皮肤就要剥落下来。先前绑着的那把椅子七零八落地碎在身边。被捆了那么长时间，肌肉已经僵硬，受伤的臂膀几乎抬不起来，颈上的伤疤好像新伤口一样疼痛难忍。更有甚者，他的身体因为恐惧而动弹不得，内心却有一个声音不停地大喊着“离开这里”。

他闭上眼睛吸了口气，然后站起来，决定冲进火海去救弟弟。他不想放弃阿莱克，这次绝不。

他跌跌撞撞地前进，烟雾浓重，几乎什么都看不清。只一会儿工夫，肺部就开始喘不上气，呼吸成了一种折磨。正当绝望之际，他看到了阿莱克。他蜷在维萨里那台烧成一团废铁的机器旁边，把安赫拉的尸体紧紧抱在怀里。女孩的尸体上布满溃疡和烂疮，散发着腐臭的味道。但他却毫不在意。他微笑着抚摸着爱人的头颅，丝毫不管大把大把的头发在指间脱落。

达涅尔抓住他的胳膊。“阿莱克，我们得离开这里。”

他的弟弟坐在地上，向他转过头来，声音里充满了真正的快乐。“达涅尔，真是惊奇。安赫拉和我正在说你呢。你对这些事情总是很有鉴赏力的，你觉得是白色好还是红色好呢？”

“你在说什么？”

阿莱克轻轻笑了一声，在尸体腐烂的耳朵边低声说了几句话，随后转过头来，带着耐心和戏谑的表情看着哥哥。“是花啊，达涅尔，婚礼上的花。你说是用雏菊还是用玫瑰呢？”

“没什么婚礼。安赫拉死了。阿莱克，你得放下她跟我走。”

阿莱克一脸迷茫地盯着他看了几秒，接着爆发出一阵干涩的大笑。还没等达涅尔继续坚持，地下室深处又传来一连串爆炸声。那些盛着人体标本的瓶子一破碎，火势随之大涨。空气中烧焦的人肉味道越来越浓重了。

“阿莱克，快走！”

达涅尔用尽残存的力气把弟弟从尸体身边拉开。安赫拉湿漉漉的遗体没了阿莱克的支撑，啪的一声摔倒在地砖上。

达涅尔扶着突然衰弱下来的弟弟，四下寻找出口。吉尔伯特和弗雷萨已经通过升降机逃了出去，可现在再往那里去已经不可能了。屋顶已经塌陷，巨大的瓦砾堆挡住了去路。

“告诉我，还有其他路可以走吗？”

阿莱克先是一脸茫然，随后摇了摇头。突然，他好像记起了什么，指了指自己右边。达涅尔顺着他所指的方向望去，却只看到一座巨大的火墙。

“你不能再把她从我身边夺走。”

达涅尔的肩膀上猛地挨了一击，疼得他双膝跪倒。身后的阿莱克挥舞着一条长凳。他的面孔因为愤怒而扭曲。烈火吞噬了他的实验室，火苗映在他的双眸里。达涅尔把头扭向一边，避开了他的第二波攻击。他挣扎着站起来，地上的玻璃碴划破了后背，疼得他差点叫出声来。阿莱克又扑过来了，他本能地举起伤臂往身前一挡。击打停下来，一阵剧痛在整条胳膊上蔓延，疼得他满眼是泪。就算伤成这样，在弟弟的眼中，他还是一个可怜的对手。现在只有掌握主动权才有胜算。达涅尔赶在阿莱克再一次袭击之前，反客为主，一把抱住他的躯干，迫使对方不得不扔掉手中的长凳。他们碰翻了一个架子，自己也倒地不起。一路上，盛放人体标本的瓶子、实验室器具和书本一片狼藉。放在地下室里的手提箱也摔裂了，里面的东西散得到处都是。这一架打得两人都没了力气。

阿莱克先恢复过来。他站起身来，挤出一个扭曲的微笑，手上握着一把解剖刀。达涅尔恰好躲过了弟弟的刀锋。他试图后撤，为了躲避燃烧的窗帘，一下子撞到了椅子上，就因为这片刻的迟疑，在他重新找回平衡之前，胸口突然一阵剧痛，衬衫上渗出了一片血迹。

就在这时，一声巨响盖住了火灾的声音，两人抬头望去。头顶上，悬挂着线缆的屋顶好像在颤抖，紧接着，泥土、金属和石块如倾盆大雨从天而降。

达涅尔闪到一边，幸运地躲到了解剖桌下。他喘了口气。对他而言，现在一个最简单的动作都像受刑一样艰难。他的伤口大多是皮外伤，但失血过多。他靠深呼吸抵御着眩晕感，四下观察着情况，也不知道弟弟是否能在塌方中幸存。

他根本没发现阿莱克此时已经冲自己来了。下巴上挨了一拳，因为惯性，头部重重磕在大理石桌面上。满身血污的阿莱克扑倒在他身上，又给了他一拳。他试图自卫，但被弟弟轻而易举地突破了防线。他吃了一拳又一拳，整个地下室被橘红色的火焰照亮，在他面前渐渐模糊起来。

阿莱克骑在哥哥身上，双手掐住他的脖子，开始用力。达涅尔试图躲避，但是连对方的胳膊都抓不住。他的意识一阵模糊，几乎什么都感觉不到了。眼前的一切开始渐渐变小，就好像正在穿越隧道一样。

突然间，脖子上的重压消失了。肺部拼命地呼吸着空气，他感觉喉咙灼热得快要冒烟了，禁不住剧烈地咳嗽起来。他不知道自己如今是死是活，企图站起身来，却还是倒下了。

弟弟背对着他，目瞪口呆地看着眼前的大火，仿佛如梦方醒。

“阿，阿莱克。我们得……得从这里逃……逃出去。”他费了好大力气才把这句话说完。

“太晚了。”

一听这话，他的眼睛向着弟弟目光所及的方向望去。大火已经蔓延到整个地下室，火焰蹿上屋顶，舔舐着先前浸泡着阿戴勒尸体的那个充满易燃酒精溶液的巨大玻璃桶。

达涅尔被烟火熏得已经有点神志不清。他用头抵着地面。也许这就是等待自己的命运。当年那场火灾夺走了弟弟的理智，又在这么长的时间里夺走了无数人命，造成了巨大的痛苦。七年前他在那场大火中苟全了性命，今天却没能逃过另一片火海。一切都结束了，他想到这里，只觉得有了些许安慰。于是闭上眼睛，把自己最后的思念献给了伊蕾妮。

他没发觉阿莱克弯下腰来，推了自己一把。还没等他回答，弟弟已经用双臂托起他的腋下，一直把他拖到距离火苗几米之遥的地方。他不知道阿莱克为什么要多此一举。马上就要爆炸了，他们都难逃一死，无论如何都于事无补了。

耳边响起一声金属声，一阵出其不意的风吹乱了他的头发。弟弟用坚实的臂膀把他扶起来。他睁开眼睛。下面几米深的地方，水流正愤怒地拍打着四周的墙壁。火焰依然映照在阿莱克的眼睛里，但疯狂却消失了。他想对他说什么，然而弟弟摇摇头，对他笑了笑。

紧接着，他把他推了下去。

达涅尔一边奋力挣扎，一边向水中坠去。在他头顶上，震耳欲聋的爆炸声盖过了一切声响。一条火蛇沿着井边迅速蔓延，无所不噬。那是达涅尔在落水前看到的最后景象，随后他眼前一黑，什么都不知道了。

78

电灯闪了又闪，脚下的地面好像在颤抖，惹得全场宾客惊叫连连。随后，一切都回归正常了。

“我的上帝。嘉德亚，发生什么事了？是袭击吗？”

他的同僚面色苍白地望望四周，却无法回答。他同嘉德亚一样茫然无措。

宾客们一脸惊疑地你瞅我，我瞅你。议论声中，风言风语越来越多。里乌斯市长从座位上站起来，坚定地走向主席台。他的目光扫过全场，张口说："女士们，先生们！别慌！"他镇静的声音压住了不安的低语："看来，今晚要放的烟火提前了一点。"

大家长出一口气。大厅里响起了几声紧张的笑声。

"在这场小意外之后，我建议仪式按原计划继续进行。"

市长退回自己的位子，大厅里的气氛重新变得庄严起来。在贵宾的殷切期盼下，普拉哈德斯·马特奥·萨格斯塔首相上台向巴塞罗那和整个世界致辞。

"王太后以其尊贵的儿子阿方索十三世陛下的名义，命令我宣布——"他微笑了，"一八八八年巴塞罗那万国博览会正式开幕！"

首相话音一落，会场爆发出如雷般的掌声和欢呼声。大家纷纷向加泰罗尼亚，向国王和王太后陛下以及巴塞罗那女伯爵致敬。由音乐大师巴拉斯克指挥的交响乐团奏响了《万国博览会会歌》的第一阵旋律，乐曲声在庆典大厅里回荡。园区大门旁边的原始物质展厅外，一百只系着玫瑰色丝带的白鸽展翅飞上蓝天。

贵宾们再次起身。摄政王太后走在最前面，后面跟着王室成员、政府要人和各国贵宾们。一行人踏着红地毯走出美术宫，参加庆典的其他观众兴奋地跟随其后。他们一出现在美术宫外就被等候在那里的民众们的欢呼包围。就像预先计划的那样，以王太后为首的贵宾们开始参观万国博览会的各个场馆。

《公正报》主编梅亚多转身向他的同事说："好吧，嘉德亚，看来一切大功告成了。"

后者刚在本子上写完随记。他抬头望着梅亚多，眼中闪烁着自豪的神采。“是的，我的朋友梅亚多。咱们真幸运，能够亲身经历这样的历史时刻。今天将被后世一代代铭记。从今天起，巴塞罗那已经不是从前那个巴塞罗那了。既然踏上了这条路，她就再也不可能回头。”

“没想到您对这届博览会寄予如此厚望。”来自马德里的记者掩不住惊讶。

“不，亲爱的同事。让我寄予厚望的，是巴塞罗那的人民。”

卡萨维亚坐在倒地的一根柱子边，难以置信地望着周围。他摸着满是灰尘的衣服，又把了把脉搏，这才相信原来自己还活着。他看到冒着白烟的柱子在空中碰在一起，又从破碎的玻璃中找了个出口钻出去。电站竟然奇迹般地没有倒塌。

他扶着墙站起来，双腿还在抖个不停。一层灰尘从肩头落到地上。他从上衣口袋里摸出一点烟丝，用颤抖的双手卷起来，但掉到地上的烟丝比包进纸里的还多。他咂巴着零落的烟丝，终于把手中的那些卷成了烟卷放到唇边，却突然不知如何是好，最后禁不住大笑起来。他根本没有点烟的火柴。

叼着没有点着的烟卷，他决定检查一下电站的损毁情况。刺耳的警报声已经消失，整个建筑显得异常安静。仅仅一声熟悉的蜂鸣就把电站毁成了这般模样。

他穿过一小段走廊，走进发电机车间。那里想必早已沦为一片废墟：墙壁倒塌，锅炉粉碎，发电机熔成废铁……还有其他在这种事故后应有的惨状。

可让他目瞪口呆的是，发电机组虽然蒙了一层灰，却依然在工作，好像什么事情都没发生过。机器持续的轰鸣声回响在耳边，他觉得那声音简直美如仙乐。

正在这时，他听到临近的走廊上有一阵响动。那里是阿戴勒先生的办公室。尽管他很怕房子随时会坍塌，却还是决心上前看个究竟。

屋里如云的蒸汽还没有散去，除此之外，空气中还弥漫着一股刺鼻的腐臭味道。他走得越近，那味道越是浓烈。他不禁吞了吞口水，想起最后一次闻到这股味道时的情景。那是多年以前，在乘马车经过新村墓地的时候，他恰好碰到有人焚尸，腐烂的尸体正散发着这样的味道。

从电站始建，流言就在工人中口口相传。电站建在旧军营医院的旧址之上，那里曾经死人无数。有些工人说，他们在干活的时候听到过呻吟声和喊叫声。

屋里温度很高，卡萨维亚却打了个寒战。他试图驱散恐惧，鼓励自己说，一切都是幻觉而已，接着深吸一口气，一头扎进那团恶臭的迷雾中，一边走一边辨认着办公室的残骸。看来这里是受损最严重的的地方。屋顶炸掉了，窗上的玻璃早已不见踪影，到处都是灰烬，尽管不见火星，滚滚浓烟还是不停地从地下往上冒。耳边响起一声咳嗽，惊得他一跃而起。几块板子掉到地上，卡萨维亚停住了脚步，他看到烟雾中显现出两个人影，他在胸口画着十字，后退了两步。人影慢慢变得清晰起来，随着最后一片烟尘渐渐散去，眼前出现了一个半裸着上身的女孩，一个浑身是血的男人正靠在她的肩膀上。卡萨维亚望着眼前的一切，一句话也说不出来。

他张大嘴巴，没有点燃的烟卷从唇间滑落到地上。

79

夕阳的余晖照耀着停泊在港口的船上，预示着今晚风平浪静。整个城市都在庆祝万国博览会盛大的开幕式，数十条航船齐聚巴塞罗那，把港口挤得水泄不通。

在货船的护佑下，一艘艘蒸汽客船和游轮行驶在渔船后面。前者庞大的船体映衬得后者愈发渺小。船上的渔夫们一次次把鱼钩抛到水中。

孩子在码头上紧张地跑来跑去，时不时停下来观察一番海上的动静，接着再向前跑。突然，他停下脚步，犹豫片刻后，终于兴奋地欢蹦乱跳起来："在那里，在那里！"

吉耶的喊声惊动了其他人。几个男子冲向码头，沿着孩子手指的方向望去。眼下天色昏暗，实在难以辨别远方究竟是什么。

一条船靠近了孩子指的地方，船夫举着灯在水面上寻找。终于有人发现几米外的拖船边上一动不动地漂着个人影。船夫们用钩子把人拉到船舷边，又把他从水中捞了出来。

吉耶紧张得一动不动，直到有人用拐杖在他背上敲了一下。

"小家伙，镇定点儿！你要不像个壁虎那样抖来抖去，他们肯定能快点回来。"

维达尔空洞的双眸注视着海面。他微微抬起下巴，好像听得懂港口里咸腥的海风在耳边的低语。这个黑社会头子就这样坐在椅子上，身边围着几个手下人。他不停转动着掌心里的手杖。

“在下面！”他对孩子说，“你干得漂亮！”

这番赞扬让吉耶甚是惊喜，他把小身板挺得笔直，努力保持镇定，就像步行道上的路灯一样。

维达尔一边等待，一边回想起与记者的约定。他没料到对方会提出这样的请求。记者请他帮忙，在下水道里把警察们带迷路。他本人只负责引他们进来，剩下的事情就全靠拾荒帮了。维达尔从弗雷萨的话中体察到深沉的苦痛。他欣然应允，没问缘由，也没要求更多解释。此举的结果就是，桑切斯警长和一队警察已经消失好几天了，没人清楚他们失踪的原因。

渔船终于靠了岸，他们系上绳索，把人拉上来。水中人身上的衣服已经碎成破布，衬衣前胸上全是鲜血，脚上丢了一只鞋，右臂拧成一个奇怪的角度，浑身散发着阴沟里的恶臭。

吉耶迫不及待地想要冲上前去，但老维达尔的拐杖阻止了他。

“安静点！如果他应该活着，他就一定能活着。”

孩子愤怒地瞥了老人一眼，但还是乖乖听了他的话。

他们把溺水者平放在地上，维达尔一使眼色，有人就抓住他的头发，把头扶起来。一个老妇人拿着一个蓝色开口玻璃罐凑近他的鼻子，罐子里散发着浓重的盐味，但此人没有任何反应。有些人摇了摇头，老妇人转身要走，但维达尔命令她再试一次。

这一次，溺水者的眼皮动了动。大家紧张又安静地盯着他看。突然，他的身体开始发抖，挣脱了扶住他的手，身子一弓，急切地张开嘴，大口大口地呼吸着空气，直到一阵剧烈的咳嗽让他不得不弯下腰来。他呻吟一声，一边喘息一边呕吐起来。

“大家都散了吧，让他喘口气。”

众人都在等着他好起来。老女人又拿来一大罐掺水的红酒。他如饥似渴地喝了下去，然后抬起头来，用失神的眼睛望着周围的一切。

维达尔从椅子上起身向他走来，兴高采烈的吉耶跟在他身后。小矮人的脸上掩饰不住笑意。

“阿玛特先生，时候到了，我们都在等您。”

原　谅

两个星期后

80

街区里的楼宇一个挨着一个，好像只有这样才能阻止彼此坍塌在地。最窄的街道只不过比地面上一个可以落脚的缝隙稍宽一点而已。弗雷萨望着因为陈年腐朽而被压弯的房梁，墙壁自打建成起就再没被粉刷过，大片斑驳的脱落让人想起老妇人身上的肉赘。唯一的街灯甚至照不亮墙面上那些乱七八糟的海报。

记者一只脚踏进了虚掩的大门。屋内的情形并不比屋外好多少。楼道里堆放的垃圾足以追溯到第一共和国时代，迈过三级不规整的石阶，在楼梯口竖着一个摇摇欲坠的小接待台。由于没有访客，铃铛已经坏了很久。

记者自认为闻过世界上所有的臭味，但这里的味道依然让他无法忍受。他看了一眼街上，确信身后一直有人跟着，这才犹犹豫豫地进了门。肩上的伤还没好利索，他用手帕掩住鼻子，开始往四楼上走。楼梯扶手好像马上就要和跟其他部分一起塌下去似的，他扶都不敢扶一下。脚踩在地板上，一路发出吱呀吱呀的声音，没有一家住户探出头来看动静。

他来到顶层，沿着走廊径直走到一扇门前。门上和楼里其他地方一样肮脏不堪。他伸手敲了敲门，等在外面。屋里寂无声息，于是他更加用力地敲起来。

被绳索拴住的房门闪出一道几厘米的缝隙。一双充血的眼睛隔着门缝盯着他看。

“马拉维尔先生？请问您是吉尔伯特家以前的仆人阿尔伯特·马拉维尔吗？”

门那边的回答里带着犹疑的味道：“也许是吧。”

“是一位熟人不放心，托我来看看。”

“谁他妈管他放不放心！”

那人正要关门，但弗雷萨一只脚已经迅速踏了进来。

“我想您会对此事感兴趣的……我是说钱的事。”

“这中间有钱赚？”对方的口吻中带着无法掩饰的贪婪，重新开了门。

弗雷萨闪到一边，“黑女人”从楼梯平台的阴影里钻出来。她使了个眼神，那个在马戏团做过事的大力神跟班上前一步，对着门飞起一脚。门框瞬间被踢成碎片，门上的绳索飞上了天。马拉维尔仰面躺倒在地，手上的酒瓶在地上翻滚着，瓶里的酒水撒了一地。

“黑女人”进了屋，保镖跟在她身后。马拉维尔目不转睛地盯着来人。

“不……您不能……”他结结巴巴地说。

“黑女人”笑了，她用猫一样的声音说：“啊，是的，亲爱的。我们当然能。”

弗雷萨远远地走到楼梯口，点上一支烟。身后的门关上了。

帕乌一直紧咬着嘴唇，直到咬破了才发觉。

她已经在门外等了将近一个小时，这期间她一次又一次地整理裙装，调整胸衣。这东西真是太难受了，应该怎么穿才能畅快地呼吸呢？在穿了那么多年裤子之后，现在她感觉自己就像块夹心蛋糕。真怀念以前舒适的衣服呀！

她用手捂住心脏。先前针刺的伤口已经愈合，但胸前细小的疤痕总是让她想起那场地下室中的噩梦。头发长出来一点，但还需要草帽的遮掩。幸好，她与阿莱克情人之间的能量传输未能完成。多亏弗雷萨破坏了供电她才得以逃出生天。虽然现在依然不时感到虚弱，但身体已经基本康复了。

她叹了口气。漂亮的天鹅绒棕色手套下，手心已渗出汗来。这身衣服是好心的阿戴勒太太借给她的，但如果可以选择，她宁可穿衬衣和合体的裤子。

今天是期末考试的日子，医学院一大早就人头攒动。她本该也坐在其中一间教室里接受测验，并取得外科医生资格。然而现在却站在这里。昔日的同学们纷纷向她看过来，她试图不去理会，而把精力集中到最重要的事情上来，那就是——院里为什么把她叫来？最近发生了那么多事情，他们无暇正式对她下达驱逐令。她深吸一口气，心里想着，履行这个简单的手续只需要几分钟工夫罢了。

开门的声音打断了她的思绪。费诺约萨从门后走出来，他的面色苍白，好像收到了什么噩耗一般。他看到了她，想说些什么却又打住了。

帕乌一直盯着他，后者低头下了楼，再没回头看一眼。帕乌惊讶地发现自己已经不再恨他了。实际上，有了几天前的这番经历，她颇有如释重负之感，也再不想怨恨什么了。有人在喊自己的名字，她差点跳起来。赶紧深吸一口气，整整裙子，走进了解剖学阶梯教室。

此时的阶梯看台上空无一人，只有教授们坐在前台的椅子上。在五个男人严肃的目光下，她向教室中央走去。大部分教授看到她这番打扮都很不舒服，只有塞古拉教授带着同情的表情向她打了个招呼。

“吉尔伯特小姐，”院长的声音回响在空旷的教室里，“请坐下。”

帕乌落了座。她想找个舒服点的姿势，但裙子却成了障碍。她在椅子上扭来扭去，直到一声轻咳响起，才停止了这番笨拙的举动，抬起头来。

“首先，我想请您对我们接下来的谈话保守秘密。在这间教室里所说的话，一个字都不能泄露出去。您同意吗？”

帕乌疑惑地点点头。

“好的。三天前，我们收到了一封信，送信人身上佩戴着王室的武器。王太后的秘书在信中告诉我们，您在一起需要保密而不能透露细节的英雄壮举中扮演了至关重要的角色，”他停了一下，“看来，您和您的朋友们阻止了一起深重的灾难，拯救了许多人，甚至包括王太后本人和小国王的生命。”

帕乌含糊地点点头，不知如何作答。院长摘下眼镜抬起头，把手里的信笺放到一边。

“我理解，您无权就此事向我们做任何解释。”

“不，先生，我不能。”

“好吧，”院长重新把眼镜架到鼻梁上，“王太后通过秘书转达本院，她以个人名义请求我们为您破一回例。以她自己的话说，她衷心希望我们能给您一个通过考试而取得外科医生头衔的机会。当然，这需要先征得您本人的同意。”

帕乌努力抑制着身体的颤抖。

“另外，”苏涅继续说，“王太后陛下还说，王室将为我们学校提供大力支持，以鼓励知识、勇气和胆魄……而您就是其中的典范。”

其他教授们尴尬地沉默着。

“院里为此举行了会议。尽管这个请求很不寻常……”他咳嗽了一声，“但我们还是同意了。”

帕乌的手止不住地微颤，她只得交叉起十指。

“那么，您愿意参加考试吗？您可以拒绝，我们深表理解。”

“哦，不，先生。我准备好了。什么时候开考？”

“就现在。”

“现在？”

“鉴于您在本院冒名学习期间的表现足够优秀。我们决定直接进行实践考试。”

院长指了指帕乌身后。两个男人抬进来一副担架，担架上躺着一具尸体。他们掀开尸体上的盖布，把它抬到解剖桌上。另有一位助教开始往地上撒锯末。熟悉的腐尸味道盖住了新点燃的香炉。

“您可真是不上断头台就不知羞啊！”一位教授如是说。

“可以理解嘛。”另一位附和道。

“先生们，我们得让这位小姐自己拿主意。”塞古拉教授插话了。他眯着眼睛又补充了一句：“就像往常一样。”

“当然！”第一位教授重申道，“但是，如果您放弃，也算不上冒犯。

您毕竟是个女人，没必要经历这些。”

帕乌咬紧牙关。除了塞古拉教授，也许还有苏涅院长外，在座的其他教授都对她疑心满怀。他们不相信她能行。她思索了几秒钟才开口。如今她可以确信，这样的质疑永远不会结束：就算她通过了考试，也总会被别人更多地看作女人而不是医生。

她叹了口气，从椅子上站起来，把手放在裙摆上，目光扫过一位又一位教授，随后一言不发地朝门口走去。身后响起了男人们满意的低语。她走到门口，摘下手套和帽子，把它们扔到阶梯看台的座位上。然后从一位助教手中接过白大褂。这是她几天来第一次展露笑颜。

“你们随时可以考试，我严阵以待。”

帕乌和弗雷萨走在码头上。海鸥在头顶鸣叫盘旋。每一次浪涌过处，停泊在港湾里的船只都收紧锚索，它们急切地想要重返大海。黄昏时刻，渔船们都已归航，在码头卸下一天的收获。

记者上身缠满了绷带，走起路来有些僵硬，却不像以前那么絮絮叨叨。帕乌提着一只小箱子，弗雷萨本想帮忙，却被姑娘拒绝了。

“我还没祝贺您呢。”

帕乌神采奕奕地点点头。

她的考试长达三个小时。教授们的提问超越了平时的难度，甚至几度问及只有资深医生才能应对的病例。但就算这样，她还是通过了考试，并拿到了外科医生的头衔。

“那么，您这就要离开了？”弗雷萨问。

记者语气中的关切令她一阵感动。她发现自己同样为离开这样一位爱发牢骚的矮个子男人而伤心痛苦。

“这是个好机会。”

“摩洛哥可不是什么好地方啊！”

“我现在有正式的医生头衔。从摩洛哥现在的情形来看，那地方的人们不会太在乎为他们缝合伤口的是男是女。”

弗雷萨忧郁地点点头。两人继续沿着码头走着。

“黎里克剧院的命案也是阿莱克干的？”帕乌很想弄个明白。

“是这样。他觉得那场表演是一场千载难逢的良机，可以让众人对杀人凶手是魔鬼的说法深信不疑，从而彻底洗脱自己的嫌疑。他和通灵师做了交易，请她宣布魔鬼到来，以制造更大的恐慌。那可怜的女人没想到阿莱克另有一番盘算。他化装成嘉威特教授抵达剧院，趁机来到舞台，利用工作人员的疏忽，将一剂氰化物加进了每一幕都必须用到的水罐里。当通灵师本人在舞台上一命呜呼时，他想要的效果也达到了高潮。这下子全世界都相信魔鬼就在现场。”

“我的上帝，他真是个疯子。”

“谁说不是呢。”

“告诉我，那个总在报社里与您作对的记者怎么样了？”

“您是说约皮斯？发生了剧院那件凶案，他是没好日子过了。不过他一定会卷土重来的。我相信，我们不久就会读到他的新报道。”

帕乌一脸担忧地望着他。

“弗雷萨先生，我希望您能重新把工作找回来。”

“差不多吧，邮报的确想让我官复原职。”

“这真是个好消息！”

“但我拒绝了。”弗雷萨一想起桑奇斯当时的表情，得意地两眼放光。“有人给了我更好的位置。现在站在您面前的是《先锋报》实事版负责人。这份报纸今年成立了新的编辑部，很有意思。另外——”他眨眨眼睛，“薪水也不错。”

“我真为您高兴。”

记者理了理小胡子。就在这时，他想起了多萝丝，忍不住湿了眼眶。他多想与她分享自己的好运。他思念她，一想起她就黯然神伤。他相信她就像一道难以愈合的伤口，永远都会让他心痛。

两人就快走到码头的尽头。两个水手从他们身边走过，向帕乌投来欣赏的目光。姑娘变了声调。

“您见过达涅尔吗？”

“没有。我出院时他已经康复了。”

“他的亲弟弟的事，谁会告诉他？”

“是呀，”记者点点头，“那场事故跟他毫无关系，他却背负着本不属于自己的罪责，受了那么多年煎熬。”

帕乌想起来，达涅尔给她写过一封告别信，现在就放在她的行李箱里。他在信中用优美的文笔祝她好运，他有句话让她久久动容：“不管您去哪里，请永远为梦想奋斗下去。”她又想到维萨里那部神奇的手稿，达涅尔在信上说，此书已在地下室被烧成了灰烬。那是一部无价的巨著，那位天才的解剖学家所发现的东西，对于医学而言是不可思议的进步，它足以改变人们所认知的这个世界。可是，为了防止被别有用心的人利用，也许让它消失是最好的结果。

弗雷萨轻叹了一口气，打断了帕乌的思绪。

“我该感谢您的救命之恩。”

“您的怀表也居功至伟呢。”帕乌回答他。

“这倒是。”弗雷萨把表从口袋里拿出来，表壳上有一处凹凸的痕迹。

当弗雷萨肩部中了第一枪倒地之后，阿莱克的第二枪恰巧打在怀表上。

“可即便如此，把我救出火海的还是您。”

作为回答，帕乌挽住了他完好的那只胳膊。弗雷萨挺直了矮小的身板，两人一路走到汽船的旋梯旁。帕乌马上就要登船远去，离开巴塞罗那了。

一群士兵正在列队等待上船。水手们已经把货物运了上去。军官的号令与船员们的喊声和忙碌交织在一起。空气里混杂着毛坯、钢铁和牲畜的味道。随着一声钟声，船上的烟囱里开始冒出一道白烟。

“啊，差点忘了。”记者摸了摸大衣口袋。“这是您的。”

他递给她一个棕色的信封。帕乌把行李箱放到地上，伸手接了过来。信封里装着一摞钞票。

“我不明白。”

“我带着几个朋友去见了一位您的老相识。经过一番有趣的谈话，他终于幡然悔悟，决定归还从您这里勒索的钱财，并向您真诚道歉。我相信，他绝对不会再来找您麻烦了。”

帕乌做了一个令两人都惊讶的举动。她拥抱了弗雷萨，吻了他的面颊。记者觉得脸上一阵发烧，生平第一次窘得说不出话来。

“太谢谢了，弗雷萨。我会想念您的。”

“我也是，亲爱的。我也是。”

达涅尔整了整腕上的绷带。胳膊上的伤还在折磨着他，呼吸的时候，肋骨间依然疼痛。医生建议他休息，但他却想在离开巴塞罗那前再去一次墓地。

距父亲的葬礼只过去了几个星期，然而这段时间对他而言却是那样漫长。他站在父亲的墓旁，墓碑已经树立起来，那上面镌刻着他亲自题写的碑文："堂·阿弗雷德·阿玛特·伊·洛雷斯，杰出的医生，勇敢的父亲。"碑文下面是刻在家徽上的那句话："Vivitur ingenio，caetera mortis erunt（只有天才才能使人永生）。"

右手边的一抔黄土下掩埋着阿莱克的遗骸。他忍痛弯下腰来，将手指伸进坟上的碎石中，昨天刚下过雨，那里依然湿润。这是他们兄弟间靠得最近的地方了。

维萨里的原稿和阿莱克埋在了一起。人们永远都不会知道，这位天才的解剖学家发明出来的机器是否真能起作用。医院里有几位医生信誓旦旦地对他说，尸体在强烈电击下会产生难以置信的反应，比如抬腿，挥臂，甚至睁眼。但起死回生是绝不可能的。虽然如此……

他长长地呼出一口气。一切已经不重要了。他再次抚摸着土地。住院期间，他不停回想着那场摧毁实验室的爆炸前发生的一切。是阿莱克把他拖到井边推了下去，是他救了自己的命。他情愿相信，在生命的最后时刻，弟弟已经不再疯狂。他死得很平静。

达涅尔站起身，从口袋里掏出几张火车票。两个小时后他将出发去巴黎，再从那里搭乘通往加莱的快车。他预定了整个包厢，只想一个人走完这段旅程。有太多的事情要考虑。

他朝墓地望了最后一眼，弯腰拾起箱子，动身离开。就在这时，一阵风起，随着树枝的摇曳，传来一阵温柔的茉莉花香。

丧夫的伊蕾妮一身黑色衣装，慢慢向他走来，脚下的碎石发出吱呀的响声。她走到他身边，望着那两座新起的坟茔。

"你要走了？"

"就今天。"

墓地里一片寂静，听得见树叶摩擦的沙沙声。

“你呢？可有什么打算？”达涅尔问。

“还没想好。柏特梅破产了，两天前，你那位记者朋友在《先锋报》上揭发他动用投资人的钱营私舞弊。整个家族的声誉和地位都毁了。他人已死，倒是免了牢狱之灾。至于我，也许会待在巴塞罗那，也许会回古巴。我从那里离开太久了。”

达涅尔点点头。心中骤然涌起一股诀别的痛楚，他一句话也说不出来。

“你大概乐于知道，我去看望了父亲，”伊蕾妮继续说，“我们还需要一点时间。就这样。”

她走近他，他能感觉到她身体的温度，心里一阵安慰。

“你也该原谅自己了。”她轻声说。

他深深叹了口气。在自责了这么久之后，这不是件容易的事。

“拿着。”伊蕾妮递给他一份盖章的文件。

“我让律师赶在债主上门之前把它办好了。这是你家的房契，现在物归原主。”

她走上前来，伸手抚摸着他的脸，接着又坦诚地抚摸着他颈上的疤痕。两人离得那么近，近得发丝交缠。达涅尔把她的指尖放在自己的唇上，低下头，深深吻住了她丰满的嘴唇。他闭上眼睛，再也感觉不到疼痛，就好像它从来没有存在过一样。然后两人分开了，她含笑望着他，低下头，转过身，沿着碎石小路绝尘而去，只在身后留下一路茉莉花香。

伊蕾妮气喘吁吁地来到出租马车旁，在打开车门上车之前停了几秒钟。车窗上映着里面那个动来动去的小身影。生着深色皮肤和头发的女孩等得有些不耐烦，瞪着灰色的眼睛期待地望着母亲。

“妈妈，我们为什么要来这里？那个人是谁？”

伊蕾妮没有回答。她抚摸着女儿的头，捋开她额头上的一绺乱发。女孩只有七岁，却已对周围的世界生出强烈的好奇，一如当年的自己。看着女儿期待答案的焦急表情，她不禁笑出声来。

“是一个朋友。”她终于开口了。

“哦。”

“往边上坐坐，我们走。”

伊蕾妮在皮椅上坐定，车夫扬鞭启程。

“我们还能再见到他吗？”女孩把头探出车窗问道。

滚滚的车轮声盖住了母亲的回答。

女孩望着那个男人。他拎着手提箱站在两个土堆面前。在他身后几乎看不见巴塞罗那的轮廓。当马车转过第一个弯道，突然一阵风起，吹散了海雾和来自工厂的烟尘。许多天后，天空终于呈现出一片蔚蓝，太阳出现在卡萨罗那山顶，将城市的重重屋顶染成金色。在马车驶出墓地之前，女孩看到那个男人还在昂首眺望这座城市。随后他放下箱子，摸摸口袋，从那里掏出几张纸，犹豫片刻后，终于用力将它们抛向空中，一路望着碎片被风吹向大海。尽管相隔遥远，女孩依然能够看到，他在夕阳的余晖中绽开了微笑。

致　谢

在本书写作期间，我得到了一众友人的帮助和鼓励。以前从未有人对我说过，写作最大的快乐在于收获这么多的爱。

在此感谢安东尼奥·贝纳德斯，感谢他无价的友谊和人品。感谢圣迭戈·阿瓦雷斯，他是梦想的兄弟、可怕的历史编造者和最好的朋友。感谢玛丽娜·洛佩斯，她既是天才，又有一副古道热肠。阿瓦雷斯和洛佩斯都为原稿做出了贡献，没有他们的帮助，这部小说不可能成为现在的模样。

感谢贝纳德·卡里欧，这位逗号先生总会将幻想变为现实。难忘我们在工作时天南海北的闲聊时光。感谢劳尔·波拉斯民、塞巴斯蒂安·罗阿和恩里科·维塔斯，感谢他们以最有趣的方式为本书提供的帮助。感谢约瑟普·阿伦西，他让我一次又一次地免于犯错（文中现有的错误都是且只是我一人所为），感谢所有“红色笔记本”组织的成员们，那里是文学真正的乌托邦。

感谢玛利亚·苏尼加，感谢她无尽的乐观精神和层出不穷的绝妙主意，感谢她对同一章文字反复修改的容忍。

感谢伟大的摄影师古斯塔夫·谭。感谢你总是站在我身边。

感谢我的经纪人艾雅·希尔。她是我的朋友，是我清晨的“Whatsapp”。她是一位可以陪你征服世界的伟大女性。也要感谢我私下的合伙人艾玛乌尔，她至今不知道，因为我写了这部小说，她是该杀我还是该谢我。

感谢我的编辑西尔维娅·赛赛。她对我如此信任，三言两语无法表达我的感激。只要有你在，一切皆有可能；感谢我的编辑艾米利·罗萨雷斯，永远难忘你谈起这部小说时眼中的光芒。以上两位编辑对文学世界热爱至深，与他们共事真是上天的恩赐。也要感谢阿尔瓦、洛萨·玛利亚，并再次感谢阿尔瓦……总之，感谢德斯蒂诺出版社的全体同仁，感谢你们的辛勤工作和对我的耐心。

感谢我的朋友和家人，你们是我的根基和我存在的意义。

感谢巴塞罗那。那是我母亲的家乡，她至今生活在那里。

感谢贝伦，我冒险的伙伴，没有你就没有梦想。

感谢小约翰娜，你的每一次微笑都让我心颤。请原谅我在写作过程中有时没能给你读故事。我一定会编出一百个新故事来补偿你的。